MEMORY HOUSE
记忆坊文化

U0944162

明月听风 著

SANRE
JUNXIN

江苏凤凰文艺出版社
JIANGSU PHOENIX LITERATURE AND ART PUBLISHING

目录

第一章 与君初相识

龙二大名龙跃，今年二十有六。

龙二的大名鲜有人唤，人人只称他为“龙二爷”。

龙二的祖父龙轶是开国将军，为先帝打下江山，功勋赫赫；父亲龙胜亦是金戈铁马，战功卓著。

如今，大哥龙腾子承父业，铠甲当身，长刀铁盾，护卫国土，是位高权重的大将军。

三弟龙飞游走江湖，仗义行善，成了有名的侠客。当然，这在龙二看来颇为不务正业。

龙二自己便务实多了，他开酒楼、置田产、办织造，经营着不少买卖。茶叶、药材、金银饰，什么赚钱做什么。龙二非常用心地让龙家成了皇商奇富。

家中已无长辈，兄弟们又常在外，龙二自然成了龙府当家人。

家有权势，身傍资产，龙跃自然当得起“二爷”这一称呼。但他有此名望，还不只是因为这些。还有一个重要原因，便是他与当今新皇交好。

新皇当初能从众皇子中崭露锋芒，赢得皇位，与龙府的支持，确切地说是龙二的相助不无关系。所以龙二爷的后台硬，大家面上不说，心中却都知晓，于是为官的、营商的，都会给龙二爷几分薄面。

如今新皇稳坐龙椅两年，国泰民安，风调雨顺，而龙二的生意也越发好了。

按说境况如此，龙二爷的日子该过得滋润又舒坦，可他也有他的烦恼。

那便是婚事。

萧国男子年满十五便可娶亲，龙二的年岁在其时已可谓是“老男子”。龙大、龙三早已娶妻，唯独龙二一直对成亲一事毫无兴趣。他不急，却急坏了家里的老人家。

龙家三兄弟父母双亡，可还有余嬷嬷和铁总管是看着他们长大的。龙二的独身让两位老人时不时找了机会唠叨，这唠叨的次数随着龙二的年纪渐长也渐渐频繁起来。

龙二对外虽是铁腕，但对家人却是极其相护。两位老人虽为仆为奴，实际却似亲人般守助他多年，龙二再不喜听，也不好驳了他们的颜面，所以每每相议此事，他便头疼。

这日，龙二去自家的盛隆茶庄巡铺，刚进店里，就被一位姑娘“偶遇”了。这姑娘身份金贵，是刑部尚书丁盛的二千金丁妍姗。

碍于刑部尚书的面子，龙二不好对丁妍姗太不客气。于是在她的盛情之下，他便在茶庄的品茶雅间里，陪她叙叙话。

话聊得无趣，龙二心里郁结，他正在走神地想着玉器生意的事，忽然听得一句问话。

“二爷至今未娶，是为何故？”

以一个姑娘家来说，这话不只问得唐突，还很失礼。

龙二微微一愣，腹诽着丁妍珊的厚颜，面上却仍保持着微笑。他给自己倒了一杯茶，慢吞吞地回道：“因为我不想给媒婆子赏钱。”

丁妍姗的脸僵了僵。

“若我龙二娶妻，必是凭自己本事，哪需靠那媒婆子簧口利舌帮着说亲方能成事？媒婆子半点工夫不费，我却还得给她们钱银，你说这桩买卖是不是亏得慌？”

丁妍珊的笑差点挂不住了。把婚事比作买卖，这龙二可比坊间传言还要小气，推拒的姿态委实难看，但丁妍珊咬咬牙，硬生生往好处想，若他真心计较婚亲利益，那她的机会可比别的女子大得多。

龙跃生得俊雅，气宇非凡，自信从容，家中权财皆备。丁妍珊对他着实倾心。她缓了缓脾气，掩嘴佯笑道：“二爷真是风趣。”

龙二轻抿嘴角，客客气气地答：“不风趣，只是吝啬而已。”

他话已经说到这份儿上，识相的便该走人了吧？

可是，丁妍姗没有走。她低头喝茶，调整情绪，并不打算就此放弃。

龙二趁着丁妍姗低首，冷冷地瞥了一眼一旁随侍的茶庄伙计。这盛隆茶庄是他龙府产业之一，他不过是来巡视店铺，却被丁妍姗逮个正着。什么偶遇巧合，他可不信。定是这茶庄里头的伙计得了好处，透露了他的行踪。

龙二暗忖：被姑娘堵住事小，自己的伙计出卖主子爷却是事大。龙二心里已有计较，此事待查明，犯事者必得严惩。

这时丁妍姗已振作精神，又拣了几个品茶的话题与龙二聊。龙二心里很是不耐。

其实，这丁妍姗堂堂尚书千金，家中权高势重，品貌皆好，实是娶妻的上等人选。若真是谈婚论嫁，品论起来，还是龙二高攀了。

这些龙二心里明白，可他就是无此意愿。

丁妍珊看得出龙二不耐，他心不在焉，但仍耐着性子相伴。而上回刘家、吕家两位千金游园时见着龙二，他没两句便打发了她们。如此比较，丁妍姗有些满意。

丁妍珊见好就收，刚想告辞好给龙二留些好印象，龙二的护卫李柯却进来了，他说有位姑娘求见，已然等了许久。

龙二之前给过李柯一个眼色，想让他进来报个事由让自己脱身。但看李柯此刻的眼神，龙二明白这来访的姑娘是真有其人。

龙二的脸色有些难看。这里这位赖着不走，外头又来一个？他真的没耐心了。

丁妍姗心里也是着恼，她看向龙二，希望他说“不见”。

可龙二却对李柯点头，李柯领命而去。丁妍姗心里失望，但仍微微一笑：“二爷放心见客，珊儿就在此相候。”

她不走了，她要看看是什么姑娘。

龙二心里不悦，却只微笑着道句“失陪”。

龙二起身，走到斜对角的另一间品茶雅间。

很快茶仆就将一位姑娘带了过来。

龙二看着，不觉一愣。

那姑娘身着浅绿色衣裳，看上去似是不到二十的年纪，中等个头，纤瘦柔弱，五官清秀，满身儒雅之气。

在看到她之前，龙二不知道原来“儒雅”这个词也能用在姑娘家身上。可让他惊讶的不是这个，而是她手里拿着一根竹杖。

盲人用的竹杖。

那姑娘跟着茶仆走到雅间，茶仆为她拨开珠帘，轻声告诉她脚下有台阶，她用竹杖敲了敲，慢慢地迈了上来。小心地走了两步，竹杖碰到了椅子，她伸出手，摸索到了椅背。

龙二看着她慢腾腾的动作，在丁妍珊处累积的不耐与烦躁又噌噌往上冒。他抿紧唇，冷声道了句："坐。"

快把这瞎眼姑娘打发掉，再回去打发那个不知趣的尚书千金。他要回府看账本，调换调换心情。

茶仆在一旁小声提醒盲女，面前这位便是龙二爷。

盲女点头谢过，又朝着龙二的方向福了一福："见过龙二爷，小女子名唤居沐儿……"

她话未说完，龙二便打断她，道："不必客套，且说何事？"

居沐儿愣了愣，似没想到龙二一开口便这般不客气。她咬咬唇，脸有些臊，硬着头皮道："我来求二爷一件事。"

求他？龙二微眯眼。他不爱帮人，倒是喜欢别人求他的感觉。他看看盲女的眼睛，又看看她的竹杖，说道："坐下说话。"

居沐儿谢过，用手顺着椅背往下摸，摸到了椅子把手，然后慢慢挪身到椅子前，手在身后探了探，这才坐了下来。

茶仆趁这会儿工夫上了一壶茶，给龙二和居沐儿都满上了。茶仆把茶杯放在居沐儿手边，提醒了一声，然后退了下去。

居沐儿慢慢用手摸到杯子，握住了，却没有喝。

龙二问："姑娘求我何事？"

居沐儿轻声道："这东大街的店铺全是二爷产业，小女子斗胆，想请二爷在店铺前修筑遮檐。"

龙二非常惊讶："是整条街的店铺前都修遮檐？"

"是的。"居沐儿答的声音有点小，明显心虚。

龙二笑了，这倒是有趣。他问："姑娘，我与你素不相识，未曾谋面，姑娘凭什么认为我会为你将整条街的店铺都筑上遮檐？"

"不是为我。修筑遮檐于二爷是有利可图之事，二爷定不会吃亏。我……"

她话未说完，再次被龙二打断了。"是吗？"龙二笑着问，"姑娘可还有更唐突、更无理、更荒谬的请求没有？"

居沐儿抿紧嘴，被他讥得满脸通红。

确实，平白无故找一个素不相识的人办事，无论如何，确是尴尬。但她想好了对策让他在这事中获利，她觉得此事并非不可谈。但他不给她说话的机会，又这般讽刺，居沐儿很是难堪。

龙二看得她局促紧张的模样，忍不住冷笑。

他最恨人家拐他的银子，他不依不饶地想继续让居沐儿难堪。他问："姑娘可知这东大街上有多少店铺？"

她定然不知，然后他要讥她的无知与妄想。

“从东往西是三十七家，从西往东是三十三家。”

龙二的笑在脸上僵了僵，惊讶了。居然全对！

居沐儿似乎知道他的疑虑，解释道：“我眼盲，为不迷路，走路时喜欢数数。”

龙二不说话了，他走路不数数，但以一个瞎子来说，这回答也算合乎情理。

可他怎么能让一个瞎子占了上风？于是又问：“你可知七十家店铺全筑上遮檐得花费多少银子？”

龙二说这话时，看到对角的品茶雅间里，丁妍姗频频往他这处张望。龙二更是不快。

居沐儿摇头：“这个我并不知晓，但无论多少，我都能让龙二爷赚回来。”最后一句话居沐儿加重了语气，她不是来占便宜的，她真的有主意让龙二爷在这事里头也拿着好处。

可惜龙二没兴趣。他看看居沐儿的粗布衣裳和盲眼，笑道：“龙某相信龙某赚钱银的本事并不比姑娘差。”

他又讽刺她了。

居沐儿道：“二爷不妨听听我的法子……”

“你在浪费我的时间。”

居沐儿心头一急，忙道：“二爷奇商贵富，自然是瞧不上我这些小门道的。但不知二爷有何要求，若是我能办到，我愿换二爷为这东大街修筑遮檐。”

请求不成，利诱不成，改交换了？

龙二好奇起来：“你且说说，你为何想让这东大街有遮檐？”

居沐儿咬了咬唇，她的请求于他而言是荒谬，那她的理由，怕是更会让他觉得无稽之极吧。

“你说来听听。”居沐儿的难为情和尴尬，让龙二更好奇了。

居沐儿左思右想，眼前这状况，她编一个理由怕是也难将他说服，倒不如就说真话了。

“我一邻家妹妹在这东大街上卖花为生，这街上没有遮阳避雨之所，她时常日晒雨淋，甚是辛苦。因身着粗布衣，头无金银饰，若遇刮风下雨的，也没法进得街边店铺避躲。她为这个病过几场。前两日大雨，她淋雨回家便倒床不起，还险些丢了性命。她家里还有老母亲需要照顾，我帮不了什么，便想着来求二爷，在这街上筑了遮檐，让她平日里上工时不必再受日晒雨淋之苦。”

龙二听得有些傻眼，呆了半天问：“就这样？”

居沐儿点头。

龙二又想笑了：“姑娘，你邻家妹妹日晒雨淋病倒了，与我何干？莫说你妹妹，就是这东大街做买卖的都病了，难道全要栽到我头上？”

居沐儿甚是难堪：“我不是这个意思……”

龙二却不容她把话说完：“姑娘，你觉得我该当个大善人，我却不愿做这冤大头。此事不必议了，我现在就回复你，不可能！”

只为了一个卖花姑娘能有地方遮阳挡雨，他龙二就要为这整条街修筑遮檐？她道她是谁呢？

居沐儿仍想努力劝说，放软了语气哀求：“二爷，谁人生病与二爷确是无关，我也没有栽到二爷身上的意思。我想说筑檐之事于二爷来说也是件能赚钱的好事，二爷听听我的法子，如何？”

“龙某赚钱的门道成百上千，不差这一桩。”龙二很不客气，“居姑娘请便吧。”

龙二赶人了。

居沐儿坐着没动，忽然道：“我若是有法子能让二爷有正当理由离开这里，不必再回去应付恼人的应酬，二爷就答应修筑遮檐，如何？”

龙二挑眉，居然又变出激将法了？

居沐儿听不到龙二的回话，又道：“适才我在外头等候之时，茶庄小哥便说二爷有贵客。我听得一二声女子嗓音，知是女客。待得二爷抽空来见我，声音里并无愉悦，所以我斗胆推断，二爷与人叙话并不开怀。我用此事与二爷交换如何？若我能让二爷既不惹恼那位贵客，又有适当的理由撇下她离开，二爷便在这东大街上修筑遮檐，如何？”

这真是有趣了。

她居然不慌不忙，还扯得头头是道。

龙二来了兴致，说道：“我自己便有法子脱身，何需你多事？”

“二爷的法子，定是让下人来报府里急事，需二爷回去处置。此法虽可行，但二爷也知道这多少让人心里猜疑。以二爷的身份，想必这招用了多次，那贵客必会认为二爷是在找借口。而我的法子简单方便，理由正当，绝无敷衍。二爷走得光明正大，贵客还要急急送你。”

有意思。

龙二不在乎丁妍珊认为他敷衍找借口，但居沐儿的话勾起了他的好奇，她夸下这海口，说得自信满满，他倒是很想知道她有什么办法。

“你且说说，是何妙招？”

居沐儿摇头：“二爷尚未答应我的交换条件，我这法子一说，二爷自己用了，我岂不是吃亏？”

呵，还挺有心机的。

“行，若你真能做到你方才所言，有适当得体的理由让我离开，我走得光明正大，贵客还急急送我，我就在这东大街修筑遮檐。”

居沐儿微微侧头，那表情不知是满意还是并不相信。她问：“龙二爷一诺千金？”

“自然。”

居沐儿笑了笑，问：“那位贵客是否能看到我们这处的动静？”

“你猜呢？”龙二有心逗弄。

“我猜能。二爷适才有转头看她。”

龙二脸上的笑容顿时又有些僵，这姑娘是真瞎还是假瞎？

居沐儿一边伸手向桌上茶壶的位置摸去，一边道：“二爷一边说话一边转头，从声音是能听出来的。”

她摸到了茶壶，似乎是想给自己倒杯茶：“二爷不否认，那便是那贵客能看到我们。”

龙二紧抿嘴角，盯着她的眼睛。好吧，他确认她是真的瞎子。

龙二自认辨人有术，与人谈话，他向来能从对方的眼神和表情里看出真假虚实。居沐儿的五官里，其实眼睛是生得最美的，可惜纤长的睫毛下面，漆黑的双瞳没有任何神采，这让她脸上表情没有大变化的时候，整个人显得十分淡定从容。

龙二此刻从她脸上居然看不出什么来。

他猜不到她能做什么，他耐心地等，等着她把法子说出来，他好驳斥回去。他不信她能有什么连他都想不到的妙招，她定是诓他的，他等着挑她的错处。

居沐儿把茶壶拿起来，摸了摸。

龙二盯着她的举动看，他不知道眼盲之人是如何自己倒茶的，他甚至恶作剧地想，如果此时他偷偷拿走她的杯子，她会不会直接把茶倒在桌上？

居沐儿倒了点茶水在指尖。

龙二不明白意思，这是想测测温度好不好入口？

龙二的思绪还在转，却见居沐儿拿下壶盖，一转手腕，整个茶壶里的水便朝龙二身上泼了过来。

“噗”的一下。

一壶茶泼呆了龙二爷！

第二章 针尖对麦芒

龙二始料不及，毫无防备地被泼个正着。

温茶迅速浸湿了他的衣裳，顺着他的胸膛往下淌。

居沐儿柔声细气地道：“二爷，回府换衣裳，切莫着凉了。”

龙二又惊又怒。

那边的丁妍珊已经冲了过来，她来不及朝居沐儿骂，只赶紧掏出帕子为龙二擦拭身上的茶渍。一旁的茶仆也拿来布巾子，手忙脚乱地擦着。

居沐儿站了起来，欠身施礼道：“我眼盲手抖，弄湿了二爷的衣裳，真是对不住。”

龙二气得肺疼，可惜发作不得。他咬牙应道：“无妨。”

居沐儿点点头，拿了竹杖点地，告辞。

龙二使了个眼色，李柯会意，悄无声息地跟在居沐儿身后走了出去。

丁妍珊没注意这些，她又急又怒：“就这么让她走了？她分明是故意的，是不是她来求你何事你不答应？不能让她走，怎么都得给她点教训。”

“她是盲眼，你要如何教训？传出去能好听？”龙二一句话便把丁妍珊给堵了，可天知道他确实想极了要教训那个瞎眼姑娘！

丁妍珊咬牙，先把这账记着。她看看龙二，换了温柔嗓音：“快些回府换衣裳吧。得了病可就不好了。”

龙二点头，让掌柜送些好茶给丁妍珊带回府，请尚书大人品品。说好了场面话，他便告辞，上了马车回府去了。

马车一路急驶，龙二思绪不停。他越想越觉得自己被那个盲女整了，被整完了，他还得把憋屈全往肚子里咽，咽下去了，他还得信守承诺，往外掏银子。

亏啊，真是亏大了！

龙二越想越气。

那个瞎眼的，居然这般狡猾！太狡猾了！

果真是理由正当、绝无敷衍，尤其由个找上门的姑娘使来，更是说服力十足。

丁妍珊的反应也确如盲眼姑娘所料，急急让他回府去了。

她每一样都说中，他若不修筑遮檐，岂不是自打嘴巴？

龙二不开心，很不开心。他想了又想，仔仔细细地回忆着这盲眼姑娘的神态举止和言语。琢磨来琢磨去，他的手指在膝上敲了敲，确实是聪明姑娘，可那又如何，她可知这番算计，把尚书千金得罪了？那丁妍珊的脾气可不怎么好，听说气量也不大。

龙二真想看看那姑娘知道自己惹下麻烦时的表情。

龙二回府之时，李柯正在跟踪居沐儿。

他跟着她出了南城门，又行了一段，走上一条竹林小道。小道旁有个竹亭，居沐儿上了那亭子，坐下了。

李柯远远看着，惊讶这盲眼姑娘的认路本事，这一路居然没走岔道，还能准确无误地上了亭子坐下。他正看着，却听得居沐儿道："壮士，可否过来一叙？"

李柯吃了一惊，他左右看看，这里除了他与居沐儿并无旁人。

这时居沐儿又道："壮士一路相随，何不过来一叙？"

李柯觉得居沐儿嘴里的"壮士"便是自己。但她眼睛看着前方，似是并不知晓他在何处。李柯不晓得这里头卖的什么关子，于是仍旧不动。

居沐儿等了一会儿，不见有人过来。她叹了口气，又道："我只想相求壮士，莫要让我爹和邻家妹妹知晓今日之事，我是有些鲁莽了，还望龙二爷海涵。"

李柯这才确认她说的是自己，他忍不住，跃至亭内，问道："姑娘如何得知我在左右？"

李柯的突然现身说话让居沐儿吓得倒吸口气。李柯抱拳道了声抱歉，行完礼又想起这姑娘看不到。

李柯又问了一遍。居沐儿缓过神来，答道："我猜龙二爷不会对一个不识底细的人放心。我适才有些无礼莽撞，他该会派人打探。我出了铺子才想起忘了与二爷相求此事，只好一路留心。我眼不能视物，壮士故而放心大胆地跟着，足音未有掩饰，于是我便知晓了。"

李柯忙道："叨扰了姑娘，莫怪。在下李柯，是二爷手下的护卫。二爷担心姑娘行动不便，为保一路安全，故让在下相送。"

居沐儿微笑，并不揭穿他的场面话，只道：“那就请李大哥回去替我多谢龙二爷。”

李柯应了。居沐儿忽又道：“我名唤居沐儿，家住城南五里的居家酒铺。家父居安，酿的酒在京城里还算小有名气，很好打听。我今年二十，未曾婚嫁，两年前因患眼疾，从此不能视物。我原本是个琴师，如今倒是弹得少了，靠教孩童弹琴、为琴馆调调琴音，赚些小钱糊口。”

李柯惊讶不语，原来这居沐儿知道他要做什么。

居沐儿接着道：“我的底细不外这些，烦请李大哥转达，叫二爷放心。家父和邻家妹妹对我甚是紧张，还请李大哥体谅，莫要惊扰他们。”

居沐儿这般说，弄得李柯有些不好意思，觉得自己一路跟踪似乎是在欺负一个盲眼的弱女子，他忙点头，连声应了。

居沐儿认真谢过，拿着竹杖站起便要告辞。李柯送她回到竹林小道。她忽然问：“李大哥，今日我扰了二爷的茶叙，只不知那贵客是何许人也？”

“是刑部丁尚书家的二小姐。”

居沐儿听了，浅浅一应，眉头微皱。

李柯猛地惊觉不该多话，忙告辞，但仍远远悄然跟着，直到居沐儿回到了家。

李柯这一路跟到底，发现果真如居沐儿所言，她家便是那居家酒铺。李柯在周围转了一圈，将邻近左右探了个清楚，接着入了城在几家琴馆里借买琴之意胡侃瞎聊侧面打听，又到了专事打听市井消息的乞丐探子处问了话，这才回转龙府向龙二禀告。

原来这居沐儿在市井中竟是有些名气。她自小聪颖过人，饱读诗书，琴技非凡，一女儿家如此，自然在坊间有所相传。居沐儿母亲在她十岁时因病过世，父亲居安唯此一女，甚是宠爱，任由她做喜爱之事，从不干涉。

居沐儿确有一邻家妹妹，居所相隔不远。那小姑娘叫苏晴，家中有位重病的母亲。苏晴以采花卖花为生，偶尔也采些草药换些钱银，平日里就是在那东大街上沿街叫卖。她前些日子也确实因淋雨大病了一场，险些进了鬼门关。

“这么说来，那居沐儿说的倒是句句属实？”龙二问。

李柯答道：“确是如此。”

“那她是如何瞎的？”龙二再问。

“两年前，有桩惊天大案。琴圣师伯音为夺一绝妙琴谱，将吏部尚书史泽春满门杀害。而后师伯音被判斩首。但因其琴圣之名太大，皇上惜才，便允他在死前弹奏一曲。”

龙二道：“这事我知道，那师伯音要求有知音人在场才愿弹琴，于是皇上恩准天下有名琴师皆可到场听琴观刑。”

事实上，皇上也曾发了帖子让龙二去凑热闹。可虽然时下萧国上下琴风大盛，举国皆推崇琴瑟之艺，无奈龙二却是个不折不扣的琴盲，所以这个热闹他一点兴趣都没有。

他没有去，难道那个居沐儿去了？

李柯点头："居姑娘去了行刑琴会，回来后对琴技痴疯入魔，据说她没日没夜地研习琴术钻研琴谱，硬是把眼睛弄坏了。这跟她与属下说的因病盲眼，倒也不差。"

"她主动告诉你她因病盲眼？"

"是。"李柯将他跟踪居沐儿，而后被她发现，两人交谈等事都说了。

龙二听了，冷冷一笑："这瞎眼的果然狡猾。"

李柯不解，龙二道："她气虚体弱，落足沉沉，分明是不会武艺，又哪里听得到你的足音？她不过是试探诓你，你一认，她便确定了我确实派人跟她。"

李柯细细一想，难道真被骗了？

龙二又道："她自己报了些无关紧要的底细，让你卸了防心，接着她似随口一问与我相叙的贵客是谁，你便告诉她了。"

这点李柯是知道，他急忙低头请罪："是属下办事不力，请二爷责罚。"

"不罚。"龙二靠在宽背太师椅上，薄唇一弯，"你办得好，就得让她知道，她得罪了惹不起的姑娘。她烦恼心慌，这便对了。"

哼，这姑娘泼他一身茶，还让他掏银子修筑遮檐，岂能让她安生！

龙二犹在生气，李柯却还有后言要报。

原来当初琴圣师伯音一案交由刑部严办，刑部侍郎云青贤从头到尾亲自查审，当时能参加行刑琴会的琴师也是由他核实身份后方准取帖观刑。

那云青贤本也是个好琴之人，弹得一手好琴。行刑琴会之后，他与一些琴师往来切磋，结下情谊，其中便包括居沐儿。

龙二眼睛一亮："你是说，云青贤那讨人嫌的家伙与居沐儿勾勾搭搭？"

李柯揉了揉额角，果然说到宿敌，他家主子爷就很有兴趣。他急忙接着往下说。

那居沐儿原本有一位未婚夫婿，姓陈。亲事是打小定下的。居沐儿与那陈公子青梅竹马，感情笃厚，可因她对琴痴迷，婚事一拖再拖，两家原定好了待居沐儿十八岁时便办婚事。没想到居沐儿将年满十八时，去了师伯音的行刑琴会，回来之后便似疯魔般迷琴，之后又患了眼疾，最后居家不得已退了婚事。而云青贤那时起便对居沐儿频频示好，情倾之意，居家邻里皆知。

龙二哈哈大笑："云青贤那家伙可是丁尚书的乘龙快婿，丁妍珊的姐夫。如此身份，居然还在外头招惹姑娘。招惹便罢了，还招惹个瞎子。"他越想越觉得有意思，"此事当真有趣。"

云青贤何许人也？

他是刑部尚书丁盛的爱将兼女婿，是皇上面前的红人，同时也是被师伯音杀害的吏部尚书史泽春的爱徒。当年正是史泽春一手提拔，向皇上及刑部力荐，云青贤才有了今日的权位。他与史泽春情同父子，所以在史泽春被杀一案上，云青贤倾尽全力，一丝不苟，终令凶手伏法。

云青贤相貌堂堂，为人刚正不阿，办事最是一板一眼，毫不变通。他任的是刑部侍郎，而龙家老三龙飞是混江湖的，接触的多是形形色色的江湖命案。云青贤不顾刑部尚书和皇上的明示暗示，总找龙三的麻烦。

找龙三的麻烦，就是找龙二的不痛快。有他龙二在，龙家人哪里是能让别人拿捏摆布的？于是龙二与云青贤的梁子就结下了，且越结越深。

龙二不满云青贤装模作样，死板固执，假公济私，处处针对龙家；云青贤不满龙二钻营取巧，奸诈要滑，收买朝中人脉。两人偏偏年纪相仿，一官一商，均出类拔萃，于是时时被市坊拿来衡量比较，各有支持。这令得双方更是莫名其妙地厌恶对方至极。

这两人只要一碰面就必起冲突。于是，京城中众位达官贵人均有共识，但凡宴请相聚的活动，只要这二者其一在，便不请另外一个。

如今龙二听得云青贤竟有这等不体面的情事，心里甚是快意："丁妍珊定是知晓她姐夫与那居沐儿勾勾缠缠，此一怨也。今日居沐儿又当着她的面对我不敬，坏了她的美事，此二怨也。两怨相加，依她的脾气，定是不能让居沐儿好过了。"

李柯心里叹气，一个柔弱盲女就要被人欺负了，他家主子爷有什么好得意的？

"李柯！"龙二横眼一扫，冷声道，"怎么，你可怜那居沐儿？"

"属下不敢。"

"才见了她一回，你便欢喜她了？"

"属下没有。"

"你看，装可怜真的是女人的一大利器。"龙二起身拍拍李柯的肩，笑道，"连云青贤都中招了，你要是对她起了怜惜之情，也合乎常理不是？"

主子爷是想说，就你自己英明神武，不会被这招数迷惑是吧？但李柯的心里话只敢咽在肚子里。

龙二脸上笑意不散："这市坊之间，还真是藏着真言啊。有趣，太有趣了！"

李柯抿紧嘴，没说那坊间还相传他家二爷贪财记仇又小气，至今未娶定有隐疾呢。不过这些不能说，一定不能说，他可不想被派去刷茅厕。

龙二这头还在想美事："若是丁妍珊真要对付居沐儿，定是没太多工夫再来烦我。而居沐儿被人欺负，云青贤岂能袖手旁观？他若插手，该如何与丁家交代？若不插手，那居沐儿吃亏，他定然也不好受。"

龙二想象着云青贤两头为难的困窘处境，心里头真是高兴。

“若是他耐不住，暗中使力阻止丁妍珊，然后惹恼了夫人和小姨子，两边再斗起来，那事情就太妙了。”

龙二越想越是期待，巴不得丁妍珊赶紧动手，一石三鸟，把让他不开怀的人全处置了。嗯，想想便通体舒畅。

龙二确是没有估错，丁妍珊认得那居沐儿，也确是打算给居沐儿一点教训。

当日龙二一走，丁妍珊便遣了车夫，将她送到了云府。

丁妍珊的姐姐名叫丁妍香，温柔貌美，温婉贤淑，于三年前嫁给了云青贤。夫妻俩感情和睦，只是丁妍香一直未有生育，虽然云青贤时时安慰说不急，但她心里仍有疙瘩。

丁妍珊到了云府，见了姐姐面，直截了当地说今日见着了那个瞎眼狐狸精。丁妍香呆了一呆，这才反应过来丁妍珊说的是谁。

“珊儿，凡事留三分余地，见人留五分口德。”

“那也得分什么人，看什么事。”丁妍珊气鼓鼓地道，“我今日去了盛隆茶庄，正与二爷叙话，那狐狸精便跑来了。她似有事相求二爷，二爷没答应，她居然用热茶泼了二爷一身。你说，这女人要不要脸？”

“用热茶泼人？”丁妍香皱了眉头，“她去求二爷何事？”

“不知道。”丁妍珊撇嘴，反问，“姐，你与姐夫谈了吗？他到底是如何打算？”

丁妍香脸上罩着淡淡愁容，云青贤对她处处皆好，但怕是也对那居沐儿动了真心。夫妻二人最是亲密，他有什么心思，自然是瞒不过她。

丁妍香把事情一说，丁妍珊便跳了起来：“呸，他还真想把那狐狸精纳进门吗？”

“相公道居姑娘并未答应。”丁妍香想起云青贤当时说这话的表情，心里一阵痛意。他若对那盲女不是真心，便不会如此遗憾难过。

丁妍珊气得满屋打转：“那狐狸精算盘打得精。我打听过了，当初她推了青梅竹马的婚事，想尽办法勾得姐夫的注意，人人皆知姐夫喜琴，她便是利用了这一点。她眼盲，又装得可怜，男人最是吃这套的。如今她不答应进门，怕是不甘做妾，暗地里想逼姐夫薄待你，自己攀上高位。真是下贱！她也不看看自己什么身份！姐，你绝不能容她，若是你不好开口，我跟爹娘说去。她一个布衣盲女，姐夫就算是被勾了魂，难不成还敢给我们尚书府不好看吗？”

第三章 夫人抢位战

“珊儿，莫要闹到爹娘那里，此事我自会计较。”丁妍香叹气。

丁妍珊不答应：“姐，你就是心肠太软。当初要不是爹爹赏识，一手提拔，姐夫哪里能有今日？他能娶到你，已是高攀。如今他什么都有了，倒是起了花花肠子，往外瞧上别的女子。若今日依了他胡来，之后你的日子可怎么过？不行，我要跟爹说去。还有那个狐狸精，我不会放过她的。”

丁妍姗说罢，转身就要往外走。

“珊儿！”丁妍香急了，一把将她拉回来，嗓门也大了起来，“这事你切莫插手。”

“姐！”丁妍珊气得跺脚。

“珊儿，这事坊间传得厉害，你道爹爹会不知晓吗？他若是真想为我出头，又怎会等你去找他？”

丁妍珊呆了一呆，说不出话来。

丁妍香又道：“爹爹自己就有三房妾室，娘是颇有手段之人，又有外公撑腰，结果还不是如此？我出嫁之时，娘便与我说了，爹爹看中相公才能，预计他日后仕途必能腾达，所以才将他揽到刑部为己所用。我既是倾心于他，便要有所准备，只要守好正妻之位，能讨得他欢心便是好的。若真有了其他女子，只要不在我前头生下子嗣，动摇我府中地位，便由他去。”

丁妍珊咬紧唇：“爹娘……爹娘他们怎能如此？”

丁妍香握着她的手："珊儿，就算是布衣，家里有些钱银也会纳妾养通房，何况像爹爹、相公这般为官握权的。自知晓相公的心思后，我想了许多。其实相公对我不错，起码没有让我糊里糊涂地便做了人家的姐姐。他已答应我，若我不点头，便绝不纳别的女子进门，也绝不让别的女子为他生下一子半女。"

丁妍珊一甩手："哼，这有什么，若是真心对你好，便不会瞧别的姑娘半眼。待我嫁了龙二爷，定不许他再对别的女子起心思。"

丁妍香笑了，伸手去刮妹妹的脸蛋："你看看你，也不害臊，大闺女家的还说这些个，盼着嫁人呢？"

丁妍珊脸一红，但也昂起头理直气壮："我就是想嫁给他，别的姑娘，肯定都不如我好。"

丁妍香笑着揽过她："是，我的妹妹最好了。"

丁妍珊将头靠在姐姐的肩上，撒了会儿娇，然后问："姐，姐夫说这事依你，那你又是如何打算的？"

丁妍香叹气："我再想想，再想想吧。"

丁妍珊不说话，心里却在寻思：绝不能让那狐狸精好过。

龙二自打那日被泼了一身茶后，便开始对盲眼人的生活有了兴趣。

他偶尔走路看到坑的时候会想，看不见路会被坑绊了吧？嗯，那盲女走路慢吞吞的，定是从前常摔跤，吃了教训。他吃饭夹菜的时候偶尔也会想，看不见菜在哪里，怎么吃呢？难怪她这么瘦。嗯，活该她不长肉。

如此心心念念，过了数日，他终是忍不住遣了李柯来问："丁妍珊有没有教训那个居沐儿？"

李柯无奈，领命去打听一位姑娘有没有欺负另一位姑娘。打听完了回来报："居沐儿自打那日起便闭门不出，暂时未有事发生。"

龙二听了，搓搓下巴："这个盲女，真是狡猾。"

李柯心里叹气。他家主子爷真真是记恨，人家眼盲不便，闭门不出倒也成了狡猾。他随口一问："二爷，那修筑遮檐的事，如何办？"

龙二横他一眼："怎么，你还要替那盲女来督促本爷兑现承诺？"

李柯被迁怒，忙低首连呼不敢。

龙二站起，负手看向窗外，哼道："我既应允了，便不会赖。这遮檐是一定会筑，但我可不会掏银子。"

李柯讶然，不掏银子，如何筑？

龙二道："我已让铁总管给各大户商贾放消息去了。东大街要翻新整修加筑遮檐，要修造成最繁华的商贸街市。把这名头弄大了，要不了几日，自然会有人捧着银子来，求我让他花钱修街。”

李柯明白了。那些豪商奇富钱银多得花不完，他们不缺钱，缺的是名声和权势。若是能掏钱为东大街成为全国最繁华的商贸街市出一份力，街头立牌碑留名，既讨了名声又巴结了龙二爷，于他们而言是求之不得的美差。

这果然是不掏钱的好法子。非但不掏钱，怕是这几日便会有人上门送礼讨好，抢这出钱的活吧。

李柯正感叹自家主子爷的巧思，忽听龙二问：“你说，上回那盲女说她有法子让我修筑遮檐还能赚钱，是什么法子？”

“属下不知。”

龙二看了看窗外，心里还真是有些好奇，早知如此当时就该问明白的，也省得如今心里吊着。他嘱咐李柯让人盯好居沐儿，看看她都受了什么教训，要报给他听。

李柯领命退下，龙二回到桌前，翻开他的账本。嗯，还是账本最讨人欢心，算一算盈余便舒心开怀呀。

过了小半个月，龙二统共就收到两条居沐儿的消息。一条是她出门教李府的小千金弹琴，回来路上被两个地痞调戏推搡，受了轻伤。后被一农夫救下，将她送回了家。另一条是她到琴行帮忙调琴音，回程时被人泼了一身脏水，后得近旁的一家豆腐铺的老板娘施援手，为她换了身干净衣服送她回家。

龙二皱着眉头：“丁妍珊干的？”

李柯道：“属下不知。听说居沐儿一个盲眼姑娘独自外出，确是容易受欺负，这类事并非第一回发生。”

龙二认为就是丁妍珊，哼道：“妇人手段当真是摆不上台面，无趣得很。”

李柯低头不说话。无辜弱女子被欺负了，难道还能“有趣”？

龙二想了想，道：“这般吧，你去找那盲女传个话，便说修筑遮檐的事我已做安排，请她到仙味楼坐一坐，商议商议。”

李柯一愣：“要议何事？”

龙二横他一眼：“自然是无事，这不过是请她出来的一个由头。你再吩咐下去，找个我身边的小厮，让他与丁妍珊的丫头偶遇偶遇，把我要在仙味楼请盲女吃饭一事似不经意地说了。”

李柯在心里叹气，这主子爷就是想看女斗女的戏码罢了。

果然龙二道：“要欺负人，就得当面让她不好看，背地里使些不入流的手段，让大老爷们对个弱女子动粗有什么意思。”

李柯忍着脸皮抽搐退了出去。

二爷啊，你一大老爷们使坏摆个场子看个姑娘家欺负另一姑娘家，又有什么意思？

李柯是个认真负责又听话的好护卫，虽对主子爷的举动不太认同，但还是很有效率地把事情办妥了。

三日后，龙二宴请居沐儿。

这日偏偏天公不作美，小雨淅淅沥沥，水雾弥漫街巷，不时有寒风拂过，又湿又冷。这般的天气，真不适宜出门。

龙二风雨无阻，提前到了地方等着。他站在仙味楼的二楼雅间，看着楼前大门石街，心里有些不确定，这鬼天气，倒是给了那盲女不赴约的借口了。

正这般想，一把青色的油纸伞从远处飘了过来。伞下是两个姑娘。其中一人手持竹杖，正是居沐儿。

龙二对天气的那点埋怨顿时烟消云散。很好，这姑娘很识趣。龙二颇为开怀，他看着居沐儿走近，对接下来的状况甚是期待。

居沐儿未用竹杖点地，只拿在手里，另一只手挽着身边蓝衫小姑娘的胳膊，显然是那小姑娘在给她引路。

两个人慢吞吞地走到了仙味楼的门口。龙二运力细听，听得居沐儿对那小姑娘道："晴儿，我也不知何时才出来，你不要站在街上等，身子才好，可别再淋病了。"

龙二心想这个小丫头必是那卖花姑娘苏晴。

龙二没猜错，这小姑娘正是苏晴。她嘻嘻笑应着居沐儿的话："晓得，晓得。我到对面包子铺大哥那儿蹭个地方，等你出来了我再过来。"

居沐儿点点头，用竹杖点地，慢吞吞地走进了仙味楼。

龙二就在楼上看着她进门，又看到苏晴走到对面的包子铺，站门口那儿说了一会儿，然后进去了。这时候，一辆马车缓缓驶了过来，龙二露出微笑，丁妍珊果然不负他所望。

龙二喜滋滋地转过身来。小二正好领着居沐儿行到雅间门前。龙二笑着相迎："居姑娘，这边请。"

他说着"这边请"，却没给居沐儿引路，还挥挥手遣走了小二。

居沐儿应了"好"，站在原地不动。

看到她的小心谨慎，龙二露出微笑，转身走到席上坐下了。

他一动，有了声响，居沐儿这才循着他的动静走。她小心地用竹杖探着路，慢慢走到了龙二的身边。

竹杖碰到了圆凳，待探手摸了摸，摸到了凳面，居沐儿这才小心翼翼地坐下。

龙二一直看着她，看到她面容镇定实则无依无助的样子，心里相当愉悦。这丁妍珊的火候与他相比，真真差了不是一点半点。

什么叫欺负人？这才叫欺负人！

让对方说不出什么不好来，却还得当着你的面露怯。越是狼狈尴尬心里着恼，越在面上发作不得，还得对着你赔笑脸，这才叫欺负到位了！

龙二禁不住微笑。这微笑，就正正落在了刚进门的丁妍珊眼里。

当日丁妍珊听说龙二要请居沐儿吃饭，顿时火冒三丈。这居沐儿果然是狐狸精，不动声色地勾走了姐夫云青贤的魂，现在又要冲着龙二爷下手了？丁妍珊咬牙切齿，打定主意要来这饭局凑热闹。她要当面领教领教，这盲女究竟会些什么蛊惑人的把戏。

丁妍珊有心要让居沐儿好看，于是试了新发式，买了新首饰，做了新衣裳，这日精心打扮巧点妆容奔来仙味楼，满城的雨雾湿冷都挡不住她要把居沐儿比下去的雄心。

可她万没想到，还未开战，就看到龙二对着居沐儿笑，那种暖洋洋的、心满意足的微笑，好像看到了她，让他心里有多高兴似的。

丁妍珊心里咯噔一下，气得扭绞手中帕子。她方才生怕裙底鞋尖沾上雨水泥泞，动作慢了些，这才来得迟了。若是早一步，便能知道这居沐儿究竟是说了什么把龙二爷迷成了这样。

龙二抬头，看到丁妍珊，露出了惊讶的表情。

丁妍珊一整脸色，挂上微笑，欠身施礼："真是巧，今日来仙味楼吃饭，竟然能碰上二爷。"

龙二起身回礼，笑道："还真是巧。"

"二爷有客人？这位居姑娘珊儿也是认识的，叨扰了，二爷可介意？"虽是问句，但人已然走了进来。

"这个……"龙二面露难色，还未开口，丁妍珊已经挑了龙二另一侧的座位坐下了："居姑娘定是不介意我来叙叙话的。"

居沐儿微侧头，脸向着丁妍珊说话的方向，表情一片茫然。

"居姑娘不识得我吗？"丁妍珊笑着，口气却是冰冷，"我姐姐叫丁妍香，我姐夫是刑部侍郎云青贤云大人。居姑娘一定是认识的吧？"

居沐儿恍然，点头道："云大人刚正不阿，为人磊落，是个好官。"

丁妍珊又笑："我姐夫不只是个好官，他还仪表堂堂，温柔体贴，是位好夫君。"

居沐儿微微欠身："那真是恭喜令姐。"

"我姐姐好脾气，我可不一样，要是有女人不识趣，胆敢招惹我姐夫，让我姐姐不痛快，我定会让她好看。"

居沐儿又微欠身，从容回应："令姐有你这位好妹妹，真是福气。"

龙二轻抿嘴角，觉得这种女孩儿拌嘴没什么意思。他唤了小二把菜上了：

“丁姑娘，别顾着叙话，吃点东西吧。”

丁妍珊听得龙二招呼，顿觉欢心。她偷偷瞪那居沐儿一眼，然后转过头来，微笑着谢过龙二。

龙二暗笑，冲一个瞎子瞪眼，那不是浪费了表情?

菜上来了。丁妍珊拉了话题，全围着她与龙二共识的人和事打转。居沐儿完全听不明白，受了排挤，而菜摆了一桌子，她看不见自然用不了饭，只得静静坐着。

丁妍珊看出她的窘境，越发高兴。龙二心里暗笑，伸手夹了一筷子鱼肉到居沐儿面前的小碟上：“这道红烧鲤鱼味道极好，居姑娘尝尝。”

居沐儿没动，龙二又道：“怎么，居姑娘看不上龙某点的菜？”他一边说一边又夹了一筷子鱼过去。

居沐儿听得这话，不得不拿起了筷子。她仔细辨认龙二夹菜的声响，先用左手摸到了小碟，再伸了筷子探过去，夹到了一块鱼，她慢慢放进嘴里。

鱼肉里全是刺。居沐儿一嘴下去就知道要糟，这嚼又嚼不得，咽又没法咽，要吐出来吧，她看不见，也不知吐到哪里好。她就这样含着一块扎舌头的鱼肉，一动不动。

龙二微笑，满意地看着她。

原本见他给居沐儿夹菜心里正恼着的丁妍珊这才明白了是怎么回事。她扑哧一下笑出声来，问：“居姑娘，这鱼味道可好？”

居沐儿从袖里掏出条帕子来，捂着嘴，将鱼肉吐到帕子上，吐干净了，她长长地叹了口气：“鱼刺扎人，什么味道都尝不出来。”

“怎么会？”丁妍珊娇笑道，“把刺挑了就好了，我吃了两块，还真是好味道呢。”她说着，摆摆手，旁边的丫头又给她夹了块鱼，挑好了刺放到她面前。丁妍珊得意地夹了，送到嘴里。

居沐儿笑笑：“二爷和丁姑娘都忘了我眼盲了，也难怪的，这等小事确实不容易记。小时候，我娘说吃鱼能变聪明，补脑子。我现在眼睛不好了，吃不上。丁姑娘和二爷可以多吃些。”

龙二一挑眉，哟，这盲丫头不甘受欺，居然敢讽刺他。

丁妍珊笑意一僵，沉下脸问：“居姑娘是说我与二爷忘了你眼盲之事，脑子不好吗？”

“自然不是。”居沐儿慢腾腾地答，“记不住事也是人之常情。那种明明知道却要装成忘记，才是真傻。丁姑娘与龙二爷不是这般的，自然不傻。”

丁妍珊气得差点把筷子摔了。她待要发作，却听得外头一个女子声音道：“哎呀，这么巧，想不到龙二爷也在此用饭。”

丁妍珊抬头一看，来者是蒋府千金蒋慧。她与丁妍珊一般，极想嫁入龙府当上龙二夫人。丁妍珊忙转头看龙二，见他也是一脸惊讶，想来必不是他约的。

龙二确实是惊讶，他是想借丁妍珊的手教训教训居沐儿，却不想在这仙味楼里开个什么龙二夫人宝座抢拼会。

一个女人难缠，两个女人添乱，三个女人一锅粥。龙二时时被女子以各种借口攀缠，当然深谙其中之道。

他皱起眉头，看着蒋慧不请自来地坐下了，还跟丁妍珊你一言我一语地拌起嘴来，不禁开始头疼。他转头看那居沐儿，她正认真听着两位姑娘互相攀比互相嘲讽地说话。龙二发誓虽然那表情只是一闪而过，但他确实看到了居沐儿唇边得意的微笑。

龙二顿时没了再戏弄居沐儿的兴致。他知道，如今他的烦恼该是如何从这两位千金小姐的争斗里体面地脱身。

正盘算此事，雅间门口忽然又有一女子声音："哎呀，真是巧，今儿个是吹的什么风，怎么能遇到这几位？丁姑娘，蒋姑娘，这许久不见，你们还是这般有精神。龙二爷，琴儿这厢有礼了。"

第四章 恼人的亲事

又来一个？

龙二额角一抽，下意识地再看居沐儿一眼。她唇角的笑意更深了。

龙二脸皮发僵。一大老爷们被几个女人缠住，于他而言是狼狈之事，虽然明知居沐儿看不见，但他还是把脸转向一边。

他很不高兴！

新来的姑娘入了座。略过居沐儿不计，局面变成龙二以一对三。

三位姑娘开始变着法儿地吸引龙二的注意力，抢着跟他说话，还相互挖苦，相互暗讽。

龙二应付了她们几句后便开口唤了李柯进来，一边吩咐他叫小二换热茶，一边给他递了个眼神。李柯点点头，转身出去叫了小二来。

李柯前脚刚走，后脚又来了两位女客。她们个个打扮得光鲜亮丽，一尘不染，也是这么巧，都是来仙味楼吃饭，正好就跟龙二爷偶遇了。

龙二脸黑得跟炭似的。这下雨天，全都打扮成这样跑出来吃饭？还真是难为她们了。

五位姑娘把桌子坐满了，没人去注意居沐儿。

一个粗布衣裳的普通民女，压根入不了她们的眼。真正的对手是哪几位，大家心里明白。她们原本已暗自较劲多时，正好今日当着龙二爷的面表现表现。再不济，把对方与龙二爷相聚的机会给搅了，也是好的。

龙二听着她们几个叽叽喳喳地说话，烦闷暴躁。这时，一直似不存在的居沐儿起身，轻声告辞。龙二瞪着她离开时挂在唇边的微笑，心里头真是气。看她离开时的动作比来时敏捷许多，他心里更气。

居沐儿走了，留下五位花枝招展的姑娘。每位姑娘身后还站着个伶牙俐齿的丫头，统共十位女子，二十只眼睛直勾勾地看着龙二。

龙二觉得这恐怖情景任哪个男人都是无法忍受的。

龙二很佩服自己，他认为他的忍耐力和包容心都堪称上乘，因为此刻他还能笑得出来。他带着笑招呼大家快吃菜，然后他握拳到唇边，轻轻咳了咳。

这一咳，让五位千金都皱了眉头，脸露关切，纷纷探问龙二是否身体不适，接着各施其能，开始介绍大夫，介绍治咳偏方，关切着衣厚度云云。

在龙二耐心用尽之前，李柯终于出现了。

李柯一脸焦急地奔了进来，龙二脸色一整，心里一赞：这次的表情演得好。他面上不动声色，只沉声问道："何事如此惊慌？"

李柯急急施礼，喘着气道："铁总管遣人来报，说府中发生急事，让二爷速归。"

龙二装模作样地皱眉："这样啊……"他望向众位姑娘。大家急忙表现端庄明理、恭顺贤惠，抢着道："二爷若是有事，就尽快回府去吧。"

龙二起身施礼："如此，龙某先行一步。这顿由龙某做东，姑娘们切莫客气，改日有机会再聚。"说罢，他转头走了。

龙二走出仙味楼，发现雨已经停了。车夫驾了马车过来，龙二摆摆手，示意不用。他自己朝着居沐儿来时的方向走着。不一会儿，李柯跟了上来。

"二爷，你走后，她们说每次相聚要不了多会儿，不是龙府有事就是各铺子有事……看来这招以后不好用了。"

龙二正不高兴，听了这话斥他："你演得太过了，之前都还好。可这次报府中有事，你喘什么气，又不是你从府里跑来报信的。"

李柯挠头，不敢驳，只在心中默念：我是护卫啊，又不是戏子。

龙二接着哼道："不必管她们，还好意思埋怨？既是知道每次她们一缠人我府里就有事，就该明白这是怎么个状况了。识趣的，便少来烦我。"

"可是，她们背后的家世，都是二爷用得上的，每次都做得不好看也说不过去。"

"那就交给你了，你给编出些好看的做法来，我等着。"龙二横他一眼，他还敢说，演了这么多次才进步那么一点点。

李柯很想说，上次居沐儿用的那招泼茶真是表现自然又有效果，只不过由她做合适，换了自己来就不太妥当。他还未开口，龙二忽地一摆手，跃上了一旁的屋顶。

李柯吓一跳，左右看看，下雨天没人，他也跟着跃了上去。这时龙二已藏在檐边不动了。李柯不知发生了何事，便学着自家主子鬼鬼祟祟的样子，伏了过去。

探头一看，却是居沐儿与那个叫苏晴的小姑娘在巷子角落说话。苏晴从怀里掏出几个包子说："姐姐，你饿了吧，这种请客吃饭的，你定是吃不着什么。我给你买了包子，还热着呢，先吃了再走，一会儿该凉了。"

居沐儿想来确是饿了，她应了好，拿了个包子小口吃着。苏晴心细，一边用雨伞横着，挡着风口，一边问："那龙二爷为何要请姐姐吃饭？"

居沐儿慢慢地吃完了一个包子，这才答："也没什么事，大概是想给家人问问学琴的事。"

"这还有大概的啊？"苏晴又递了一个包子到居沐儿手里，似乎有些不信，"那为何你让我借卖花名目，去跟那些大户人家小姐的贴身丫头说龙二爷今日在此宴客？"

"多些千金小姐来，也许我能多揽些教琴的活，岂不是好？"

苏晴想了想："也对。"她又递了个包子给居沐儿，"下次再有这样问琴的，让他们到酒铺问去吧。你眼睛不方便，大老远走一趟，饭还吃不得，多辛苦。"

居沐儿笑笑应好，龙二却没再听下去。他转身跳下屋檐，走了回去。李柯不明何意，也跟着走。

一路上龙二无语，待他上马车时，李柯听得他咬牙切齿地道："狡猾，真是狡猾！"

仙味楼一聚，让龙二的脸黑了好一段日子。

因为那五位千金小姐自那日起便使足了劲开始抢夺龙二爷。

她们递拜帖，送礼物，找各种名目邀请龙二相会叙话。甚至现在龙二出门，去哪儿都能跟某家小姐"偶遇"。

想来她们是受了那天仙味楼饭局的刺激，觉得再不加把劲，这金龟婿就要被别人捷足先登夺了去。

她们行动一积极，自然就带动了其他人。好几家与龙二相熟的权贵富商纷纷来探龙二娶妻的意思。还有借其他名目邀龙二相聚谈生意，结果谈着谈着就开始夸赞自己女儿的。再有就是遣了媒婆子与龙府的余嬷嬷打听龙二爷心意。

总之，龙二爷的抢手程度在这段日子得到了充分体现。市坊里也开始传了，莫不是铁树要开花，二爷想娶妻了？

龙二恨得牙痒痒，这麻烦事都是那个讨人厌的居沐儿给招来的。他不过就是想让她出出糗，小小恶作剧便罢了，没料到她的手段比他还狠。

众位千金闺秀的频频动作还有媒婆子们的积极游说终于惊动了龙府的余嬷嬷。她开始对主子爷龙二娶妻之事又有了些许信心。几经盘算，她决定用龙三夫人凤舞的名义，邀请众位小姐前来龙府赏梅做客，借机让二爷相看相看，赶紧把婚事定了。

“可是梅花还开得不好。”凤舞说，她正与余嬷嬷坐在花园里商议明日众家千金闺秀到府后的招待事宜。

“这有何关系，只是个由头。重要的是让二爷多见见，待他动了心，婚事就好办了。”余嬷嬷对张罗这事非常上心。

凤舞摸摸下巴：“让姑娘们把嫁妆清单带来，直接比财力，估计二伯动心的机会会大些。要不再比拼比拼看账本的速度和打算盘的姿势，这般更容易赢得二伯那颗财迷心。”

凤舞正说得高兴，余嬷嬷忽然用力咳了两声。凤舞一怔，后脊梁顿时有些发凉。她会过意来，慢腾腾地转身，看到龙二正站在她身后。

“二伯不是正忙着，怎么有空过来？”凤舞嘻嘻笑，假装什么都没说过。

龙二板着脸：“弟妹还真是关心我啊。”

“那是。”凤舞不动声色地挪了挪，试图让余嬷嬷帮她挡挡，嘴里说着，“二伯是家里的顶梁柱，全府上下，自然都关心着呢。是吧，余嬷嬷？”

龙二不给余嬷嬷帮场子的机会，紧接着问了：“除了比财力和管账本事，弟妹还有什么好点子？”

他摆明了要凤舞不好看，这下凤舞不服气了。她本也是个得顺着毛抚哄的性子，龙二这么不给她台阶下，她很不乐意，于是道：“法子倒是有的，不过不是我想的，是大嫂说的。”

她清了清嗓子，响亮清脆道：“大嫂说了，依二伯的性子，讨个媳妇儿不容易，不行她就让大伯像山匪似的给二伯去抢门亲回来。看，大嫂也是关心你的，但这比来比去，还是我的法子比较体面，也能给二伯省心。是吧，二伯？”

还省心？她们妯娌俩一个说他财迷心窍，不挑女人挑财力；一个说他性子硬不讨喜，讨不着媳妇儿。她们对他评价如此之高，他还能省心？

龙二深吸口气，在心里与自己说不能与妇道人家一般见识。不对，是不能与自己家里的妇道人家一般见识，别人家的，该计较还是得计较一下。

龙二正想再说道说道，教训一下凤舞，她都是两个孩子的娘了，要端庄贤淑，莫给龙家丢脸，莫把孩子教坏，可他还未开口，余嬷嬷先说话了。

“二爷，你看，大爷的小公子都能骑马了，三爷的小小姐也会喊爹了。”

龙二心里一颤，眼角瞧见凤舞在一旁偷笑，他赶紧应道：“是啊，这日子过得飞快。嬷嬷帮老三照顾娃娃，真是辛苦了。”他一边说一边瞪了凤舞一眼。

“不辛苦，不辛苦。”余嬷嬷说话时的表情甚是诚恳，“二爷，这几日，老爷夫人在梦里寻我了。他们问我府里情况都如何，三个儿子都好吗？我把府里的事与他们报了。老爷夫人对旁的都满意，但二爷一直未成家这事，却是让他们心里头着慌。”

龙二脸上强笑，这余嬷嬷真是越老越有主意了，他爹娘过世多年还能心里头着慌，这编的是哪一出？

可爹娘不在了，余嬷嬷虽是下人，实际却是娘亲一般的长辈，龙二再怎样也不好挑她老人家的刺，只得道："嬷嬷，那你回头安慰一下我爹娘，大哥和老三都有娃了，龙家已然有后，我不着急，不着急。"

余嬷嬷吸吸鼻子，拿出帕子，眼泪说来就来。凤舞在一旁看着，甚是佩服，暗地里给她竖了大拇指。

余嬷嬷把凤舞的手拨到身后，捏了一捏，传递了一个"让我来"的意思，嘴里对龙二说着："二爷啊，老奴知道，这么些年你撑着龙家甚是辛苦。如今日子好了，里里外外也平顺了，可你娶妻之事无着落，老奴无颜面对老爷夫人啊，哪里还敢与他们说什么安慰。老奴这一把年纪，怕是也撑不得几年，届时地下见着了老爷夫人，二爷尚未娶妻，老奴如何与他们交代？"

龙二连咳好几声："嬷嬷，你也知道，撑个家不容易，尤其我们龙家，那外头多少人盯着看，等着揪把柄找软处，现如今是比爹娘刚过世的时候强，可也不能掉以轻心。这买卖盘子大，处处都得上心；大哥常年不在，官场上的那些关系我也得帮他打点着；还有老三那头……"

凤舞一听这怎么扯上她家相公了，忙道："关我家龙三何事？"

余嬷嬷很有气势地一摆手，把话语权接了过来，相当严肃地问："二爷，这些个，与你娶妻有何冲突？"

龙二一噎，心知余嬷嬷软的不成来硬的了。他小心斟酌，回道："这个，我不是不娶妻，可这家里家外的……嬷嬷别恼，我是说，我得仔细寻个好的，不然窥我家产，谋我龙家之利，或是联着外人生了欺我龙家的心，那可如何是好？"

余嬷嬷没好气地回道："二爷，你这心思，比我这老太婆还多虑。咱先不评二爷自个儿的本事，只是你瞧大爷的夫人通理，三爷的夫人善武，这二夫人进了门，妯娌间互相照应管看着，她还能翻了天去？"

凤舞用力点头，看二伯吃瘪，心情真是好啊。

龙二被堵得说不出话来，好半晌才道："嬷嬷对大嫂和弟妹，还真是有信心。"

"我对二爷也很有信心，若是真娶了妻成了家，那一定是夫纲威震、妻贤子孝的。"

"那是，那是。"龙二讪讪地应，他哪能说不是。

"既如此，那二爷就快把亲事定了吧。"

龙二微笑，接着微笑，说："终身大事，哪能说定就定？这急不得，嬷嬷放心，我定仔细挑个好的。"

"你若有心挑便好。"余嬷嬷老当益壮，精神抖擞地从椅子上跳了起来，动作飞快地闪了出去，不一会儿也不知从哪儿变出个竹筐子，里面装满了画轴。

龙二脸上的微笑差一点没挂住。他听得余嬷嬷道："这里头都是千挑万选的好姑娘，我都仔细看过了，论样貌、人品、年岁、家境，都是不错的。二爷只管仔细再挑挑。相看上哪家了，我即刻安排求亲去。"

她说完，又掏出一张纸，递到龙二手里："今年定是赶不及了，这些是明年里的好日子，嫁娶办喜事最是吉利。二爷你抓紧，选好了姑娘，拣个日子把婚事办了。该准备打点的，我随时都能给安排好。"

龙二这下是真笑不出来了，他随口应了声好，又说想起书楼那里还有几份紧急的卷宗要处理，然后飞快地落荒而逃。

余嬷嬷追在他的身后喊："二爷，明日的赏梅茶会，一定要来啊！"

凤舞看着龙二身子一僵，步子加快，不禁笑到脱力。她打赌，二伯明天一定"很忙"。

第二天，龙二果然很忙。他说昨夜里接到属下来报，说邻城的生意出了点麻烦，得他亲自去处理，所以不能陪着众千金茶叙了。他特意打声招呼，算是给了余嬷嬷交代，然后上了马车，急急出城而去。

这事落在了凤舞的耳里，又是让她一阵大笑。她真是好奇，她家二伯这样的，最后到底会落到什么样的姑娘手里。

龙二在邻城躲了十天。派了人打探，闻得近来几日大家似乎都安分了，于是他收拾行李，打道回府。

马车奔南城门，取道竹林路。龙二不经意地往车窗外看，远远看到路边竹亭里似坐着个人。龙二未在意，但离得近了，他再扫一眼，咦，竟是居沐儿。

居沐儿一身浅青色的布衣，似乎是夹了棉的，有些厚实，脖子那里竖着领子，裹得严严实实。看来她还真是体弱，有些初秋凉意罢了，何至于穿成这样。

龙二心里一哼，即便她是个再弱质的女子，也不能可怜她。他活了二十六个年头，还没在哪个女子手里这么吃瘪过。

居沐儿一个人静静坐在那儿，听到了马车声响，她似乎有些高兴，微侧了头认真听，然后微笑起来。

马车继续前行，已越过竹亭。龙二探出身子，仍看着居沐儿。他看到她深吸几口气，脸上露出开怀的表情来，似是闻到了什么极美的气息。龙二下意识地也跟着深呼吸几口，却只闻到了泥土和竹林的味道，并不觉得有多好闻。

马车渐行渐远，竹亭和居沐儿消失在眼前。

龙二放下了帘子，转身安坐车中。居沐儿的微笑和欢欣表情一直在他脑子里，挥之不散。他忽然觉得自己应该做些什么，可是该做什么呢？

第五章 竹仗被偷了

马车行得快了，将到城门之时，龙二忽然喊了一声“停车”。

车夫和随行骑马的李柯都被吓了一跳。

龙二跳下车，与他们道：“你们在这儿等着我，我一会儿回来。”

李柯刚要说话，龙二却是手一指：“你也在这儿等着。”

李柯得了令，闭嘴立在原地。

龙二足尖一点，消失在车夫和李柯面前。车夫小心地问李柯：“李爷，二爷是要去方便吗？”

李柯答：“不知道。”

可他真想知道。身为一个认真又正经的贴身护卫，他也有着一颗八卦的心，可是他不敢跟啊。

好奇心真是太伤人了！

龙二要去做什么呢？

这个问题龙二自己在奔向竹亭的途中终于想明白了。

他得把债讨回来！不能让那个姑娘这般好过！

她露出这么舒心开怀的表情，简直就是在他心口重重打了一拳。

他龙二可是个呼风唤雨的人物。他咳一声，下面多少商行的老板都得赔着小心；他摆个脸色，就连京中权贵也得揣摩他的意思。这干瘦的盲眼女子，居然敢给他使绊子，暗地里动手脚，害他被一群讨人烦的姑娘缠上，被家中老人催婚。

他失了颜面，狼狈出逃，他要是不教训她，晚上如何睡得好？

啊，他终于想明白了他睡不好的缘由了。

难怪呢，他似乎还梦到过她与他说那些气人的话。难怪呢。

龙二很快到了竹亭外。

四下无人，龙二可以肆无忌惮地盯着居沐儿仔细看。她似乎仍在开怀，嘴角挂着浅笑，侧耳听着什么。那笑容恬静安闲，配上竹林孤亭，鸟语轻风，颇有几分怡然之美。

龙二微眯眼，心里的感觉越发强烈。想着要如何对付她才好？他可是有身份的人，不能像丁妍珊似的找些地痞流氓对姑娘家动粗。他要做得无伤大雅却让她欲哭无泪。

龙二的目光落在了居沐儿手边的竹杖上。虽然竹杖离她的手很近，但龙二有把握神不知鬼不觉地把它拿走。

他这么做了。

他偷偷地、悄无声息地把竹杖拿走了。

居沐儿毫不察觉，仍旧安静地坐在那儿，傻傻地闻着龙二并不喜欢的泥土和竹林的味道，听着风吹着竹林沙沙的声响。她什么都看不见了，这些小小的声响和气味，是她还存在的证明，她觉得自己还算幸运，活着，还能听，还能闻。

龙二完全理解不了一个瞎子的生活趣味。他在旁边站着等，等着看居沐儿发现竹杖不见时的表情，等着看她没了竹杖如何走路。

可居沐儿一直不动。龙二险些没了耐心，他真想大喊一声：“姑娘，你的竹杖呢？”

但他不能这么做，露了馅，事情就无趣了。

等了好半天，居沐儿终于坐够了，她探手摸向竹杖，准备回家。可这一摸，却是摸了个空。她侧了头有些不解，把手伸长了继续摸，什么都没摸到。她把身边触手可及的地方都摸遍了，还是没有。

居沐儿的脸色变了，龙二笑了。

居沐儿站了起来，有些惊慌。她定了定神，把整个亭子都找了一圈，确实是没有。

龙二看到她脸上的表情，觉得真是高兴。早知如此，就不该请她吃什么饭，看她局促饿肚子不如看她没有竹杖担惊受怕来得舒心。

居沐儿这时候又坐了下来，忽然道：“你出来吧。”

龙二一愣，差点下意识地走上前去。后一想不对，她不可能看到自己。

“我听到你了。”居沐儿脸上已经恢复了镇定，“你拿了我的竹杖，却未打算伤我，是何用意？不如出来一叙。我已经听到你了，你没有再藏身的必要。”

她说得极自信肯定，龙二差一点就信了。他心里有一瞬间的惊讶，但他忽然想到当初她就是这般把李柯骗了现身，自己还分析过她的手段。如今这一交手，自己差点也着了她的道。

他不出去，看她能如何办?

居沐儿坐了一会儿，没有等到任何动静，她又问：“藏着好玩吗？”

龙二觉得挺好玩的，比跟那些千金闺秀叙话来得有意思多了。他看着此刻居沐儿装模作样实际却无可奈何的糗样，觉得甚是开怀。

人人皆知他龙二有仇必报绝不手软。虽说对姑娘家他不该这么死咬着不放，但这居沐儿比其他算计他的爷们更让他着恼。怎么能忽略她呢，当然不行。

这时居沐儿已站了起来，冷道：“那竹杖便送你玩吧。”她面露怒容，语气强横。

龙二不由得一挑眉：哟，还有脾气呢。

居沐儿扶着竹亭的栏杆慢慢走出了亭子，然后一步一挪，往家去了。她没有回头，没有停步听四下的动静，只是很认真地走着路。

龙二远远地跟着她走了好一段，就是好奇她会如何。他看她走得小心翼翼仍被绊了几下，但每次都没摔倒。龙二觉得自己的心情当称为遗憾。后来见得有位上了年纪的男子迎面赶了过来，连声唤她名字。龙二听到居沐儿唤他“爹”，便知这人便是居安。

居沐儿与居安说弄丢了竹杖，回来迟了。居安大嗓门嚷着怎么这般不小心，下回他再给她做根新的。父女俩这便一同回了家。

龙二再没甚可看的，也就奔回了马车。他仔细回味，想到居沐儿窘境，那一连串变脸的表情，不由得笑了起来。这笑容让车夫和李柯很是惊奇。

回到了龙府，车夫拉着李柯到一旁悄声问：“李爷，二爷方才去了那许久，回来时一扫阴霾，脸色也好多了，莫不是得了便秘的毛病？”

李柯大窘，不答，扭身走了。

走了两步又转回头，拍拍车夫的肩说道：“好奇心该压住的就得压住，你看看我，学着点。”

车夫挠头，光看脸看不出李爷有压住好奇心啊，这是怎么个讲究法?

李柯语重心长：“好奇心会闯祸的。”

龙二这头，原以为事情熬过去了，但一回府就听得余嬷嬷说，他走的这几日，有几家药铺老板送了礼来，都是些大补药材。余嬷嬷打听了，是几家千金闺秀暗地里托付的，那几位甚是有心，看龙二日夜操劳，送了礼来，以示关心。

龙二皱眉，转头让人李柯去市井里打听打听，无论传他些什么，都给报回来。

李柯出去打听回来报了。现在坊间传言，说龙二爷视财如命小气记仇脾气不好，还有他鲜近女色、迟迟不婚的原因一是实喜男色，二是定有隐疾。

龙二听完脸扭了形：所以那些姑娘管不得他到底是不是好男色，只好从隐疾上下手，给他补补身子吗？

荒谬透顶！

他会娶她们才怪！弄回家里来让她们天天惦记着照小道消息给他补身子，那他不得少活好几年？

可龙二没想到，这事还没完。过了几日，又有药铺老板送礼来，这次送的是通肚润肠的良药。

药一送到，龙二的脸就黑了。

隐疾便算了，咒他拉不出屎是什么意思？

都怪居沐儿，都怪她。

龙二爷不高兴！

黑着脸的龙二爷堵心堵了两日，觉得浑身不舒坦。

好在这几日也有好事发生。不只送补药的来了，送钱银的也来了。大家琢磨好了翻修东大街的好处，开始向龙二爷示好，欲讨了这个美差。

龙二在这类事情上头脑是极清楚的。哪家是什么利害关系，谁的钱银可以收，谁的好处不能拿，对谁家该扶一扶，对谁家该摆摆威，他都是算计好的。

按之前定好的主意，龙二拿了两家的意思，把修筑遮檐的事分好了工，让那两家各得了好处，满意而归。

安排好修筑遮檐的事，龙二又想到了居沐儿。

许久未见，也没她的消息。龙二决定再去偷她的竹杖。他被市坊传得如此难听也是拜她所赐，所以教训她名正言顺，很是应当。

龙二去了。

这般宵小行径不是什么体面事，龙二心里明白，所以他没带随从护卫，自己骑了马，出了南城门，直奔竹林而去。到了竹亭，看到一对农家夫妇正在那处歇脚，亭子里并没有居沐儿的身影。

龙二继续前行，到了居家酒铺。

居家酒铺在京城以南五里，从入城的必经大路拐进唯一一条岔路林荫道，便能看到了。

酒铺并不大，四张桌子，两个干活的伙计加上居老爹就是全部的人手。铺子以卖酒为主，还有些下酒小菜、烧肉，以及馒头面条等主食。

酒铺的后面便是居家自住的宅院，三进小院，收拾得干净整洁。连着酒铺的第一进院子是两个伙计住的，一是守店，二是用来放置杂物等。第二进院子是居老爹的住处，兼为酿酒仓库。第三进小院才是居沐儿住的地方。

居家附近并无别的住家。穿过一条林荫道，走出一段，才有别的邻里。

龙二早已从李柯打探回的消息知晓这一切，于是他骑着马直接进了树林，找了个僻角把马绑好，然后自己悄悄潜进了居家酒铺的后院，跳进了居沐儿住的小院里。

居沐儿的院子很安静。院外有一圈高大的粗木围栏护着，院中有三间房。一间卧房，摆设简单，一床一案一柜，再无他物。

另一间是书房，三面墙的大书柜，摆满了书，窗前摆了一个书案，上面摆了文房四宝，整个屋里也没有多余的花哨摆设。

看见这一屋子的书，龙二愣了愣。他忽然想到这盲女在瞎眼之前，该是多爱看书的人啊。没来由地，他心里更堵了。

还有一间屋子是琴室。里面有四五台琴，以及放满了书册的小书柜。

龙二转了一圈，没看到居沐儿，这让他很失望。他远道而来，特意想欺负她一下，找找乐子，撒撒怒气，她居然不在？

龙二正想走，忽然发现这小院墙上钉着粗绳。龙二不知道这是何用意，他顺着绳子走一圈，走到后门处，发现那里也绑着一条粗麻绳。

龙二好奇了，他过去看了看，发现这粗绳沿着后门绕着围栏绑了一圈，一直通到了林子里。一棵树接着一棵树拉着绳，也不知是围着什么。

龙二跟着粗绳走，走着走着，他发现了里面的蹊跷。这绳子不是要在树林里围圈，而是个路引——瞎子的路引。

龙二确定这个，是因为他跟着粗绳一直走，走到了林子里的一条小河边，见到了坐在河边一个木桩上的居沐儿。

她坐在那儿，手里拿着一本书。她眼盲了，书自然是看不了的。她只是拿着，手指摸着书页，侧着耳朵似乎在认真聆听。

龙二下意识地也跟着听，他听到了河水流淌的细响，听到了林间微风吹拂的响动，还听到了居沐儿翻书页的声音。

龙二抿抿嘴角，看不见了，翻书又有什么意思，不过是徒劳地安慰自己罢了。

可居沐儿看上去似乎很愉悦。龙二皱起眉头，她愉悦，他便不高兴了。

想想坊间对他的传言，想想那些千金闺秀还在缠他，想想余嬷嬷期待的眼神……

过去大家就只道他贪财小气而已，他觉得这不是坏事，还有威慑他人的效果，让别人不好对他提什么占他便宜的要求。但现在传他断袖或是隐疾，还有那劳什子便秘的毛病，他便不痛快了。这不是让别人笑话他吗？

总而言之，全是这居沐儿的错。

龙二看着居沐儿摸了身边一块小石头往前扔，扔到了水里扑通一声，然后她笑了，又捡了一块石头扔过去，又是扑通一声响。

居沐儿自己与自己玩得高兴，龙二却觉得她无聊透顶，真是傻气。他心里哼一下，偏不让她高兴，偏要叫她害怕才好。

龙二看见居沐儿的新竹杖放在她坐的木桩边上。他轻点足尖，施展轻功，悄悄地跃了过去，用脚尖一勾那竹杖，竹杖飞起，他握在手里，人轻轻巧巧地落在了一棵树上。

他掠过居沐儿身边，带起轻悄的一阵风。居沐儿正准备再扔一颗石头，却感觉到了身边气息的流动。她吓了一跳，笑容僵在脸上，而后迅速地摸向竹杖的位置，发现什么都摸不到了。

居沐儿吓得跳了起来，惊叫道："是谁？"

龙二拿着竹杖在树上悄悄笑了。他得意扬扬，有孩子一般恶作剧得逞后的嚣张。她慌张无助的表情让他一扫过去几日的郁结，心情爽朗起来。他想着：就不告诉你，吓死你。

居沐儿咬着唇认真倾听，却听不到周围有什么人声或是走动的动静。她脸色惨白，吓得不轻。她下意识地把书抱在怀里，挡在胸前。

龙二逗她逗得兴起，飘然下树，捡了几颗石头分几个方向扔到了水里，落水有远有近，听不出投掷的位置来。

居沐儿被石头落水的声音吓得一缩肩，她没有说话，却是猛地扭头扑向最近的那棵树，摸到了绑着树的粗绳，她咬着牙，攀着粗绳一路狂奔，往家的方向冲。

她的奔跑速度并不快，跌跌撞撞，狼狈不堪。

龙二无声地大笑，想着要不要把绳子给她弄断了，让她更慌乱？算了算了，欺负得太过，就没趣味了。

龙二心满意足，把竹杖在手里把玩了几下，然后进了林子，找到他的马，高高兴兴地回家去了。

一连数日，龙二都派人打探居沐儿的动静，听得她数日闭门不出，躲在家里，他开心得弯了嘴角，拿着从她那儿偷来的两根竹杖把玩，甚是开怀。

这日，探子来报，说居沐儿生病，云青贤前去探望。

这事原与龙二无关，尤其沾上了云青贤，按以往龙二压根不会理会。但这回龙二甚是好奇，云青贤与居沐儿究竟是何关系？云青贤的夫人丁妍香什么反应？

他催了几回，让李柯遣人去打听。李柯也不知主子爷这是怎么回事，只遵命照办。打听回来却是没什么特别消息。云青贤探了病便走了，逗留时间不长，也无甚后续。

云府里头没什么异样。只丁妍珊去过云府一趟，想必是探望姐姐丁妍香。她离开时一脸不快，之后便在尚书府闭门不出，没有动静。居沐儿那边倒是病好了，又正常外出活动了。

龙二听了李柯回报后无甚表情，只问："她外出去哪儿？"

"就还是那些。教教琴，去琴室调调音，有时候就在竹亭坐坐。"

"没与云青贤有什么接触？"

"没有。"李柯答。

"她有没有……"龙二的话到嘴边就停住了。她并不知道是他偷了竹杖，自然不会来找他算账。

龙二默了一会儿，突然打开柜子，拿了两根竹杖出来，嘱咐李柯给居沐儿送去："你就说听说她病了，所以我准备了这份薄礼送她，祝她早日康复。"

李柯无语，刚才不是说了吗？人家的病已经好了。

李柯接了竹杖，仔细看了看，还是旧的。李柯很为主子爷准备的"薄礼"感到羞耻。

李柯清了清嗓子，一本正经地问："二爷还有什么吩咐？"

龙二道："把竹杖亲手交给她，仔细看看她的表情脸色。"

李柯："好……"

二爷你的语气，似乎是很想亲自去做这件事。

李柯心不甘情不愿，觉得此事有失颜面，但是主子爷有令，他还得照办，于是硬着头皮去了。

送完礼回来，龙二把他叫进了书楼，问："那盲女收下了？"

"收下了。"

"她如何说的？"

"居姑娘什么都没说。"

"什么都没说？"龙二撇了撇眉头，"那总该有些反应吧，她是什么表情？"

"居姑娘没什么大反应。她摸了摸竹杖，而后叹了口气，就转身回院子了。"

"没生气？"龙二问。

"没有。"

龙二不说话了。

李柯有些紧张，怎么居姑娘不生气，二爷反而生气了？

第六章 闲言猛如虎

过了两日，门房来报，说一个卖花的小姑娘捎来一份礼，称是居沐儿姑娘送给二爷的。小姑娘留下东西便走了，门房把东西给了李柯，李柯又把东西交到了龙二的手上。

那是一个用布包着的长形物件。李柯在龙二的示意下把布包打开，入眼赫然是一张琴。琴有些小，是给孩童用的。

龙二哼出一声冷笑。

李柯小心翼翼，一时断不出二爷这笑是欢喜还是着恼。

“瞧这心眼小的。”龙二指着那琴骂。

李柯应和地点点头，不说话。

人人皆知龙二爷不识音律，只爱银票，没哪个不开眼的会请他品琴论琴，更没人会送这等不讨喜的礼物来。居沐儿若不是消息不灵通，便是胆子太大，送这玩意过来，是讽刺二爷吗？

“你还说她不生气。她这不就是生气吗？”龙二批评李柯。

“是属下眼拙，当时没看出来。”李柯赶紧检讨。

龙二手指敲着桌面，瞪着那琴。

李柯察言观色，所以居姑娘生了气，二爷就高兴了？

“二爷，这里面还有张小笺。”

龙二一把抢了过来。小笺上书八个字：习琴养性，排闲解忧。

这字笔触优雅，但笔画间有些交结，跟蒙着眼写的似的。龙二心里知道，这不是蒙眼落笔，这是瞎眼盲写。

“我性子不好吗？”龙二问。

李柯赶紧拍马屁：“二爷掌事稳妥，待人宽厚，许多人赞誉。”

龙二哼道：“可不。还有许多姑娘想嫁我为妻。”

李柯：“是……”

“居然讽刺我。”龙二指着琴斥道，“还说什么排闲。我哪里有闲，忙得很。每日报事的人都排着队，桌上堆的账本卷宗都看不完，我哪里闲了？”

李柯腹诽，闲得跟个姑娘斤斤计较，还打听八卦。这些他就别提醒二爷了。

龙二拿起那琴，左右端详：“你瞧瞧，这可是她先招惹我的。”

是吗？李柯无语。

李柯认真地问：“二爷有何吩咐？”

龙二把琴放下，站了起来。他背手走两步，看看那琴，再走两步再看看那琴，思索了好一会儿，最后道：“你让仙味楼给居沐儿送菜，午膳、晚膳一顿都别落。”

李柯：“什么菜？”二爷这报复手段颇是新鲜。

“鱼。”

李柯：“啊？”该提醒二爷送菜是要花银子的吗？仙味楼的鱼可不便宜。

“清蒸、红烧、油炸、炖汤，换着花样给她送。刺越多越好。”龙二继续嘱咐。

算了，他还是别提醒了。

李柯照办了。

当天晚膳仙味楼就给居家酒铺送了红烧鱼过去。

李柯又被叫到了书楼，不待龙二问，李柯便答了：“据送菜的小二说，居姑娘挺惊讶，听说是二爷送的菜，没什么大反应，只说了谢谢。”

“我问这个了吗？”龙二一脸不悦。

李柯赶紧认错：“请二爷吩咐。”

龙二默了默，道：“她只说了谢谢？吃了吗？”

李柯：“不知道……小二送了菜便走了。”

龙二不说话了。

李柯也不说话，静立一旁，过一会儿龙二道：“明天继续给她送。”

“是。”李柯应得沉着。

鱼刺佳肴送了两日。第三日，居沐儿回礼了。她送来了一根竹杖。

李柯很想把居沐儿请过来亲自把东西交到二爷手里，有什么话你们自己说个清楚明白，不然他们这些中间传话递物的人也是辛苦。

倒不是转交个东西费体力，实在是动脑子费劲。

瞧二爷拿着竹杖揣摩的模样，许是对他来说也是不解其意。若是二爷问他这竹杖何意，他该如何答？

但龙二未问他。龙二挥了挥手，把李柯遣下去了。

龙二这一日脑子里总是牵挂竹杖这事。他觉得居沐儿明白他的意思了，所以送来竹杖示弱。她想说她不过是个瞎子，吃不了鱼，确是扎心。所以想请龙二爷大人不计小人过，别再与她计较。

龙二对居沐儿这态度非常不满意。这才交手了几回，便告饶了？你的脾气呢？

第二日，龙二自己悄悄去了趟居家酒铺。

虽然很不得体，但龙二还是潜上了居家的屋顶。他看见了坐在院子里的居安和一名伙计，两个人一边干活一边闲聊。

“老爹，今天还有鱼吃吗？”

“怕是没有了。”居安答，“沐儿说龙二爷家的娃娃不好教，她不打算教了。”

龙二满头问号。

谁家娃娃？谁是娃娃？

这谎撒得太不讨喜。谁人稀罕她教琴。

龙二转身入了居沐儿的院子，看到居沐儿正坐在书房窗前“看书”。书桌上摊着一本书，她的手抚在上面，脸对着窗外，没有表情，不知道在想什么。

龙二就这样与她面对面相视片刻，她眼里无他，而他却仔细看着她的脸。

有风拂过，撩起居沐儿鬓边碎发，那发丝戳到了她的鼻尖，居沐儿平静的表情忽然崩塌，她皱了皱鼻子，打了个响亮的喷嚏。

龙二扑哧一笑，那笑声很轻，散在风中。居沐儿却侧了侧头，喊道：“爹？”

龙二抿了抿嘴角，这盲眼的，耳朵这般灵。他沉默着，还没想好要不要反应，如何反应。

居沐儿等了一会儿，没听到声音，便试探着道：“龙二爷？”

龙二顿时被刺中，有些被戳穿的恼羞，他粗声粗气地道：“鱼好吃吗？”

居沐儿张了张嘴，又闭上了。她似乎吃惊于龙二的闯入，在犹豫该如何反应。这让龙二更加不开心。

他没等居沐儿说话，抢先道：“竹杖太多了用不完是吗？”那语气比刚才还要恶劣。

居沐儿这回不张嘴了。她也抿了嘴角，面上虽无怒容，但龙二能感觉到她的不高兴。

龙二心头一松，忽然不生气了。他当着居沐儿的面，大摇大摆地进了居沐儿的书房，拿走了离她手边不远的竹杖，再大摇大摆地走了。

他没有刻意弄出声响，也没有刻意隐藏足音，该如何便如何，总之没留下一句解释，拿了竹杖转身走了。

跃出院子之前，龙二回头看了看居沐儿的表情，她似乎有些懊恼。龙二便笑了。

龙二开心地回了龙府，一扫阴霾。这让李柯疑惑惊讶。

第二日一早，龙二便叫来李柯留意是否有人给他送东西。这一日还真有不少人送礼，陈老板送来一个玉器摆件，一看便知价值不菲。莫老板送来一幅字画，名人手笔，值得珍藏。还有朱老板、罗老板，都有年关前的好礼相赠。

龙二客客气气地把礼收下，该客套的客套，该回礼的回礼，但李柯总觉得这些似乎并未满足二爷的期待，因着二爷还催着他问可有人送东西来。

又过一日，有一琴室送来一本琴谱，说是一位姑娘托他送来。

李柯看到龙二面上显出少许欣喜，却又指着那琴谱盒子对着李柯道："看看，多小气的人。没完没了，非要挤对别人，也不看看自己的身份，真不怕别人报复？"

李柯不敢应声，默默地拿出盒子里的小笺，交给了龙二。

龙二接了过来，扫了一眼后脸色却沉了，转手便把小笺丢到桌上。

李柯偷眼一瞧，顿时了然，这琴谱可不是居沐儿送的，而是潘府千金的手笔。这小笺上写的是大胆的表白："好琴易寻，知音难觅，曲中真意，望君知晓。"

知音难觅这话确实不假，但糟糕的是有人非要把自己当知音，多尴尬。

龙二沉默了一会儿，一脸不痛快，然后忽然道："你去！查查这怎么回事？是不是又是居沐儿到处放话祸害我了？"

李柯去了，仔细一查，这回还真不是居沐儿做了什么手脚。而是上回居沐儿送琴的事漏了出去，而送琴之后龙二爷在仙味楼连番订了好菜送往居家酒铺，这事更瞒不住，坊间都知道了。

龙二很不高兴："这事有什么好传的？"

李柯小心翼翼答："因为坊间认为，嗯，我是说大家对二爷一直有误解，觉得二爷为人小气。如今竟然主动赠菜，是件稀奇事。"

龙二眉头一皱。

李柯继续道："所以有人传居沐儿看准了二爷想附庸风雅的心思，投中了二爷所好。二爷大概是看上了居姑娘，也想学学琴。"

"荒谬！"龙二火冒三丈，"我怎可能看上她？她是生得美还是家中有权有财？"

生得美家有权财的姑娘二爷你也没看上。李柯仍旧决定不提醒龙二。

“学琴？这就与看上她一般，不可能。”

“是。那些传言确是离谱。二爷莫要理会。”李柯附和。

龙二是不理会，但他接连又收到了一些闺秀送来的与琴相关的礼物，坊间的传言也越传越难听，竟说龙二爷对自己不识音律感到羞愧，近日里偷偷地学琴习雅，欲改只迷账本的粗俗商贾形象。

龙二很不痛快！粗俗？账本可比那些劳什子琴雅多了！你们这些附庸风雅的才叫俗。不识音律有甚好羞愧的？！胸无大志、散财败家、沉迷于破琴才该羞愧！

龙二让人放话出去，他龙二对习琴一事毫无兴趣，请相关人等莫要白费心思。

澄清的话很快便用委婉的方式递出去了。龙二原以为各家闺秀该收敛了，但一打听，坊间并无闺秀们的反应消息，倒是对居沐儿传得厉害。

有人说盲女居沐儿热情大胆，近来频频向龙府二爷示好，不顾眼盲不便，上茶庄上酒楼积极拜会，不但以琴相赠，甚至还以竹杖为礼，极尽手段争得龙二爷注意，以博欢心。可惜被龙二爷无情拒绝。

更有人将居沐儿从前旧事翻出来添油加醋再说道。这姑娘可不一般，是个“疯魔”女子。她爱琴爱书，走火入魔导致眼盲。她嫌贫爱富，力攀权贵，抛弃青梅竹马的未婚夫，勾引仪表堂堂的朝中重臣云青贤，但因被云青贤的正室夫人压着，迟迟不能进门。不能进门也是自然，她也不看看自己的身份，那可是刑部侍郎，又是刑部尚书的乘龙快婿，是她这个布衣盲女能高攀的吗？

高攀不上，那盲女便转了心思，又去向京城最抢手的金龟婿人选龙二爷下手。但龙二爷是何许人？将府之门，皇商极富，多少权贵都盼结亲攀交的男人，又哪里轮得到居沐儿。

居沐儿如此无耻行径，不自量力，着实让人看她不起。

龙二很是无语。

他传这些了吗？他说的相关人等哪里有居沐儿？什么轮到轮不到，他与居沐儿压根不是这种关系。而且你们根本不认识她，这么嘴碎编排人家的不是，也太无礼了。

但没人在乎，话还是疯传。而居沐儿变得足不出户，天天躲在家里。她再没有动静，也没有什么反击之举。

龙二有些郁闷，感觉账本也未有这般好看了。此时年关逼近，公事繁重，没人搭理挑衅他，龙二又恢复到只有账本和卷宗相伴的日子，但他偶尔也会想起那个泼他茶的盲眼姑娘，他盼着这年节快些过去。

这段时日居沐儿的日子并不好过。

市坊间话传得难听，她一姑娘家如此受辱自然难过。居安更是气得要拿棍棒到城里街市坊间守着，说是待听得谁人嘴里说这等不中听的，他就把人狠揍一顿。

居沐儿好说歹说，把他拦下了。

父女俩干脆都闭门不出。居老爹的酒也不卖了，而居沐儿也自我检讨，她就不该与龙二爷斗气。她以为盲眼之后她沉稳许多，没想到脾气还是不行。居沐儿心里叹气，盼着年节快些到，大家好好过个年，莫再有心思非议她。

可就算躲在家里，麻烦还是找上门来了。这一回，不只非议而已。

这一日，居家酒铺来了位不速之客——丁妍香。

云夫人的到来完全出乎居沐儿的意料，也让居老爹万万没想到。

原先外间传言居沐儿与云青贤勾勾搭搭，居老爹当然听说过，甚至也有乡亲邻里来侧面打听他家女儿是不是会进云府做妾。居老爹听了这些话心中不快。他家虽不富贵，但也是清清白白的好人家。女儿品貌端正，除了眼盲，其他可没一点不好，做什么妾。

可那云大人时不时来访，对居老爹甚是客气，居老爹心里疑惑，差点信了有这事。但女儿说了与云大人并无感情纠葛，也不贪云家权势，让他放心。

居老爹自然是相信女儿的。她极像她娘，不论是长相还是性子，抑或那股子聪明劲，都跟她娘一个样。

从前家里头大小事都由沐儿她娘拿主意，他只管做他喜欢的酿酒活计。可惜她娘死得早，这让居老爹伤心欲绝。好在沐儿懂事又乖巧，聪明又可爱，居老爹这才渐渐又找回了过日子的劲头。

居沐儿懂事早，有主意，有些事处理起来比他这当爹的还要妥当。所以居安对这女儿是一百个放心。

她说没事，那就一定是没事。

可最近坊间流言传得凶，这节骨眼上云大人的夫人找上门来，居老爹的直觉告诉他，这绝不会是好事。

居老爹借口女儿身体不适，不宜见客。

但那云夫人居然也不走，就坐了下来，说要在这小馆子里吃些酒菜。

有伙计赶紧跑到后院与居沐儿说了。居沐儿把居老爹叫了过去。

“今日不见，她明日还来。明日不见，她后日还来。是祸躲不过。越是拖延，外头的闲话就越多，且还在云夫人心里多积了怨气。我们速速解决，方为上策。”

居老爹一听确是有理，便应了声，将丁妍香领进了居沐儿的小院。

丁妍香遣退了丫头役仆，说是要与居沐儿单独叙叙话。居老爹认为自己不是下人，所以不需要退避。他就杵在居沐儿身边，四平八稳地守着。

丁妍香看居老爹没有出去的意思，脸色有些不好看。但毕竟自己是客人，也不好开口相斥，于是闭紧了嘴不出声。

居沐儿等了半晌没听见丁妍香说话，想了想唤了声："爹。"

果然听到了居老爹的一声应答。

"爹爹先去忙吧，一会儿女儿说完了话再叫你。"

居老爹心不甘情不愿，看了看丁妍香，又看看自家女儿，终于还是答应了，但他又道："我就在院子里晒晒太阳。"

居沐儿微笑着应了好，居老爹这才慢腾腾地走了出去。

待得屋里只剩她与居沐儿，丁妍香便问候了她的身体状况和家境，然后又夸赞了居老爹的能耐，说他酿得好酒，又会打理铺子，又能照顾女儿。她语调温柔，甚是亲切。居沐儿听着，小心应对。

云青贤确是曾向居沐儿表露过心迹，但她拒绝了。而后他来的次数越来越少，但每次来都温声软语，心中之情溢于言表，分明是还未心死。居沐儿心里苦恼，如今外边传言难听，这云夫人过来，自然不是对她的生活起居关切。

果然，丁妍香说了些不太紧要的问候话后，终于转入了正题："居姑娘，我冒昧问一句，我家大人是否与你提过，欲纳你入门？"

居沐儿在心里把话想了一遍，这才答了："我不过是布衣盲女，高攀不上云大人，还请夫人放心。"

丁妍香的声音还是很温柔，她问："是高攀不上，还是不甘做妾？"

居沐儿在心里叹气，这位云夫人的心思，绕了几个弯弯。

"夫人，我保证，绝不会入云家门，这样夫人是否满意？"

"不。"丁妍香的声音柔且轻，但答得很坚定。

居沐儿心头一紧，沉默了一会儿问道："那夫人如何才能安心？"

丁妍香道："居姑娘，之前我妹妹无礼，是她太不懂事，我已经教训过她了。之后再不会如此，请姑娘放心。"

这话与给云青贤做妾八竿子打不着，居沐儿弄不明白丁妍香的意思，于是闭口不语。

丁妍香又道："我这人，其实是极好说话的。我家大人对姑娘心心念念，这我知道。原本他的事，我不该多嘴，更不该插手，但眼见他郁结不喜，我亦十分难过。思前想后，我方才来找姑娘。"

居沐儿越发警惕，下意识地握紧了她的竹杖。

丁妍香接着往下说："我家大人温柔体贴，衣食住行对我极是照顾，对下人也都和颜悦色，绝不胡乱打骂。居姑娘你说，这般良配，不好寻吧？”

“那是夫人好福气。”

丁妍香笑笑，忽然问：“居姑娘何时开始习琴的？”

“三岁。”

丁妍香点点头：“我也是三岁。可我的琴弹得不如姑娘。”

“夫人过谦了。”

“这是实话。我家大人最是喜琴，我陪他弹琴，他每次都要夸赞你的琴艺。”

居沐儿不说话。

丁妍香笑笑，突然探过身来握住了居沐儿的手。她的手冰凉，吓得居沐儿打了个寒战。

“居姑娘，我并非不能容人的怨妇。”

居沐儿的心怦怦直跳，丁妍香冰冷的手指让她觉得极不舒服。

“居姑娘，我希望你能嫁入云府，与我做伴。虽是妾名，但吃穿用度各项礼遇都会与我一般。你绝不会有半点委屈，你看如何？”

居沐儿僵住了，她竟然在劝自己与她共享夫君吗？

居沐儿后脊梁开始发冷。她想了又想，生怕出错不敢多言，好半天才答：“夫人，我确实是高攀不上。”

丁妍香盯着她的脸看了半天，忽又笑了：“看来居姑娘不是不甘为妾，倒像是真心不愿服侍我家大人。”

居沐儿舒了口气，觉得刚才是被试探了，赶紧认真地答：“确实如此。夫人，我句句属实，夫人大可安心。”

“我说的也是真心。居姑娘，我家大人既是倾心于你，我若不能助他达成所愿，又如何能算得上是好妻子？”

居沐儿的心又提了起来，她听得丁妍香的声音越发的温柔：“居姑娘，请你务必，一定，要进我们云府来。”

居沐儿握紧了竹杖，好半天还是答了同一句话：“承夫人抬举，但我确实高攀不上。”

话音落了，屋里一片静寂。

丁妍香没有回应。这让居沐儿不安。

居沐儿不相信这位云夫人真心想让她进门，或许她被云青贤逼迫了，或许她自己违了心想向云青贤证明自己是贤妻，又或者，她有自己的计划。

她的声音太温柔，温柔得没有一丝感情。居沐儿看不到丁妍香的表情，她的眼睛是盲的，心却清明。

这时丁妍香又说话了：“请姑娘不要拒绝。我家大人对姑娘真心喜爱，我也一定会将姑娘当成自己的亲姐妹对待。姑娘进了我家门，姑娘父亲便可卸下肩上重担，安安稳稳地续个弦安度晚年。姑娘也有三五下人悉心照料，衣食无忧。相公体贴，我亦明理，姑娘还有什么不满意的？”

居沐儿小心地答道：“我当日知晓自己双眼今生再不能视物时，便下了决心，此生定不嫁人，孤老便好。”

“姑娘这说的是赌气话。”丁妍香用她那冰冷的手捏紧了居沐儿的手，她力气颇大，让居沐儿感觉到了疼，“居姑娘，你好好想想，你年纪不小，名声不好，外头对你如何传言你很清楚。不会有好人家愿意娶你为妻。错过了我们云家这门亲事，我怕你再无别的机会了。你不想嫁人，你父亲却又如何想？你一点都不顾念他吗？你眼睛不方便，平日里没人照顾，自己日子不好过，还拖累了你父亲。没有丫头役仆随侍，你出门办事散个心，遇到宵小恶徒可如何是好？你父亲年纪也大了，你忍心让他先是丧妻，再失爱女？就算你没出事，你父亲又得照顾你又得看顾酒铺，万一劳累过度出了意外，你又如何自处？”

居沐儿听得丁妍香的一字一句，觉得自己的手指也变凉了。

她听懂了。

第七章 突发的凶案

居沐儿沉默许久，终于开口。她问："是云大人的意思？"

"我家大人并不知晓我今日来此，也不知我会来劝你。他答应了我，若我不应允，他便不会纳妾。他对我如此宽厚，我亦不忍让他伤心。你若答应进门，他定然欢喜，他欢喜了我亦欢喜。居姑娘，我夫君是刑部侍郎，我爹爹是刑部尚书，再有我外公、舅舅、叔叔、伯伯，全是朝中重臣。你入了云家门，有我为你撑腰，外头传言自然消停，也定然不会有人敢动你和你爹一根汗毛，你家的酒铺子也能安稳营生。你瞧，这怎么看都是件大好事。"

居沐儿眨了眨眼睛，试图让自己放松下来。这话里的意思，再明白不过了。她不能慌，她得好好想想。

一个云青贤已难应付，现在又来了一个柔声细气说着狠话威胁的原配夫人。

居沐儿有些不敢肯定丁妍香的真实想法，深爱丈夫却要求别的女子进门与她共侍一夫？在居沐儿看来，有这种心思的女子比求婚被拒的男人更可怕。

丁妍香看居沐儿久久不语，脸色发白，不禁一笑："居姑娘一定知晓事情轻重。嫁到我们云府来，是姑娘的福气。我回去便着手准备，待年后开春，挑个日子，遣人过来下聘立书。"

居沐儿忍不住皱了眉头，这位云夫人竟这般打算强认她允了？

"夫人……"居沐儿刚唤了一声，就被丁妍香打断了："居姑娘在家安心等着便是。"

丁妍香说罢，起身唤丫头，就此打算走了。

居沐儿腾地站了起来："夫人，切莫擅作主张，我并未应允。夫人若是打算强抢民女，恐怕有损云大人和尚书大人的颜面。这事对夫人半点好处没有，夫人三思。"

居沐儿的语气颇为严厉，丁妍香一笑："你好大的胆子。"

居然敢警告她吗？

居沐儿脸色沉沉："我未行恶，何需胆子？"

还敢嘲讽她胆大行恶？

丁妍香再笑："伶牙俐齿，也得看身份。不然，会给自己招来祸端。"

此时丫头仆役推门进来，后面还跟着居安。他正巧听得丁妍香最后一句话，顿时受了惊吓。

丁妍香不理居沐儿，转头对居老爹道："居老伯，最近天气冷了，还得多加衣，可别病了。沐儿就你这么个爹，要好好保重。"

居老爹不明所以，只知来者不善。他默默点头当应了，转头看了看女儿。

丁妍香也看了看居沐儿，对她的表情和沉默感到满意。她柔声告辞，带着下人们走了。

待她离开，居老爹忙问女儿发生了何事。居沐儿推说没什么，只是外间传言难听，云夫人过来瞧瞧而已。居老爹半信半疑。

此后三日，居沐儿将自己关在琴室，不停地抚琴。

居老爹开始忧心，当初女儿从琴圣师伯音的行刑会回来，也是这般疯魔地抚琴，之后便发生了一连串的祸事。如今竟又这般，是不是又有什么事要发生了？

数日后的一个晌午，仙音琴铺的一位伙计匆匆跑来寻居沐儿，说铺子里接了个大买卖，要制一批琴卖到外城去。因年关将近，运货的马车不好订，只能明天一早送出去。但这次订的琴太多，铺子里不够人手调音测琴。掌柜的着急，来请居沐儿帮忙。

那琴铺是居沐儿一家子都相熟的，她也常去铺子里帮忙，一听如此着急，便一口答应了。

居老爹不放心，跟着女儿一道去。

这活一干便是大半日，琴铺老板程殷给大家都布了晚膳，居老爹照顾着女儿吃了。

饭毕，程殷来求居老爹，请居沐儿今晚也能在此帮忙，务必把这批琴都赶出来。工钱他出三倍，在城里住下的客栈房费他也包了。

居老爹看老熟人着急，哪有不答应的道理。他跟居沐儿招呼了一声，便去离琴铺最近的福运来客栈订了两间房，打算今夜里忙完便与女儿在那处住下。

可没想到，刚回到琴铺，却有邻里匆匆过来报信，说是酒铺的两个伙计晚饭时吃坏了肚子，此时上吐下泻，险些没了半条命，已请了大夫过去瞧了，但看他俩病得实在重，家里也没个人，于是便赶过来通知居老爹。

居安一听甚是着急，那两个伙计跟了他多年，吃住全在一起，早跟家人似的，得此急病，自然是把他吓到了。

居沐儿听罢此事，便让居老爹快回去。程殷也与居安道让他安心，他会好好照看居沐儿，等忙完了便派人送她去客栈。

程殷是看着居沐儿长大的，居安自然对他信得过。于是跟居沐儿交代好了，又跟程殷说了别把他女儿累着，这才急匆匆赶回家去。

居沐儿这一忙直忙到了深夜。她身体不好，向来早睡，这事程殷自是知晓，眼看剩下的活也不多了，他便让琴行的一个小伙计将居沐儿送到了客栈。

福运来客栈离仙音琴铺只隔了一条街。此时夜已深，客栈堂厅里没什么人。打着哈欠的小二哥领着琴铺的伙计和居沐儿到了后院二楼的客房。伙计进了房里，左右看了，告诉居沐儿各项摆设的位置，又领着她摸了一摸，最后确认安排妥当，便告辞离开。

居沐儿关好房门，把房里的各项物件又都摸了确认一遍，这才坐下给自己倒杯水喝。

水壶里的水是凉透的。夜深天寒，居沐儿想喝些热水。她开了门本欲唤小二，又一想深更半夜的，出声扰了其他人休息不好，于是她拿了竹杖，打算自己下楼到堂里去讨水喝。

二楼走廊里的灯笼是灭的，廊上黑漆漆的没有一丝亮光。

居沐儿慢腾腾地走着，冷不丁旁边一扇房门被打开，一名男子惊慌地叫了半声“救”字便被堵住了嘴。

居沐儿下意识地往声音的方向转了头。她当然什么都看不见，但她听到了被捂着嘴挣扎喘息的声响，这声响很快就消失了。

居沐儿心里一惊，她反应很快，转头就跑，一边跑一边喊“救命”。可她只喊出一声，便被人一把扯住了头发。她还未来得及叫痛，一个大掌捂住了她的嘴。

居沐儿拼死挣扎。她用手抓，用竹杖用力往后戳。身后那人闷哼一声，忍着痛飞快地将居沐儿拖进了房里。

居沐儿闻到了血腥味，她很害怕。她的竹杖被打掉了，她听到了关门的声音。然后一阵天旋地转，身上一痛，她已被狠狠甩在了地上。

居沐儿什么也顾不上，嘴一能说话，她赶紧道：“我是瞎子，我什么都看不见，我不知道你是谁，别杀我。”

一个人猛地凑了过来，居沐儿感觉到有呼吸离她的脸很近，居沐儿不敢动，她想这人一定是在观察她是否真是瞎子。她僵着，等着那人反应。可那人好半天未说话，也没动。

居沐儿抖着声音又道：“别杀我，我真的什么都看不到。我拿着竹杖，我是瞎的。”

那人的呼吸终于挪远了，居沐儿还没来得及松口气，却听得一旁桌上有轻微动静，下一刻，砰的一声，她头上一阵剧痛。

居沐儿失去了意识。

这日龙二有些头疼。

因为余嬷嬷居然得闲找他聊天了。

当然，这年前忙乱，余嬷嬷是知晓不该多打扰二爷的正事，她只是过来问问龙二，上次给他看的那些仕女图，他看了没。

龙二一时想不起那一大筐卷轴图被李柯给扔到哪里去了，于是含糊答了一声。

余嬷嬷赶紧接着问：“可有合眼缘中意的？”

过年这时段，最是好去拜会打点的日子，若是二爷有合意的姑娘，她也好准备些礼，与对方家里管事来往来往，打听打听，日后也好让媒婆子上门说亲去。

龙二自然是答“没有”。

余嬷嬷便问：“那二爷是喜欢何等佳人？”

其实这问题余嬷嬷问过龙二不下十次，每次龙二都含糊应答，能想到的条件都说过了，余嬷嬷选人也越选越精。

这次再问，龙二有些为难。

若答贤良，余嬷嬷定能说出好几位来；若答要性子好的，定也不缺；若说才情佳的，余嬷嬷左挑右选，肯定个个不差；那说相貌，嗯，若不是美貌的，嬷嬷也不能如此信心满满。

龙二苦恼，转头再想。他看着窗外的几棵翠竹，忽道：“嬷嬷啊，我若娶妻，定是要娶个特别的姑娘。”

“特别？”余嬷嬷一愣，“二爷说的特别，指何意？特别美貌，特别贤良，特别有才情……”

龙二一抬手，截了她的话，道：“嬷嬷，我说的特别，就是特别到会让人不在意她的容貌、她的性子、她的才情的那种特别。”

余嬷嬷倒是不晓得，这个特别，究竟是怎么个特别法儿？

看余嬷嬷那闹不明白的模样，龙二微笑，更是加重了语气：“我龙二，定是要娶个非常非常特别的姑娘。”

余嬷嬷不服气了，她要找媒婆子们打听打听，就不信找不出个能堵住二爷借口的“特别”姑娘来。

龙二又顺利混过去一次，心里高兴。可这好心情没能维持过一日。

夜里亥时将过，龙二正准备离开书楼回寝院休息，一属下急急来报，说是龙府盛隆茶庄的吕掌柜在西右街福运来客栈处被捕，罪名是杀害祥富茶庄的老板朱富。因是在命案现场当场被逮，现如今已被押至府衙。人命关天，又有目击证人，府尹已拍案开堂，要即时审讯。

龙二一听，忙唤备马。

近年来，龙二打算扩大茶叶营生，而那朱富的祥富茶庄虽小有亏空，但底子很好。龙二看中，想买进做龙氏产业，便将此事交由掌柜吕思贤去办。前些日子吕思贤回报消息，朱富犹豫再三不愿卖茶庄，但吕思贤说他有把握不多日便能成事。可没想到如今却是传来他将朱富杀死的消息。

龙二调遣安排。一是派人去了府衙打点探听，看看事态如何。二是遣了人去吕家报信，安顿好吕思贤的家中老小。三是命人去查那死者朱富相关联的人与事。

嘱咐好了，龙二自己上马疾驰，带了人先去了福运来客栈察看。

龙二不信吕思贤会杀人。

吕思贤做得好文章，辨得好茶品，有着文人傲骨书卷气，最不似生意人。但龙二瞧准了他的为人禀性，便让他主掌这龙家的茶业营生。

吕思贤跟了龙二多年，账目清楚，生意稳妥，客人与伙计均对他赞誉有加。他平素里吃斋信佛，待人宽厚。这品茶讲个雅意，买卖论个信字，吕思贤两者兼而有之。加上龙二巧思推助，坊间布话相传，盛隆茶庄在富贾权贵里甚有口碑。

吕思贤将茶庄买卖做得红红火火，可仍没半点骄纵之气，反而越发兢兢业业，认真做事。这让龙二更是欣赏。

如今说他杀了人，龙二的第一反应便觉这事有蹊跷。

龙二很快便赶到了福运来客栈，此刻客栈门口零星聚了些人，想是出了命案，众人被惊醒，小聚一处窃窃私语。

龙二使个眼色，手下人立时会意过去探听。而龙二拍马向前，由街头行至街尾，将左右看了个清楚，又绕着福运来客栈看了一圈，周围此刻有什么人、什么状况，他都默默记在心里。

那客栈里虽是命案现场，但里头人多，也不怕还有什么变故，可外围却是最容易疏漏之所，所以龙二自己先绕一圈，看仔细了，这才进了那福运来客栈。

此时西右街上、客栈里头都有衙役手提灯笼守着，出事的后院二楼客房已被数个衙役守得严实，捕快在屋里搜查寻证。

龙二仔细看过，又等得手下打探了一圈问了大概回来报了，说是府尹邱若明大人之前已亲自来了现场勘察，如今带着尸首和嫌犯及相关人等回了府衙。

龙二点头，交代了几句便将手下留在这里继续探查，他自己出了客栈，上马赶往府衙。

此时虽已夜深，但府衙之内灯火通明。

李柯早一步到，将事情打听了一二，见龙二来了，迎上去小声快速禀报："朱老板在福运来客栈二楼天字六号房遇难，那处还有位女子受伤，不省人事。吕掌柜被人发现时，浑身染血，正手持匕首，探那女子鼻息。"

龙二点头，不动声色，只向衙卫一摆手。

衙卫识得这大名鼎鼎的龙二爷，早有人进去报了，很快便出来领了龙二进衙堂。

大堂之上衙役站成两排，整整齐齐。府尹邱若明此时高坐衙堂，目光炯炯，颇有几分威严。

见得龙二进来，邱若明让人与他看了座。两人客套了两句便进入正题。邱若明知晓龙二此行目的，也素闻龙二小气护短的名声，于是将丑话说在了前头，吕思贤是在现场被抓获，人证物证皆在，人命关天，他一定会严审严查严办。

龙二自然是附和："大人刚正不阿，明察秋毫，定是能让真凶伏法。吕思贤虽是我家茶庄掌柜，但他若是行恶，龙某也绝不偏袒；可如若其中另有缘由，龙某也定将倾尽全力助大人找出真凶。"

一席话说得邱若明抿紧了嘴。

其实捕快已经查到了吕思贤与死者朱富近来往来频繁，事由便是龙府要买下这朱富的铺子，而朱富迟迟未答应。如此推断作案动机可是相当充分，按说这案子好审好判，只如今龙二坐在一旁，邱若明心知得审得清楚明白，让龙二心服口服了，此事才能罢了。

此时一衙役匆匆忙忙进来与邱若明耳语，龙二趁这工夫打量着衙堂内的各色人。

吕思贤跪在堂下，身染鲜血，脸色发白，但他看向龙二的眼神毫不闪躲："二爷，朱老板不是我杀的，我绝无行恶之事。"

龙二冲他微微点头："少安毋躁，邱大人公正廉明，你既是清白，大人一定会查明真相，还你公道。"

一个大帽子扣下来，邱若明在一旁听得嘴角一抿。他嘱咐了衙役几句，那衙役领命而去。

龙二又看向吕思贤的身后，那里站着四名男子。李柯低声在龙二耳旁道：“那个蓝衫胖子和青衣老者，都是朱掌柜的伙计，一个叫阿福，一个叫江英。那个瘦高个儿，是福运来客栈里的住户，叫梁平。他身后穿着伙计衣衫的是客栈小二山子，是他俩第一个看到吕掌柜的。”

这时，两位衙役和仵作抬上来一具尸体，裹尸布一揭，正是朱富。

仵作把验尸记录呈报：“禀大人，死者朱富死因查明，乃被匕首利器刺伤致死。凶手连刺两刀，均从背后刺入。”

仵作正说着，衙役领进来一名妇人，她一进来便扑倒在朱富的尸体旁号啕大哭：“相公，相公，你死得好惨啊……”

邱若明一拍堂木，大声问：“来者可是朱陈氏？”

那朱富的遗孀泣着应了，邱若明道：“你且立到一旁，待本官查明真相，还你相公一个公道。”

朱陈氏哭号不止，抹着泪，连磕三个响头，被衙役扶到了一旁。

这时一名衙役捧上一把匕首：“大人，这是在命案现场搜到的，其时正握在吕思贤的手里，仵作已查明，正是杀人凶器。”

邱若明拿起匕首，点点头。在升堂之前，他便已将尸首和匕首仔细看过。他开始问话：“吕思贤，你可认罪？”

第八章 盲女的线索

吕思贤叩首："大人，草民没有杀人，草民冤枉啊。草民今日中午确实与朱老板在西右街的达升酒楼会面，但下午未时刚过我们就各自回府去了。夜里，我正焚香念经，朱老板的伙计来我这儿寻人，说是他们东家出来见我后一直未归，我便将我们今日的行踪都说了，并答应与他们分头寻人。"

他说到这里，回头看了一眼阿福和江英。那两人点点头，连道他们确是上门找了吕思贤。

吕思贤接着说："我去了几个朱老板常去的地方，都没见到他。后一想又去了我们今日喝酒的达升酒楼。那儿的小二说，傍晚时还见过朱老板，他还招呼朱老板问他要不要再进来喝一杯，可朱老板似乎心情不好，理都没理他，只埋头往前走。那小二看到前面福运来客栈的小二拦下了朱老板招徕生意，那朱老板停了停竟然真进去了。达升酒楼的小二失了这买卖，心里不痛快，所以一直记着。我听罢，便去福运来客栈寻人。进去之后，小二趴在桌上睡觉，见得我问，连打着哈欠说知道，那朱老板住在后院客房二楼天字六号房。他坐着不起，我便自己去后院客房。"

邱若明问："可是身后这位小二哥？"

吕思贤回身看了，摇头："不是这位，那位年纪更大一些。"

那小二山子赶忙道："今日夜里是小的与大虎当值，他说的应该是大虎。之前小的因这位客官来找……"

他指了指身边的梁平，继续说："这位客官说是肚子饿了，想寻些吃食，又说二楼的廊道里灯笼灭了。小的探头看一眼，确是如此，便带着他先到厨房拿了些馒头和小菜，然后又去杂物房寻了个好灯笼点上。等我们回转上了二楼，却见天字六号房门开着，有两人躺在地上，地上全是血。而这吕掌柜拿着匕首，正探着倒地女子的鼻息。"

吕思贤磕头道："大人明察，草民自己上了二楼，就见天字六号房的房门开着，朱老板和居姑娘躺在地上，身下全是血。我心里一惊，赶紧过去探了鼻息，那朱老板已然断气，而居姑娘手里握着一把匕首，不省人事。我下意识地拿了匕首查看，又探她鼻息，她还有气在，我正想唤人，这二位就过来了。我还未及反应，他们便喊了起来，于是大家都把我当了凶嫌，带到了此处。"

龙二听得"居姑娘"三字，心里咯噔一下——不会是他认得的那位居姑娘吧？

邱若明问道："你是说，那匕首原本是在那姑娘手中？"

"是的。"吕思贤道，"可居姑娘我是认得的，她身子羸弱，又不会武，双目不能视物，断不可能杀人。我也未曾听说她与朱老板相识。"

龙二服了。

真的是居沐儿。

那个总是喜欢惹恼他，让他生气的居沐儿。

那边吕思贤继续道："只因这两人都是草民认得的，加上居姑娘拿着匕首这事蹊跷，草民才会下意识地取了匕首察看。但草民绝没有杀人，也不曾打伤居姑娘。"

邱若明盯着他看了片刻，问堂下衙役："那负伤晕倒的女子可曾醒来？若是无事，唤她上堂。"

衙役领命出去。趁着这工夫，邱若明又问了福运来客栈小二山子："那朱富住进客栈时是何情形？期间是否有访客？"

山子答了："朱老板走过客栈门口，正是小的揽的生意。朱老板看上去心情很不好，但也没说什么，进了店里，只一个劲儿地喝酒，喝多了，还是小的扶他进的客房，侍候他睡下的。此后就再无甚动静，也未见有访客找他。"

邱若明再问："今夜饭市收了之后，客栈里可还有未在掌柜客簿上登记的客人进出？"

"其他人小的未曾见。只听大虎说这位吕掌柜来寻朱老板。"

邱若明便问身边衙役："大虎何在？还有客栈掌柜，又在何处？"

衙役忙出去唤人。

福运来客栈掌柜名方怀，他这夜说是家中有事，饭市还未收便回家去了。客栈诸事交给了大虎打理。而大虎说他干完活觉得累得不行，见无事便趴在桌上睡了。

后发现有命案，大虎惊出一身汗。吕思贤是他放进客栈后院的，他深恐自己得担责，对捕快大人们知无不言言无不尽，虽一个劲解释自己身体不适，但仍积极带着捕快到方怀家中找人。

大虎因着跑这一趟，才与方怀都来得迟了。

邱若明问话，方怀与大虎均答得小心。

方怀家中母亲病了，捕快去他家时已经查明，堂上禀了邱若明知晓。

大虎未曾发现有别人进店，只见着吕思贤。他的口供与吕思贤的一致。吕思贤找人，他答了在哪间房，因困倦偷了懒未起身，任吕思贤自己上后院找人去了。

大虎应话时紧张得有些打战，但条理还算清楚。

邱若明听罢点点头，又问了朱富手下的阿福和江英，平日里东家是否与人有甚仇怨。那两人皆道朱富为人老实，平素与人无冤无仇，与娘子朱陈氏感情笃厚，未见过他们争执。这段日子只有卖不卖茶铺一事让朱富烦心，旁的事倒没听他念叨过。

朱陈氏在一旁抹眼泪，哭诉着她家相公是如何为人忠厚，茶铺就是他家的命根，相公定是不愿卖，这才与吕思贤起了嫌隙，被他下了毒手。她哭着喊着，又跪地求邱若明为其做主。

正闹着，一名衙役扶着居沐儿进来了。

居沐儿身上厚布衣染了血，头上有伤，包扎的布巾子也浸着血迹。龙二禁不住仔细看她，她脸色苍白，病恹恹的模样，好像更瘦了些？

龙二看她这般，竟然觉得心里老大不舒坦。

邱若明大声喝问：“来者可是居沐儿？”

“回大人，正是民女。”她的声音轻轻软软的，听上去有些无力。龙二有些恍神，想着似乎许久未听到她说话了，还是她原本精神时的清亮声音好听。

“居沐儿，此乃衙堂之上，本官正在审理今夜里福运来客栈朱富被杀一案，你且说说你为何会在命案现场？”

居沐儿点点头，把琴铺找她帮忙，活多干不完回不了家，于是订了客栈打算在那儿住一晚的事都说了。

邱若明听了，招来衙役，让他去传仙音琴铺的人过来问话，查证居沐儿所言虚实。

衙役领命走了。邱若明又问居沐儿是否认识朱富，居沐儿答不识。他又问她是否认得吕思贤，居沐儿点头说认得。

邱若明略一沉吟，又问：“居沐儿，吕思贤是案发后第一个发现你的人，他说你手上拿着匕首，晕倒在朱富身旁。你且说说，你若是不识朱富，为何会进到他房内？你手持的匕首，正是令朱富毙命的凶器，这你又该做何解释？”

居沐儿惊讶地张大了嘴：“我拿着匕首？”

“正是如此。”

居沐儿摇摇头，皱眉咬着唇思索起来。她不说话，惹得邱若明一拍惊堂木，喝道：“居沐儿，答本官的问题！”

龙二皱起眉头，看着居沐儿困惑又惊慌的脸，很不满邱若明的语气。不就是晚答了一会儿，至于大吼大叫的吗，一点耐心都没有，还审什么案？

居沐儿被邱若明一喝，吓了一跳，她张了嘴正待说话，邱若明已然抢先又喝：“定是你眼盲认错了房门，误入了朱富房内，朱富醉酒不辨来人，举止轻浮，你慌乱之下，便与他缠斗起来，你用匕首将他刺成重伤，而他拼了最后一口气用桌上茶壶将你击晕。”

居沐儿惊得用力摇头，这编的是哪一出？“大人，凶手另有其人……”

居沐儿话还没说完，一旁的朱陈氏已激动地扑过去将居沐儿推倒在地厮打起来：“一定是你这个贱人，原来是你杀了我相公。”

居沐儿完全没有招架之力，一转眼就被打了好几拳。

龙二大怒，手一指，李柯已箭一般地跃过去，将那朱陈氏提了起来。龙二大喝一声：“撒什么泼，也不看看地方！”

邱若明没好气地看了他一眼，这话不是该他这府尹大人说的吗？

龙二很不客气地回视了邱若明一眼。他知道邱若明是有心试探，看看居沐儿是否真是手无缚鸡之力。可试探一下便好，他老半天不让衙役把那泼妇拉开是要怎样？这么欺负一个盲眼弱女子，他这为人父母官的也好意思？

此时衙役已将居沐儿扶了起来。

居沐儿道：“大人，凶手另有其人。民女原是想去前堂找小二哥讨些热水喝。路过那天字六号房，听得开门声和一声男子惊叫，他只喊了个‘救’字便被人捂了嘴拖了进去。民女当时下意识地朝那边转了头，那凶手便认为民女看见了什么，便将民女也抓了进去。民女求他饶命，道明自己眼盲，识不得他，之后他便将民女打晕了。再后来发生了什么，民女确是不知。”

邱若明点了点头，敛眉深思。其实他并不认为凶手是居沐儿，虽然双方缠斗，一方中了两刀后拼命将另一方击倒，而自己最后也失血过多而亡这样的可能性不是没有，但朱富身形高大，肌肉结实，要让居沐儿连刺两刀，刀刀入骨，这不太可能。

“吕思贤。”邱若明一声喝。

“草民在。”

“适才你可看见，那居沐儿并无杀害朱富之力？”

“大人，草民不认为居姑娘是凶手。适才草民说过，朱老板和居姑娘草民都是认得的，就是因为觉得事有蹊跷，所以才会拿了匕首查看。不料被人看到，草民才会被误认为是凶嫌。”

邱若明哼了一声道：“那你刚才可曾听清了，朱富的伙计和家人都道，你欲替东家买下朱富的茶铺，而朱富一直不愿卖。你今日约他，是谈此买卖不是？”

“确是。”

“你多次相商，买卖谈不下来，心里自是积怨难安。这日夜里寻见了朱富，想起白日里买卖谈得不顺遂，他酒醉失控，与你言语不合，你急怒之下将他杀害，又巧居沐儿经过，所以你一不做二不休，将她打晕，欲栽赃于她。若是定了她有罪，你便能脱身，若是本官明察，看出杀人并非她所为，她也说不出个所以然来。你安排好一切，本想装成发现现场第一人，怎料这时忽然有人出现，目睹一切。你功亏一篑，被当场缉捕，是不是？”

邱若明一边说着这话，一边悄悄打量着众人的神色。朱富的两个伙计一脸悲愤，朱陈氏一直在掩面低泣，住客梁平和客栈小二神色如常。而端坐在一旁的龙二爷只认真看着众人神情，面上无波。

邱若明这番话惊得吕思贤连连磕头：“大人，事实并非如此。白日里朱老板已经答应将铺子卖给龙府了，我们是将买卖条件谈定这才分的手。”

吕思贤此言一出，朱富的两个伙计和朱陈氏都大惊失色，连声嚷嚷这不可能。

邱若明与他们确认朱富是否有说愿意卖铺子，那三人皆是摇头道朱富不愿卖。邱若明又问龙二今日是否听得吕思贤来报说买铺子的事已谈定。龙二摇头，道这不是小买卖，吕掌柜没把所有细节都敲定是不会来报他，否则被他三言两语问倒了，便是吕掌柜的不称职。

吕思贤这时赶紧道：“确实还有一事未定。朱老板只说铺里还有两个常年跟他的伙计，他将铺子卖了，还得跟他俩说一声，看他俩是愿意跟着龙家干活，还是愿意拿银子自己谋生路。他说明日给我消息，怎料到夜里却发生了这等事。”

邱若明问：“这事可有第三人知晓？”

吕思贤一愣，他是在等消息，所以没跟别人提起。而朱老板那头，依如今堂上情形看，想是也无人知晓此事。吕思贤心知无论人证物证，皆是对自己不利。他面若死灰，只得磕头道：“大人明察，小的确实没有杀人。”

邱若明沉思，这案子虽然可以这般推测，但还是有疑点。他有些抓不住头绪，堂下相关人等，除了吕思贤，个个看上去都是清白的，没有动机，没有嫌疑，也都有相关人证证明。

只有吕思贤嫌疑重大！

可到底哪里不对？

“大人。”这时候龙二开口了，“龙某只说一桩事。”

邱若明看向他，龙二直视过去：“要说动机，吕掌柜每年帮龙某名下茶庄赚的钱银，能买下二十个祥富茶庄不止。那祥富茶庄于龙某不过是个添彩头的事，龙某并未斥责吕掌柜要求他定要成事。如此说来，若是一个掌管着全京城最赚钱的多家茶铺的掌柜，稀罕一个小茶铺到一怒杀人，龙某倒觉得那样才稀奇。”

邱若明心知他说得有理，正苦思，这时外头跑进一捕快，凑到他耳边急急说了几句。原来适才他们所说的那些行踪往来，捕快都出去查了。琴行的、客栈的、酒楼的，还有各人家里都被问了话。这捕快集了大家的消息，回来报给邱若明听。

堂下那些人所说的，都是实话。

只有吕思贤的话，没人证明。

没人能证明他不是凶手！

这时居沐儿忽然道：“大人，民女可否与吕掌柜说几句话？”

邱若明不知她何意，但还是应了好。居沐儿伸出手臂，摸索着向吕思贤的方向走过去。衙役急忙扶着她，为她引路。

居沐儿走过去，嘴里喊了一声：“吕掌柜。”

吕思贤急忙起身，伸手扶住她：“居姑娘。”

居沐儿握住他的手臂，站稳。

大家都盯着他俩看，不知道居沐儿想说些什么。结果她却是道：“我就是想跟吕掌柜道声谢，若不是你及时发现，也许我已伤重毙命。我相信吕掌柜不是凶手。大人定会明察秋毫，吕掌柜放心。”

吕思贤苦着脸，人命大案，情势对他如此不利，他哪里能放心？身后朱富的伙计遗孀高声叫骂，这让他心里更加难过。

邱若明的脸色也不好看，这盲眼姑娘怎的跟龙二爷一个德行，不管三七二十一，先扣个大帽子下来？他是个好官，哪里需要他们这么挤对他才会好好办案？

这时居沐儿又道：“大人，民女的头受了伤，案发时的一些事记不清了，但民女隐约觉得那是重要线索，望大人莫急着结案，待民女细细想来再报大人。”

邱若明皱眉，一个盲女还能看到什么重大线索？他自是不指望她的。但此时再审也未能有进展，于是他嘱咐了几句，先将吕思贤收押入监，其余人等各自返家，等待衙府再查再究。

龙二此时也没甚好办法，他与吕思贤道会为他安顿家里，让他莫慌，定会找到证据证明他的清白。

吕思贤被带了下去。龙二让李柯找人去牢里打点，莫让吕掌柜在里头受苦。李柯领命去了。

龙二与邱若明客套了几句，探得邱若明也觉得此案尚有疑点，但暂未有甚具体可说。

龙二便道："吕掌柜进门之时客栈里无人阻拦，知是寻人也不带路，那便保不住有其他人等趁小二不备私自入客院上楼。再者，客院楼后便是窄巷，夜深人静攀窗入屋行窃也有可能，大人不妨再查查。"

邱若明心中没好气，他堂堂府尹，办案子哪里需要商贾指教，龙二说的这些他自然知晓，当然会查。邱若明客客气气地把龙二请走了。

龙二出了府衙，看到有对中年男女正接居沐儿上马车。那男子连声道："唉，唉，怎的这般倒霉？幸好你无事，不然若有个什么三长两短，我如何与你爹交代？"

居沐儿一脸倦容，细声细气地应了几声，然后上了他们的马车，走了。

龙二转身唤了身边一名护卫跟着那车，看那二人将居沐儿接到哪里去，若有事便快些回来报他。护卫应了，骑马跟了上去。

龙二安排好了事情，回到府里已是过了半夜。他这会儿倒是不想睡了，于是又去书楼，一个人静静坐着，想着这案子的各项事宜。无论如何，他必须把吕掌柜救出来。

龙二这一坐便坐到了天明。中间李柯进来将吕掌柜入狱安置情形及居沐儿被接到琴铺老板程殷家里安顿的事都报了。

龙二让他安排探子，照着他分析的那些线索查一查。李柯领命。

第九章 居沐儿求亲

天刚明时，一名小厮忽然来报，说府外大门处，居沐儿姑娘求见。

龙二讶然，那姑娘头上顶着伤不安分休息，乱跑什么？他皱着眉应了，让小厮领她去前厅。

待龙二过去，发现居沐儿身边还坐着个居老爹。两边说了几句客套话，居沐儿突然道："上次二爷与我说的好琴我很想看一看，此次碰巧路过，厚颜前来打扰。"

龙二一愣，他几时与她说过他有好琴？但一转眼见到居老爹一脸气恼，他明白过来。定是她有事想私底下找他谈，但又不想让她爹知道。

龙二忽然有了一种她的小把柄落在自己手上的欢喜，他笑了笑："那琴放在书楼，若是姑娘想看，还请移步。"

居沐儿听得他配合，松了口气，忙道："爹爹你在此等我一会儿，我去摸一摸那琴马上就回来。"

居老爹见是在别人府里，不好说什么，只嘟囔着有些不乐意。女儿受了伤不好好回家看大夫养着，跑来看什么琴，早知道他就不该答应她。

龙二吩咐小仆给居老爹备茶点早饭，好好招呼，然后领着居沐儿走了。

龙府很大，长廊花园石径，七拐八弯的，居沐儿跟着龙二走得颇费劲。龙二打量她，她已换过一身干净衣裳，头上包扎的布巾子也是新扎的，不过瞧着却是比昨夜里更虚弱了。

龙二没来由地心里来气，干脆就近找了间厢房与她坐下了。他唤来了小仆备热茶上早饭，然后开始说话。

“你昨晚睡了吗，怎么顶着张鬼一般的脸到处跑？”

居沐儿这会儿完全没心思与他斗嘴，只解释：“今天城门一开我爹便来了，他知道了昨晚的事，要带我回去休养。若我不找个由头来见一面二爷，怕是这几日都不好过来了。”

“你想与我说什么？”

小仆奉来了茶，给两人都倒上。龙二看着居沐儿冻得惨白的手，于是点了点桌子，敲出声音来：“茶在这儿，热的。”

居沐儿谢了，摸到了杯子捧着，没说话。龙二又问了一次：“你来找我何事？”

居沐儿深吸一口气，脸上现出尴尬与些许的难堪。龙二看着不由得挑眉，这表情怎么有些熟悉，甚至比当初求他修筑遮檐更局促，他心跳快了两拍，竟隐隐有些期待。

“二爷。”居沐儿终于开口，“我有办法证明吕掌柜不是凶手，也能找到真凶。”

“哦？”这事龙二非常感兴趣，他等着居沐儿往下说。

“但是……”居沐儿话锋一转，“我想跟二爷谈一个条件。”

果然啊，又来这招？

龙二差点笑了，他的心怦怦跳，有些说不清道不明的兴奋感。他拿起杯子喝口热茶，稳了稳心思，问道：“你想谈什么条件？”

居沐儿咬着唇好半天没说话。龙二耐心等着，再喝一口热茶。

“我想，我想……”居沐儿犹豫着。

龙二被她吊起了胃口，但又不想表现出急切，他再喝一口茶，稳住。

“……我想，请二爷娶我。”

“噗——”龙二急转头，一口茶喷到了地上。

见鬼了，他刚才是不是听到有人向他求亲？

龙二自认见过的女子不少，各种相貌的，各类性子的，各式背景的，不同年纪的。其中对他表示有意的也不少，有送礼的，有送诗的，有暗送秋波的，有搔首弄姿的，有自己暗示的，有遣人转达的……

但是，还没有谁这么勇猛地直接与他说“我想请二爷娶我”。

龙二之前见识过最大胆的，也不过是遮遮掩掩拐弯抹角地问他为何不娶妻。哼，真真是无趣得很。

可是现在这个不无趣了，有趣得很！

太意外太震撼，其程度完全超出了龙二的想象和预料。什么样的女子才会直接对一个称不上太熟的爷们说“你娶我吧”？

好吧，其实，龙二觉得，与居沐儿感觉上还是挺熟的。

但是，她说便说了，可顶着一脸倦容，憔悴得与鬼一般，头上包着裹着药浸着药汁的布巾子，穿着不太合身显然是从别人那儿借来的衣服，不施粉黛，没张罗发式，然后抱着根破竹杖……

就这般来跟他说？

真是，真是，他连想斥责她的心思都没有了。

如此仪容不整，压根就是没有重视他！

龙二瞪着那个求完亲就咬着唇一脸忐忑的盲眼姑娘，心里一哼：你也知道不安？还以为你胆子和脸皮都跟铁甲石盾似的呢。

他盯着她看，半晌轻咳了两声，问："为何？"

"啊？"居沐儿愣愣的。

龙二微嗔，求完亲就傻了吗？他轻哼一声，又问："我为何要娶你？"

"因为……"居沐儿有些支吾，而后似乎下定了决心，道，"你说吕掌柜一年替你挣的钱够买二十家茶铺不止，而我十年怕也吃不下半家茶铺的钱银。二爷最是精打细算，一定能算明白，增加一个我，比损失一个吕掌柜可是划算多了。"

这个理由真是——

让他龙二颇有些欣赏。

但他岂能落了下风？

"你有多少嫁妆？"

这回居沐儿答得更顺溜了些："我若是嫁过来，二爷一年至少能多挣二十家茶铺的钱银，十年就是二百家，二十年就是四百家。一家茶铺值多少钱，二爷肯定比我清楚。我相信这嫁妆，绝不比任何一家大户的少了。"

龙二噎了一下，她可是拿着他的话头了，总在不停地提醒他少了吕掌柜他得少挣多少。

哼，他是这么看重钱银的人吗？

好吧，他是挺看重的。但他是那种为了钱银就随随便便娶媳妇的人吗？

若是为财，当初愿意送他半城财产只为嫁他的那个女城主，他不就早娶了，还轮得到现在这个瘦巴巴没几两肉、眼睛还不好使的盲女吗？

于是龙二又换了问题："你能看账本吗？你会打算盘吗？你有本事打理府里大小事务吗？"

居沐儿抿紧嘴，默了一会儿道："二爷一直未婚，原来是相中了府中账房先生和管事先生吗？"

哎哟，顶嘴啊！

龙二笑了，他道："你突然跑过来求我娶你，难道不该想几个好理由来说服我？"

居沐儿反问："二爷觉得我的理由不够好？"

“好在哪里？”

居沐儿撑着脸皮道：“二爷既得贤妻，又保贤才，多挣不少钱银，我觉得二爷赚大发了。”

你说呀，继续说。你能够说这些自吹自擂的话别脸红，那才叫厉害。如今缺了些气势，一看就是死要面子还嘴硬。

龙二盯着居沐儿看，看到她掩不住的紧张局促，忽觉得好笑。

“居姑娘，你的脸皮，比我见识过的厚多了。想得这般美，我都替你不好意思。我不想娶你，也不需要你帮忙。那案子的真相很快便能水落石出。居姑娘，你痴心妄想，如意算盘打差了。”

龙二的语气尖酸刻薄，充满嘲讽。居沐儿先前的羞耻心绷到极点，如今听了这话，她的表情慢慢僵硬下来。龙二看到她握着竹杖的手指因为用力而泛白，她抿紧了嘴角，眨了眨眼睛。

龙二不确定她是不是要哭了。他顿时有些后悔。刚才的话说得太重了？语气太难听了？

两个人都静默下来。

过了一会儿，居沐儿轻声说了句“打扰了”，然后便急急起身往外走。

这下龙二有些急了，她声音里的不安让他很不好受。居然就这样走了吗？不跟他拌嘴了？不还击了？

居沐儿走得比来时快很多，这一转眼，她已经出了屋子，走上了小径。龙二透过窗子看着她，发现没人领着她，她居然还能认路。

眼看着她越走越远，龙二坐不住了。他跳起来，快跑两步，三两下追上她。

“居姑娘。”他唤她。

居沐儿没回头，只低着脑袋小声说：“二爷不必相送，我认得路。”

他不怀疑她认得路。他忽然明白过来，她来时走得慢是因为在默默记路，所以离开的时候她便能敏捷许多。但现在重点不是她认路的问题，他也不是要送她。

“居姑娘。”龙二抢上前两步，握住了她的竹杖，“吃完早饭再走吧。”

居沐儿摇头，声音还是低低的：“谢二爷美意，我还是不打扰了。”她手上用了点力，却抽不动竹杖。她皱眉，又用力抽了两下。

龙二看她一脸生气，拼了力气却徒劳抽不动竹杖的样子有些想笑。他又道：“还是一起吃个早饭，我总要看看你到底吃得多不多，是不是真的十年也吃不掉我半个铺子的钱银？”

居沐儿愣了愣，站着不动。龙二却是拉着竹杖要带着她往回走。

“这谈条件跟谈买卖一样，要谈的。一条道谈不拢就换一条，绕来绕去，总归能谈到点子上。哪能像你这般，没谈几句便发了脾气要走，这如何能成事？”

居沐儿没应话，她有些弄不明白龙二是想继续戏弄她还是真的愿意再与她谈。

两个人又回到了原来那个厢房吃起了早饭。居沐儿吃得不多，道了谢，闷闷地坐在那里不说话。

龙二看她那副样子好想敲她脑袋，才说了几句不中听的，她至于这么可怜嘛。

他清了清嗓子，问她：“你说有法子为吕掌柜洗冤，是什么法子，且说来听听。”

居沐儿不说话。于是龙二换了个问题：“你既是没见着真凶模样，又如何认定不是吕掌柜所为？”

这回居沐儿答了：“在衙堂上，我借着与吕掌柜说话之时，摸到了他身上的衣裳。他穿的是绸布料子，而那个凶手，则穿着普通布衣。再者，吕掌柜身上有焚香之气，想来之前正在念经或是弹琴。他身上的气味与那凶手不同。”

龙二有些惊讶，她身处险境之时，居然还能记下这些细节。

“我还有其他的线索，我能找到真凶。”

“你既是知道这许多，为何衙堂之上不与府尹大人说？”

居沐儿低下头不说话。

龙二又道：“你知不知道，你瞒着这些，吕掌柜平白蒙冤不算，他被囚禁在那牢里，又得无端吃上多少苦头？”

居沐儿咬着唇，还是不说话，但握紧竹杖的手指还是泄露了她的情绪。

龙二叹气，又问：“我若是不愿娶你，你是否就真的任由吕掌柜蒙冤枉死？”

居沐儿一震，抬头，用那双并不能视物的眼睛对上了龙二的双眼：“二爷若是不答应，我也会将一切告诉府尹大人。”

“你这么一说，倒是没了让我娶你的筹码了。”

“反正二爷说了不会娶我的。”居沐儿撇了撇嘴，显露出一丝孩子气，“二爷愿意让吕掌柜知道二爷不愿娶妻帮他，我却是不愿吕掌柜觉得我未达目的便见死不救。”

龙二笑了：“这么说来，我倒是不如你仗义了。”

居沐儿点点头，想想也觉得好笑。她使了坏心眼来逼他娶她，他没答应，本该一言不合积起仇怨，可为何如今两个人说着话却觉得也挺欢畅？

这种欢畅，忽然让居沐儿有些别扭起来。她起身告辞，龙二却唤住她：“等等。”

居沐儿一愣，站住了。

“你坐下。”

居沐儿坐下。

可龙二又不说话了。居沐儿不解，只好坐着等话。

龙二此刻心里很挣扎。他犹豫又犹豫，他确实是不想娶妻，可是他也知道，居沐儿把筹码都亮了出来，她不会再来求他了。若她不来求他，不与他斗嘴，他就会失了许多乐趣。

而且，她为何突然想嫁人？她有难处？

他不答应娶她，她是不是就会去找别人？

那她若是嫁给了别人，他就再难见到她，不能逗她玩了。

龙二想了半天，忽问："居姑娘，上回在茶庄，你说那筑檐的事你有办法让我把钱银赚回来，是何办法？"

居沐儿很意外他问这个，但还是答了："我只是想，京城里，像二爷这般大富大贵的人家不少，钱是多得花不完的，他们更想要的是留名与攀权。东大街是京城里最重要的商贸街市，若是有修街这样的大举动，只要巧施名目，多得是富贵人家愿意掏钱留名。"

龙二笑了，这个盲女啊，就知道她是有趣的，居然与他想的一样。跟她在一块，还真是一点都不无聊。

"娶你为妻这事，倒也不是不行。"龙二这话一出，居沐儿瞪大眼吃惊地抬头。

她的表情让龙二又笑了。他说："不过你还是得有一个说服我的理由，你嫁过来，于我能有什么用处？"

这个问题很现实，也是摆明要故意为难她。

居沐儿皱着眉微侧头认真想，她知道她得说出一个让龙二欢喜的答案来。

"我能陪二爷解闷。"

龙二哈哈大笑，她倒是知道自己能让他解闷。

龙二的心情变得非常好，他靠在椅背上，看着居沐儿，觉得那张脸分外顺眼起来。

"你再说说，为何你想嫁给我？"

为何？

因为二爷长得俊，因为二爷很有钱，因为二爷好风趣，因为二爷会持家，因为二爷武艺高……

马屁是要拍的，但是这些恶心的话，居沐儿觉得自己说不出来。

她憋了半天，终于憋出了一句："因为，我就是想嫁给你！"

她真是，真是，好大的口气！

就是想嫁给他！

这话说得，怎么让他心里头这么舒服呢？

龙二咧开嘴无声大笑。

他放心开怀地笑，一点没压制。因为她看不见，只要不发出声来，他便可以自由地在她面前显露出各种表情。龙二觉得这样很不错，在她面前他不必伪装掩饰，可以随意逗弄，而她的反应总是那么有趣。

想想就觉得开心，龙二忍不住继续笑。

居沐儿瞪着前方，一脸茫然。她说了那句话之后这龙二爷便再不言语，反而有一股诡异的气氛迎面扑来，这是怎么回事？

过了好半天，龙二终于欢喜够了。他清了清嗓子，唤了李柯进来，说道：“探子那边，让他们重点盯一盯那个朱陈氏，每一个跟她接触的人都不要放过，有任何蛛丝马迹都要报过来。”

李柯应了，领命而去。

居沐儿瞪着眼表现出惊讶。龙二心里有些小得意：“你眼不能视物，能判断的无非是触觉、嗅觉和声音。你适才说知道吕掌柜不是凶手，是因为摸到他的衣裳和闻到他身上的焚香气味。由此可见，你并没有听到凶手的声音，也并不知道凶手是谁。今日在堂上，除了那衙役和吕掌柜，只有朱陈氏与你相近，能让你摸到闻到。你说你还有线索，多半便与她有关。”

龙二看着居沐儿的表情，知道自己猜对了，他笑问：“你说，我聪不聪明？”

居沐儿在心里叹气，这个在商界呼风唤雨的龙二爷呀，就非得让人夸一夸他才甘心吗？

“聪明，聪明，二爷真是睿智。”

龙二哈哈笑，看居沐儿夸他夸得那般勉为其难，偏偏还要摆出一副诚恳的样子来，真的有意思。

他继续逗她，伸出大掌握住她握着竹杖的手，问道：“我这般聪明，你想不想嫁我？”

他的手掌宽大而温暖，透过居沐儿有些发凉的手背，让她感受到一种说不出的踏实感觉。她用力地回了一个字：“想！”

龙二的笑慢慢凝在了嘴角，他看出来她是认真的，非常认真。

她是真的想嫁给他。

但不是倾慕他的才貌，不是敬仰他的名声，不是看中他的地位。

事实上，龙二压根不觉得以他俩这样的相识及相处过程，她有可能会对他产生什么样的情愫，更何况这情还得深刻到她要嫁给他。

所以重点不是她想嫁他，重点是她想嫁人。而他未婚，又正好与她有一件算是互有交集的事，所以她觉得可以用来当作条件交换。

第十章 倔强的温柔

龙二静下心来。他还握着她的手，她没有避开，任他握着。她的手凉凉的。她很怕冷，难怪穿得比别人厚。

他握着她的手，感觉她的手在自己的掌下慢慢暖和起来。

她的脸冲着他的方向，她的表情有些不安，惶然又充满期待。她的眼神清澈，可惜无甚神采，于龙二来说，那真是可怜巴巴的小模样。

刹那间他觉得心里软乎乎的，他早忘掉了自己教训过李柯不可被女人的可怜迷惑，浑然不知自己现在已经沉溺下去。

“为何想嫁人？”龙二问。

居沐儿默了默，龙二这回问的，不是“嫁他”，而是“嫁人”。她明了他的言下之意。龙二爷是精明人，名不虚传。

“我眼盲无法视物，我爹慢慢老去，我总得寻个归宿。”居沐儿缓缓说着，声音有点小。

龙二脑子里瞬间闪过坊间那些对她名声不好的传闻，他不觉得她是众人口中那样轻浮势利的姑娘。而她被传得这般难听，有一部分是因为他。

居沐儿看不见龙二的表情，她张了张嘴，似乎想说些什么，但又咽了回去。

龙二不禁猜她是不是想提云青贤，在那些“名声不好”的传言里，“勾引云青贤”可是占了很大比重的。可龙二等了等，居沐儿终究没再说什么。

没有解释。但她向他求亲就是最好的解释。她不要云青贤，她想嫁给他。

“行啊。”龙二忽然道。

居沐儿一愣。她的表情里有明显的惊讶和猜疑，似乎不敢置信。

龙二看到她的表情笑起来：“我娶你。”

反正，只是多备一双筷子而已；反正，她那么有趣，以后就留在他身边天天逗自己玩；反正，他就是要把她娶过来，不能便宜了别人。

“你这么辛苦相求，那好呀，我娶你。”龙二又说。

居沐儿脸上的惊讶变成了惊喜。

龙二便笑了：“你先与你爹回去，好好睡一觉。我下午晚些时候去寻你，我们一起去府衙，把案子的事好好与府尹大人商议商议。你没有看到凶手，口说无凭，必是得有真凭实据才能让真凶伏法。我们一起想办法，将吕掌柜救出来，如何？”

“好。”居沐儿应了，松了口气，忍不住展了笑容。

那笑容，还真是顺眼。龙二也笑，他拉她起来，将她送到前堂屋。

两个人一路无话。居沐儿心里一放松，顿时显了困倦。龙二有心等她开口，但居沐儿安安静静的。龙二有些不满，才答应了她，她不殷勤便算了，还一脸无趣模样。

龙二便拽了拽她头上包扎的布巾子，说道：“你还没问我礼数如何定？”

“啊？”居沐儿有些吃惊，“礼数如何定？”

“我只应承娶你，可礼数未下、婚期未定，你不怕我反悔？”

居沐儿眨眨眼睛，打起精神道：“只听人说二爷小气，未曾听说二爷言而无信的。我相信二爷。”

龙二去拽居沐儿的竹杖：“我这会儿也能算上是你未婚夫婿了，你怎能跟着外人一起编排我的不是？”

居沐儿：“我明明是夸二爷重诺守信，哪里有说到二爷的不好？”

“那你说的，听人说二爷小气是什么意思？”

“就是别人说的，不是我说的。”

“别人说的你也不该听。”龙二抬杠了。

居沐儿柔顺乖巧：“二爷说得是呢，下回我不听了。”

真能装。龙二咧开嘴笑。

两个人一路拌嘴说了些不相关的话到了前堂屋。居安在那里早就等得不耐烦，早饭都吃了三轮了，撑得肚子饱饱的。见得居沐儿来了，他赶紧快步迎上前去：“怎么摸个琴要这许久？”

“二爷还请我吃了早饭。”

“哦，哦。”居老爹顿时对龙二生了些好感。一大清早来打扰，他不但不生气，还管了早饭，真是比外界传言的好太多了。

居老爹冲龙二道过谢，带着女儿走了。

等居家父女的马车再也看不到，龙二才溜溜达达地往寝院走。他决定小睡片刻，待午饭前再使人去府衙投拜帖，下午去拜会邱若明。

龙二躺到了床上，把所有的事过了一遍，婚事里好多事都没谈明白，嫁妆、聘礼、三书六礼要花的钱银，给媒婆子的钱银，添置新物、宴客、采买各项的银钱等。他居然什么都没算就答应娶她了，这真不是他的做派。

他得快些算明白，不能吃亏，定要想法子把这些钱银挣回来才是。

龙二只睡了一个时辰便起来张罗各项事。先是叫来李柯让他报探子那边都有些什么进展，而后又遣了一个管事盯好各茶庄的营生。这吕掌柜不在，茶庄生意不能乱。然后他派了人去府衙投拜帖，又找了人去打听最近居沐儿那边都发生了什么事。

待吃过了午饭，他又批了会儿卷宗看了会儿账本，这才让人准备马车。他要去居家酒铺接居沐儿。

结果到了那里，与居安说明了来意，却发现居沐儿还未起床。

居安一脸心疼地唠叨："我这闺女自两年前盲了眼，身子就一直很不好。昨晚挨了惊吓，又受了伤，撑着一晚上没睡。早晨一回来就躺下了，到现在都不醒。叫她起床吃饭她也不愿吃，只是睡。这药我还给她温着呢。"

龙二没法子，只得让居安帮忙再去看看。居安心不甘情不愿，但女儿回来路上也交代了龙二爷下午会来接她去府衙，让他一定要叫她起来，他也不好违了女儿的意。

龙二等了好一会儿，才见居安将居沐儿领了出来。她睡了一觉，病容反而更深了。龙二皱了眉去摸她的额头："怎的这般烫手？吃过药了吗？"

"吃了。"居沐儿病得说话都软绵绵的。

居安忙去把温在炭炉上的药端过来："中午那顿还没吃呢。"

居沐儿接过碗，苦着脸跟上刑似的把药咕噜咕噜喝了。那痛苦的表情，看得龙二直皱眉。

居沐儿喝了药，有气无力地道："二爷，我们走吧。"

居安不放心："你这般，能行吗？"

龙二觉得不行，不但居沐儿不行，居安这位当爹的也不行。

究竟会不会照顾病人？哪有任病人闷头睡不轰起来吃药进食的？他若不过来，这居沐儿不得睡死过去也无人知道？请的大夫医术如何？开的药靠不靠谱？

龙二忽然想起坊间传言——居沐儿疯魔迷琴把眼睛弹坏了。如今看来，居安这般的性子，任由女儿胡来也不奇怪。而且请的大夫也定是庸医，延误了病情。

龙二把居沐儿拉起来："走吧。"

以后她还是归他管。他来请大夫，他找人盯着她吃饭喝药睡觉。

居沐儿没抗拒，乖乖地跟着走。

居安傻乎乎地跟在后头，还嘱咐："那见了府尹大人，问完话就赶紧回来啊。"

居沐儿乖巧地应了好。

龙二完全不想搭话。这位当爹的，你瞧你女儿如今的模样像是能跟府尹大人应话的吗？

居安接着又问："是我去接，还是二爷你差人送她？"

"我送她回来。"龙二按捺住脾气道。

"行，行。多谢龙二爷。"居老爹客客气气。

龙二板着脸，带着居沐儿走了。

居安挠挠头，觉得龙二爷是个好人，但是脾气不太好。

马车里，居沐儿闭着眼跟着车子晃啊晃。

龙二坐在她对面，盯着她看。

龙二有个毛病，就是如若不是他的，他便觉得与他无关，才不管死活。可如若是他的，不论是人是物或是钱财，他都觉得那是他的责任，相关的一切都该归他管。

所以，居沐儿昨日于他还是个外人，今日他说了"我娶你"之后，他就横竖左右地看着她顺眼了。非但顺眼了，他还觉得他照顾她是理所应当的。

可居沐儿求嫁时言谈大胆，再见他却未有娇羞情意，上车后就自己找座，摸到了，靠着车壁一坐，连句温存舒心的话都未与他说。

龙二有些不乐意，内心谴责这个没心肝的盲眼姑娘。但居沐儿不痛不痒没察觉，她靠着车壁，居然闭上了眼睛。

龙二坐了半天一句话没等到，却见居沐儿呼吸平缓起来，好像真是睡过去了。龙二心里更是堵。

马车哒哒哒地往前驶着。居沐儿的脑袋随着马车的晃动一下下轻轻磕在车壁上，发出微响。

居沐儿似不自知，一边磕着脑袋一边呼呼大睡。龙二被那轻得不能再轻的声响扰得心烦。他瞪着居沐儿，这姑娘头上还包扎着布巾子，伤还未好，这般乱磕，居然也不嫌疼，如此还能睡得下去！

龙二没好气地伸出手掌，挡在她的脑袋侧旁。厚实温暖的大手掌显然比硬邦邦的车壁舒服。居沐儿嘀咕了一声，靠在他的掌心里蹭了蹭，睡踏实了。

这下车里再没声响，居沐儿的脑袋是不晃了，但龙二的手掌却无法动弹。

龙二撇着眉头对着居沐儿一脸嫌弃，觉得自己当真是傻，就不该管她的，让她磕死得了。

龙二心里埋怨着，手掌却举着未放，就这般到了龙府。

马车由侧门进府，龙二自己先下了车，特意走出了一段，压低了声音遣人去请个好大夫，又交代丫头去布置客房，再问了问府里状况。如此磨蹭了一会儿，龙二才回到车上，打算把居沐儿摇醒。

“我醒着呢。”他刚推她，居沐儿便迷迷瞪瞪地道。

“醒着怎么不动？”

居沐儿揉了揉眼睛，声音还有些迷糊：“反正没人叫，那就是说还不用动，既是不用动，那就再眯一会儿。”

龙二瞪她，姑娘家发懒得还挺理直气壮的。然后他想起她看不见，便与她道：“我瞪你了。”头一回与人使性子还得下通知。

“哦，知道了。”收到通知的姑娘显然并不重视。

龙二拿她没辙。

居沐儿坐了一会儿未听得动静，便问：“二爷又在瞪我了吗？”

“对。”这个字龙二是咬着牙说的。

居沐儿皱着眉头，头晕得厉害，很想继续睡。这种时候她的脑子不太灵光。“那我们是下车，还是你再瞪一会儿？”

“再瞪一会儿又如何？”

“那我还可以再眯一会儿。”

龙二服了。

傻子吗？下车回屋睡不更好？她犯瞌睡，他还得瞪着她陪着？

“下车！”龙二将她抱下车，完全没了与她谈话的兴致。

睡睡睡，就知道睡。

出了车外，四周骤冷，居沐儿打了个冷战，清醒了。她握紧了竹杖，缩了缩肩，听了听周围的动静，问：“二爷，我们如今身在何处？”

龙二握着她的手肘带她往前走：“在龙府。”

怎么到龙府了？居沐儿没明白。但龙二走得快，她顾不上问这些，只赶紧道：“二爷，走慢些，我跟不上。”

“你跟得上，不必记路了，用不着逃跑。我请了大夫给你瞧病，你再好好睡一觉。我去府衙那儿看看吕掌柜，再拜会下府尹大人，待回来把情况与你说。你休息好了，有了精神，我再带你去府衙。”

原来竟是这般安排。居沐儿心头一暖，这个龙二爷，说的话不中听，心肠却是好的。她放松下来，跟着龙二到了厢房暂歇。

很快大夫到了，把了脉问了病情，又把居沐儿头上裹着药的布巾子拆了，仔细看了伤口，重新上药。

这一弄脑袋，居沐儿痛得完全清醒了。她问大夫这伤得过多久才能碰水，大夫答怎么都得十余日。

居沐儿惊了："十余日……"

她垮了脸的模样让龙二多瞧了她几眼。怎么回事?

待大夫走了，龙二还未开口问，居沐儿却抢先说了："二爷，这案子一事等不得，我们还是速办，早日将它了结。我这会儿便与你去府衙吧。"

"你先吃饭喝药睡觉，把烧退了。我自己去府衙将事情安顿好，待你恢复些了，便领你去。"

"不，不，我还是这会儿便与你一道去吧。"

龙二皱起眉头："急什么？"

"你没听大夫说吗？"

"说什么了？"

"他说我的头十余日不能碰水。"

"然后呢？"

"也就是说，在这十余日里，我的头要用臭烘烘的药抹来抹去，还不能洗。这攒起来，得有多臭？"她皱皱鼻子，"在未能把府尹大人熏倒之前，我们还是速去。我把我能做的都尽早办了，之后便能躲在家中只臭自己。"

龙二一时间无言以对。

这理由，都是些什么乱七八糟的。

龙二不理她，只吩咐了一旁候着的丫头要好好照顾居姑娘，伺候好了吃饭喂药，再盯着她睡一会儿。

居沐儿在一旁直撇嘴，她发臭是件很严重的事好不好?

龙二瞥她一眼，哼了一声便出去了。

他就知道，妇道人家就是麻烦，不管是眼睛看得见的，还是看不见的。

龙二刚走到门口，居沐儿突然唤道："二爷，等等。"

"你现在不许去。"龙二不客气地截了她的话。

"我既是不能去了，便将知道的先告诉你。"居沐儿皱着脸也不太乐意。

龙二想想这般也好，他带着些有用的消息过去，也好与邱若明交涉做处置。

龙二遣了丫头到外头候着，自己搬了把椅子坐到床边。

刚摆下椅子，居沐儿便道："二爷莫要离我太近。"

龙二没好气："因为你臭？"

居沐儿点头。

"我不会被你熏倒的。"

“还是会臭，影响心情。”居沐儿说得颇是真诚，“远一些好。”

影响谁的心情？龙二没好气。他把椅子搬远了些，放下了。

居沐儿听到声音，松了一口气。那满意的表情太明显，龙二却有些不乐意了。他恶作剧心起，不坐那椅子，却悄悄坐到了床边。

居沐儿开始对着椅子的方向说：“二爷，我的眼睛，看不到人与物，但可以察觉一点点光亮。也就是说，在一个漆黑的屋子里点了灯，我可以看到那一点点光。”

她对着一张空椅子说得认真，那画面真有趣，龙二弯了嘴角。

居沐儿继续认真地对那椅子道：“二爷，昨日夜里，我走在客栈二楼廊道时，没有看到光亮，廊道里未点灯。朱老板打开房门冲出来呼救时，我转头看过去，他屋里也没有点灯。那就是说，事情发生前，他已经熄灯睡下了。在他睡着的时候，凶手闯进了他的屋内。那人若不是进错屋杀错人，便一定是尾随了朱老板，知道他住在哪间房，还预先弄灭了廊上的灯笼，掩人耳目。”

龙二道：“你说得对。”

他一说话便暴露了位置，居沐儿猛地转头过来，脸上的表情变了又变，很是尴尬。

龙二笑出了声。

笑声虽轻，却没躲过居沐儿的耳朵。

“你戏弄我。”

“没有。”龙二不承认。

居沐儿瞪着龙二的方向，有些羞恼。

龙二赶紧转了话题：“你说的是有几分道理，但莫忘了，也许他们之前在屋里有过缠斗，把灯吹灭了或是打落了，也有可能。”

“如若那般，我会听到声音。”居沐儿道，语气颇为肯定，“在门打开之前，廊道里很安静，屋子里并无大的声响动静。我猜，朱老板梦中惊醒，听到有人在屋里，但四周漆黑他看不见，惊恐之下，第一反应便是夺门而出。”

龙二想了想：“好吧，你猜得该是没错，那朱老板的尸首只穿着中衣，想来确是睡了。若是有人来访，他该会穿好衣裳见人才对。”

居沐儿点点头，接着道：“凶手身上穿的是布衣，衣裳不厚。我未能摸到他的脸。他身体壮实，当时捂了我的嘴，将我往屋里拖，我的头顶顶到他的下巴，他该是比我高上半个头左右。我用竹杖戳他的肚子，他有痛叫声，只不知那力道能不能留下瘀青。我摸到了他的手，他指腹有茧，是干粗活的。他把我甩到地上的时候，我抓了他的手腕，但事发突然，我害怕紧张，不能确定是否留下了抓痕。”

第十一章 香油的味道

龙二听完，脑子里将堂上的人细细过了一遍，道：“如若真留下戳伤瘀痕或是抓伤，那还好辨认。因为你说的其他事情，都算不上特别。比你高大半个头，身体壮实，手上有茧，干粗活的，怕是满大街随手一抓便有一人如此。”

居沐儿道：“我晓得，所以我在堂上不说这些。就是恐怕真凶若不在堂上，不能当场验伤抓人，或是根本就未能伤到，在堂上验不出来，那非但不能帮吕掌柜洗冤，还会让真凶有所防备，我们便不好找他了。”

龙二听懂了她的意思：“所以你还有别的线索？”

他忽然想到了：“气味？”

居沐儿点头：“在衙堂上，那个朱老板的夫人捶打我时，我闻到她身上有股油腻腻的味道，像是香油之类的。凶手的身上，也有这般气味。”

油腻腻的香油味？龙二想起朱富住在平阳街，那条街上确实有家香油铺子。

龙二道：“你虽然谨慎，但疏忽了一点。你对府尹大人说你有重要线索，只是一时想不起来。这话若是被真凶听到，恐怕你会遭遇凶险。”

“可我若不这般说，万一府尹大人就此定了吕掌柜的罪，那可如何是好？”

“人命大案，哪里随随便便就能定罪？”

居沐儿抿了抿嘴角：“我又不是当差的，哪里知道随不随便。当初师先生就被砍了头。”

龙二一愣，什么师先生被砍头？

不待龙二问，居沐儿已转了话题道：“我当时便想，出了衙门，便来寻你。”

“寻我谈亲事？”龙二抓住机会揶揄她。

居沐儿不理会他这话，继续道：“我知道的便是这些了。府尹大人若是不信我的话，可让他安排人试我。”

龙二撇撇嘴，也恢复正经语气：“你与那凶手接触，可还说了些什么？”

“我就是求他饶命，我说我是瞎子，什么都看不到，求他别杀我。他把我甩到了地上，挨近了看我，近到我能感觉到他的呼吸，他大概是要确认我究竟是不是瞎的。再然后，他用东西打了我的头，我晕过去了。”

龙二道：“他欲诬陷于你，搅乱案情，这脑子倒也转得快。只是这加害之法甚是无稽，任谁细细一想，也能知道人不会是你杀的。朱富之死、匕首落刀的位置和力道，都不是你能办到的。所以凶手是个机灵人，心思却不太缜密。又或者是情急之下紧张出错，说明他虽凶残杀人，但并非惯犯老手。”

居沐儿点点头。

“你命大，他打你这一下你竟未死。若凶手知道你还打算指证他，定是后悔当初未再补一下。”

居沐儿没说话。

龙二等了等，问她：“没了？”

“没了。”

龙二不满意：“没了也该交代一声说完了。”

居沐儿很听话地应：“二爷，我说完了。”

龙二更不满意了。不说案子了就没别的话可与他说了？问一句答一句，还得他教。未有丝毫殷勤，这哪里像是个求嫁的。

龙二心中有怨，居沐儿却道：“二爷，你要走了吗？”

虽是问句，但话里语调在龙二听来是“你该走了”的意思。

龙二不太开心，这还赶他了？

许是周遭气氛有些不对，居沐儿终于开窍，忙道：“我是说，二爷事务繁忙，我不好拖累二爷的时间。”可惜她话还没说完，就打了个哈欠，那懒困的模样很扎眼，客套话半点不讨好。

龙二更不开心：“想我快些走，你好睡觉去？睡什么睡，先吃东西，把药喝了。你在家里一直睡，到马车上还睡，这会儿才说了几句话，你又要睡？”

居沐儿柔声细气地应：“二爷，我是病人。”

病人一直休息不是应该的吗？

龙二噎住了，这是怨他不体贴？

龙二起身到门外对丫头喝道：“吃食呢？药呢？都多久了，怎的还不来？”

丫头着急忙慌地应了，撒腿跑去催。

龙二回转屋内："催过了，你且等等。"

居沐儿："哦……"她没说要催催吧？其实她不想吃药，她真的想睡觉。

两人大眼瞪小眼。看不见的那个一脸茫然，看得见的那人见她那呆样就来气。她可以撒撒娇，也可以谢谢他，却偏偏不说话。

"其实我在家里挺好的，在这儿真是叨扰二爷了。"居沐儿客客气气。

算了，她还是别说话吧。

龙二在居沐儿面前坐下了："我盯着你吃完饭喝完药再走。"

居沐儿心里叹气。她直愣愣地坐了会儿，四下里安安静静的，而她真的撑不住，眼睛要睁不开了，她干脆放弃挣扎，靠着床柱子偷偷睡起来。

又这样？

她是不想理他还是怎的，昨日向他求婚的时候精神奕奕，刚才说案子也条理清楚，怎么与他说些家常体己话就困了，说睡就睡？

龙二有些自己一头热的恼羞，又想起居沐儿之前戏弄他的种种，颇是赌气地想她还真当他答应了就不能反悔吗？未定媒下礼，可是不作数的。

"居沐儿。"龙二唤她。

"嗯？"居沐儿迷迷糊糊地应了一声，努力坐直了。

"我们的婚事……"龙二故意说得为难犹豫。

婚事？居沐儿忽然清醒了。她睁开了眼睛。眼前一片漆黑，她什么都看不到。虽然早已经习惯，但睁开眼那一瞬间，她心里还是有一丝慌张。

"婚事……怎么了？"居沐儿问。

龙二沉默片刻，看到她紧张他忽又心软。这般的心情起伏让他颇为不悦，他用公事公办的语气问："你与你父亲说了吗？"

居沐儿张了张嘴，默了默，有些心虚地道："昨日我头痛得厉害，回去便睡了，还未曾来得及说。"

"难怪我今日上门，他似乎并不知晓。"

居沐儿赶紧保证："我今日回去便与他说。"

龙二又道："父母之命，媒妁之言，这些规矩都是要的。我虽应允了你，但也得你父亲点头。如今就当托媒相看这步我们过了，但合婚还是要合的。把你的八字告诉我，我安排人找先生批一批，若相合，这事才算能定下。后面的礼数才能继续办。"

居沐儿眨了眨眼睛，眼前仍是黑暗。

她把自己的八字报了。

龙二嗯了一声，冷淡地道："原来年纪不小了啊。"

居沐儿默然。

龙二看着她的模样，忽觉扫兴狼狈。他怎么说这样的话。

“你歇着吧，我去见府尹大人。”龙二面子撑不住，话也收不回，匆匆丢下一句走了。

待走到门口回转身悄悄看，居沐儿仍是方才的坐姿，安安静静的，不知心里想着什么。

龙二一脸阴郁地离开，走到院门口正撞见端着托盘过来的两个丫头。丫头们见得他的脸色均是惶惶。龙二停下脚步，沉着脸看了看托盘上的饭食菜色：“大夫让吃这些吗？”

“对。”丫头应得小心。

“催着药也快些好，居姑娘困倦了。”龙二道，“你们小心伺候着，喝了药再让她睡。莫让人扰她。”

“是。”丫头又惊又疑。

她们哪里见过二爷与姑娘家相处是这般模样的。一会儿侃侃而谈哈哈大笑，一会儿又板脸置气。若说他是恼了居姑娘，但言语中又是关心。

这位居姑娘是何人物？丫头们不敢瞎猜。

龙二嘱咐仆役备车，想了想却又转去了书楼。他铺了纸，用了笔墨，将居沐儿的生辰八字写下了。可别回头忘了，若是再问她，她该是会以为他故意轻忽她，说不定又想起他说的那句混账话来。

龙二有些后悔。二十又有什么，自己年岁也不小了，相配的。

云府里，云青贤在书房里听属下曾辉报事，听到居沐儿涉入人命案子，皱紧了眉头。

“她伤得如何？可有性命之忧？”

曾辉道：“伤到了头，该是无甚大碍，当晚就苏醒上堂了。只是在堂上说自己脑子有些糊涂不记事，待回头想起案里详情再报府尹大人。”

“凶手是龙二茶庄的吕掌柜？”

“府尹大人是拘了吕掌柜，但那吕思贤拒不认罪，龙二爷亲自到堂上听审……”

曾辉话未说完，云青贤便不悦地打断：“听审？那龙跃还真当自己是个人物了。衙堂之上，是他这个寻常百姓商贾之流能听审的？”

曾辉不敢接话，龙跃这“寻常百姓”连宫里都能去，还能陪皇上下下棋叙叙话，去堂上听个审又算得什么？

云青贤越说越气：“哼，我倒要问问邱大人，他那府衙衙堂的规矩还有没有了。”

曾辉静默低头，后头的话不敢说了。

云青贤又问他："那居姑娘如今如何？"

曾辉道："今日晌午过后，龙二爷将她接回府了。"

云青贤一愣："接去了龙府？"

"是的。"曾辉道，"属下遣人打听了，说是居姑娘知晓案子隐情，许有真凶线索。龙二爷要带她去府衙向邱大人应话。"

云青贤默了一会儿，道："这凶嫌既是龙家掌柜，我不好直接插手过问，省得大家又传些闲话。你去找邱大人，提醒他两句，务必仔细侦办，严查真凶。也得防着证人被人胁迫，为凶嫌开脱。"

"属下遵命。"曾辉明白云青贤的意思。他这是担心居沐儿被龙跃逼着做伪证，好给吕思贤脱罪。

曾辉走了，云青贤静坐许久。

丁妍香进书房时，见到的便是云青贤面色沉沉，似有思虑的模样。

"相公。"丁妍香放下手中托盘，上面是她为云青贤准备的点心。

"夫人。"云青贤起身迎她。

丁妍香挽着云青贤的手一同坐下，软声细语地问他："相公可是为了居姑娘的事挂心？"

云青贤忙道："我是在想刑部的案子。"

丁妍香仍是一贯贤淑得体的姿态："相公莫忧心。居姑娘遭此一劫，大难不死，必有后福。府尹邱大人也是位清官，定不会被龙二把持。居沐儿眼不能视物，又能做什么证人。她用处不大，龙二自然知晓，不会太为难她的。"

云青贤点点头。

丁妍香又道："前阵子，我去了一趟居家酒铺，与居姑娘聊了聊。"

云青贤一愣，抬眼看向丁妍香。

丁妍香泰然自若，回视着夫君，道："我知相公对居姑娘心心念念，我也不是容不得人的妒妇，我去找居姑娘，就是与她说这些。"

云青贤有些动容："香儿。"

丁妍香浅浅笑道："相公为皇上解忧，为刑部事务操劳，家中的事，自然是由我多看顾。我与居姑娘谈好了，大人且宽心。"

云青贤很意外："你是说，她同意了？"

丁妍香笑道："居姑娘不过是个普通布衣，眼盲身残，年纪也不小了，她入云府，自然是高攀了。大人虽对她有情有义，但大人常常因公务在外，家中得有人对她真心照应，她的日子才能好过。她心里有顾虑，也是应该。我与她说清了态度，会好好对她。这般，她也才能放心。"

云青贤看着丁妍香，似有些不信。丁妍香对他微笑："相公放心，等过了年，我会择日请媒下礼立书，把这事办妥当。"

云青贤这才展了笑颜："多谢夫人。"

龙二这头已然到了府衙，他先绕去了牢里探望吕思贤。

吕思贤看到龙二甚是激动。龙二劝慰他不必担心，说事情已有眉目，他必会无罪开释。有了二爷的保证，吕思贤心里踏实了许多。

龙二让他再度回忆了当日的情景，吕思贤把情况重新说了一遍。

龙二问："你到之时，廊上是否有灯笼，屋里是否点了灯？"

"都没有，黑漆漆的，但屋门是敞开的。我夜里出来寻人，手里拿着灯笼，所以一到那儿便看到了。"

龙二点点头，又问了些他与朱富会面谈铺子的细节，吕思贤一一认真答了。

见完了吕思贤，龙二回转去了衙府。府尹邱若明这一日在外奔走查案，方才回来，听得龙二求见，便道有请。

两人见面寒暄了几句，便将话题直奔案子而去。龙二把居沐儿与自己说的情况一五一十地向邱若明报了，又道她如今正在病中，身子虚弱，不便来见，只待身子好些便来亲诉所知。

邱若明听罢大吃一惊，将信将疑，他从未想过在遇到如此凶险状况时，一个盲女能冷静地细察周遭还一一记下，这怕是比明眼人记下的还要多吧。

邱若明静默下来，他在想这会不会是龙二为保吕思贤而编的瞎话。

龙二明白邱若明心里所思，说实话，若不是他之前三番五次地着了居沐儿的道，也不会信她能如此聪颖。

"大人，这居姑娘眼虽盲，但确是个聪慧过人的，龙某与她相识了一段时日，敢在此事上为她作保。大人若有疑虑，待她身子好些，便可再试她一试。"

邱若明想了想，遂点点头。

龙二又道："依居姑娘所言，那朱陈氏身上的香油味与凶手身上的味道很像。我昨夜里在衙堂所见，那朱陈氏进来见到朱富的尸首扑上去痛哭，不是扑到他身上，却是扑在他身旁，若是夫妻情深，这番举止就有些奇了。再则，大人审吕掌柜时她咬定吕掌柜是凶手，让大人做主。大人审居姑娘时，她又咬定居姑娘是凶手，上前去扑打。虽说不得她有什么马脚，但确实有些怪。似乎凶手是谁都好，只要大人赶紧定下一个便行。"

邱若明忍不住多看了龙跃几眼。这龙二爷名声虽是不好，却也有几分观察力。他说的这些，确实是自己觉得不太对劲的地方。所以他今日走了一趟朱富两个伙计的居所，又去探查了那朱陈氏，只是问了一圈，还未发现什么可疑的地方。本想说回来再细究，没想到龙二倒是上门送来了线索。

香油味道？

那朱府所在的平阳街上，倒是真有间香油铺子。

邱若明当即遣了捕快乔装去那香油铺子和朱府暗访打探。又与龙二说了，让他尽快带居沐儿过来问话。

龙二一口应承下来，告辞离去。

这案子一事有了眉目，龙二松了口气。他先是去了一趟茶铺，巡视了一圈各铺里的状况，看大家做事仍是稳当，这才转回了龙府。

龙二进了府，把马交给了门房，想先去看看那个臭烘烘的盲眼姑娘醒了没，结果还未走进那院子，就看见凤舞拉着五岁大的大女儿宝儿十分欢畅地朝那个方向跑着。

“快，快，趁你二伯父没回来。”

龙二头顶冒烟，已然想到是怎么回事了。他跟在她们母女俩身后，看着她们兴高采烈地与早就猫在居沐儿窗外偷看的余嬷嬷会合。

“嬷嬷，嬷嬷，我们刚回来。眼下是何状况？”凤舞带着宝儿也往窗外一蹲。

余嬷嬷挥挥手，旁边丫头赶紧递上两个小板凳，余嬷嬷拉着凤舞和宝儿坐下：“她睡了。”

凤舞伸长脖子往窗户里瞧了瞧：“睡着了？那我们在这里做什么？”

“守着啊。白日里怕是睡不了多会儿，一会儿她起来了就能看看了。也许还能与她聊上一聊，看看究竟是个什么状况。二爷居然也带正经姑娘回家留宿了，这可是大事。”

“正经姑娘？嬷嬷是说以前带过不正经的？”凤舞眼睛一亮，极富探究精神地问道，“嬷嬷，你给说说是何状况？被你撞见了？有多不正经？那什么，眼前这个不算留宿吧，青天白日的，得过了夜里才算的，对不对？”

龙二实在听不下去了，重重地咳了两声。

丫头们、余嬷嬷、凤舞、宝儿全都朝他看了过来。

丫头脸上明显一惊。嬷嬷和凤舞对视一眼，开始说今日天气真好，真适合坐在院子里聊天云云。只有宝儿神色如常地扑过来抱着龙二的腿，甜甜地唤了声：“二伯父。”

龙二把宝儿抱起来，举高了，宝儿咯咯笑。龙二抱着她走到余嬷嬷面前，心里叹口气，道：“嬷嬷啊，什么叫‘居然带正经姑娘回家留宿’，我可从来没有带姑娘回来留宿过。”

余嬷嬷一脸尴尬：“我想说的就是这个意思。二爷从未带姑娘回来留宿，好不容易带回来一个，居然是个正经姑娘。”

还不如不解释呢。

龙二把宝儿放到地上，叹道："嬷嬷，天气这般好，你和凤凤还是带孩子去吧。小俏儿呢？那孩子太小，眼跟前不能没大人，快去吧。"

龙俏是龙三跟凤舞的第二个孩子，刚会喊爹娘，平日里余嬷嬷最爱逗她玩了。可这会儿余嬷嬷舍不得走。她悄悄地又看了一眼居沐儿的屋里，盼着居沐儿即刻醒了，她有借口进去说个话。

龙二叹气："嬷嬷，上回你给我的明年宜嫁娶日子的那个单子，我找不着了，你帮我挑个日子吧。"

余嬷嬷倒吸一口凉气，惊得张大了嘴，傻傻地结巴道："这……这……是娶还是嫁？"

这下龙二的脸真要挂不住了。凤舞赶紧救场："嬷嬷这是高兴坏了，她想问的，是二伯你要娶媳妇呢，还是帮着别人家问的？"

余嬷嬷赶紧点头，对的，她就是这个意思。余嬷嬷眼巴巴地盯着龙二看，那期待的表情，好像要是二爷说是帮别人家问的，她就得一口老血吐出来了。

"我娶，她嫁。"龙二一边说，一边指了指居沐儿的房间。

余嬷嬷差点当场洒泪，这真是让人激动的大好消息。她语无伦次地团团转："我得去告诉老爷夫人一声。啊，不对，我还是先去挑个日子，还有许多事要准备的。啊，不是不是，得先找先生合婚。不不，我还是在这儿再等会儿，一会儿姑娘醒了我好瞧瞧。"

龙二实在忍不住大了嗓门："嬷嬷！"

余嬷嬷一震，终于冷静了下来："好好，我先去找找合适的先生，二爷有姑娘的八字吗？"

龙二把居沐儿的八字说了。

余嬷嬷又要泪目了。二爷居然能记住姑娘的八字，这是真的上了心的。从前莫说八字，就是姑娘的长相名字，他也常常对不上号。

余嬷嬷难掩喜色："行，行，我这就去张罗。二爷，你等我消息。"

"有劳嬷嬷了。"

"一会儿等姑娘醒了，我再来看她。"

龙二点点头。

余嬷嬷喜滋滋地拉着凤舞和宝儿走了。龙二刚松口气，却见余嬷嬷飞也似的又奔了回来，问道："二爷二爷，这位姑娘叫什么名字？"

"居沐儿。"

"哪三个字？"

龙二从怀里掏出一张纸笺，上面正写着居沐儿的名字和生辰八字。

余嬷嬷眉开眼笑，老爷啊，夫人啊，你们瞧见了吗？二爷随身带着姑娘的名字和八字。

“好，好，名字真好，我与老爷夫人说去。”余嬷嬷说完，又跑了。

龙二抚额，余嬷嬷的身子骨真是太康健了，瞧那动作敏捷的，真是让人又喜又忧啊。

余嬷嬷走了，凤舞走了，宝儿也走了，这下子四周都安静下来。龙二瞪了一眼守在门口的丫头。那丫头哆嗦着报了，说居姑娘喝了药，吃了一碗粥，然后睡到了现在。

龙二横她一眼。丫头知道主子爷这是在斥责她们给余嬷嬷通风报信，不由得更抖了。好在龙二没再说什么，转身进了屋。

屋里头，居沐儿裹着被子睡得正香。龙二摸摸她的额头，倒是不烫了，脸蛋睡得红扑扑的，脖子那儿有些汗迹，该是这一觉睡得捂出了汗，热是退下去了。

龙二又看看她头上包扎的布巾子，没有看到血迹，想是伤口的血止住了。瞧她睡得香，也许伤也不那么疼了吧。

龙二把椅子搬到床边来，陪着她坐了一会儿，见得她好像真没醒，不觉有些庆幸。刚才余嬷嬷她们声音不小，没把她吵醒就好，省得她听到了什么他带姑娘回来的，胡思乱想。

龙二静静地坐了一会儿，又想起当初居沐儿给他送琴，暗讽他小儿顽皮，不觉又生起居沐儿的气来。他戳戳她的脸，她才小儿顽皮，胆子大脾气还坏。

居沐儿被戳了脸，没反应。龙二又戳了戳，她嘟着嘴皱起眉头，挠了挠被戳的位置，翻了个身继续睡。

龙二笑了起来，但居沐儿翻过去后再没翻过来，他瞧不见她的脸了。望着她的背影干坐着实在傻气，龙二决定不管她了，他书楼那儿还有许多公事要忙。

龙二交代丫头看好门，不许任何人来扰了姑娘休息，等姑娘醒了，得先来通知他。别让他发现有人比他更早知道姑娘醒了来打扰的。

丫头之前被逮了一回，心里怕了，赶紧认真地应下，连称再不敢了。

龙二满意地回到了书楼。按习惯，他在家里，每日下午是要吃顿点心的。小厮问过了他的意思，然后把一笼鲜虾饺子给端了上来。龙二吃了，想到那个贪睡的姑娘醒了会饿，便遣了人吩咐厨房，再蒸些点心备着。

可等龙二忙了好一会儿，厨房点心也早蒸好了，却未有人来报说居沐儿醒了。龙二看账本时不时分心，想去看一看，但又觉得这般显得他对她太过在意。他并没有在意，所以还是别去了。

龙二这般想着，李柯回来了。

李柯奉命带着各探子去查吕掌柜一案，带回些消息。

朱富的妻子朱陈氏从衙门回去之后就一直闭门不出，谁也不见。龙府探子们乔装盯紧朱府，也观察着同街的香油铺子。他们见到有衙门捕快着了百姓布衣去那香油铺子借买油打探。

原本无事，但捕快刚聊了几句，有个来买香油的邻里却是认得那捕快，就问捕快今日不是在当差吗，怎的来买香油啊云云，一下将那捕快的身份暴露了。

捕快讪讪地说了几句后离开。盯香油铺的龙府探子们却发现那香油铺的老板似是惶然不安起来，又等了许久，那老板将铺子留给伙计照看，自己换了身衣裳，从铺子后门跑了出来，去寻那朱陈氏去了。

第十二章 意外的发现

李柯心知这里头定有玄机，便遣了个探子悄悄去报了捕快，而他领着人潜进了朱家，偷偷听那二人说了些什么。

香油铺子的老板叫任保庆，是个三十余岁的壮汉。朱陈氏见得他来，大吃一惊。两人鬼鬼祟祟地躲进了屋子。

任保庆道："是不是你与衙门说了什么？他们今儿个都找到我那儿去了。"

朱陈氏吓得跳了起来："什么？怎么会？衙门都问你什么了？"

"那捕快还没来得及套话，便有个客人认出他来。他们定是起了疑心，不然怎会乔装打扮来我这儿打探？我们还是快些离开这儿。"

"如何能走？府尹大人可是嘱咐过，随时会来找我问话的。"

"那我可自己走了，现在风声这般紧，我可顾不得你。"

"你这没良心的，撇下我你能安好？"

"你胆小怕事，不敢走，我又能如何？"

"你才是鼠胆子，官府并无实证，只是查探，你如此慌张，岂不是不打自招？"

"你这妇道人家见识短。查探？探不出来干脆抓回去一顿打，你看招是不招！"

朱陈氏顿时语塞。任保庆趁机一顿游说，远走高飞可比坐以待毙强。朱陈氏终被说动。二人开始商议如何卷财潜逃，计划马上就走。

李柯一看情况不妙，赶紧退了出来。正遇着龙家探子领着捕快来了，李柯把听到的与捕快这么一说，捕快也觉得事不宜迟，于是火速奔回府衙拿了拘令，将在家中收拾行李正准备外逃的两人逮了个正着。

龙二听得李柯相报，大喜："如此说来，真凶落网，吕掌柜很快便能出来了。"

龙二舒心轻快，便等着衙门的消息。

夜里，睡了一天的居沐儿终于醒了。她晚饭时被叫起来吃饭喝药，接着闷头继续睡，连她爹爹不放心跑来龙府寻她，她都不知晓。

居安来了龙府，被龙家奉为上宾。龙二趁着这工夫跟居老爹说了亲事，向老人家正式提亲。

居安整个傻眼了。女儿不是来给命案举证的吗？结果没去府衙，赖在人家家里睡了大半日，还没等睡醒，人家却是要提亲了？

居老爹愣了半天，终是回过神来："这嫁不嫁，我是做不得主的，要听沐儿的。"

在一旁等话的龙家人全都无语，这爹当得！

于是一众人坐着叙话，等居沐儿醒来。这时一位捕快领着两个衙役上门来，说是府尹邱大人要请居姑娘去府衙认人。

这下可是有正当理由叫那贪睡姑娘起床了。龙二遣了丫头去。居安心疼女儿，忙说女儿每日都得早睡，如若睡不够，确实是得睡上一日才能补回精神的。

正说着，丫头把居沐儿领来了。居沐儿退了烧，睡饱了，整个人精神许多。她听闻官差来寻她去认人，赶紧应了，要求即刻上路。

于是余嬷嬷也没来得及仔细瞧她，龙二和居老爹便带着居沐儿跟着捕快衙役走了。

余嬷嬷琢磨了好一会儿，终于悟了二爷之前说的那什么"特别的女子"——"特别到会让人不在意她的容貌、她的性子、她的才情的那种特别"。

余嬷嬷想着，这姑娘确实是这般。她除了觉得这姑娘特别外，真是一点都没记住她长啥样，也不知性子如何，有无才情。

嗯，反正就是特别。

龙二带着居沐儿到了府衙，邱若明对他们稍做交代，便唤了人把任保庆押了上来，想让居沐儿认一认。

为了不影响居沐儿的判断，邱若明没有对她多说什么，只悄声与龙二道："二爷，你说的那姑娘的话，还真是全中了。这任保庆个头中等，体形壮实，手背上有抓痕伤。肚子上并没有被竹杖戳过的痕迹，但也不排除是因为居姑娘气力太小，并未弄伤凶手。其他几项，全都符合。"

龙二点点头，问："他认了吗？"

"没有，死也不认。所以本官才想着，或是让居姑娘过来认认，这厮才能松口。"

龙二又点点头。他看着居沐儿侧耳仔细听着任保庆被押上来的动静。任保庆一路嚷嚷着冤枉。居沐儿听着他的声音，脸上表情没有波动。

任保庆见了居沐儿，大声叫：“我从未见过她，我没有杀朱老板！大人，我是冤枉的！”

邱若明不理会他，只唤了一声居沐儿：“居姑娘。”

居沐儿点点头，问道：“大人，民女可以靠近他吗？”

邱若明应允，命衙役将任保庆押近些。此时离凶案发生已然过了一日，凶嫌衣裳换过，气味改变，能相认的，大概也只有身高体形和手上的伤痕了。

一旁的居老爹有些慌，生怕这贼人伤了女儿。他赶紧过去扶着居沐儿，想着若是贼人发难，自己也好往前挡一挡。

任保庆被押到了居沐儿跟前。居沐儿上前两步，离得任保庆很近。她没说话，只是站着。

任保庆紧张得身子发僵，喘着粗气。居沐儿听了一会儿，伸手摸他的肩膀，似乎是在判断他的身高。然后她问：“你手腕上有抓伤？如何弄的？”

任保庆叫道：“我都跟大人报了，是昨日上午朱陈氏那恶妇与我争执时抓的。”他顿了顿，又道，“不是手腕，是手背。”

“昨日上午？”居沐儿喃喃道，“那朱老板还未遇害。”

居沐儿想了想，伸出了手。

任保庆忙将手递到她手里：“确是手背，不是手腕，昨日上午被朱陈氏抓的。姑娘，你告诉大人实话，你我素未谋面，你未曾见过我啊。人不是我杀的。”

龙二皱紧了眉头，真想把任保庆那爪子剁了！谁要摸你的臭手？

可居沐儿真摸了。

龙二瞪着这盲眼姑娘，与他求亲还未过一日，就当着他的面去摸另一个男子的手！

好在居沐儿只摸了一下，龙二还没来得及发脾气，她便松了手退后了几步。

任保庆抖着身子，捧着手吓得不行。

在众人的期待中，居沐儿终于说话了。她说：“不是他。他的手腕比凶手粗，手掌也更大些。指腹茧薄，未有凶手那般粗糙。”

任保庆顿时哇的一声哭了出来，边哭边喊着：“大人，小的冤枉啊，小的冤枉。”

邱若明皱起眉头：“居姑娘，你确定？”

居沐儿点头：“回大人，民女确定，这人确实不是当日在客栈袭击我的人。”

任保庆连连磕头，大声哭喊：“大人明察，大人明察。”

龙二忍不住了，他过去把居沐儿拉过来，找了张椅子让她坐。居老爹偷眼看看府尹大人，瞧他似乎不介意，于是他也在居沐儿旁边的椅子上坐下了。

邱若明垂眉思索片刻，让衙役把任保庆押了下去。然后他与龙二和居沐儿他们讲述了朱陈氏和任保庆的招供内容。

原来那朱陈氏嫁给朱富多年，说那朱富虽是对她不错，可惜床上无力，这么多年来一直无子，而她又每每为此事被朱富责怪。她心里有苦，却又怨不得，觉得委屈之极。

某日，她到同街的香油铺子买香油，遇上了任保庆。任保庆年轻力壮，看着比那朱富精神百倍，再加上对她调笑逗乐，她一时之间便心猿意马起来。

如此一来二往，她总去那香油铺子买香油，任保庆又时常言语挑逗，两个人就此勾搭成奸，不干不净起来。

一开始这朱陈氏也心虚害怕，但朱富一心扑在铺子上，对她关心甚少，而任保庆甜言蜜语哄着她，她渐渐也就胆子大了起来。在任保庆说手上钱紧不够花时，她还会偷偷拿些钱银给他。如此这般，任保庆对她就更是黏腻起来。

二人行那不轨之事半年有余，朱富疏忽，竟未察觉。可就在朱富被杀的前一日，朱富忘了拿账本，忽然回转家中，正巧见得朱陈氏花枝招展面泛桃花地出门。朱富心里一动，偷偷跟了过去。这一跟，朱陈氏与任保庆的奸情便暴露了。

朱富勃然大怒，将这两人骂了个狗血淋头。两人吓得无措，只道是一时迷了心窍，今后再不敢犯，求那朱富原谅。

朱富是个要面子的，也不报官，只拉了朱陈氏回家，好生一顿大骂。

那一晚，朱富没有睡。朱陈氏心里害怕，缩在床上也不敢睡。天明之时，朱富与她说，反正铺子一直在亏，他是做不下去了，如今她这般对他，他干脆将铺子卖了，给她些钱银自找生路去。

这话的意思，就是打算卖了铺子，休了娘子。朱陈氏哪里愿意。她大哭了一场，苦苦哀求，可朱富说决心已定，不会再改。

他当天竟真约了那一直与他谈买铺子的吕掌柜见面去了。

朱陈氏假借送饭的由头到了茶铺那儿打听了朱富的动向，然后飞奔至香油铺找任保庆商议如何办。

任保庆对朱陈氏其实并无真情，不过是看送上门来的，肯给他钱银花，又哄得住好使唤，这才一直与她相好。如今看朱富识穿两人这等龌龊关系，他也是心里头着慌，生怕朱富报了官让他遭殃。正担惊受怕，那朱陈氏却是来了，她说朱富要休了她，她以后就跟着任保庆过。

这可把任保庆吓坏了。这妇人没了钱银，他为何还会跟她过？他若有心，定能娶个比她年轻貌美的。再者说了，保不齐他日后还能再寻一个能给他钱银花的，为何要在一个被夫家休弃的老女人身上吊死？

那朱陈氏看穿了他的歪念头，她威胁若是他负了她，她便闹到衙门那里，谁也讨不着好。

任保庆急忙安抚，可他又不甘心，最后出了一个主意："既是那朱富对你不仁，你也可以对他不义。为了我们日后能过上好日子，不如待他卖了铺子，手上有了钱银，你便把他的财物卷了，我们离开这里，到别处谋生去。”

朱陈氏原是不敢，可任保庆劝了许多话，说是她平白被休，在这城里少不得闲言碎语，这般她如何能来与他过日子，唯有离开此处才是正途。可要离开，身上没有钱银那是万万不行的，所以朱富的钱是一定要拿上的。

朱陈氏终是被他说动，两人约定，待朱富卖了铺子后收到钱银便动手。说到得意之处，二人又在那香油铺子里云雨了一番。

朱陈氏满心欢喜地回了府，却见茶铺的伙计来找，问朱富可曾回家。朱陈氏自然是不知。打发了店里伙计，她又去找了任保庆商议，因上回是被跟踪才东窗事发，这次她心里有鬼，也生怕朱富发现他们商议夺财之事。

任保庆与朱陈氏说既是如此，最近先不要碰面，避开这风头，先摸清楚朱富的心思，再做对策。朱陈氏惶然应了好，再返家去。

她在家里坐立不安，朱富一直没有回来，她也不敢睡。直到大半夜里，却是官差上了门，说是朱富被杀，府尹大人让她过堂问话。

朱陈氏吓了一跳，原以为是朱富找上了任保庆，争斗起来丧了命，可没想到了堂上一看，却完全是另一回事。

而那任保庆却是说，他当日夜里自己在家里睡觉，全然不知发生何事，第二日才听得街坊传言说朱富死了。

邱若明说完了这些，又道：“任保庆的动机明显，且各个条件都与居姑娘说的相符。案发之时他说在家里熟睡，却无人证明。且那日朱陈氏与他在铺子里厮混，染得身上一股香油味，所以在堂上，居姑娘近身闻到，便是如此了。但如今居姑娘说凶手不是任保庆，那这事倒真真是蹊跷。”

居沐儿正色应道：“大人，任保庆确实可恶，若非朱老板已遭毒手，日后卖了铺子，被这人盗了财物，或是又起冲突，遭遇如何，也未可知。但人若有罪，必究其罪，若是无罪，也绝不能蒙冤。”

一姑娘家能说出这话，邱若明心里暗暗赞许。他道：“朱陈氏和任保庆心肠歹毒，别的不说，通奸之罪已是定的，待本官再细细查审，看看还能找出什么线索。”

龙二这时问：“大人，客栈那头可查出什么来？”

“那天字六号房门锁未坏，窗户关着，且左右房客均未听到大动静，即是说那凶手入房时动作轻悄。朱富尸首身着中衣，想来事发之时已睡下，不是他给凶手开的门。据小二证言，朱富入房时已是烂醉，是小二扶他上楼的。很有可能是小二离开后，朱富未锁房门。”

龙二道：“也可能是凶手有钥匙。”

邱若明点头："确是如此。无论是未锁门还是有钥匙，凶手对朱富烂醉一事都是知情的，这才会冒险闯入下手。我让捕快们盘查了客栈里的各房客和小二、杂役等人，甚至连给客栈酒楼送香油的货郎都问了。暂时未有消息回报。后擒回了任保庆，便先审了这头。"

龙二略一思量，问道："大人，那香油铺子的伙计可有嫌疑？"

邱若明摇头："那是个年方十四的少年，瘦弱矮小，任保庆要买凶杀人，也不会找他。案发时那孩子在家中熟睡，他的父母俱可证明。"

龙二转头看了看居沐儿，她坐在那儿认真听，并无插话的意思。

龙二又道："若不是仇杀，是否有可能是谋财？大人可有细看过朱老板的随身遗物？"

邱若明道："本官当时便查了屋里各物，朱富的钱袋仍在，里面还有一粒碎银。"

"一粒碎银？"龙二挑眉，"大人，那凶手能想到栽赃嫁祸，怕是也能想到袋中留银掩人耳目。大人不妨查查，那日朱老板在客栈中所食所饮共花费多少，加上他在客栈留宿，这一粒碎银是否够用。据我所知，朱老板为人谨慎，若是身上无钱银，定不会大肆花费。大人可到他昨日去过的酒楼等地盘问，看能否问出他身上的财物状况，还有是否有人特别留意跟踪朱老板，等等。若能判定是谋财还是为情，抑或寻仇，那这案子也才好圈定凶嫌范围查究下去，大人以为如何？"

邱若明点头，言道他确是这般安排，让捕快衙役沿朱富的行踪足迹，在各处细查。

龙二眼见他认真查案，绝无敷衍之意，倒也安下一半的心。他道："大人明察秋毫，如今该是能确定吕掌柜并非凶手，还请大人尽速让吕掌柜归家，正他名誉，还他清白。"

邱若明却道："怕是如今还放不得人。此案尚未有明朗线索，唯一的证人又无法明确指认凶手……"

邱若明说到这儿看了眼居沐儿，居沐儿神色如常地安静听着。

邱若明接着道："无有力证据，无有力人证，总得有些什么进展让凶手自以为高枕无忧，他掉以轻心，我才有机会抓捕他。吕思贤、任保庆都有重大嫌疑，捕快衙役在外查证是为了找出他俩谁是真凶。这般行事，方才稳妥。"

龙二一噎，有心反驳，欲将吕思贤先保出来，却也知道邱若明这话有理。

第十三章 大胆的计划

这时居沐儿开口了："大人，民女斗胆，民女认为，那真凶心里有鬼，怕是不会轻易相信大人已经认定凶嫌。再者这般行计策，不只真凶能听到消息，市坊百姓也会听到传言。若是日后有何差错，真凶未被缉捕，百姓会误以为是大人断案不明，冤枉好人，平白让无辜人等在狱中受苦，恐有伤大人清誉。"

邱若明愣了愣。龙二撇了撇眉头，有些惊讶。这话说得，既拍了邱若明的马屁，又似为邱若明着想，还护着了吕思贤。

居沐儿继续道："大人思虑周全，一心只为缉凶考虑，民女佩服。民女也愿为缉拿真凶出一份力。民女想，不如大人便将吕掌柜放了，任保庆一案，也对外言明真相。让大家知道，真凶仍未找到。"

"那岂不是让凶手心生警惕？居姑娘，你压根不知道凶手是谁，你不知道他是何模样、是何身份，也未听过他的声音。本官告诉你，就算你当堂指认出人来，本官也不能全然采信，还得靠着其他证据审案定罪。如若凶手觉得自己仍是网中之鸟，早做准备销毁一切物证，到时如何抓他？"邱若明盯着居沐儿，语气严厉。

龙二也看着居沐儿，邱若明言之有理，他亦如是想。原以为香油气味会是有用线索，但如今看来，一切归零。这件毫无头绪的案子，真不是居沐儿这盲眼证人指认就能结案的。邱若明审案，自然不能只凭一盲眼姑娘说是谁便是谁，更何况，她的指认条件太有限，不足以服众。

可居沐儿似乎并未被邱若明的话吓到，她镇定地道：“大人。我是这案子里唯一的人证，大人眼下在物证方面未有进展，对凶手来说，我是他唯一需要防备的凶险。我不知道他是谁，而他也不知道我究竟掌握了什么。他所能从衙门打听到的，就是大人抓到的凶嫌全都被我辨认出并非凶手，大人也对我深信不疑。我是有力人证，能将真凶认出。”

龙二听懂了，忙道：“你莫要擅作主张，大人查案有的是办法，不需要你以身涉险。”

邱若明也明白过来了，这居姑娘的意思，是打算以身做饵，诱那真凶上钩？这倒是个好办法。若能将其抓个现行，可比旁的推测证据管用。

龙二见邱若明竟真的思虑起来，忙唤：“大人……”

邱若明清清嗓子，却不理他，只问居沐儿：“居姑娘有何计策，且说来听听。”

居沐儿忙道：“大人，方才民女听大人分析案情，觉得大人的安排甚好。大人继续严查线索，定能有所收获。但在这之外，大人也可放出消息，说真凶手腕处曾被我抓伤，看是否还能找到手腕处有伤的人。若是有，那顺着伤者口供，找出破绽，兴许便能找到真凶。”

邱若明琢磨了一会儿这话，与龙二对视一眼。

先前居沐儿明明说的是，她抓了凶手手腕，但是否会留下伤痕，她也未能确定。如今，她是打算拿这事做饵吗？

居沐儿继续道：“再有便是我方才说的，大人将吕掌柜放了，将任保庆的通奸案情公布，让大家都知道，我能认出真凶，这两位都是经我辨认后洗脱了杀人嫌疑。那么就算最后无人手腕有伤，故意接近我查探我的相关人等，也值得大人深究。大人以为如何？”

龙二抢先道：“大人公务繁忙，查案人手尚且不足，哪能腾出人来照应你的安全？”

“龙二爷此言差矣。居姑娘是本案重要人证，本官自然需顾虑她的安危，派人照应理所应当。”邱若明不理龙二的警告眼神，对居沐儿道，“居姑娘放心，我会派人便衣乔装保护你与你父亲。”

邱若明这般说，龙二才想起来居老爹还在呢，他赶紧看看居老爹，希望他能阻止居沐儿干蠢事。结果居老爹四平八稳地坐着，一脸坦然淡定，也不知有没有认真听他们说话。

龙二真是没好气，这未来岳丈还真是个奇人。当爹的心大，做女儿的胆大，他们这家子，真是够了。

邱若明这头正在问居沐儿所居何处，要叫人护送。龙二忙抢着答：“住我龙府！”话说得铿锵有力，白眼给得干净利落。

邱若明再次无视龙二那不满意的眼神，传了捕头进来，让他安排人到龙府外乔装守卫。

居安赶紧问女儿：“沐儿啊，咱们要住二爷府上？”

龙二揉揉额角，按捺住脾气，这位当爹的，现在紧要的是住哪儿吗？

可惜无人纠正居老爹的重点。居沐儿轻声安抚，言道待回去了再议此事。而邱若明这头则是嘱咐安排，终于将吕思贤无罪开释。

这当真是好消息。龙二暂时顾不上与居沐儿计较，他让李柯送居沐儿父女回龙府，自己留下打点吕思贤的事。

待将吕思贤接出了牢狱送回家，又在吕家交代安抚了一番，龙二回到府中已是深夜。他可不管是什么时辰，直奔居沐儿暂居的厢房而去，得跟那姑娘说明白，既是想嫁他龙二，她便得有些自觉，凡事听听他的意思，可不能自作主张。

结果快到厢房时，李柯急急赶了过来：“二爷，二爷，居姑娘回家去了。”

“什么？”龙二有些不信。

“她爹说他们住这儿于礼不合，还是得赶在关城门之前回家去。余嬷嬷也不好拦，属下便送他们回酒铺了。”

“她爹说！”龙二很不高兴，“她爹像是个知道什么是于礼不合的人吗？她爹像是个拿主意的吗？肯定是居沐儿的意思。”

李柯不言声，人家父女俩的事，他这外人就不评价了。

“衙门的人呢？”

“跟着去酒铺了，他们说遵府尹大人之命，护卫居姑娘左右。”李柯道，“居姑娘没拒绝，带他们走了。”

龙二哼了一声，转身朝后院马棚去。

李柯忙又跟上：“二爷，这会儿城门已经关了。”

龙二一愣，停了脚步。确实啊，都这时辰了。那岂不是明日才能训到那盲眼姑娘了？

“哼！”龙二拂袖回房，“攒着明日一起算！”

第二日，龙二起了个大早，仔细一问，居沐儿未带走大夫给她新开的药。龙二带上了药，乘了马车，直奔居家酒铺而去。

可到了地方，龙二又气结。

居老爹和两个伙计都起来吃过早饭，各忙各的了，那个懒姑娘还没起床！这便罢了，大清早的，居然有另一个年轻男子带着礼物来探望她。

龙二眼睁睁地看着那男子与居老爹一副相熟亲热的模样，言谈间亲近如半子。且还带来水果点心等物，问都不问，好像就知道居沐儿喜欢吃。居老爹也半点没客气推拒，直接就收下了。

最后那年轻人微笑有礼地告辞，只说让居老爹待沐儿起身了与她说一声，让她好好养伤，他若是得闲了再来看她。

居老爹忙应好，直把人送到酒铺门口，嘴里说着："良泽，你慢走啊，代我跟你家里问声好，代沐儿问你娘子好。"

良泽？龙二觉得这名字有点耳熟，却想不起来在哪里听过。他扫了一眼李柯，李柯一脸苦相，正硬着头皮凑上前想给主子爷解答，那居老爹从门口回来了。

"唉，真是没缘分啊。良泽那孩子，跟沐儿一起长大的，一起学琴一起看书。原本我们两家都看好他俩，还给定了亲。谁知沐儿眼睛坏了，也不知她啥心思，硬是不要人家了。唉，现在人家都娶妻了，娃都快生了。"居老爹说着，还一脸遗憾。

龙二脸顿时一僵，眼神如刃，直射向李柯。

李柯一脸无辜。这话又不是他说的，陈良泽又不是他找来的，当初又不是他给这俩定亲的，真是跟他半点关系都没有啊。主子爷您迁怒的本事不要太强啊。他可是忠心又认真的护卫！

居老爹完全不懂看脸色，还在说："我看人家都过得挺好的，就我那女儿，眼睛看不见了，很多事都做不了，从前最爱看书的，现在也只能摸一摸，听听书页的响动，琴也弹得少了……"

他一边说一边还难过起来："想当初，那些个弹琴师父都不敢教她，说她弹得比他们还强，说我家沐儿若是个男儿身，那真可去比拼第一琴师的称号。可惜她娘去得早，她眼睛还瞎了，真是可怜。她发脾气硬是要退婚事，良泽那孩子都说不介意，要娶她，可她不管不顾的，伤了两家的感情。好在良泽心善，也没记仇，现在人家日子过得好，听说沐儿受伤了，还惦记着给送东西来看她，真是有心了。"

李柯在一旁一个劲儿地给居老爹使眼色。您老人家没看到二爷那抿紧的嘴角透露的不悦？没瞧见二爷手在膝上攥成拳显示的恼火？这些小处看不见，您能看到二爷绷紧的脸吗？

老爹啊，您跟二爷聊什么老早以前的定亲退亲，昨日二爷还与您提了亲事的，您还记得吗？

居老爹说了半天，终于反应过来了，问："二爷，喝茶吗？"

龙二憋着口气，硬着声音答："不喝。"

"那喝酒吗？"居老爹继续热情地招呼，反正他家别的没有，酒管够！

“不喝。”龙二的声音还是硬的。

李柯继续使眼色，老爹啊，这时候是应该叫居姑娘起来，见见主子爷，哄哄他高兴才是吧。喝什么茶，喝什么酒啊，这大清早的，老爹你动动脑子。

居老爹似乎也明白了，话题终于绕回居沐儿身上，他道：“沐儿没起床，她病还未好，还是让她多睡会儿吧。二爷你是继续等呢，还是留下来先吃个早饭？对了，二爷你吃过早饭了吗？”

李柯被呛到，用力咳了几声。

“不等了，让她睡！”龙二起身往外走，居老爹忙跟在后面，将他送到了门外。

李柯跟着，很怀疑居老爹是否听得懂二爷这话是咬着后槽牙说的。

居老爹一路送一路感谢，说谢谢二爷请大夫给沐儿看病还抓了药，又说待沐儿起身了会告诉她二爷来看过她。

龙二一脸郁结，本不吭气，上了车忽然道：“别告诉她我来过。”他才不要与那陈良泽一样。要是居老爹跟居沐儿说良泽跟龙二爷来看过你，把他俩摆一块说，那他不得怄死？

所以，宁可不提，不提也罢！

居老爹不明所以，但还是点点头。李柯心里叹气，这老爹真是太不会哄人高兴了。他刚这样想完，居老爹就向他凑了过来，低声说道：“李护卫，你的眼睛是不是不太舒服？我看你眼睛一直抽抽来着。”

李柯顿时觉得自己的脸也绷紧了，一时间竟是无语。

居老爹又说了：“要是不舒服，可得好好治，眼睛的事可不容轻乎。城里的祁石大夫，治眼睛可是鼎鼎有名的，你可以去他那儿瞧瞧。当初沐儿的眼睛也是他给治的，不过这也两年了，也不知他换没换地方，回头我抄了他的地址给你，你瞧瞧去。”

李柯心里明白老人家是真好心。可是，介绍一个没治好自己女儿眼睛的大夫给别人，还是那种两年没见，不知人家还在不在的大夫，真的合适吗？

李柯苦着脸瞧了自家主子爷一眼，发现他的脸色变好了。果然栽到别人头上的糗事，就是能治愈他家主子爷的情绪。

龙二走之前，围着酒铺转了一圈，见了衙门值守的捕快，问清他们多少人手，如何安排的等等，瞧着该是稳妥，这才上了马车。

车子刚跑起来，居老爹忽然追了上来。

龙二忙唤了停，居老爹急道：“二爷二爷，我险些忘了，昨晚我忘了问沐儿关于你们的婚事她答不答应了，你莫着急，我今日定给你回话的。”

龙二真是一口气噎着，还以为是何事！

龙二应了，这回马车真的顺顺当当地驶了起来。行到半途，龙二忽地拨开车帘子，问李柯：“你说，居老爹如此糊涂，怎的能生养出居沐儿这般聪明的闺女来？”

李柯不回话，闷头继续骑马。主子爷之前说人家狡猾，现在又成聪明了，之前恨得牙痒痒的，现在一大早巴巴地来看人家。

主子心，海底针。

他能说什么呢？他还是什么都不要说了。

龙二瞪李柯，对李柯的暗自腹诽也是心里有数，他粗声嘱咐：“你回去调几个人手来，只衙门的人守着可信不过。”

“是。”李柯赶紧应。

“邱大人那头有什么消息、案子有什么进展，你收到消息便速来报我。”

“是。”

李柯答应得特别诚恳，表现得特别忠厚，龙二不由想起了居沐儿，忍不住又瞪李柯两眼。

这日龙二很是忙碌，吕掌柜刚被放出来，今日便要到茶庄主事。龙二陪着他到各铺子巡一趟，以示支持态度。这会儿正是年节关口上，茶叶买卖红火，各铺子伙计必得齐心，不能松懈了。

接着晌午与沂城来的刘老板吃饭，下午见了几位从外地赶回的掌柜，听他们报各地买卖状况。晚上要招待朝中的几位官大人去满香楼坐坐，他们喜欢那里的姑娘。这些年前应酬早已定好，不好推拒更改。

这一忙，龙二便顾不上太多居沐儿那头，只抽着空问了几句，随从小厮均道没有李柯的消息，想来无事。

福运来客栈里，老板方怀沉着脸叫小二山子把大虎找来。

自前日命案发生后，客栈的生意便一落千丈。捕快衙差们将客栈翻了个底朝天，所有住客均被盘查，客栈雇工也被一一审讯。再无人住店，食客也不上门，邻里乡亲纷纷八卦议论，说了不少不中听的话。还有术士上门索财，说是客栈中邪气滋扰，仍有祸端，给些钱银做些法术辟邪去凶方可安宁。

方怀对这些大为恼火，他将责任归咎到大虎身上。

当日他明明嘱咐大虎好好管事，可山子勤快地招呼客人，大虎却偷懒打瞌睡，连放了什么人进来都不知道。出事后，山子帮忙跑前跑后地处理杂务，跟街坊说好话，帮着客栈澄清传言，打听各式消息。大虎却心不在焉，还时不时不见人影。方怀很是生气。

官差们今日又来客栈问话，而大虎过了晌午便没了踪影，方怀寻他不见，心里的怒火要压不住。他等了又等，过了好一会儿，山子终于把大虎找来了。

大虎有些慌张，衣裳也未换，似刚从外头回来。方怀看得他那模样便来气：“你去了何处？客人都跑光了，不用做事了是不是？这般悠闲，不如滚蛋。”

大虎忙道：“东家，我并非偷懒啊。实在是这两日怪事太多，我心里害怕，这才抽了空去庙里求个平安符。”说着，他展示了求到的平安符，露出了右手腕上几道浅浅的抓痕。

方怀与山子脸上顿时一僵。

现在人人皆知，杀害朱富朱老板的真凶手腕上有被居沐儿抓出的几道伤痕。大虎手上，居然就有。

大虎看得他们脸色，嘴里的话说得更是着急：“不是我干的。我就是想说，这两日太奇怪了。那日夜里，我脑袋昏沉，这才迷糊地睡去，不是故意犯懒。昨日夜里，我也是这般，困倦难受，早早睡了。可早上起来一看，手腕上竟然有此伤痕。吓得我呀。这可是闹了鬼了？我什么都没干呀。我慌了一日，思前想后，便趁中午饭市过后，抽了个空去趟庙里求个平安。”

方怀与山子都不说话。

大虎瞪着他们，道：“你们不信我？我真的什么都没干。我昨天白日里手上都没这伤痕，不是吗？”他把手腕凑到方怀和山子的面前，道，“真的，你们看，这是新伤。”

方怀和山子看了一眼，仍不说话。这伤痕挺浅的，看不出来新旧。前日夜里或昨日夜里被挠一下，差别又有多大？再者说，昨天他们谁也没注意大虎的手腕。

方怀脸色难看，细细琢磨大虎这两日的表现，越想越觉得疑虑。值夜更时客人来了也不起身，是真的瞌睡偷懒，还是掩饰自己先前的行动？等别人发现尸首，他可以说自己一直在睡觉。事实上，官差大人们问话时，大虎的确就是这么说的。

人证居姑娘说她挠伤了凶手手腕，大虎就突然说自己半夜睡着被挠了。哪儿来的妖鬼？好端端地，又怎会被人挠了也不醒？

大虎见得方怀似乎不信他，急了：“东家，我发誓，我句句属实。”

方怀不言声，山子看大虎着急的模样，便道：“我们自然是信你的，但这事最重要的是府尹大人信你才能作数啊。”

“嗯。”方怀冷漠地点点头。

山子又小声提醒大虎：“今日府衙官差还来了，说是让我们留心是否有可疑之人，像是手腕带伤之类的。你这手，可还有其他人留意到？”

大虎脸都白了：“我早上发现后，没跟别人说过。”如今想来，他越发心虚，既是官府在查，那他这伤痕被发现也是迟早的事，到时被当成凶嫌可就说不清楚了。

方怀盯着大虎，冷声道：“既是有此怪事，你不如报给府尹大人听，让大人给你断个官司。不然其他人知道了，还当我们福运来客栈结伙犯案，是索命黑店，那我们日后还如何营生？”

大虎一咬牙：“我清清白白，什么都没干，我这便和大人说去。”他顿了顿，又道，“东家，山子，你们可得帮我作证啊。”

方怀心里冷哼，这般主动向他们提起这伤痕，果然就是想拉他们下水给他说好话的。

大虎一行到了府衙。大虎向捕快大人述了一遍他对方怀和山子说的那些。捕快皱眉沉脸审看了他手上的伤痕，将他带进了衙门里。

很快，又有衙役出来，将方怀和山子带了进去，两人被分开，安排在了不同的屋里，有捕快来与他们问话。

衙堂里，大虎跪在堂前，哆嗦着又说了一遍他的遭遇和手腕上的伤。

之后邱若明默不作声，大虎心里更是慌。

等了好一会儿，终听得邱若明对一旁的捕头道：“到他家中搜一搜，看看有何不妥当的地方。”

大虎心跳得快，用力磕了个头。

邱若明顿了顿，又道：“把居沐儿找来。”

这日入夜，龙二陪着众官员在花楼里把酒言欢，这类应酬他向来得心应手，只是今日心里有事，频频分神。几位权贵官员对龙二的心不在焉也未在意，这场合里，有好酒和姑娘相伴，陪坐的龙二对他们来说不是重点。

酒过三巡，那几位搂着花娘们放浪形骸起来。龙二一看时机差不多，便找了由头先走，嘱咐楼里嬷嬷好生招呼，花销算在他的账上。众人欢喜相送，也不留他。

龙二出得房门，见府中仆役在门外站着相候，忙问：“可是出了何事？”

那仆从道：“李爷让来给二爷报信，居姑娘入城了。府尹大人召她到衙府认人。”

龙二眉头一皱，急步往外走：“多久了？怎的不早些报我？”

那仆从跟在龙二身后，听着屋里传来的阵阵放荡笑声，一脸为难，嗫嚅着答：“这个，怕打扰二爷的正事。”

龙二恼火，但现在不是发脾气的时候：“李柯可还说了什么？”

“未曾嘱咐旁的，只让报给二爷知晓居姑娘来了。”

“如今居姑娘还在府衙？”

那仆从有些支吾：“我来的时候还在的。”

龙二气得一甩袖，不再多问，速速上了马车赶往府衙。

到了府衙，却见福运来客栈的老板和两个小二都在院中等候，他们似有些激动，好像在争执些什么。这三人当日曾在堂上做供，龙二认得。

另一边站着居安，正探头探脑地往衙堂里看，只是大门紧闭，他自然看不到什么。

龙二正待上前问话，却见李柯从另一头过来了。他身边跟着两个衙役，显然方才是打探消息去了。

李柯见到龙二，忙走过来。龙二问李柯如今是何状况。居安瞧见了他们，赶紧凑过来打听。

李柯道府尹大人刚刚让居沐儿认了人，现正留居沐儿单独说话。

李柯也看了不远处那三人一眼，低声讲，大虎主动到衙门说明伤情惹来猜疑，而方怀与山子做证均对大虎不利，最重要的是，捕快在大虎家里的灶台里，搜出了烧了大半的血衣，那血衣上有些油腻，与先前送油郎所述他遗留在客栈里的外衫颜色一致。

李柯道："方怀对大虎不满，觉得他这两日行为甚是可疑。山子也证实，当日朱老板到客栈用饭喝酒时，因喝得多了，山子有些担心，劝了两句。朱老板便道自己喝得起，亮出了钱袋里的大元宝。当时大虎就在一旁上菜。而这元宝，案发后不翼而飞。"

龙二问："所以还真是谋财害命？"

李柯答道："邱大人依据大家所供，原是推断大虎当晚穿上了送油郎的外衫，掩住客栈小二衣裳，以遮掩身份方便行凶。行凶之后来不及多做处置，恐被带客人去厨房的山子发现异样，便速装困倦入睡，怎料正好吕掌柜进来寻朱老板，他就将计就计，让吕掌柜去了案发现场，做了凶嫌。"

龙二听得李柯的语气，皱了皱眉头："人证物证俱在，难道还不是？"

"邱大人未能搜出元宝，大虎也不认罪，一直哭喊自己冤枉。"李柯道，"最重要的是，居姑娘来了，她摸了大虎的肩膀和手，一口咬定凶手不是大虎。"

"一口咬定？"

"是。居沐儿非常肯定凶手不是大虎。所以邱大人让其他人等在外等候，他要与居姑娘单独问话。"

衙堂里，邱若明与居沐儿道："居姑娘，本官再问一次，你可是肯定、确认，当日袭击你的那人不是大虎？你眼盲不能视物，认不出无事，如若认不出却要瞎说，扰乱本官查案，本官可是能治你的罪！"

最后一句话他说得甚有气势，很有威慑力。

但居沐儿仍是道："我肯定，不是大虎。"

邱若明沉默了一会儿，道："居姑娘。云青贤云大人差人来与我说，让我警惕你被人逼迫，身不由己。此处并无别人，你若有何难处，可与我说。”

居沐儿听到云青贤的名字愣了愣，她悄悄握紧手杖，问道：“大人办案，会被云大人左右吗？”

邱若明有些不快：“自然不会。”

“那么如若没我这个人证，这案子大人还会如何查？”

“那银元宝还未找到，花没花掉、藏在何处，总要有个结果。血衣是何时所烧？为何不烧尽？谋财害命确是动机，但是何缘由让他竟敢如此铤而走险？”邱若明随口点出几个他觉得尚有疑点之处。

居沐儿默了一会儿，道：“大人，我当日挣扎，不会留下这样整齐的抓痕。我握着对方的手腕，若有抓痕，也该手腕两侧都有。我拇指用的气力，可比食指中指要大些的。若大虎说得属实，我猜，真凶该是故意伤了大虎，嫁祸给他。我听人说，邱大人是位好官，还望大人明察秋毫，莫要冤枉好人。”

邱若明却道：“你先前说不确定会否留下伤痕，这会儿又说可能两面都有伤痕。你连究竟有没有伤都不能确认，又如何认定不是此人？居姑娘，若你没有把握，认不出来，便与本官明言。”

居沐儿没接这话，却道：“大人，你说此刻这里没有别人，我身后的大门确实关着，窗户也紧闭，但我右前方通往衙堂后院后室的门却开着，那处是否站着个人，是主簿先生？”

邱若明一愣，与站在那门处的主簿宁洲对视一眼。

“大人是否觉得与我一个姑娘单独共处一室，需得避嫌？”

邱若明按捺住惊讶，主簿宁洲干脆走了进来，问居沐儿：“你如何知道？”

“上回我到堂前受大人问话，听得那处有人进出开关门之音，猜是通往后院后室的。现在只有那处有冷风袭来，我便知那门没关。之后门口风势被挡，但又未能全挡，我猜便是有人。再推断大人审案，有人随意进出旁听，大人又不言声，当是主簿先生。”

邱若明与主簿再对视一眼。

居沐儿继续道：“方才领我进来的衙差大哥，就是上次领我上堂的那位，他的声音我记得。我未曾触碰过他，但我知道他比大虎和山子都高些。他昨日是否病了，今日服了汤药。大人的惊堂木下面垫了纸，方才审案是否记了些疑点要点？上回我上堂之时，大人桌上的笔架放在左边，今日放在了右边。”

邱若明再掩不住脸上的惊讶。

居沐儿继续道：“上回我上堂时，堂上左右各站了四位衙差，主簿先生坐在左首，右首站着两位捕快大人。衙差里头，左边最靠近大人的那位个子最高，顺着数第三位有些咳嗽。那位咳嗽的今日守在衙堂外头鸣冤鼓旁，我到的时候，听到他与送我的捕快大人打了招呼。当日站右边的衙差里，靠近大门的那位，也就是离大人最远的第四位，该是所有当值衙差里资历最浅的，他当差不久，那威武之声底气差些。”

邱若明说不出话来，他看了一眼宁洲，宁洲对他点点头。大人是记不得上堂的当值人手，他这个主簿却是记得的。居沐儿说的，都对。

邱若明沉默着。眼盲之人听觉灵敏，但这居沐儿可不是单纯如此。她细心关注着周围，警惕所有动静。是因为这回遇袭险些丧命，还是她盲眼之后遭过欺凌，才让她保持如此警觉?

“行吧。”邱若明不再多想，说道，“既是姑娘确认不会留下那样的抓痕，不是大虎，那本官会继续查审。”

“大人打算如何查？”居沐儿问。

“若大虎所言属实，那嫁祸于他的，必是与他亲近之人。”

“能下药让他困倦昏睡，对他的举止习惯和居宅环境十分了解。”居沐儿轻声道。

邱若明认真地看着居沐儿，道：“正是。且案发于客栈之内，那人对客栈和当晚情形也很了解。凶手很有可能便是客栈里的人。我会命人再次严查客栈众人，盘查大虎邻里，看是否有人看到出入大虎屋宅之人。”

居沐儿道：“大人，凶手杀害朱老板时，怕是临时起意，思虑不周。但是陷害大虎，却是颇有计划。虽然仍有破绽，但其行动之时，肯定小心翼翼，未必会留下马脚。为免再出差错，民女建议大人召集当晚在客栈的所有人等再聚福运来客栈，让民女逐一辨认。”

“逐一辨认？”邱若明皱眉。

宁洲也是一脸担忧：“居姑娘，你可有把握？”

居沐儿道：“大人们需得对我信心满满，那真凶才会紧张惧怕。”

邱若明明白了。

这个计划仍与昨日商议的一般，只是手段更主动了。如此行事，就是在逼那凶手行动——要么逃走，要么灭口。

邱若明心里有些触动，一介女流，竟有如此胆识与胸襟。他问：“居姑娘，你确定要如此？”

居沐儿默了一会儿，声音轻，但坚定:“我愿意助大人擒住真凶，一切拜托大人。”

第十四章 二爷的承诺

龙二与居安等人在外头等了好一会儿，龙二正不耐烦，欲让李柯找人通报一声，这时候门开了。

主簿宁洲走了出来，唤了衙差，把众人都带进去。

龙二跟着大家一道进去了，一眼就看到了立于堂下的居沐儿。

居沐儿头上包着布巾子，看上去精神还好，只是脸色仍旧苍白，穿得比别人都厚实。她拿着竹杖，孤单地立着，瞧着有些可怜。

龙二走到她身边，正待唤她，却见居沐儿忽地朝他的方向转了头，试探地问："二爷？"

邱若明与龙二惊讶对视。

其他包括捕快、衙差、客栈那几位在内的人均是吃惊。

这瞎子，是如何知道的？

"是我。"龙二缓缓情绪，淡定地应声。

居沐儿对他笑了笑："多谢二爷来探望。"

龙二正待说什么，却听得邱若明咳了一声。一旁的主簿宁洲道："堂前肃静，大人有事吩咐。"

龙二暂时闭了嘴，其他人等均严肃表情，认真听着。

邱若明首先向大虎发话，他说与居沐儿已经问清楚，居沐儿非常肯定大虎并非当日袭击她的凶手。

邱若明后头的话还没说完，大虎已经扑通一声跪在地上，用力磕头："谢大人明察，谢大人明察。大人是青天大老爷，断案如神。谢居姑娘，谢居姑娘。"

而方怀与山子都呆住了，居然判定不是大虎？两人面面相觑，均未敢言声。

邱若明喝住大虎，道："居姑娘确实认人神准，本官信她。你今晚可回家住去，但不得离开城里。本官随时再找你问话。"

大虎再用力磕头："大人英明，小的一定遵从大人吩咐。"

邱若明不再理会他，又转向方怀道："近日客栈里可有人莫名失踪，或是请辞回家的？"

方怀有些紧张，赶紧应话："回大人，发生了命案官司，客栈里确是有些风言风语，也有人称受了惊吓生病未上工，但还未有人与我提过要走，也没人失踪。"

邱若明点点头："你一会儿与主簿仔细说说，有哪些风言风语，哪些生病不来的都报一报。平日里与你们相熟往来合作买卖或是送货的，名字也全部再列一遍。"

方怀赶紧答应了。

邱若明转向捕头罗扬："罗捕头，一会儿你安排人手，把客栈所有雇工，还有方怀所述的那些往来名录上的人员全都通知到。让他们明日晌午到福运来客栈候着。居姑娘未时到客栈认人。"

方怀一愣，下意识地看了一眼居沐儿："让居姑娘认人？"

龙二也看着居沐儿。居沐儿没什么表情，只静静地站着听。

邱若明道："凶手是你们客栈里的人，或是与你们客栈特别相熟的。居姑娘认人神准，已经助本官排除了三人的嫌疑，她能在人群里找出真凶。"

最后一句话他说得甚有信心，显然笃定居沐儿能行。

所有人不约而同地看向了居沐儿，脑子里都浮现出客栈里站了一屋子人，居沐儿挨个去摸手的场面。

只有龙二明白邱若明并非是此用意。他也看了看居沐儿，有些不高兴。

居沐儿看不到龙二目光，她从容地应着邱若明："民女定不负大人所托。"

事情就这般定了。之后各人忙各人的，而居沐儿与居安无事，由衙门派的人护送，出城回家去。

龙二将居沐儿送上马车，他似有许多话想与她说，但不知从何说起，且当着这许多人的面，他就更不想说了，于是只嘱咐她回家好好养伤休息，明日上午他到酒铺接她。

"二爷年底事务繁忙，就不必操心我这头了。我明日助府尹大人认完了人，再找二爷。"居沐儿话说得客气。

龙二心里不痛快，便道："随你。"

居沐儿点点头，向他告辞。龙二也不应话，转身上了自家马车。

两辆马车一前一后驶了起来，过了两条街后在路口驶向不同方向。龙二揭起了车帘，看了看居沐儿的车子。那车左右有衙差护着，越行越远，龙二心里一阵烦躁。

龙二回到了龙府，马车从侧门驶进宅子，车夫拉停车子后，与龙二报："二爷，到了。"

但车中无人应。

车夫等了等，觉得有些奇怪。一旁的李柯已经下了马，见状到车后再报一声："二爷，到了。"

车里响起了龙二的声音："出城，走南城门。"

车夫与李柯俱是一愣。

车夫问："出了南城门去哪儿？"

龙二没答。

李柯给车夫一个眼神，向龙二应道："好的，二爷，这就出发。"

于是马车调转方向重新出门。李柯也再度上马，一夹马腹，跟着龙二一道走。

马车驶得飞快，秋风从车窗里灌了进来，龙二的那点不高兴似乎被风吹跑了。他觉得自己现在颇为冷静。他想好了，居沐儿太有主意，不管着点可不行。是她求的亲，是她想嫁他，那她便该清楚，她得听他的。凡事都得先与他商量才能行事。她若不清楚，那他现在就告诉她。

一路想着居沐儿，忽听得李柯喊："二爷，居姑娘的马车。"

龙二忙探头往外看，见到方才载着居沐儿的马车停在路边，居安掀着车帘正往外看，在车子不远处，衙门派的人手也正盯着某处。

龙二打量周围环境，正是城外竹亭的位置。龙二心里叹气，这盲眼姑娘还真是喜欢这地方呀。

龙二下了车，朝竹亭走去。沿途李柯帮他挡了挡衙门的人，做了解释。无人阻拦龙二，他顺利地走到了居沐儿跟前。

两人还未走到，便看到居沐儿正往竹亭去，她听到李柯的声音站住了，看着李柯的方向。

龙二走了过去，站在居沐儿面前。

居沐儿道："二爷？"

又认出他了。

"怎知是我？"

"二爷身上气味与方才衙堂上一样。"

龙二抬臂闻了闻，大概应该是有些酒气："方才在衙堂上又怎知是我？"

"猜的。李大哥之前说二爷有应酬。"

龙二在居沐儿身边坐下了。

居沐儿顿了顿又道："再有就是，二爷的脚步声我认得。"

"是吗？"这个龙二可不信，"我的脚步声有何不同？"

"特别稳重潇洒。"

龙二哼笑："突然拍起马屁来，这倒是让人疑心了。"

居沐儿笑了起来。

龙二问她："怎的不回家，停在这儿？"

"就是想稍稍坐一会儿，一会儿便回去。"

龙二又哼她："你倒是任性。"

居沐儿又笑了笑。

龙二看看她，忽然道："是忧心还是欢喜？"

停下来在这儿坐坐，肯定是心里有事。

居沐儿笑了笑："确实忧心，但二爷一到，我便又欢喜了。"

龙二不信："马屁悠着点拍，说得太多，显得不诚心。"

"是诚心的。"居沐儿的语气很诚恳。

龙二却不满意："你若真这般乖顺，也不会叫我生气了。"

居沐儿微微歪了歪头，似在琢磨龙二生哪门子气，然后她想到了。

"诱出真凶之事，之前不是与二爷说好了吗？"

"未曾说好，且在我与你商议之前，你又与邱大人定了新主意。那什么当众辨凶，若是凶手不如你们所想的那般行动，既不潜逃，也不惧被你辨认，就在一旁看你的好戏，你当如何？你真能把他找出来？"

居沐儿道："他心有惧怕，才会一次又一次地嫁祸给别人。接二连三失败，他只会越来越怕。"

"既是如此，那他定是留下许多破绽，府尹大人定能将他找出来，你又何必凑这个热闹？你是否想着你向我求亲之时的承诺未能达成，无法向我交代？"龙二道，"若是这般，我得告诉你，吕掌柜已无事，你真的不必铤而走险。"

居沐儿沉默，过了好一会儿，终于道："二爷，凡事总有意外，偶见万一。我也是死里逃生过的人。"

"嗯。"龙二想起居沐儿遇袭被人砸破脑袋的事。

居沐儿似知他所思，继续道："在我遇袭之前，我又哪里会想到能遇到这种事。朱老板被杀之前，又怎么预料到自己有此一劫？你刚才说，若是凶手不如何当如何，而我想的是，若是万一大人缺了我的助阵，真凶就侥幸逃脱了呢？"

龙二没说话。

居沐儿又道："我走运未死。吕掌柜走运有我做证。任保庆走运不必被冤背上人命。大虎也走运，糊里糊涂跳进凶手埋的坑，把自己送进衙门也被证实了清白。但是二爷，不是谁都这么走运的。那恶人如今还逍遥法外，他不但杀人，还为脱罪嫁祸给别人。若他得逞，死者如何瞑目？受冤者受苦受死，身败名裂，真相埋没，天理何在？"

居沐儿说到后头有些激动，最后似乎觉得自己说得太多，闭了嘴。

龙二见得她的反应，便道："我也不是冷血之人，若能缉凶，自然是好。我只是担心你的安危。"

居沐儿小声应着："所以，我很开心二爷来了。"

这次龙二觉得她说得真心实意，心里当真是受用。但他仍摆出威严声音道："你还未答我，若是那真凶不如你们预期，既不逃也不惧你的辨别，你当如何将他找出？"

居沐儿默了默，忽然道："二爷之前，是去了满香楼还是惜春堂？"

龙二的脸僵了僵，等等，这话题怎么转得这般快？

龙二轻咳一声，脑子一转，觉得不对了。他一身酒味，或许还有胭脂花粉味，她猜到他去花楼确属不难，可是……

"是惜春堂吧？"居沐儿问。

"你怎会猜到？"龙二太惊讶。李柯不可能向她透露这种去处。

"二爷你瞧，什么都不惧的人也会被诱出真言的。"

龙二无言。

居沐儿慢吞吞地道："其实，我知道各家花楼爱用什么脂粉熏香，但二爷身上的花粉胭脂味道沾了酒味，所以有些模糊了。我靠着香气，加上二爷来衙堂的时间瞎猜的。这两家花楼离衙堂不算太远，且朝中权贵挺喜欢去。李大哥说二爷有重要应酬，我猜定不是什么普通商贾邀约。"

龙二的脸要绿了："你知道各家花楼爱用什么脂粉熏香？还知道什么人喜欢去哪家？"

"怡香院爱用梅香的，染翠楼爱用桃香的，百花阁爱用茉莉香的，而雅仙院喜玉兰味。"居沐儿居然还真能说出来。

龙二咬着后槽牙："看来沐儿对花楼的见识比我多啊。"

他从来只在意花了多少钱银，谈成了多少买卖，拿到了什么好处，谁管那些花娘抹的什么香涂的什么粉。

"见识谈不上，只是我认得的花楼姑娘，想来是比二爷多的。"

龙二恼道："你一个姑娘家，怎的认识那些个风尘女子？"

“她们是找我学琴的。”

龙二一愣：“学琴？”

居沐儿点头：“二爷一定知道，花楼里的姑娘，也分三六九等。若想多得些嬷嬷扶助，色要有，艺自然也不能缺。弹琴吟诗，是最简单的附庸风雅的技艺。那些花娘不必学精，有个样子，也能哄人用了。但要是想称魁夺艳，自然是得学得几分精进才行。我未盲时，就有花娘偷偷地来找我，其他琴师不愿教，花楼里的琴师挑人教，于是有人想来我这里碰碰运气。”

龙二皱了眉头：“你教了？”

“嗯。”居沐儿点点头，“原先是不教的。我问她为何想学琴，她说因为喜欢，但我看她眼中无半点欢喜，便拒了。后来她又来找我，我又问她为何要学琴，她哭了，她跪了下来，对我说她想卖艺不卖身，可她没有艺。于是，我教了。”

龙二看着她，她说这话时表情淡淡的，让他心里一动。他倒不是同情那花娘，这类人他见得太多了，他可怜不起来。倒是居沐儿这表情，让他觉得她后面还有话，他握住了她的手。

居沐儿笑了笑，龙二的大掌温暖，让她觉得很舒服。她接着说：“她很聪明，学得很快，但后来她还是卖艺又卖身了，成了花魁，色艺双绝，很有名。”

“她骗了你？”龙二有些不高兴，他家沐儿一时好心，却被利用了？这京城里这花魁那花魁的不少，倒也不知是哪个。

“也不知晓她骗没骗，那种环境下，有太多的身不由己。”居沐儿叹口气，“后来，也许我教弹琴的事被她说漏了嘴，又有别的姑娘偷偷来找我。再后来我瞎了，却是连楼里的嬷嬷也悄悄找来，想请我教她家的姑娘弹琴。因为我看不见了，又是个女的，比那些男琴师好相处。那些姑娘也不怕我认出来谁是谁。你知道的，她们有些是不太乐于见人的。还有一些，琴艺驰名，她们也不想让别人知道她们居然还得找先生学琴之类的。”

“琴艺驰名还找什么先生。”

“驰名而已，寻芳客的耳朵不好使。”

龙二就是耳朵不好使的寻芳客，而且还是严重不好使的那种，整个一大琴盲。

他心里跟自己说沐儿不是指他，但还是觉得别扭，于是清清嗓子，转了话题问：“那你又教她们了？”

“嗯，有银子收呢。我眼睛看不见了，也想多赚点钱养活自己。嬷嬷们姑娘们给钱还是很大方的。”居沐儿一边说着，一边习惯性地用手指做拨弹状。她的指头柔柔的，划在龙二的掌心上。

龙二低头去看，摊开手掌让她玩。

“二爷，其实那些姑娘不若我们想象中那般，她们有些很可怜，有些很讨厌。讨厌的我就不好好教，可怜的我便多教一些。而后她们与我熟了，会说许多八卦给我听。”

“像是她们喜欢用什么香什么粉的？”龙二没好气，那他日后去花楼应酬都得净身更衣后才能见她了？

居沐儿笑笑：“不只这些，哪个楼里姑娘喜欢到哪家铺子买东西，衣裳喜欢什么式样的，胭脂什么色……她们通通都跟我说，不过我也看不到就是了。每个楼的喜好不一样，她们有些彼此也认识，偶尔在学琴的小院里碰到，还会让我猜谁来自哪儿。我与她们玩久了，便能猜到了。”

龙二忽然瞪她：“没与你说些什么混话吧？”

“嗯……”居沐儿侧着头思索着，“她们有说过二爷花费向来不少，嬷嬷们很欢喜，但二爷从不给赏钱，嬷嬷和姑娘们背地里埋怨，这算混话吗？”

龙二的脸腾一下红了，他的爷们尊严啊！被一群花娘在他未婚娘子跟前碎嘴讨论他不给赏钱？！

他决定当成没听见。刚才的风一定很大，吹得人耳朵不好使了。

居沐儿这时却又握紧龙二的手：“二爷，我听她们说了许多你的事，我觉得你待人宽厚，精明能干，当得起京城第一奇富。所以晴儿淋雨淋成重病，我心一急，才会上茶庄求你修筑遮檐。我并非想占你便宜，我确实是想好了这是桩有利可图的事才去找你碰运气的。”

龙二轻咳一声，明知居沐儿趁机拍他马屁但还是很受用：“我答应了自会修的，年后开春了便修。”

居沐儿笑了：“我就知道二爷一言九鼎。”

“这是自然。”龙二骄傲起来，“我还答应了娶你，便是一定娶的。”

居沐儿又笑起来。她穿着布衣，头上绑着裹药的绷布带子，本是狼狈，可龙二却觉得她身上的儒雅气让他瞧着甚是舒服。他想起了陈良泽，那也是个有着书生气的男人，看上去竟然与居沐儿有些像。

龙二忽然很想问问她当初为什么执意退了与陈良泽的婚事。对方既是与她多年感情，又不介意她眼盲，为何她一定要退亲？按理说，眼睛瞎了最是无助彷徨，更应该紧紧抓住陈良泽以求有个依靠才对，为何居沐儿却是反着来？

龙二张了张嘴，最终还是忍住了没说话。她既是要嫁他了，他与她说这些无趣的事又有什么意思。

“遇着了二爷，是我的福分。”居沐儿轻声说着。

龙二听得心里软乎乎的。可不，他这般出众，多少姑娘想嫁，他答应娶她，确是她的福气。

晚风拂来，她的细发缠上脸颊，他替她拨开了。

居沐儿忽又问："二爷，成亲之后，我还可以教琴吗？"

龙二脑子里的得意顿时打了折扣。他立马想到一群花娘与他家娘子一人抱着一把琴在讨论昨晚龙二爷去了哪个楼，跟谁一起去的，点了哪个姑娘，花了多少银子，姑娘对龙二爷说了什么，龙二爷怎么回的，姑娘摸了龙二爷哪里，龙二爷的手怎么放……

龙二顿时一个激灵，斩钉截铁地答："不教了，不许再与那些花娘来往。"

居沐儿点头："也是的，如若她们知道我嫁给了二爷，问起二爷在家中是如何的，二爷与我说了什么话、做了什么事，我虽是不会答，但她们口无遮拦，若拿这个来调笑我，也真是让人不好受呢。"

龙二只觉乌云罩顶，他还真是没想到，不但外面的应酬事被八卦，原来家中私事也有危险。他僵了又僵，半晌才憋出一句："其实，其实我也不太去那些地方，都是应酬，应酬。"

居沐儿笑笑："我知道二爷很好的。"

她这么说，龙二倒是脸臊了起来。他清清嗓子："我当然好。"

"二爷，真凶真的就要找到了。二爷就莫要怪我吧。"

龙二无语，这位姑娘说话要不要这么转折啊。等着她说正事，她却突然聊花娘。说到婚后如何，她又忽然转到案子上来。

跟她聊天真是一点不无聊。

龙二长舒一口气，道："这回便罢了，但下回可不能再这般。有什么事，必须先与我商量。其他谁人与你说，都不能做数。我出来寻你，便是要与你说明白了。既是你我说好了婚事，日后我是夫你是妻，那凡事皆需依我的意思。我是不计较旁的，但为人妻子的本分，你也需得明白。你父亲对你疏于管教，事事由你自作主张，我这儿可不行。"

"好，都听二爷的。"居沐儿答得十分乖巧。龙二将信将疑，但她态度这般好，他又不好再追着斥责什么了。

龙二忍不得再瞪居沐儿两眼。居沐儿瞧不见，只对他笑。

龙二心又软了，复又将她的手握在掌心里，捏了捏。

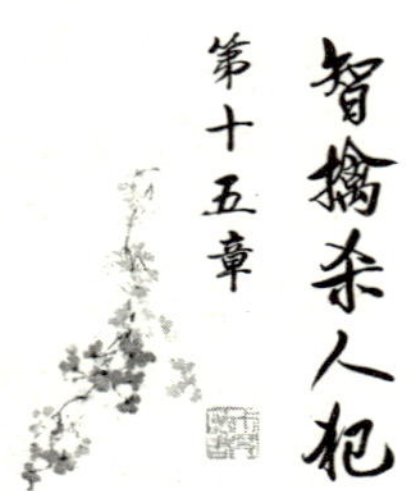

第十五章 智擒杀人犯

第二日晌午，居沐儿在家中早早用了午膳，由两位衙差护送，乘马车朝城里去，准备到福运来客栈认人。居安没出门，居沐儿说有官差护送不必他跟着，他便留在家中操持家务。

马车行至半路，忽然停下。道路前方有嘈杂人声，似乎发生了什么事，路都被堵上了。

一衙差拍马前去查看，过了一会儿回来道：“路边有林木忽然倒了，横在路上，险些砸了人。那倒下的树干上有许多血迹，还有黄色符纸。有人传恐有巫咒报应，无人敢搬，有人去请术士，有人报了官。现时还未有人来处理，只围了一堆看热闹起哄的。”

居沐儿问：“所以我们现在过不去了是吗？”

“恐得等些时候。”那衙差刚说完，前方人群里一阵吵嚷，似乎有人为了搬与不搬争执起来。

居沐儿侧耳听了听：“我们现在是在路中间吗？安全吗？他们会不会打起来？”

一位衙差道：“旁边有家茶水铺子，要不我们过去避一避？但那儿人也很多。”

居沐儿想了想：“过去吧。总归是得等等，几位大哥也可歇歇。”

车夫忙把马车赶到路边的茶水铺子侧边，一位衙差去铺子里找了座，几个人一起过去了。

居沐儿坐在人群里一言不发，车夫很快按捺不住好奇心跑到前头出事的地方看热闹去了。两个衙差一人去探听情况，一人守着居沐儿。

他们旁边全是附近百姓，也有过往商旅，大家对这桩奇事议论纷纷。

一位异乡人在高声讲述他家乡也发生过同样的事，当时如何如何。大家听得津津有味，时不时插话提问。正说到热闹处，忽有一人喊道：“哎呀！走水了，走水了！果然是邪门！”

周围的人顿时躁动起来。

有人大声问：“在哪里？”

也有人喊着：“快救火！”

更多的人大叫着推搡奔逃。

居沐儿闻到了有东西被烧焦的气味，耳旁是许多人的叫喊冲撞。她没坐住，被撞倒在了地上。有人将她扶了起来，居沐儿抓住了那人的胳膊，另一只手紧紧握着自己的竹杖。

身边是人群的冲撞，居沐儿有些分不清方向。身边那人连拉带拽将她带出了茶水铺子。

居沐儿夹在人群中被推着走，几次险些跌倒，幸而那人一路护着她。居沐儿跟着那人左拐右转，离嘈杂的人声渐渐远了。

脚下是泥地碎石块，还有落叶断枝。居沐儿知道，他们一定是到了茶水铺子后头的树林。

“是山子小二哥吗？”居沐儿问。

对方放开了手，静默片刻，而后应道：“是我。居姑娘，你怎么会在那处？你方才差点被踩死。”

居沐儿道：“多谢山子大哥。我是应府尹大人之命，要去福运来客栈认人的。你又怎会在此处？”

“我家就在附近。”山子道，“这两日甚是忙乱，我都未曾回家。昨日又帮着东家安排打理店里杂务，东家允我今日晚些到。我睡过了头，正着急要赶到客栈去，怕错过了府尹大人的辨凶大会。没想到却见着那茶水铺子起火，我过去一看，正巧看到姑娘被人撞到地上。”

“我身边有衙差大人，山子大哥可曾见到他们？”

“未曾见到。”山子道，“似乎是那茶水铺子后屋起火了，大家都在奔逃，未曾见姑娘身边有其他人。”

居沐儿蹙起眉头：“许是他们去查看前方堵路情形去了。我不见了，他们会担心的。”

山子查看了四周，道：“我可代姑娘去找找。但此处也不安全，万一我离开，有人过来冲撞欺侮了姑娘，大家都忙着救火看热闹，怕是无人关照姑娘。我家就在附近，不如姑娘先去那儿避避，我再去找官差大人们来接姑娘，如何？”

居沐儿面露犹豫。山子道：“就在不远处，走不了几步。如果姑娘不放心，那姑娘就在这儿稍等，一会儿若有人来，姑娘大声叫救命。”

居沐儿听得此言，更是犹豫，最后道：“若是不远，那还是去吧，有个安顿之处好些。”

“行咧。”山子拉着居沐儿的竹杖为她引路。他走得很快，居沐儿有些踉跄地跟上了。

山子说得没错。他们很快便到了一个屋子前，山子把屋门打开，引了居沐儿进去，将她带到一把椅子前，扶她坐下：“此处安全了。姑娘放心。我这就去找官差大人们来接你。”

“多谢山子大哥。”居沐儿点点头。

“我走了。”山子道，转身走了。

居沐儿听到脚步声，而后是开门关门的声响。

屋子里很安静。

居沐儿坐着没动。过了一会儿，她忽然对着门口方向道：“你可知道，走到门口开门关门，和走出去后再关门，脚步声是不一样的。”

啪嗒一声，那处似乎有什么东西掉在了地上。

居沐儿眉梢微沉：“山子，你想杀我灭口吗？”

山子看了看因惊讶慌乱而掉落在地的绳索，再看看居沐儿。他捏紧手中的布巾，终于忍不住出声：“怎么会怀疑我？我确实是想出去帮你找人的，只是方才忘了拿东西。”

“忘了拿绳子或者布巾吗？”

太可怕了，这姑娘究竟是真盲假盲？

山子一时没敢动，只瞪着居沐儿。

“每个人都会问我是怎么认出他们的，你却未问。”居沐儿道。

山子怔住了，是这里露了马脚？

“你不敢问吗？”居沐儿再道。

“你，是怎么认出我的？”山子咬着牙。

“我没认出来。但我一问，你就应了。”

山子无话可说。

“虽是猜的，但也有根有据。那晚当值的就是你跟大虎，朱富也是你招呼住店的。你知道他身有钱财，你看着他烂醉如泥。你对大虎也很熟，知道他的为人禀性做派，能出入他家。山子，府尹大人早就怀疑你了，你现在投案，还来得及。”

山子咬着牙，不回应。谁知道这回是不是又是唬他的，府尹大人若真是对他起了疑心，早将他抓走了。

山子把手用布巾裹好，捡起了地上的绳子。他打算勒死她，免得弄出一身血，又恐她抓伤他的手，留下不好辩解的伤痕，所以要将手部护好。只要这个瞎眼的人证没了，没人能证明是他干的。

居沐儿听不到山子的回话，便继续道："实话与你说吧，其实之前我并不确定我有没有抓伤凶手，但后来大虎说他于熟睡之时被人抓伤，我便确定了，我当时没能抓伤对方。只是任保庆因手腕上的伤受到盘查让你觉得，我记错了。手上的伤是重要线索，你一定心里暗喜，但又着急如果没有新的嫌疑人，继续往下查，恐怕最后还是会查到你头上。所以你抓伤了大虎，把血衣放到他的灶台上，制造了一个疑犯。"

山子依旧没有回话，屋子里静悄悄的，居沐儿镇定地坐着，继续说："但我还是认出了大虎不是真凶。一连三个，我每次都认准。公开辨凶让你害怕了。若你逃走，便是败露；若不逃，定会被我认出，所以你只有在我到达福运来客栈之前杀了我……"

居沐儿话音未落，屋顶却是一声巨响，有人从上面跳了下来，而居沐儿感到鬓边有破风之声，紧接着耳边是山子的一声惨叫。他竟然已经悄悄挪到了她的身边。

砰的一声，该是山子倒在了地上。

大门被人撞开，更多的人从屋顶上跃下。

捕头罗扬大声道："拿下！"

居沐儿看不到，只听到数人嘈杂呼喝，夹杂着脚步声响，还有山子的惨叫声。

"龙二爷！"

"二爷？"

罗扬的声音与居沐儿的询问声同时响起。

"龙二爷。"罗扬道，"官府擒凶，你贸然插手可不合适。"

居沐儿听得这话，确定真的是龙二来了。她心里一松，向龙二的方向唤："二爷。"

龙二怒气未消："你们官府是打算等那恶人的绳子套住她颈脖将她勒死了再出来是吗？"

"二爷。"居沐儿再唤。

龙二这才闭了嘴，他走近她，握住了她的手。她手心有些薄汗，他握住了又骂："你也知道紧张！唠唠叨叨说个没完，我还当你刀枪不入英勇无畏呢。"

居沐儿舒了一口气，狂跳的心慢慢缓和下来。是二爷啊，这温暖的手掌。

罗扬被龙跃斥了，没应声，只是看着山子被暗镖射穿的手掌及被踢断的胳膊，一阵无语。

他们从昨夜起就明里暗里严密监视着居沐儿周围的动静。今日见得入城路上被人布了路障便觉有异，赶紧报了邱若明，大家配合着迟迟未处置那路障，又故意把居沐儿带去了路边的茶水铺子，故意假装让她身边没人，且看看会发生何事。

当茶水铺子后屋被烧，山子出现时，大家已经猜到真相，只等着山子动手，好抓他个现行。但那山子也是狡猾，竟防备着被人发现，不在树林中动手，只把居沐儿带到这偏僻屋内。

罗扬带着人一路跟踪，暗暗提着心，生怕这过程中有何差错。但居沐儿沉着冷静，应对得很好。罗扬这般想着，再看一眼居沐儿，心里有些佩服。寻常女子遇到此等状况怕是早就吓破了胆露了馅，何况一个盲眼的。

此时龙二已将居沐儿拉了起来，扶着她往外走："人已经抓到，没你什么事了，回家去吧。"

居沐儿路过罗扬的位置时停了一停，向罗扬的方向道："罗捕头，是否只山子一人犯案？"

罗扬忙道："居姑娘放心，我们未看到其他人。依大人嘱咐，案情未彻底查清前，我们仍会继续保护姑娘安全。如今我即刻将案犯押回府衙，大人已在衙堂等着严审，定会将真相问清，不容有漏网之鱼。此次幸得姑娘相助，多谢姑娘。"

居沐儿想了想，点点头，跟着龙二出去了。

龙二牵着她，一边走一边问："你是担心这案子后头还有人指使？"

居沐儿默了一会儿，应道："我就是随口问问。我不知真相，不晓得有没有人指使。毕竟，就算他身边有同伙，我也看不到。"

"哼。"她这么一说龙二就来气，"你也知道自己什么都看不到，就这般你也敢跟着他瞎转。他把你带到哪儿你都不知道。"

居沐儿道："我知道捕头大人领着人跟着呢。"

"那也有跟丢的时候。"

"我用竹杖在地上用力画了痕迹。"

龙二有被她气到。行，行，你厉害。这般爱顶嘴，真是不想搭理她了。

"我很高兴二爷也来了。"

"别拍马屁。"龙二没好气。

"真心的。二爷这般英明睿智，就算捕头大人跟丢了，二爷也一定能把我找到。"

"嗯。"那肯定的，他确实聪明。所以他不是比那些当差的先出手了吗？没让她受半点伤。

居沐儿听他嗯了那声，笑了起来："这句才是拍马屁呢，二爷。"

龙二噎住，只能瞪她。但居沐儿看不见，没有半点效果。

龙二想敲敲她的头以示惩戒，但她脑袋有伤，他下不去手，一时不知能把她怎么办。若是像宝儿那样的小娃娃，他可以抛起来再接住，吓唬吓唬她。可她不是小娃娃，她是个大姑娘了。

龙二没什么与大姑娘调笑逗趣式摆威风的经验，便卡在了那处。

“二爷瞪我了吗？”居沐儿显然心情很好，居然还问。

“没有。”龙二干巴巴地答，“二爷他不想理你。”

居沐儿这回哈哈笑出声来。

那笑声清脆欢悦，龙二没忍住，伸手捏她的耳珠子。居沐儿耳朵一痒，缩了缩肩往后退，笑容还在脸上，脸颊却开始透了红。

龙二心里一荡，恍然过来这举止相当轻薄，但是真欢喜啊。她害羞的模样真是好看。

龙二收了手，忍住了心里的痒痒，轻咳了一声，佯装沉稳地问：“你与你爹说了吗？”

居沐儿也定了定神，装作刚才的事没发生，认真地应道：“说了呀，我告诉他府尹大人对今日之事有安排，他不能来，让他在家里等着我。”

龙二：“我是问你，我们的亲事，你与你爹说了吗？”

居沐儿惊讶：“不是二爷家里去说吗？”

龙二简直无语：“我们已经说过了，但你爹说要问过你的意思。”

“哦。那定是过得忙乱，他忘了。”

龙二不高兴了：“我送你回去。”

他亲自盯着，看他们父女两个忘是不忘。这是多不重视这门婚事才如此怠慢。

居沐儿知他话中意思，赶紧道：“我回去马上就与爹爹商议。”

还商议？哼。

龙二一副毫不在意的语气：“也不着急，又不是我求的亲。”

“是，是。是我的不好。”居沐儿认错认得很麻利。

龙二没好气，又捏她耳珠子一下。居沐儿红透了脸，龙二心情又好了，行，既是认错，便原谅她。

龙二带着居沐儿到了他的马车处，将她带上了车。

车夫听了龙二嘱咐，便朝着居家酒铺方向驶去。居沐儿只听着他们的声音，没说话。

龙二看着她沉静的表情，暗忖她心里在想什么。是在想说些什么让他欢喜，还是在琢磨他们的婚事。她可会像忧心案子一样忧心婚事是否会有变故？她会怕他反悔吗？

过了一会儿，龙二没忍住，问她："怎的不说话？"

居沐儿抬眼往龙二的方向看。那眼神毫无焦距，龙二知道，她什么都看不到。

居沐儿道："我从前未盲时，该是见过二爷的。可如今不记得二爷是何模样。"

"相貌堂堂，风度翩翩。"龙二应得流利从容。

居沐儿笑了起来。

龙二摸了摸她的眼角："眼睛会疼吗？"

居沐儿摇摇头："如今不会了。"

龙二握着她的手："以后由我照顾你。你爹是个不会疼人的，也不知当初找的大夫合不合适。回头我再觅良医，为你好好看看。"

居沐儿微张了嘴，似乎想说什么。

龙二便道："你不必担心，日后有我。"

居沐儿摇头："我不担心。"龙二却又道："也不能完全不担心。若是你还自作主张，莽撞行事，我可是会生气的。下回可不能再如今日这般。我管教起人来，可是很严厉的。"

居沐儿没说话。

龙二继续教训："这回是你好运，下回却未必如此。此番那凶嫌虽有些小机灵，却也是个没脑子的，不然早就识破了你。若他手段再高明些，你又岂能躲过他的谋害？今日所幸有我盯着，及时将你救下，但运气总不会时时有，还是得谨言慎行规规矩矩方可。"

居沐儿默了一默，颇有些动容："二爷说得是。总不会这般好运的。二爷如此待我，我心里感激，更觉愧对二爷……"

龙二打断她道："不过是说了你两句，莫要卖可怜撒娇。说什么愧对不愧对的，故意堵我话呢。之前你设套打赌，唬我散财修筑遮檐，后又借着吕掌柜受冤来要挟我成亲，我都没甚抱怨……"

居沐儿有些无语。

龙二看着她的表情，继续道："当然了，我这般人物，也不是你能要挟逼迫的。我做的事，自然是我愿意做的，任谁都逼迫不得。"

说到这儿龙二停了停，这么说是不是显得他很愿意很主动？太没面子了。龙二清了清嗓子。

居沐儿赶紧道："我哪敢要挟二爷，每次都是战战兢兢地求着二爷。是二爷有胸襟，我走了大运。"

龙二伸了伸腿，光明正大地在居沐儿面前偷笑。就知道她是狡猾的，看这话接得，多机智。他就是喜欢与她叙话。

"你既是知道，就别说什么感激羞愧的别扭话，又无人与你计较。"

居沐儿：“二爷说得是……”

“那你说说我为何愿意？”龙二逗上瘾了。

“自然是……”居沐儿努力帮龙二想理由。

“嗯？”

“我琴艺好。”

龙二一时噎住。

居沐儿虽然看不见，但在脑子里想象出了龙二的表情。她笑了起来。

她这一笑，龙二也没绷住表情。龙二明明没说话，居沐儿却越笑越开心。龙二戳了一下她的额头，以示不满。居沐儿捂了捂前额，却听龙二问：“你的头什么时候才能洗来着？”

居沐儿的笑容僵在了脸上。

这回换龙二笑了，看到居沐儿涨红脸有些尴尬的模样，他笑出声来。真舒心，这些无聊话当真让他开怀。

没过多久，居家酒铺到了，龙二正要招呼居沐儿下车，却听得车外传来居安的声音：“这是龙府的马车吗？是龙二爷吗？”

车外有车夫应了话，说二爷送居姑娘回来云云。居安连连道谢。

龙二敲了敲车门板，车夫把车门打开。

居安跑车边上接过女儿，将居沐儿扶下车，又客气地请龙二到铺子里坐坐。

龙二也不推辞，下了车就去了。

居安给龙二上了茶，道了谢。问了问居沐儿今日外出状况，问事情顺不顺利，说他一直担心，平安回来便好。居沐儿将今日之事简单说了说，将凶险之处全数略过，只夸龙二英勇，全靠他助官差大人们将真凶擒下。

龙二也不揭穿她，她说他什么好他都应下了。居安连连称谢。

龙二客套了两句后，对居沐儿道：“事情既已结束，你便好好休息，这几日别乱跑了，按时吃饭喝药，莫睡太久。”

“好的，二爷。”居沐儿应了。

居安忙道：“我会看着她的。”

龙二和颜悦色：“你看着她也不管用，她自己记性不好。”

居安又道：“不会，沐儿记性好着呢。再难的曲子，她听一遍也就记住了。”

“是吗？”龙二道，“那该是只有我嘱咐的她记不住。”

居沐儿假装镇定。

居安还在为女儿打保票：“那肯定不会的。沐儿答应的都会做到。”

龙二不说话了，只看着居沐儿。

空气中有些异常的安静。

居安终于察觉到有什么不对，也安静下来。他看看龙二爷，再看看女儿。

居沐儿清了清嗓子，唤了一声："爹。"

"哎。"居安应了，等着女儿后头的话。

但居沐儿没继续说。她停了停，脸慢慢地红了。

居安觉得女儿似乎有些害羞的样子，他疑惑地再看看龙二爷，发现龙二盯着女儿看，弯了嘴角。

居安眨了眨眼。哎呀，好像发现了什么了不得的大事。

"爹。"居沐儿终于稳定好情绪，道，"那个，就是二爷家提的婚事……"

"哦。对，对。二爷家是提了婚事的，你意下如何？"居安终于反应过来，当初的疑惑变成眼前的惊喜，终于明白这了不得的大事是什么了。龙二爷与他家女儿正眉目传情！

"婚事，我答应的。"居沐儿说完，脸红透了。

"哎哎，好事啊，是好事。"居安非常高兴。

龙二看着居沐儿脸颊羞粉，心中有了胜了一局的欢喜。他故作沉矜地站起："那这事就这般定了。我安排府中管事置办礼数。相关事宜会有人来与伯父商议。伯父有何要求尽管提。"

"哎，哎，好的好的。"居安也站起，差点想拉龙二的手，又不敢拉，毕竟这可是龙二爷。他只道："我们小门小户没甚要求，就是请二爷一定要对沐儿好。我家沐儿，从前过得苦啊。"

"爹。"居沐儿打断了居安的话。

龙二看向居沐儿，她握着竹杖也站起，亭亭而立，粗布衣与裹伤的头巾都未能掩住她的儒雅风姿。龙二忽想起初次见她时心中泛起的惊讶，当时他是想，怎么会有形容文人雅士咏梅颂竹的词句放在个姑娘身上也合适。

"我走了。"龙二心情大好。他与余嬷嬷说的那些可不是胡编乱造，瞧，可不就有特别的姑娘。

龙二上了马车，居安领着居沐儿相送。

马车驶起来，龙二从门缝悄悄往外看，看到居安一脸兴奋地拉着居沐儿说着什么，居沐儿对着马车离开的方向，脸上也是灿烂的笑容。

她当真是欢喜能嫁给他的。龙二有些得意。

第十六章 未婚夫登门

第二日，龙二忙完买卖诸事，去了一趟府衙。府尹邱若明正好有空，见了龙二。

朱富一案案情已然明了，凶手正是山子。原来那山子欠下了不少赌债，被赌坊的人威胁逼迫。他怕死，买了把匕首防身，但钱总归是要还的，他正发愁不知该如何办，却遇到了朱富。

那日朱富满面阴郁地进了客栈，闷头喝了不少酒。山子劝了一句，那朱富还发了脾气，拿出钱袋子来说“老子有钱喝得起”。山子一看到银元宝，顿时财迷心窍，觉得这是个机会。

山子给朱富上了许多酒，让他喝得酩酊大醉，而后又劝他说喝得太多了，不如就在客栈里歇息。朱富那时嘟囔着应好，说不想回家看到那个婆娘，于是山子便顺利地把朱富送到了客房。

朱富睡是睡下了，但还抱着钱袋不放。山子不知他醉得深浅，不敢乱来，便想等着他熟睡后再来偷钱袋。

山子回到堂上忙活计，心里头却开始盘算，想着这事不能让任何人察觉。于是他等大虎领着居沐儿去客房回来，便给他倒了一杯水，水里加了少许的迷药。这是赌场里的伙计给他的，说他们也常用，能让人迷糊想睡，却不会不省人事，用起来绝无破绽。

大虎很快犯困睡下，山子便偷偷去把廊上的灯笼弄灭了。他还准备了一件送香油的货郎衣裳。那时搬货，香油郎脱下外裳干活，后来急匆匆走，忘拿了。山子想着，自己换了装，就算有人看到人影动静，也不会想到是这店里的小二。

可他刚要换裳动手，那个叫梁平的客人却来找，说是肚子饿了，又说廊上的灯笼灭了。山子一边想着该如何办，一边把梁平领进了厨房。厨房里有些吃的，梁平饿得当即吃了起来。山子忽然计上心来，他让梁平先吃着，他去杂物房内找灯笼。梁平应了，山子却是趁着这会儿快速换了衣裳，潜进了朱富的房里。

山子摸黑找到了钱袋，却没料到朱富这时醒了，山子吓得掏出了匕首，那朱富却是飞快地冲出房门大喊救命。

这时居沐儿路过，不幸卷入其中。山子发现她真是瞎子，于是又生一计，自以为聪明地制造了朱富与女子纠缠、被女子捅死的假象。他往钱袋里装了一小粒碎银，把钱袋放回了床头，以掩饰谋财的行凶意图。然后他脱了血衣，换了鞋，拿了新灯笼回转去找那梁平，一切都神不知鬼不觉。他领着梁平回客房，想带着这人一起去发现命案现场，这样谁也怀疑不到他头上来。

可没料到到了那儿，却看到吕思贤正在那处。这一下山子更是觉得天助他也。

再然后，官差来了，一番搜查，将吕思贤当凶嫌抓走。山子原以为事情会就此了结——居沐儿喊冤，那吕思贤便是凶手；吕思贤喊冤，居沐儿便是凶手。为摆脱嫌疑，他们定会互相指认，加上现场状况以及他与梁平为人证，这二人总会有一人背上黑锅。

但山子万没料到居沐儿竟是这般人物，头脑清醒言之凿凿，竟然还能指证吕思贤并非凶手。山子觉得居沐儿是个威胁。之后山子不敢动那元宝，怕被查到，又不敢放在身边，最后便将银子埋在家中后院。

他按居沐儿指认的凶手特征打歪主意，将大虎陷害，甚至加上了血衣铁证，他猜这次一定再无闪失。可居沐儿再次指认大虎不是凶手，且还自信满满欲当众辨凶，而府尹大人显然对她的本事极其信任。山子心里害怕，下定决心定要将居沐儿灭口。

于是山子连夜锯了树，贴了符纸，观察好了居沐儿何时从家里出发，赶在她之前将树推倒拦路阻行，又与众街坊一番口舌，挑起恐慌制造混乱。

后头的事就是龙二都知道的。衙差和居沐儿看到路被封，知这里头有鬼，便将计就计停下，找个地方等着凶嫌上钩。衙差还特意让居沐儿落单，山子果然就出现了……

山子被抓了个现行，再没什么可辩解开脱的，便一五一十全招了。他没有同伙，也无人指使，就是自己见财起意犯案。如今邱若明将案件审明，钱财找到，其他线索也清清楚楚，就此结案。

“二爷放心。此案与吕掌柜毫无关系，本官知晓坊间仍有些碎言闲话，待张贴公告时自会说明一切，还吕掌柜与盛隆茶庄清白。”邱若明向龙二道。

龙二却道："吕掌柜素来声誉颇高，此事对他影响不大。倒是居姑娘，从前坊间对她有不少误解，话说得难听。大人念在她冒着生命危险为此案出力的分上，不如嘉奖于她，还她清誉。"

"本官原也有此意。"邱若明道，"但居姑娘的要求，却是希望本官莫要张扬。"

龙二有些惊讶："她何时说的？"

"她第一次与本官商议如何辨认真凶时，便提了这个条件。之后再议计策，她又说了一次，想来对此很是顾虑。她说她眼盲不便，加上名声不好，若官府外传她如何相助破案，怕是会招惹好事者对她试探骚扰。她恐日后生活不得安宁。"

龙二听着，没言声。这倒是与他思虑的不一样了。这本是个挣得美誉的好机会，她冒了这么大的风险，竟然不要。

邱若明继续道："她请求本官在成功抓捕真凶后，将那些辨凶手段对外宣称是本官定下的擒凶计谋，她不过是遵照嘱咐演了出戏。本官应允了。"

龙二想了想，道："那确是我想得不周全。这提议，便作罢吧。"

邱若明点头，叹道："居姑娘胸襟宽广，不逐名利，虽是眼盲，却心细如丝，机智过人。若为男子，前途不可限量。可惜了，可惜了。"

龙二觉得这话似在何处听过，离开府衙往居家酒铺去的时候，他想起来了。先前打听居沐儿的过往时，他听过这样的评价，说居沐儿琴艺超群，天赋过人，若为男子，前途不可限量。可惜是个女儿身。

龙二琢磨着这话，觉得颇不舒坦。女儿身怎么了，有甚好可惜的，她是女儿身，所以她才能与他求亲。女儿身，好得很。这些人，既是赞赏他家沐儿才华，又何必非要找个不是短处的短处编排她的不好？

着实肤浅。

龙二兴冲冲地往居家酒铺赶，蕴了满肚子话要与居沐儿说。怎料到了酒铺，居安居然道："沐儿说她伤病体弱，得好好静养，这几日不见客呢。"

龙二被泼了冷水，按捺住脾气没给居老爹白眼。谁是客呀？昨日就差拉他的手喊贤婿了记得吗？

"她又睡了？"龙二语气和蔼。

"没有没有。她一位琴友来后，她便一直待在琴室里。"

龙二顿时装不下去了，恼道："她琴友见得，我见不得？"

"不，不。"居老爹忙摆手，"她也未见。"

龙二听罢心情好些，抬腿便往后院去："我又不是别人。我是她的未婚夫婿。"

这话是在理的。居老爹跟在龙二身后。

两人到了琴室前，听得里头传来琴音。

龙二正欲抬手敲门，居安忽然一把将他拉住："二爷，你听。"

让他听什么？听琴？龙二脸色不好看。

居安道："沐儿心情不太好，要不二爷先去前头喝口茶？"

龙二："心情不好？"

"二爷你没听出来？她有些伤心，还挺烦躁。"

从叮叮咚咚里听出来伤心和烦躁了？龙二不高兴，直接伸手去敲门。

里面的人不知是没听见还是不打算理会，琴音未断，敲门声无人应。

居安小声道："要不二爷改天来？"

龙二用力敲门。

这次屋里传来了居沐儿的声音："爹，你莫管我。"

"是我。"龙二应声。

居老爹不说话。就是二爷，他劝不走。

屋里安静了一会儿，龙二不耐烦，正待再敲门，却听居沐儿道："二爷，我身体不适，仪容憔悴，不便见人。过几日我伤好了，沐发更衣，有精神了，我去龙府找你。"

他都亲自上门了，这都见不着，还指望着她积极主动拜会呢？龙二答道："过几日我可不方便。我就今日有空闲，开门。"

居沐儿柔声细语："二爷啊，你莫恼，待你得空了，我定上门赔不是。"

"我这会儿便得空。你啥模样我都瞧过，又不是美人，不必讲究这些。"龙二说完下意识地看了居老爹一眼，当着人家亲爹的面说她容貌不美，似乎有些不妥。

但居老爹没什么反应。屋里居沐儿却是没声音了。

龙二再敲门："莫闹性子，我去府衙打听了，可告诉你朱老板一案的详情。"

这回居老爹说话了："二爷，今日衙门派了人来，已将案子细细讲了。沐儿已经知道了。"

龙二一噎，这还带抢先的？！气人。他在府衙时，邱若明可只字未提已派人来过居家酒铺。

龙二不耐烦了，用力敲了敲门，提高了嗓门："开门，我不嫌你臭。"

她躲他，也就只有这个理由了。

"臭"字一出，屋里子突然响起了叮叮咚咚的琴声。龙二一呆，听得那里头琴声绵绵不绝，波澜起伏。

居老爹也愣了愣，随后赶紧与龙二解释："二爷，沐儿这是弹琴解闷呢，她不敢与你顶嘴的。你莫生气，回头我定骂骂她。"

龙二满头问号，所以居安是听出来居沐儿在弹琴顶嘴？

“二爷莫恼，二爷说得对，沐儿头上的药膏捂着确实挺臭的。”居老爹继续努力安抚龙二。

龙二完全不想搭理居老爹了。这位长辈一定是来添乱的。

“二爷你听，这琴音纷乱，节律不齐，沐儿定是为了不能见你愧疚不安，你莫与她计较。”

龙二黑着脸，他听不出来，不用一直提醒他是个琴盲。

龙二哼了一声，拂袖而去。

居老爹苦着脸，不知该追上去送一送，还是留下来安慰安慰女儿。女儿的琴音确实不对，明明案子了结，还攀上一门好亲，为何忧虑不安？

第十七章 龙家的家规

龙二回到府里，越想越恼。

这盲眼姑娘实在可恶，古怪傲慢，狡猾胆大，还敢弹琴讽刺他。他对她这般好，她却是忽冷忽热的。这门亲可是她高攀，她拿什么乔。若不教训教训她，让她紧张知错，日后成亲了她这坏脾气可怎么得了。

龙二正生着闷气，余嬷嬷找来了。

这两日余嬷嬷为了二爷的婚事里里外外打点忙碌。昨日龙二回来说居老爹已然应承，让她着手置办礼数。她今日便去找了媒婆子相谈。

可媒婆子一听说是城南外居家酒铺的居姑娘，竟然大惊失色。她先是支支吾吾，后耐不住余嬷嬷的追问，讲了许多坊间传言给余嬷嬷听。

婆子说媒，素来只说好的不讲坏的，能让婆子这般说话，这姑娘是不是真的不妥当？余嬷嬷便担心起来。

于是余嬷嬷再遣人去坊间仔细打听了居沐儿，竟然与那婆子说的一般无二。都说居沐儿二十未婚，事出有因。她自小定亲，但迷琴不嫁，任性妄为，而后疯魔盲眼，退婚闹事，再然后竟然不自量力，勾搭已婚的刑部侍郎云青贤。对方正妻可是尚书千金，哪是她惹得起的人物。她见此路不通，转头又借了名目，去勾引龙二爷。

人人都道这女子有手段，余嬷嬷听得心肝直颤，赶紧来找龙二。

龙二听罢余嬷嬷所言，淡定地道：“这些我都知晓。”

余嬷嬷顿时讪讪无语，这倒是显得她在挑唆了。

龙二有意成婚，余嬷嬷是真的高兴。她也觉得二爷聪慧精明，该是不会被个所谓“有手段”的女子骗了，但外面传得如此言之凿凿，她还是有些担心，毕竟龙二说要成婚，确实突然。男女之情，因何迷了心窍也真不好说。

龙二看得余嬷嬷神情，安慰道：“嬷嬷莫忧心，外头的那些话，听听便罢了，当不得真的。”

余嬷嬷仍是一脸不放心，龙二又道：“你也见过她了，古板硬气得很，半点不乖顺，脾气还古怪，这般的姑娘，莫说勾引了，不把人气走就不错了。”

余嬷嬷不知该说什么。

“她年岁也不小了，眼睛还不好，相貌也不是什么国色天香。家里只一个傻乎乎的爹爹，没钱没势的。就她这般，能勾引谁去？”

余嬷嬷越听越觉得不对劲。

“嬷嬷你就放心吧。”

余嬷嬷更不放心了，小心翼翼地问：“二爷，你对这居姑娘不满意？”

龙二不乐意了：“我有说不满意？”

是没说，但也没说一样那姑娘的好来。

余嬷嬷想了想，换了个委婉方法，问道：“二爷，你与居姑娘商议婚事，是如何定的？”

龙二没听明白。

余嬷嬷再直白点：“二爷看中居姑娘什么？”

这问题有点难，毕竟自己前面把能批评的都说光了，现在还能挑出什么好处来？龙二半天没想出满意的答案，只得挤出一句：“她琴艺好。”

余嬷嬷十分无语。

二爷的婚事还是一如既往地让人操心啊。

余嬷嬷道：“二爷，居姑娘母亲走得早，家里也没个女眷，恐无人教导她成婚后为人妻子的规矩礼数，不如我先与居姑娘走动走动，多熟悉熟悉。一来了解她的禀性脾气，二来也让她知晓我们龙府的起居习惯。若她日后真嫁过来，也好早日适应。”

龙二突然被余嬷嬷点醒了，忙道：“确是，确是。”他露出了笑容，颇为欢喜，“嬷嬷说得是。这般吧，嬷嬷带上一本《女诫》过去，让她好好习读。”

余嬷嬷腹诽，二爷你认真的？人家姑娘未过门，婚约只是口头说说，礼数都未下，你就打算上《女诫》了？这下马威是何用意？难道二爷对居姑娘其实并不满意，但碍于某些原因才不得不议亲？若真觉得不合适，这婚事作罢还来得及。

余嬷嬷还没来得及开口，龙二却又道：“啊，不行。若是嬷嬷这般行事，她会当我们龙府欺负人呢。不好不好，她这般有主意，若恼起来，恐怕婚事就不好相议了。”

余嬷嬷很无语：我没有。

龙二拉开门，把李柯唤了进来。

“你去找本《女诫》，给沐儿送过去。”

李柯迅速撇头看了一眼站在一旁的余嬷嬷，余嬷嬷很无辜很不解地回视了他一眼。

“二爷是让属下送余嬷嬷去给居姑娘送本《女诫》？”

“不，你去送。余嬷嬷要去议亲的，她送过去太正式了，会让人误会的。”

余嬷嬷懂了，得咧，这不是正经想训斥人，这是调情呢。

李柯不懂，他有些着急。他是护卫啊，他堂堂一个护卫给个姑娘家送什么《女诫》。这像话吗？这就不让人误会了？

“二爷。”李柯试图挣扎，“居姑娘眼睛看不见的。”

“那就给她念。”

李柯：“啊？”

余嬷嬷同情地看了李柯一眼。

李柯继续挣扎：“二爷，要不我把居姑娘接过来，让她陪你说说话？”

“我有说要见她吗？人家自己说了，病容憔悴，头发脏臭，无颜见人。我懒得见她。你把书送过去就行。”

余嬷嬷试探道：“那，等她读完《女诫》，二爷满意了，我再继续筹办婚事？”

龙二清了清嗓子：“婚事自然是要办的。嬷嬷该走动便走动，去了居家，便当不知晓《女诫》这事，莫提这个。”龙二顿了顿，又问，“八字对好了吗？”

话说到这分上，余嬷嬷哪有不明白的道理，忙道：“对过了，相宜的。先生写好了庚帖，我都拿上了。”

龙二点点头：“行。今日李柯送书过去，你明日再去。与居老爹谈谈婚期，能先定的礼数先定下。媒婆子找好了没？”

“还没有。”

“赶紧吧。那些个说沐儿不好的便不用，省得不会说话到了居家胡言乱语惹人生气。”龙二道。

“是，是。”余嬷嬷应了。

龙二停了停，李柯与余嬷嬷都看着他。

龙二又道：“若是沐儿向你们问起了我，便说我特别忙，没空搭理她。”

李柯和余嬷嬷一起沉默了。

这亲事若是谈不成，定是二爷自己闹别扭闹的。

刑部，云青贤从理事堂走了出来，他刚领了事，得到外地出一趟公差。行到廊上，见得手下曾辉正等他。云青贤走过去，曾辉默契地跟在他身后。

“说吧，如何了？”

曾辉道：“属下打听到了，府衙此次审明朱富一案，居姑娘确是立了大功。她辨明了三个凶嫌的清白，令府尹大人继续追查真凶，最后诱出了山子。”

曾辉将查案细节仔细说了一遍，居沐儿如何从气味、声音辨别凶手身份，如何取得了府尹邱若明的信任，最后如何引出了真凶等等。

“府衙里的人说了，这盲女于慌乱之中仍能记住对方的举止特征，是位奇女子。大家似乎都挺佩服她。”

云青贤浅浅一笑：“她确是聪慧过人的。”他顿了顿，又道，“邱大人对公呈报和张贴的布告里，未提居姑娘半句功劳，这是何意？”

“据说是居姑娘怕惹麻烦，求邱大人莫张扬的。”

云青贤默了一会儿，再问：“她如今伤势如何了？”

曾辉道：“府衙的人说她相助破案顺利，属下听着似乎精神还不错，想来伤情该是不太严重。大人需要属下遣人寻一寻为她瞧病的大夫再细问吗？”

“不用了。她没事便好。”

曾辉又道：“还有一事需禀大人。据说，龙二爷在此案中掺和了一脚。”

“这事又与龙跃何干？他家那茶铺掌柜，不是一开始便被证了清白，放出去了吗？”

“确是。但龙二爷依旧跟进案子，还与居姑娘有颇多交集。府尹大人每次找居姑娘问话帮忙，龙二爷都要过问。最后诱凶之时，龙二爷也赶到现场相助擒凶。衙门里的人说，龙二爷与居姑娘看着挺亲近的。”

云青贤不说话了。

曾辉小声道：“坊间传居沐儿与龙二爷的事情，恐怕并非无中生有。更有传言，龙家在张罗龙二爷的婚事。”

云青贤脚步停了停，但没什么表情。曾辉不好再说什么。云青贤顿了一会儿继续走，走到侧门处，已有小厮备好了马在等着。云青贤上马之前嘱咐曾辉：“居姑娘的事照旧盯着便好，别惊动她，也别招惹龙二。”

曾辉应：“是。”龙家在朝中权势可不一般，龙跃其人也与宫中交情颇深，曾辉自然明白这其中的利害关系。

云青贤回了一趟家，公差紧急，他遣人收拾些衣物就准备走。没时间多逗留，但他仍把妻子叫到跟前。

丁妍香对云青贤时不时外出已经习惯，一直常备着他的起居所需和应急药品。此刻盯着丫头把东西都拿好，听得云青贤唤，丁妍香便去应话。

“大人有何吩咐？”

云青贤道：“此去归期未定，但我会尽快回来。你在家里照顾好自己，若觉得闷，便回娘家走走。”

“大人放心。”丁妍香甜甜一笑。

“上回你说居姑娘应承入门，后来如何了？”

丁妍香笑容微微一滞，但很快恢复如常：“我正寻稳妥的婆子问礼数。还有爹娘那头，我也得找个合适机会与他们说一声。待我两头都铺排好了，再给大人说。”

云青贤握着她的手，温柔摩挲，而后又将她拉进怀里。

丁妍香靠在他胸前，环抱着他的腰：“大人只管专心公务，家里的事有我。”

云青贤抚了抚妻子头发，未提龙二与居沐儿的传言，只道：“那就拜托夫人了。”

这日李柯辛苦跑了一趟居家酒铺，刚刚回转龙府，脚还没踏进府门，门房小厮就与他说，二爷让他一回来就去见他。

李柯叹气，水也没敢喝上一口便直接去了书楼。

龙二正伏案奋笔疾书，见得李柯停了笔。李柯不待龙二问便主动报了：“把书交给居老爹了，把二爷嘱咐的也说了，让他得空，给居姑娘念念书解解闷。”

“见着居姑娘了吗？”

“未曾。居姑娘没出来。”

“嗯。”龙二满意。他见不着，若是李柯能见，他会生气。

李柯刚松一口气，龙二又问：“居老爹如何反应？”

“他说他会转交居姑娘。”李柯紧张，事实上居安说居沐儿可不爱读这样的书。

“嗯。”龙二低头继续写字，“然后呢？”

“然后我就说让他问问居姑娘有什么话要转给二爷的。”李柯小心翼翼地答，“居老爹就把书拿进去了。”

“然后呢？”

然后？然后就没有然后了。居沐儿什么话也没回，居安出来之后留李柯喝茶吃点东西，说李柯跑这趟辛苦了。

李柯琢磨着该怎么在不算说谎的情况下委婉点回话，还没想好龙二便不耐烦，抬头看他，李柯忙道：“居姑娘说她会好好养伤，让二爷放心。”

龙二轻哼一声，继续写字。李柯不知他写的什么，但好像也没在恼，不由得松了口气。

李柯等了一会儿，龙二把写好的纸笺折好了递给他：“明日一早……不，明天余嬷嬷得去。你现在去吧，把这个送到居家，让居老爹念给沐儿听。”

李柯愣了愣：“二爷，这又是什么？”

“龙家家规。”

这薄薄的纸笺是不是有点烫手？李柯小心翼翼地道：“家规？以前没听说呢。”

“我刚定下的。那《女诫》没甚意思，还是这个管用。你去，让居老爹把家规念给她听。”

二爷这是嫌弃自己之前的主意不够妙，现在换一招更直接有效的吗？

李柯无语，捧着“龙家家规”退下了。

李柯再次到了居家酒铺。这会儿快到饭点了。居老爹热情地接待了他，给他布饭，奉美酒。李柯干脆也不客气，与居安两人坐下吃喝聊天，一同对着“龙家家规”叹气。

居老爹问：“李护卫啊，你与我说实话，二爷是不是不想要我家闺女了？”

“没有，没有。”李柯吓得直摆手，“二爷还催促余嬷嬷尽快把婚事礼数筹备好，余嬷嬷明日便要来的。你可千万别误会。”

居老爹叹气：“那二爷又是《女诫》，又是家规的，是何意啊？”

李柯不敢乱发言，只问：“居姑娘是何反应？”

“沐儿没什么反应啊。她就让我给她念了念家规写的什么，听完了，她就笑了笑。”

还笑？这两人还真是挺般配的。

李柯回到龙府，又被龙二叫去问话了。

“居老爹念了吗？”

“念了。”

“沐儿如何反应？”

“呃……”李柯硬着头皮说真话，“居老爹说，居姑娘笑了笑。”

李柯等着二爷生气，结果龙二并没有。龙二默了一会儿，忽而弯了弯嘴角。

李柯见得龙二偷偷欢喜，把提着的心放下了。

李柯出了书楼，见到了余嬷嬷。

余嬷嬷是特意等着李柯的，她跟李柯打听今日去给居沐儿“下马威”的结果。

李柯满腹八卦正愁无人可诉，便与余嬷嬷找了个角落，把今日二爷这样那样变着花样整治人家姑娘，人家姑娘这样那样淡定从容的反应都说了。

余嬷嬷听罢，又问李柯从前二爷与居姑娘究竟是何交集，怎的突然论起婚嫁。

余嬷嬷今日也未闲着，她又见了些人，还特意找了当初给居沐儿和陈良泽定媒的苏婆子相问。苏婆子与居家、陈家熟得很，提起居沐儿倒是夸赞有加，说居沐儿处处皆好，只一样，太迷琴了。若她身为男子，这琴艺天赋，怕能谋个国才贤士之名，假以时日，不比那琴圣师伯音差，可惜是个女子。

女子太过聪慧，不是什么好事。但居沐儿父母并不知晓这道理，他们处处顺着居沐儿，让她习琴读书，依着性子挑喜欢的事做。这才让居沐儿自恃才情，有些傲气。所以当初听了琴圣师伯音弹琴，怕是技不如人，方知天外有天，受了刺激，回来疯魔习琴，生了病，瞎了眼。

与陈家退婚一事，两家皆是遗憾，但都过去了。陈良泽娶了柳家姑娘，夫妻和睦。而居沐儿消沉了一段日子后也振作了起来，脾气乖顺许多，不再与琴友弹琴论诗，变得少与人交际，出外多是教琴糊口，谋个生计。

余嬷嬷是比较在意坊间对居沐儿妇德上的传言的，苏婆子说起这个便生气："都是那些个碎嘴的胡说八道。居姑娘当初未盲之时，年轻貌美，才情过人，十里八乡谁人不知。多的是比陈家富贵的人来求亲，居姑娘可半点看不上。若说她贪权势财富，那肯定是没有的。她盲了之后，我也曾去探望，居老爹说，居姑娘做好了独身一世的准备。外头传言云大人对居姑娘青睐有加已然有不少日子了，若居姑娘真是有心，又怎会拖到现在？我可是知道的，居家不贪这个，可没拿过云大人半点好处。"

余嬷嬷听得她如此说，放了一半的心。但既是居沐儿当初与陈良泽情深义重，盲眼之后退亲，做好了独身打算，如今又怎会与二爷议起婚嫁来？

余嬷嬷将心中疑虑与李柯说了。李柯告诉余嬷嬷自己从前也奉二爷之命打听过居沐儿其人。这姑娘人品禀性那肯定是好的，但大家也都说她傲气古怪些。李柯把居沐儿与龙二相识和交往过程里的事说了说。余嬷嬷听得有些惊讶。

"二爷还这般与女子计较？"

"可不是。计较得很啊。"李柯道，"那居沐儿也是个倔脾气，莫看她瘦弱文静的模样，吃了二爷的闷亏，就是不肯低头认输。要说这脾气，他们两人还是有些像的。"

余嬷嬷懂了。想来一个对娶妻毫无兴趣，一个打定主意不思婚嫁，但凑到一块，看对眼了。余嬷嬷便去与龙二回话，将她的准备报备了一番，明日到居家准备相议什么，也与龙二说了。龙二没什么旁的嘱咐，只让余嬷嬷瞧瞧居沐儿病情恢复得如何。

第二日，余嬷嬷带着婆子去了居家酒铺。居安见得龙府管事来了，李柯果然未有诳他，很是高兴。他把居沐儿叫了出来，见过了余嬷嬷。

龙府里，龙二自余嬷嬷走后便一直有些心神不宁。李柯与他报事，他也走了神。

李柯见得如此，忙道："那便让属下明日带人跑一趟祁县，与李掌事交代明白，留些人手相助于他。"

龙二抬眼看了看他。

李柯端正脸色，一副正经认真模样。他可绝没有躲避监督居姑娘背诵龙家家规的意思。当然了，如果二爷把这事忘了就更好了。

“我记得给你明日安排了事的。”龙二慢吞吞地道。

李柯一时噎住，正待辩解一番，一个丫头敲门，在门外说有事相报。

李柯赶紧大步迈过去把门打开了。丫头道，余嬷嬷带了居沐儿姑娘回府，让过来禀声二爷可有空见。

李柯清楚地看到龙二两眼发光，面露惊喜。李柯还没来得及欣慰欢喜，却又见龙二板起了脸，装模作样地道：“没见我正议事吗？忙得很，哪里有空见。”

李柯忽然觉得有些习惯这样的二爷了呢。

报事丫头没多想，施个礼应道：“那奴婢去回嬷嬷话。”

龙二却又道：“我是没空去见，但可以让她过来等着。”

报事丫头愣了愣，应了声退下了。

龙二快速地整理桌面，把账本摊开了，算盘摆好，原本未用纸砚的，又铺了张纸，墨条拆了摆砚台上，笔也拿了下来，接着支使李柯去给笔洗盛水。

李柯顾不得说自己是护卫不是小厮，赶紧为龙二盛好了水，将笔洗摆在了砚台边。一切就绪，从窗户见到远处余嬷嬷领着居沐儿正走过来，龙二清了清嗓子，对李柯道：“你继续说。”

李柯：“还说什么……”他刚才不是说完了吗？

李柯看了看窗外，努力想他还有什么没报过的事，实在想不起来，但看居沐儿越来越近，李柯莫名地紧张起来，赶紧把之前报过的事又重新说了一遍。

龙二也当未曾听过似的，认真听了，接着把自己嘱咐过的安排重新说了一遍。

余嬷嬷和居沐儿走到门口时，龙二的话正说了一半，他扫了一眼居沐儿，她今日精神看着不错，穿着件夹棉的厚实青色布衣，戴了一顶巨大的兜帽。那帽子把她整个头都包上了，不伦不类的样子。

丑死了。

龙二心里嫌弃，忘了他说到哪儿了，干脆直接跳到尾声：“你明日带人跑一趟祁县，与李掌事交代明白，留些人手相助于他。”

李柯：“好的……”

“你下去吧，事情抓紧办。”龙二的语气十分威严。

李柯也严肃地行了个礼，下去了。

李柯退下去的时候冲余嬷嬷挤了挤眼睛，余嬷嬷会意，忙道：“二爷，居姑娘说过来谢谢二爷的相助。我就是带她来打个招呼，不耽误二爷的正事。二爷忙着，我带居姑娘去前院坐坐。”

李柯脚下差点一个踉跄，他不是这个意思啊。他是想说二爷挺闲的，快让居姑娘进去，然后我们闲杂人等回避。

但李柯现在没法解释这误会，他一本正经地往外走，慢吞吞的。

“既是来道谢的，就进来吧。”龙二的声音也是一本正经。李柯加快了脚步，他怕走慢了憋不住笑容被发现。

余嬷嬷把居沐儿领进屋，引她到一旁的椅子上坐下了。龙二看着居沐儿的模样，越看越嫌弃她的帽子：“好不容易来一趟，也不知道打扮打扮。”

余嬷嬷无语，这嘴毒的，这媳妇不是你自己挑的吗?

居沐儿却笑了。

她一笑，龙二的脸就再板不住。他眼角含笑，起身过来，拽了拽居沐儿的帽子。

居沐儿忙伸手按住，龙二笑出声，捉弄似的又扯了扯，居沐儿干脆双手抱头。龙二哈哈大笑。

余嬷嬷有些尴尬，不明白这里头的乐趣。但看这两人相处模样，她也知道自己该退下了。

“我去让厨房备点点心。”余嬷嬷随便找了个借口，走了。

龙二把居沐儿拉起来：“你这帽子当真丑。”

这还没完了?

居沐儿扶好帽子：“是晴儿帮我做的，这般能把头全包起来。”

“你当这般便闻不着臭了？”

居沐儿皱皱鼻子：“反正我自个儿闻不着了。”

“丑得很。”

“反正我瞧不见。”

龙二轻轻捏她耳珠子。戴了帽子后，她的耳朵全露出来了，让他手痒得很。“你是特意来让我看你这副丑模样的？”

居沐儿态度恭顺：“二爷生意忙碌，还得惦记着写家规，派人传话训话的，委实辛苦。我来探望探望，二爷可欢喜？”

“有甚好欢喜的。”龙二语气嫌弃，嘴角却是藏不住笑意。他牵过她的手，将她往书桌旁带。他与她说自己如何事务繁忙，有多少卷宗要看，得见多少各地来京的掌柜，还有年前要审完所有的买卖账目，商议好下一年的营生，还有各式各样的应酬等。

居沐儿频频点头，不时附和几句，夸赞二爷能干云云。龙二一边嫌弃她拍马屁，一边心里得意。

龙二往书桌边拉了张软榻，让居沐儿坐下了。他问了她吃饭服药的情况，居沐儿一一答了。龙二又问余嬷嬷与居老爹婚事谈得如何，居沐儿道换好了庚帖，余嬷嬷提了几个日子，居安这边想再找位先生给算一算。其他礼数什么的，应该也没什么问题，她家里没什么要求，等余嬷嬷拿了主意列好单子再看。

龙二看着她说话的表情，问她：“你呢，你有什么要求吗？”

居沐儿摇摇头。

龙二有些失望，觉得居沐儿对这事不够热情。

居沐儿不知龙二心思，只道："二爷不是有事忙？若不嫌我打扰，我就在这儿坐坐。"

"行。"龙二这时想起来他确实应该"很忙"才对。他坐回书桌前，一转头就能看到居沐儿，他心里有些之前从未有过的感受，似乎很有精神，但又不只如此。

龙二翻开了账本，各地掌柜报上来的账他还未看完，他既是说了"忙碌"，那还是真得"忙"一会儿再理她，不然多没面子。龙二看了几页后，没忍住，抬头看居沐儿一眼，她凝神安静，似在倾听着什么。

龙二故意将书页用力翻了几下，居沐儿笑了起来。

龙二便也笑了："你在听什么？"

"二爷翻了四页，提了两次笔。"

龙二弯了嘴角："正琢磨这笔账呢，你是来监工的？"

居沐儿微笑，道："二爷书房里的声音很好听。"

书房里的声音？龙二故意从一摞书册里抽出一本，问她："我刚做了什么？"

居沐儿微侧了侧头，猜道："二爷拿了本书？"

龙二拨了拨算盘。

居沐儿叫道："算盘。"

龙二拿墨条在砚台上磨了几下。

"磨墨。"

龙二笑，用笔敲了敲笔洗。

"笔洗。"

龙二笑意更深，他再用笔去敲窗边的花瓶。

"应该是花瓶。"

龙二："怎知是花瓶？"

"声音有点远，不在书桌上了。"

瞎猜就猜中了？

龙二放下笔，掀了杯盖轻碰杯子。

"杯子？"

"又怎知是杯子？"都是瓷器，如何分辨出来的？

居沐儿笑："我闻到茶香了。"

龙二也笑起来。他把杯中的茶饮尽了，重又倒了一杯热的，然后拿到居沐儿跟前："你尝尝看。"

杯边已经抵在居沐儿唇边，她便张嘴饮了一口。

“好喝吗？”

“好喝。”

龙二又喂她喝了一口，这动作举止太亲密，居沐儿有些羞涩。

看她脸透薄粉，但又把他喂的茶全数喝下，龙二心情大好：“这会儿你猜，这是什么茶？”

居沐儿：“一定是很贵的茶。”

龙二哈哈笑：“也有你不知道的。”

居沐儿道：“我家过的是粗茶淡饭的日子，哪有二爷用得讲究。”

“那真是好。”龙二道，“以后有许多东西可以让你猜。”

这语气很是平常，就像他与她是一样的，没甚差别。

居沐儿的心弦被拨了一下，她默了默，道：“自我眼盲后，还从未有人与我玩这样猜猜看的游戏。”大家都避忌与她谈到这个，怕伤她的心。这般小心翼翼，反似时时提醒她——看不见，多可怜。

龙二笑道：“与我一起有趣多了，是不是？”

居沐儿忍不住也笑起来：“是啊，二爷。”

在他这儿，她不贫、不盲、不弱，他欺负她、爱护她、嫌弃她又体贴她。他对待她就像对待一个正常人。

居沐儿正待说话，外头忽传来一声唤，铁总管有事来报。

龙二把手中杯子放回桌上，让居沐儿稍等他一会儿。

居沐儿听到开门的声音，龙二走出去了，又听到他把门稍掩，没关上，他就站在门外不远处，与铁总管说话。

铁总管的声音粗犷低沉，龙二的声音温润好听。两个人说的似乎是年节为外地掌柜客商办宴的事，谁谁在哪儿，要不要请，谁谁做了什么，来不了送什么礼……中途又有另一个男声过来，一起议着别的事。

龙二没让他们进来，大家就在外头聊着。后来那第三个人走了，剩下铁总管和龙二继续说。龙二嘱咐了一长串的事，那些人名、数字，每一样他都记得清清楚楚。

居沐儿听着听着，竟觉得困了。

她这两日一直没睡好。心里头惦记着这婚事，总有些不安稳。像是假的，让她却步。但又是真的，她必须往前走。

怎么会遇上他呢？她想起来了，是她主动找他的。但她原本找他，真没想过会谈婚论嫁，她只想在东大街修筑遮檐……他的声音真好听，可惜她不记得他长什么样了，她从前肯定是见过他的……

龙二回到书房时，看到居沐儿歪在榻上，似乎睡着了。

龙二顿时没好气，他差点忘了这姑娘最大的嗜好就是睡觉。也真是不挑地方，哪儿哪儿都能睡过去。但龙二心里又有些欢喜，这表示她真没把他当外人。他的地方就是她的地方。

龙二轻手轻脚地朝她走过去。她的呼吸绵长轻浅，手已经松开，竹杖靠在榻边，险险就快要落地。在大帽子的衬托下，她的脸显得小了一圈。

龙二站在榻前看着她，觉得她真是瘦，身上穿着厚衣看不太出来，脸上却是很明显没几两肉。她的睫毛纤长，像两排小扇子，她的嘴不大不小，龙二知道她笑起来的时候嘴角向上翘得很可爱。

担心她这般躺着会着凉，龙二转身欲从旁边的柜子中拿张毯子。打开柜门时有了响动，把居沐儿惊到了，她突然坐了起来，身子猛地往后缩。

她的表情惶然惊恐，龙二忙转身回来："沐儿，是我。"

居沐儿往后再缩了缩，仍有些呆滞。龙二又说："是我，沐儿，你现下是在我书房里。"

居沐儿眨了眨眼，又眨了眨，终于缓过神来。她舒了口气，低下头用手揉了揉脸。

龙二蹲在她跟前："你睡迷糊了吗？"

居沐儿摇摇头。

"做噩梦了？"

居沐儿张了张嘴，再摇头："不记得了。"

龙二很自然地把她拥进怀里。

居沐儿闭上了眼睛，龙二宽厚的胸膛让她放松下来，梦里的恐惧仍在她心里盘绕，她迟疑了一会儿，问："二爷，你真的娶我吗？"

"那还有假的？"

居沐儿把脸埋进他怀里，伸臂抱住了他的腰。

这是第一次，她主动与他这般亲近。

龙二抚了抚她僵直的背："你今日特意过来一趟，是有什么话要告诉我吗？"

居沐儿默了默，道："二爷，我与云大人是在师先生行刑琴会后认识的。我从未对他有任何情思。他是表露过心迹，但我很清楚地拒绝了。坊间传的那些，都不是真的。"

龙二哼道："自然不是真的。坊间还传你本事大，使出浑身解数勾引我，把我迷得七荤八素的，我也未曾见到啊。"

居沐儿被他那充满怨气的语调逗得想笑，又不好意思笑，只得使劲抿了抿嘴角。

龙二又道："相比云青贤，难道我不是更该介意那个陈良泽？"

那个前未婚夫才是与他的沐儿两小无猜、感情深厚，且至今仍与居家往来。

居沐儿认真地道："那都是过去的事了。良泽与柳瑜成了亲，现在日子和睦，很是美满。我也早把过去放下了。"

“当初为何退他的婚？”

“我瞎了。”

“你现在也是瞎的。”

“我当初……”她顿了顿，在找措辞，“……很不适应。我一时没缓过来，觉得没办法过了，但现在我挺过来了。我能独自外出，能自己倒水，我已经习惯看不见了。”

“那个时候，云青贤已经开始纠缠你了吗？”

居沐儿又想了一会儿：“我其实不太记得是怎么开始的。他有妻室，且从前品琴赏音时，也并非单独与我一起。那时候我们一众琴友常在一起相聚。我丝毫没多想。后来我瞎了，出了许多事，我退了亲，一个人躲在屋子里，消沉了一段日子。那时候云大人时常来探望，才对我表露了心迹，我当时便拒绝了。之后他又隐晦地提过，我也拒绝了。”

龙二哼了一声。

居沐儿道：“我听人说过，二爷与云大人不和。我想这事该让二爷知道才好。”

“我确实很讨厌他。”龙二答得直截了当，又问，“你借案子为筹码向我求亲，是想摆脱他？他逼迫你了？”

居沐儿摇头：“云大人一直以礼相待，未曾说过什么重话。”

“那家伙素来装模作样。”

“可他夫人前阵子来要挟我了。”

“让你死了心，别招惹她，所以你想把自己赶紧嫁掉？”

“她想逼我入云府为妾。”

这倒是稀奇了。

居沐儿继续道：“往好了想，云夫人胸襟宽广，有容人之量；往坏了想，我却是不敢细想。”

龙二懂了。

妾室进了门，可不就由着正室拿捏？表面上也许云青贤能宠爱新妾一阵子，但他时常外出公干，府宅后院能发生许多事，尤其是一个瞎子，出了意外，莫名丧命，谁又说得清真相如何。云青贤的仕途捏在岳父丁盛的手里，自然不能为这种事与妻子闹僵。

与其让一个女子在外头吊着夫君的心，不如收到府中来彻底斩断。

这确实是把人往极坏处琢磨了。虽说丁妍香的名声比丁妍姗好上许多，但龙二也能理解居沐儿的提防心。一个瞎子，入权贵之门，还是伏小为妾，哪里又有好日子过。

“你很聪明。”龙二道。

居沐儿摇摇头，她没那么聪明，但她也不再是从前那个天真单纯只迷琴的姑娘了。

“那你究竟想不想嫁我？”龙二又问她。

居沐儿咬咬唇，脸慢慢红了：“想的。”她点头。

龙二便笑了。这会儿说的“想的”，与她刚向他求亲时的表情神态又有不同。他当初便料到她的求亲事出有因，如今她愿意说出来，他心中只有欢喜。

“想便好。”龙二摸摸居沐儿的脸蛋，瞧着她的脸更红，他忍不住又调侃，“你说你是不是个麻烦？”他也不待她回复，又道，“好在什么麻烦我都能应付，你走了大运。”

龙二的语气让居沐儿笑了。

龙二把居沐儿拉到桌边：“你说你现在本事了，看不见也能倒茶，我得考考你。”

居沐儿刚要应话，龙二却又道：“算了，不考了，我怕被茶泼。”

“二爷。”居沐儿不乐意了，语气里很自然地带上了娇嗔的味道。

龙二哈哈笑：“行，行，还是考一考。”

龙二把茶壶递到居沐儿手里，又引着她的手摸到了杯子。

杯子是上等瓷，摸着细腻润手。有风从窗户拂了进来，居沐儿听到了书页被吹拂的哗哗声，笔架上吊着的笔轻轻晃动，笔杆互相敲击发出轻响。

这书房里有墨香，有茶香，她身边还有龙二温暖的气息。居沐儿觉得整个人都放松了，肩上沉沉的重量因为龙二都卸下。她认真听着身边这些细微的声音，似乎都能感受到他的呼吸。

龙二有些紧张。居沐儿迟迟没有动作，他不禁猜是不是她没把握能倒好这杯茶？正待宽慰两句将这事抹过去，却见居沐儿手腕一折，茶水从壶嘴倾出，准确地倒入杯中。

龙二心里一软，握住了居沐儿的手，还有她接茶的那个杯子。

当初盲眼之时，她是受了多少苦才能适应。

两只手叠在一起，接满了一杯茶。

龙二喂居沐儿喝了一口，道：“记住这味道了吗？这是大红袍。”

这名字，让人想到嫁衣。

第十八章 下聘遇风波

龙二爷要筹办婚事了。

这消息经媒婆子们的嘴火速在坊间传开。

龙二夫人会是谁?

啊！那个居沐儿!

这真是惊掉了所有人的下巴。

大家虽说拿这姑娘打趣传她这样那样，又是云大人又是龙二爷的，但谁也没真心认为她能攀上高枝，只当她是个笑话讲，现在怎的真要飞上枝头当凤凰了?

众人原是不信，但媒婆子说得有模有样，实在让人狐疑。这居沐儿究竟做了什么？她有何本事逼迫龙二爷?

而这时候，另一个传闻也在悄悄弥散——居沐儿要入云家做妾，云夫人松口了，答应了。

两个消息交织拉扯，激得坊间一片热议。

还有人说，或许云大人和龙二爷只是为了让对方难看，这才开始抢夺，其实居沐儿压根入不了他们的眼。等他们争斗完，居沐儿定会被弃如敝屣。

流言纷乱，但没扰到龙二那处。

一来他压根没有派人到坊间打探小道消息的念头。二来这回传言难听，大家悄悄说，等着看结果，不似从前乱张扬。上回在余嬷嬷面前说了居沐儿如何不好的婆子被责备了一番，这回众婆子也学了聪明，不再在余嬷嬷和龙家相关人面前嚼舌根，龙府如常张罗婚事，未察觉不妥。

居家酒铺这头倒是颇有些不平静。余嬷嬷领着婆子来议亲后，左右邻里附近乡亲都得了消息，便有人来打听，有些听罢真心道贺，有些却是看个热闹。消息传得很快，居老爹忙着应付。

而就在第二日，云夫人丁妍香再次领着人上门了。

居安心里有些不安，家有喜事，他可不想再招惹闲话。他速速找了居沐儿拿主意。

居沐儿与龙二已经坦白过此事，心里有了底气，同意与丁妍香见面。

丁妍香进了酒铺后院，没过多久便走了，走时表情如常。居安松了一口气。

居安问女儿这位云夫人所来何事，居沐儿道也是来打听她与龙二爷婚事真伪的。她已经与云夫人说清楚了，日后云夫人不会再来。

居安颇高兴。云大人虽好，但做妾实在太委屈女儿。女儿不愿，他也不乐意。如今这麻烦解决得干净，当真再好不过。

但没过两日，有相熟邻里来给居安报信，说坊间居然有这般那般传言，想来是先前云夫人来访时被人瞧见了，话传话，大家再结合之前的流言瞎猜，越说越离谱。

居安既生气又忧愁，生气的是那些人口齿无德，忧愁的是自己没有澄清的办法。他的话毫无分量，除了给人添话头，无甚用处。况且若闹大了，这些话传到龙家人耳朵里，恐怕婚事得黄。

居安憋着气，跟邻里一番相诉，得到一些劝慰，并无大用处。待余嬷嬷来相议礼数细节时，居安留了个心眼，仔细观察了下，余嬷嬷态度并无异样，也没什么抱怨，似乎并不知晓。居安便也不提，反正云府那头已经说清楚了，外人自己瞎猜乱编，他可管不着。

龙二近日来很是忙碌，年关将至，无论是买卖生意上还是龙府人情交际上都有许多事务得处理。他这个龙家当家人在这种时候还得想着替身为将军的兄长打点朝中关系，管着游走江湖的弟弟的各类琐事摊子。于是，婚事筹办均交给了余嬷嬷。

这日，好几个掌柜递了帖子，排着队要见龙二，这节骨眼上，丁妍珊却来访了。龙二原是不见她的，让门房回了话说他今日要见许多客，没空。

龙二会完一位掌柜，正送掌柜出门时，那丁妍珊却是在门口等着，见龙二出来，她忙上来搭话。

都这般见着了，龙二也不好太不给面子，只得请她进来喝两杯茶。

丁妍珊没心思喝茶，她直截了当地问龙二是否真与居沐儿定了婚事，是否真的要娶她。

“是。”龙二也直接应了。

丁妍珊急得脸发白：“二爷请务必三思，她当初上茶庄借故勾搭，吸引二爷的注意，正是为了今日。一切都是她的诡计安排，二爷切勿中了她的套。”

龙二好笑：“丁姑娘此言差矣，一个男子愿娶一名女子，为何是中套？难道不该是别的原因？”

丁妍珊一噎。

别的原因？

丁妍珊的心似被重重一捶。她咬咬牙：“二爷，我说的是这居沐儿诡计多端，刻意讨好。二爷不识她的真面目，被她欺瞒，怕是婚后会后悔。况且她恶名在外，又与别的男人有未断情丝。二爷娶了她，不只二爷名声受损，龙家清誉也会遭殃。”

“她与何人有未断情丝？”龙二慢悠悠地问。

丁妍珊张了张嘴，还没说话，龙二却抢了先：“你姐夫？”

这语气讥讽得太明显。丁妍珊闭了嘴。

龙二继续道：“我今日忙碌，实不是相谈的好时候，丁姑娘回去吧。也请代我向丁大人问好。还有呢，丁大人、云大人都是朝中重臣，当谨言慎行，家眷也得管好。位高权重，高人一等，就容易自作多情。云大人如此失态，丁姑娘可别学他。莫名跑到别人家里，挑唆关系，坏人姻缘，实在太不得宜。”

“龙跃！”丁妍珊怒得站了起来，“你根本不知道居沐儿是个什么样的人。我好心好意相告，你不领情便罢，莫要出言相讥。你要娶便娶，我等着看你的笑话。”

丁妍珊言罢，咬牙扭头便走。

龙二被这般一闹，很不痛快，对云青贤更是看不起。虽说男人娶妻纳妾都是寻常事，但这人既是靠着裙带关系爬上高位，便该知道轻重，老老实实做好他的尚书女婿。既有花花心思，又管不住妻子，还镇不住小姨子，真是丢人现眼。

龙二召来了余嬷嬷，问她下聘礼数准备得如何。余嬷嬷正好拟完了礼数单子，赶紧交了过去，道这是她与居老爹商议好的，正要让二爷过目。

龙二一边看一边问了问婚事相谈状况，余嬷嬷说一切都好，顺顺利利，下聘的吉日都选好了，就等礼单定下赶紧备礼。

龙二放了心，这便定了礼单，让余嬷嬷去办了。

又过数日，龙二正与各掌柜在龙府堂厅议事，居家酒铺的一个伙计急急求见。

龙二见得他脸色慌张，心里一惊，还以为居沐儿出了什么意外。那人却是喘着粗气大声道：“二爷，不好了，出大事了。老爹收错了，他以为是二爷家的。

就是，有媒婆子带着聘礼来下聘，老爹没多问就收下了，可后来一看聘书，却是别人家的，不是龙家……”

龙二以为自己听错了，皱眉喝问：“好好说话，发生了何事？”

那伙计咽了咽口水，大声道：“老爹收错聘礼了！”

收错聘礼？

龙二脸一抽，居然能收错？这是能收错的东西吗？

男女定亲，女方若是收了男方的聘礼聘书就算是应承了婚事，女方家再把记着女方生辰八字的庚帖和回礼交给男方，这婚事便是板上钉钉了。

如今居老爹收了聘礼接了聘书，便是应承了要把沐儿嫁给别家。那他们之前议好的婚事，便是不作数了。

龙二黑着脸，心里有了推测。这是恐吓不成，挑唆不成，要明着抢了吗？

龙二非常愤怒，但也冷静。他问那酒铺伙计：“人是不是还在酒铺那儿，居老爹等着我去，是不是？”

如若不然，老爹不会自己不来，却叫个与他不熟的伙计过来报信。

“对的，对的。老爹在那儿堵着他们呢。”那伙计很慌，他来的时候居老爹是堵着人，但现在可不知是何状况了。

龙二找人去唤李柯来，接着把铁总管从堂厅里叫了出来。他嘱咐铁总管自己有急事外出，让他先招呼着各位掌柜。然后龙二又遣了个小厮去寻余嬷嬷来，打发另一个小厮去备马车。

一切安排好，李柯到了。

龙二把事情简单一说，对李柯道：“你带人骑马先去，看看什么情况，把人都押在那里，等着我到。若是对方有人动粗，不必对他们客气。若是人已经跑了，便去报官。”

李柯应了，领了人赶紧出发。

龙二带着那伙计到龙府侧门去乘马车，对他道：“把事情说清楚。”

那伙计此时缓过了气，又看龙二调度安排极是稳妥，顿时也有了主心骨，口齿利索多了：“今儿个一早，两位媒婆子领着人带着两箱子礼过来了。因着老爹已与余嬷嬷商定好了礼数等，看媒婆子上门，老爹便以为是二爷府上遣的人，没多问就往里请。那两位媒婆子也没多说，只一个劲儿地给老爹道贺恭喜，老爹给她们倒了茶，请了座，就急忙叫了我们过来招呼，他到后头去拿准备好的庚帖和回礼。”

他说到这儿，余嬷嬷急脚赶到，几个人一起上了车往居家酒铺赶。

那伙计见过余嬷嬷，把前面那些事又简略说了说，然后继续道：“我觉得这事也不能怨老爹，我陪着那两个婆子，还跟她们叙话来着，她们一点没露出什么不妥来。后来老爹出来了，把庚帖和回礼给了她们，还问她们怎么这么快就来，余嬷嬷不是说还需时日备礼。”

余嬷嬷点头：“我与居老爹说了，下礼前我会亲自再去与他确定日子的。而且下礼这事重要，我会跟着婆子一道去才是啊。”

酒铺的伙计忙对龙二道：“二爷，这事真怪不得老爹。谁会料到莫名跑出别家来下聘呀。那两位婆子也不说是代着别家来的，只说今日如何好，这礼数齐了，接着就该办喜事了。她们收了老爹的东西，茶也不喝了，话也不多说，便要走了。这时老爹才打开那包得好好的聘书看，这一看，就傻了眼。”

“云家？”龙二冷声问。

“对，对。我听老爹追出去喊，说错了错了，怎么是云家。”

龙二眼微眯，那盛怒而威的样子将酒铺伙计吓得一缩，车子里一时安静下来。

过了一会儿，那伙计期期艾艾地又道：“老爹看到聘书上的名字不对，就赶紧追出去，说收错了，要把礼退掉把庚帖和回礼要回来。但那两个婆子耍起了无赖，说是聘礼哪有想退便退的，又说庚帖回礼出了门，就没有回头的道理。说这亲事是定好了，让老爹等着花轿来便是。又说什么虽是为妾，但这礼数规矩都走得与正妻无异，是抬举我们居家了，让老爹别不识好歹。老爹与她们争执了好半天，我们也上去帮忙拦人，但那两个婆子是带着几个小厮壮丁来的，也不惧我们，死活不愿把东西还来，还推搡起来，抢着要走。老爹急了，抄了棒子拦他们，还有在场的邻里也帮忙。这一阵闹，把姑娘也闹了出来。姑娘知道了这事，就跟他们理论。那婆子也说起了难听话。老爹和我们与那几个小厮也推搡开了，后来实在是闹得凶，老爹就喊我来请二爷。”

龙二没说话，那伙计看看余嬷嬷。余嬷嬷叹气，也不知说什么好。她活了这么大岁数，还真没听说过收错聘礼这种乌龙事。

几个人都无话，很快赶到了居家酒铺。

这时铺子外头已经没人闹腾，只两名龙府护卫守在大门处，另有不少村民远远站着看热闹，看起来那些婆子什么的还被堵在铺子里。

龙二负着手，冷着脸走了进去。

酒铺堂里的人全都站着。两个穿着红衣的婆子和五个蓝衣小厮站在角落，手里面还抱着包着红布红纸的回礼。居安老脸通红，跟另一位酒铺伙计手上拿着棒子虎视眈眈地瞪着那些人。李柯和两个护卫守在两旁，将婆子他们逼在角落。而居沐儿站在居安身边，抱着她的竹杖，脸色苍白。

龙二一进屋，李柯和几个护卫齐声唤：“二爷。”

居老爹似看到救星，差点没老泪纵横：“二爷，我收错了，可我没让她们走，我把她们拦着了。”

龙二点点头，却是看向居沐儿。

她头上裹伤的布巾子已经没了，散着发，显然这些婆子来时她还未起，吵闹声将她扰醒，她急急出来，连发都没梳。龙二走过去，亲昵地用手指替她拨了拨散乱的发丝："怎么这般模样就出来了？"

"二爷。"居沐儿轻声唤他，语气焦急又带着祈求。

龙二没应她，只对余嬷嬷道："劳烦嬷嬷带她下去，收拾好了再出来。我在这儿等着。"

余嬷嬷应了，赶紧过来挽着居沐儿下去。

龙二转过身来，抽过一张椅子，啪的一声重重往那两位媒婆子面前一放，四平八稳地坐了上去，直直地盯着她们看。

一屋子人全站着，只龙二坐着，他矮一截，气势却是最盛。那两个婆子被他盯得有些僵，互看了一眼，一声都不敢吭。

龙二不说话，其他人也不敢说话，屋子里静悄悄的。

过了一会儿，余嬷嬷带着居沐儿出来。居沐儿梳好了头，又加了一件棉外裳，看上去精神好些了。龙二看着她走近，说了句："坐。"

余嬷嬷赶紧给她挪了张椅子，居沐儿却是摇头不坐，她走到龙二身后，碰了碰他的肩。龙二伸手握住她的手，只觉得她五指冰凉，不禁皱了眉头。

龙二转头看了一眼居安。居老爹自知闯祸，被这未来女婿看得这一眼，不禁有些心虚起来。

龙二道："老爹，坐吧。"

居安看了一眼女儿，女儿站着呢，那他也站着。他摇摇头不坐，龙二便不再理他。

龙二把眼光转回到那两个婆子身上，盯着她们，吐出三个字："交出来。"

这三个字说得很轻，但冷得让那两个婆子打战。她们互视了一眼，犹豫了半天，其中一个抖抖索索地把一个红纸折封放到一旁的桌上。另一个挥挥手，让小厮们把女方的回礼也放到桌上去。

居安两个箭步冲过去，抢了纸封回来，打开认真地看了，叫道："对，就是这个。"

居老爹高兴得想哭，幸好拿回来了，真是后怕。

龙二没看他，他盯着那两个婆子，却向居老爹伸出了手："她们的呢？"

"啊？"还在狂喜中的居老爹没反应过来。

"聘书、礼书、庚帖那些个东西。"

"哦哦。"居老爹赶紧拿了出来，几大步冲过去就要交给那两个婆子。

龙二却说："给我。"

居老爹一愣，但还是很听话地转身，把东西给了龙二。

龙二打开看了，很认真地、一个字一个字地看，看到“云青贤”的名字，他冷笑。他这么一笑，婆子们更是僵得厉害。

龙二抬眼看她们，轻声问：“知道我是谁吗？”

两个婆子猛点头。

“很好。”龙二慢条斯理地说，“这样你们回去也能有个交代了。”他说完，抬手将那几张纸撕个粉碎，扬手洒在两个婆子面前。

婆子们惊得脸煞白。

一婆子硬着头皮道：“云夫人说了，是居姑娘亲口应允的婚事。我们也是拿人钱财办事的，这下礼送聘，都是规规矩矩的。”她们也生怕惹上什么后事，赶紧撇清关系。

“我没有，你瞎说。”居沐儿喊道，垂在身侧的手握成了拳头，“我没有答应。”

“可不是云夫人亲自来为云大人说的亲，然后姑娘允了吗？若是没有，云大人和夫人怎么会巴巴地张罗？”婆子说着，小心地看了一眼龙二，“外头的人也都知道这事。我们可不敢瞎编。”

居沐儿气得握紧竹杖，又一次道：“她是来过，可我未曾答应。”

第十九章 龙二爷护亲

婆子还待说话，却被龙二横眼一扫，到了嘴边的话硬生生被逼了回去。

龙二盯着婆子，直盯得她们垂了头，再不敢言声，这才道："莫管有谁来，也莫管沐儿那时允是没允，你们怎么不问问，我允了吗？"

两个婆子顿时浑身打战，没敢吭声。

"不就是刑部侍郎云青贤云大人吗？他岳父是谁？噢，是刑部尚书丁大人。那一摞亲戚大官还有派系手足都还有谁？丁尚书的岳父，前任首辅杨大人？好像还有刘御史、左少卿、司马通政……"龙二越说越冷，"我倒是还能念出二十多号名谓来，但想来你们也听不太懂。"

那两个婆子往后缩得厉害，更不敢抬头了。

"只是呢……"龙二继续道，"莫说这些当官为吏的，便是到了皇上面前，我也得仔细问上一问，我与沐儿两情相悦，互定终身，两家长辈细谈婚事，费心张罗。那云家指使人干出这等骗婚抢婚不要脸的龌龊事，占不占理？若是不占理，该如何处置？那些帮他们跑腿张罗、耍横欺负我未来娘子和岳丈的婆子小厮又当如何处置？"

两个婆子和那些小厮慌得忙摇头，喊道："二爷，二爷，这都是误会。"

"误会？"龙二和蔼地笑笑，"谁误会了？"

两个婆子顿时哑了，冷汗涔涔。后一婆子小声道："是我们蠢，我们误会了。"总不能把事情往云大人和云夫人身上推，那头她们也得罪不起。

龙二拍了拍居沐儿的手背，道："沐儿，婆子们说她们有误会。那你这会儿清楚地告诉她们，你是愿意到云家做小呢，还是要嫁到我龙府做我的正室夫人？"

婆子们不由得飞快抬头瞟了一眼居沐儿，这龙二爷话中带刺，分明是在讽刺她们和云家。

居沐儿道："我要嫁给二爷。"

龙二道："声音这般小，婆子们不但蠢，恐怕耳朵也不太灵，你大声点可好？"

居沐儿咬咬唇，往龙二身边靠了靠，抬高了声音又说了一遍："我要嫁给二爷。"

龙二满意地点头，问那两个婆子："可听清了？"

"听清了，听清了。"婆子们点头哈腰地应。

"那么，再不会有什么误会，说我家沐儿允了那云家的婚事吧？"

"不会了，不会了。"

"很好。"龙二点点头。他转头看看桌上摆的红布包的两个箱子，问居老爹："这是她们带来的东西？"

居老爹应是。

龙二又问："全在这儿了吗？"

居老爹又应是。

龙二挥挥手："都扔出去，砸了。"

居老爹一愣，是嘱咐他去砸吗？没等他反应过来，龙府那几个护卫已然上前，拿了那些东西就出去了，噼里啪啦一通砸。

居老爹看着那些护卫的举动，又是痛快又是忧愁。痛快的是这般真是解气，忧愁的是他们管砸也管收拾吗？铺子前头也是得保持整洁干净的啊。

龙二微笑着，冷冷地看着那两个婆子，又扫眼看了那几个跟班小厮，然后整整衣袖，慢腾腾地道："这事就这么了啦，你们可以回去了。"

婆子们脸色惨白，只敢点头。

龙二又道："我还有个小忙，想请诸位帮一帮。"

他看了一圈，见那几人都在认真听，便笑了笑："麻烦帮我与全城的媒婆子都说说，这城南居家酒铺的居姑娘，是我龙二定下的媳妇儿，是我龙府未来的二夫人，谁要是吃了狗胆敢帮着别家来求亲，把东西往这儿送，我龙二定是让她吃不完兜着走。若是不想在这城里待了，就尽管来试试。"

他这话刚落，那两个婆子就扑通一声跪下去，连连磕头求饶。

她们道这事是早前云家夫人唤了她们去，让她们准备纳妾下礼各项细事，说是居姑娘应允了婚事的。原本是谈定年前准备好，年后便来相谈下礼。可近来坊间都在传，说是龙府要下礼送聘了。那云夫人就说，让她们来说服居家，无论如何都得把这亲事谈定了。她们打听了一番，觉得两家议亲，龙家的条件更好些，毕竟是正室夫人；但既是两家都有机会，那先收了谁家礼就是定了谁家亲，是她们一时昏头，日后再不敢了。

她们叽叽喳喳地求饶，龙二却是没心思听她们辩解的瞎话，他挥挥手，喝了声：“滚。”

婆子们立时没了声音，飞快地带着小厮们跑掉了。

居安这时终于松了口气，他脸上堆着笑，想跟龙二说句谢，刚往前凑，却见龙二转头对居沐儿道：“你快把我衣裳扯破了。”

居老爹仔细一看，可不是，居沐儿紧张地攥着龙二后背的衣裳，差点没揪出个窟窿。

居沐儿飞快地放开了龙二的衣裳，居安上前想着帮女儿解解围，却惊见女儿眼眶含泪。

龙二站了起来，抚了抚居沐儿的眼角，拉着她往后院去。

居安生怕女儿被骂，迈腿就要跟上，这回可是他的错，不能怪女儿。居安刚走两步，被余嬷嬷拉住了。

龙二拉着居沐儿一直走到了她的房间。在外头居沐儿还能忍着泪，一进屋就忍不住了，眼泪顺着脸颊就往下淌，她用袖子抹了一把，新的泪又落下。

龙二叹气：“不是都解决了吗？”

居沐儿摇头，又点了点头：“谢二爷。”

龙二没好气：“我护我自己娘子，还要被人谢。”

“我让二爷丢脸了。”居沐儿很难过。

“有何丢脸的？难道那几个婆子不更丢脸，云家不更丢脸？”

“我不知道他们会这样。那日云夫人又来了，问我与二爷的婚事，我照实说了，她只说了句低估我了，又祝我与二爷白头偕老之类的，然后就走了。我以为解决了，真的，我不知道会这样。”

害得龙二自降身份这般与那些婆子计较，有失颜面，居沐儿觉得很是过意不去。

“这不便是你想嫁给我的原因吗？”

居沐儿低了头，吸吸鼻子，有些难堪。

龙二把她的脸抬起来，仔细给她抹去泪痕：“倒不是与你算旧账。这事你既是提前向我坦白，我便不怪你。你告诉了我，而我还答应了你……”

龙二看到她新的泪又落下，不禁啧了一声：“都说了不怪你，哭什么。你受了欺负，想找个靠山，我答应了你，便做你的靠山。既是靠山，自然是要为你撑腰的。居沐儿，日后你成了龙居氏，谁都不能欺负你。”

居沐儿扑进龙二的怀里，泪水浸湿了龙二的胸膛。

龙二愣了愣，有些无奈地拍拍居沐儿的肩头：“我这话说得甚是动听，我自己都被打动了。你难道不该欢喜得意吗？”

居沐儿努力止住泪水，揉了揉眼睛，哽咽道：“我这便是欢喜得意了。”

龙二叹道：“那看来日后可得注意，不能让你太过得意。我可不爱抱着个哭哭啼啼的姑娘。”

居沐儿被逗笑了，她吸吸鼻子，又笑了笑，怪不好意思的。

她的表情生动，比从前有神采多了。龙二抚抚她的头，拨她头上的发检查她的伤口。

居沐儿没想到龙二突然转到这事来，呀了一声护着头，脸有些红。

龙二拨开她的手，居沐儿挣扎退后一步，龙二调侃道：“我又未看别的地方，这有甚好害羞的？”

居沐儿脸更红。

龙二被她的大红脸整得也有些臊了，但这是自己未来的娘子，日后看哪里不行。龙二脸热了热，抹去自己脑子里的遐思。

两个人都默了一会儿，平复心情。

而后龙二清了清嗓子，道：“我得回去了。”

居沐儿嗯了一声，点点头，伸手抚了抚龙二的胸膛，摸到那块被她泪水浸湿的地方，意思性地擦了擦。

龙二佯装不高兴：“这能擦掉？”

“就一点儿，一会儿就干了。”居沐儿厚着脸皮道。

“那怎的不留我？可以借口等衣裳干了再走。”

居沐儿：“那……借口都被二爷知道了，不好用了。下回我想个新的。”

龙二没好气，伸指弹她的脑门：“就知道你是个不会讨欢心的。这撒娇就得抓住机会，借口是什么不重要，还想新的，我能指望你想出个新的来？”

居沐儿挤出一句：“我是不太懂撒娇。”

“哼。”

“可二爷也太懂了吧？”

龙二被她噎住。

“二爷想来也是经历过不少场面，各路手段技巧都见识过，我那点小伎俩，恐怕入不了二爷的眼。”居沐儿摸啊摸，终于摸到了龙二的衣袖。她用两只手指捏着龙二的衣袖，轻轻甩啊甩，“二爷莫嫌弃我，我一定好好学。”

这娇撒得，龙二被噎住了。

居沐儿还在甩龙二的衣袖：“二爷，这样算新的吗？算吧？说好不嫌弃的。”

什么时候说好不嫌弃的？

居沐儿继续道："二爷，你等我练好了再走嘛。"

可以的，有点本事。

龙二抿紧嘴角忍着笑，后想起她根本看不见，龙二没忍住，咧开嘴笑了。

"好不好嘛？"

龙二忍住笑意，装出凶巴巴的语气道："不好。爷办的是正事。众掌柜在等爷回去议事。"

"那你夸我一句嘛……"最后那个"嘛"字没说完整，居沐儿自己忍不住笑了。她一笑，龙二也放声笑出来。

"不行，确实挺难的，坚持不了太久。"居沐儿笑着揉揉自己的脸。

龙二笑着帮她揉。

"二爷喜欢这样的？"居沐儿一边躲龙二的手一边笑着问。

"还行吧。如果不弄坏我的袖子就更好了。"龙二一本正经地道，"毕竟衣裳坏了还得花银子制新的。"

居沐儿哈哈笑，而后娇声道："那把钱银省下来，可得给我买糖吃。"

龙二戳戳她额头，这还真的挺会的，这句撒娇接得不错。他抚抚居沐儿的发顶，道："让我看看伤口，给你买糖吃。"

这回居沐儿没推拒，她微红了脸向龙二倾身，稍稍低了头。

龙二拨开她的发仔细看了看伤处愈合的情况，放下心来。

"大夫说应该不会留疤，而且头发都挡着了，看不到的。"

"嗯。"龙二帮她把头发抚齐整，"你要好好休息，旁的事莫理，我来处置。"

居沐儿知他说的是什么，遂点头应了。

"我走了。"

"好。"居沐儿再点头。

龙二想了想又道："最近忙，你莫胡思乱想，待我空了便来看你。"

"好。二爷忙正事要紧。"居沐儿应得善解人意，在龙二开口之前又道，"还得再想个新招式留二爷吗？"

龙二把要求再听一遍撒娇的话咽回去，重换了一句："算了，你的新招式定不讨喜，我是不指望了。"龙二故作粗声粗气，"我走了。"

龙二转身便走，却觉得腰间一紧。他低头看，却是居沐儿拉住了他的腰带。

居沐儿感觉到他身形一顿，便朝他的方向笑了笑，那笑容有些羞涩，却也挺甜："二爷慢走。"

龙二一口气差点提不上来。大家对她的批评果然是对的，狐狸精。

"行吧。"龙二努力维持正经语气，"这招还行。"

居沐儿的笑容绽开了，她收回手，对龙二欠了欠身施个礼：“二爷慢走。”

龙二忍不住牵了她的手，可是真的得走了，真有许多事要忙。不急于这一时的，待年后将她娶回家，到时候天天都能见着了。

龙二走了，两人双手分开时，手指勾连了一下。龙二有一种自己的心也被勾了一下的感觉。他走出她的房门时回头看了一眼，居沐儿立在屋中间，没有笑，只静静地看着他的方向，似在等他娶她回家。

龙二走到了酒铺的外堂，立时恢复成了那个精明又严肃的龙二爷。

他留下两个护卫守着酒铺，交代了有事就速回龙府通报。而后嘱咐了居安和余嬷嬷，凡事商量好讲清楚，莫再闹出什么乌龙来，议好的事都得报给他听。两位老人家点头应了。

龙二回了府，先不忙着去堂厅议事，倒是先遣了个探子，去打听云家最近的动静，还有那两个媒婆子回去后，云家那边的反应。

他还让铁总管备礼，说这两日要去云府、尚书府拜个早年。

另外，他交代了李柯，让他找人，挖一挖云青贤和丁盛的痛脚。

李柯吃了一惊：“二爷，为何要对付刑部？”

“我对刑部没兴趣，要防的是云青贤。不过这人做事一板一眼，少有烂账，但丁盛为官太久，早就不干不净了。云青贤是他女婿，自然也脱不得干系。你嘱咐下去，我要知道这两人都有什么把柄。”

李柯明白了，细细听了龙二的交代，退下了。

第二十章 小姐的愤怒

云府里，丁妍香盯着眼前伏地的两个婆子。

两个婆子紧张地磕头："夫人开恩。"

丁妍香盯了半晌，压着声音喝道："我有让你们去抢亲吗？"

两个婆子互视一眼，一人道："夫人当初是说无论如何要将亲事定下。"

另一人道："芷玉姑娘提点了一番，说是谁先下了聘就是谁家的……"

那婆子话还未说完，便被丁妍香身边的丫头喝住了。

这丫头正是芷玉，是丁妍香的贴身大丫头，她道："你们可注意点说话，这娶妻纳妾下聘，难道不是谁先下了聘就是谁家的？莫说是我说的，你们拿这话出去问问，谁人不是这么说？但你们做出这等事，又把这话套上去，倒像是我指使的了。如今当着夫人的面可说清楚了，是我让你们这么做的吗？"

婆子们立时闭了嘴。芷玉虽没明说，但她们确实以为是这个意思了。而且礼数都已备好，聘书等都齐备，她们更是这般以为。如今芷玉说不是，她们也无从辩驳。

芷玉喝道："你们知不知道，你们这般作为，抢来了，我家夫人还得去退亲；抢不来，我家夫人就成了笑话。左右都失了颜面，这是你们担得起的？"

两个婆子头抵地板，跪着不敢言声。

芷玉还待再骂，丁妍香喝住了："算了。"

芷玉闭了嘴。

丁妍香道："你们走吧，这事就这样了。回去后仔细些管好嘴，若是让我听得一字半句不合意的，你们可就小心了。"

婆子们忙不迭地连声应是，连滚带爬地出去了。

芷玉看了丁妍香一眼，跟在婆子们身后也出去了。

丁妍香起身回房。过了一会儿，芷玉回来，道："已经跟她们嘱咐好了。"

丁妍香点点头，摆弄着花瓶里的花。

芷玉侍立一旁，未言声。

丁妍香手上动作不停，道："等大人回来，定会知道抢亲的事，你便按今天的说辞交代，让大人知道我已经尽力了便好。"

"是，小姐。"

"后头的事盯着点，我要看看龙家还结不结这门亲了。"丁妍香道。

芷玉应了，又道："就算龙家不结这亲了，姑爷也不能再纳这居沐儿了，不然这脸往哪儿搁？无论居沐儿能不能嫁进龙府，姑爷的念头也该绝了。"

"待事情定下了才好说，当初龙二要与居沐儿结亲的消息，大人明明知晓，却瞒下不说，还催我继续张罗这事。"丁妍香说着，手里失力，折断了一枝花。她把花丢了，继续道，"如今事情到了这步，再纳居沐儿进门那是万万不可，可不是我不愿，但是……"她顿了顿，又道，"我也并不想居沐儿能嫁进龙家。"

"是。"芷玉明白的，"居沐儿让小姐这般伤心，不该有好结果。"

丁妍香不说话，把剩下的花插好，左右看了看："多余的丢掉了，果然好看多了。"

芷玉正待附和两句，这时一位婆子进来报，说夫人妹妹丁妍珊来访。

丁妍香想了一会儿，让芷玉去回话，告诉妹妹自己身体不适已经睡下了，不方便接待她："你露出个为难模样，她定会追问你何事。你便与她透露，说媒婆子做了蠢事，那居沐儿摆了我一道，我没法与大人交代，又恐龙二爷心生怨气，这事会给丁家、云家招来麻烦，我一时没缓过气来。让她这两日先让我静静，待事情处理好了再来吧。"

芷玉心领神会，明白了。

丁妍珊果然如丁妍香预料的那般，追问了一番。芷玉装成为难不敢说的模样，丁妍珊一番鼓动，芷玉左右看看没人，便悄悄把事情说了。丁妍珊听罢自然大怒，将两个婆子和居沐儿臭骂一顿，扬言要差人教训她们。

芷玉忙劝："大小姐就是不想闹大了，才没罚那两个婆子，让她们走了。二小姐也莫闹将起来，到时苦了夫人，不好收场。二小姐若是有心帮着，到时在家里和姑爷面前帮着美言几句，莫叫大小姐背了委屈。"

丁妍珊一口答应。

另一边，在居家酒铺里，居沐儿和居安父女在后院叙话。

居老爹今日闯了祸，满心愧疚，要不是有些邻里友人正好在，一起帮忙拦人，最后李护卫又带着人赶到，仅凭他与伙计两个人定是拦不住那些婆子小厮。

一想到这里，居老爹就满心后怕。

“女儿啊，二爷今日与你说了些什么？有没有怪爹爹？”

“爹放心，二爷没怪罪我们。”

“哦，哦，那就好，那就好。”居老爹抱着酒罐子，听说没人怪他，放心起来，赶紧喝了一大口。

居沐儿听到老爹的动静，笑了笑。

“女儿啊，其实二爷真是不错，你挑得好啊，眼光与你娘一般好。”

居沐儿笑笑，点点头。

“我还以为你这辈子都嫁不了啦，我都做好了准备，要照顾你一辈子。谁想到，竟然还能有个这般的好女婿。”

居老爹喝两口酒，看了看女儿：“女儿啊，你不高兴？你怪爹爹？”

“怎么会？”居沐儿伸手，摸到了爹爹的胳膊，挽上去，把头靠在他的肩膀上撒娇。

居老爹又放心了，他拍拍女儿的头，又喝一口酒。

“爹，我嫁给二爷，是委屈他了。”

“怎么会，我女儿是天底下最好的姑娘。”

又瞎又麻烦又带着危险的好姑娘吗？居沐儿自嘲地笑笑。

丁妍珊回到府里，越想越怒，她去找了母亲，将姐姐的遭遇全数说了：“娘，这事可不能怪姐姐，全是那盲女的手段。你与爹爹说说，怎么都该给二爷提个醒，让他莫着了道。且抢亲这事就是个误会，莫让龙府对咱家交恶才好。”

丁夫人很不高兴：“你们姐妹两个，就不能有一个省心的？你姐姐犯糊涂，你也跟着瞎起哄。”

“姐姐是糊涂，姐夫那般，她也不管管，竟然为了讨好他，还主动帮他议亲。姐姐委曲求全，还被那些蠢婆子拖累了。这后头若是埋下祸根，姐夫与爹爹会不会怪罪于她？姐姐脸皮薄不敢回家诉苦，我不能置之不理啊。”

“你姐姐的事你少管。你也老大不小了，再拖下去，婚事就耽误了，你爹的脸往哪儿搁？莫在那龙二身上浪费时间。你爹说了，他那儿有两个不错的人选，我趁着年节拜礼去走动走动，若有合意的，年后便给你张罗。”

丁妍珊顿时急了：“我不要。”

“由得你做主吗？先前你中意龙二，你爹也有心拉拢龙家，但如今他都要娶妻了，你还往上凑，这不是让我们尚书府不好看吗？你可是堂堂尚书千金，不能自贱身份。你也该懂事了。”

“二爷的婚事如何，可还不作数呢。那盲女阴险，二爷终会看穿她的真面目。”

“胡闹！那盲女是什么人，龙二又是什么人？轮得到那一介布衣贫女对龙二爷耍心眼？你动动脑子。你姐夫迷琴，看上那盲女是因她琴技出众。可龙二呢？他可对琴半点兴致没有。他欢喜那盲女什么？姿色、家财，她哪一点能让龙二垂青？龙二贪利，事事讲求好处，这么大年岁了还未娶妻，是为何故？如今这关口却莫名栽在这盲女手里，你当他被迷晕了头？你才是晕头的那个。”丁夫人毫不客气地数落着女儿。

丁妍珊顿时语塞。想起当初龙二确是厌恶居沐儿，还当着她的面整治这盲女，可一转眼，却非这盲女不娶了。

丁夫人继续道：“龙大将军手握兵权，龙家又受皇上器重，你爹自然是想拉拢结交，毕竟朝堂争斗，正有风波。你爹虽未明说，但你外祖父是与我打了招呼的，让我们最近安分低调些，莫生事端让人捉着把柄。可就这节骨眼上，龙二却摆明了与你姐夫对着干，就那盲女，值得抢吗？这里头是否有什么门道，他们龙家打的什么歪主意？你姐姐可好，偏生在这事上惹出麻烦来，你还来帮她说话，我怎么就生出你们这两个蠢货来？”丁夫人越说越气，最后喝道，“下去吧，回你房里好好待着，这几日莫出门了。”

“娘。”丁妍珊不服气。

“莫再惦记那龙二，年后我就给你安排婚事，你收收心，也莫往你姐姐那儿跑了，事情我会与你爹说的。”

丁妍珊还待再说什么，却被丁夫人黑着脸赶回了房。丁妍珊被困在屋里，晚膳都是由下人送到房里的。丁妍珊很不安，直到深夜，她才从丫头嘴里打听到了消息。

丫头也说不清发生了何事，只听说大人回府后与夫人说了话，紧接着发了好大的脾气，还让人去云府将大小姐唤来府里训话。大小姐走时，眼睛红红的，想是哭过。

丁妍珊一夜难眠，她躺在床上，想着母亲的话，想着龙二的态度，又想到姐姐受的委屈，越想越是讨厌那个居沐儿。她想到自己的婚事，又觉委屈，娶妻嫁郎，就非得计较利益得失吗？若是真心喜欢，可不可以？

第二十一章 定情占风铎

之后数日，一切平静，再没什么麻烦事发生。

居安有心讨好未来女婿，给龙二送来了几坛子酒。龙二想起从前，便差人去仙味楼定菜，都是些无骨无刺好入口的佳肴，送到居家酒铺当是回礼。

龙二还差了李柯去问居沐儿饭菜可不可口。

李柯觉得自从二爷遇上了居沐儿，他这个护卫就干起了不正经的事。但二爷怎么说他就怎么做。于是李柯便去问话，回来带了居沐儿的回话："居姑娘说，可比红烧鱼美味多了。"

龙二听罢便笑，笑完了又斥道："你说说她，小不小气。这是多久的事了，还记仇呢。"

李柯心道：二爷你是真想让我说吗？要我说这也没多久的事，记不起来才奇怪呢。

但龙二自然不是真心想听李柯说话，他已经站起来在书楼里转悠，满屋子找东西。过了一会儿，他拿出一盒香来："明日给她送这个。"

李柯很无奈，他真的成了谈情跑腿的了是吧？

"对了，再配个香炉，一起送去。"

李柯勇敢面对自己的新身份，诚恳地问："配着这东西，二爷有什么话要与居姑娘说吗？"

"不用说。"龙二答，"这是我惯用的熏香，她能闻出来的。"

李柯很疑惑，为什么挺平常的话，他听着觉得这么肉麻呢？

第二日，李柯送礼去了。

龙二一整日都有些兴奋，盼着李柯去，盼着李柯回来。

李柯回来时带回了居沐儿的回礼——一串碎玉子。

“居姑娘说，这是她挂在屋子窗边的。风过玉振，叮叮咚咚甚是好听。虽比不上咱们龙府的东西好，但这是她母亲在她还小的时候送她的礼物。她眼盲之时，曾万念俱灭，躲在屋子里不敢出去，这碎玉子的清脆声响，一次次将她从黑暗里带出来。让她知道，自己只是看不见了，但还能做别的。”

龙二好一会儿没说话，他拿着那串碎玉子，细细摩挲。这占风铎确实普通，玉的质地很一般，但光润古朴，串绳也旧了，确实有些年头了，看起来它的主人对它很是珍惜，时常抚触。

她把她最珍惜的、最喜欢的声音，送给他了。

龙二又是欢喜又是感动。

他跳了起来，在书楼里转了半天，这回没想出什么，干脆停下问李柯：“我再送她些什么好？”

李柯顿时想起当初龙二偷人竹杖送人竹杖的幼稚事来，但这个礼物他是不敢建议的。于是憋出了一句：“要不，算盘？”

龙二瞪他。这是要暗示他未来娘子他小气爱财，叫她嫁过来小心点别乱他钱银吗？

李柯再努力想：“呃，不然，送琴呢？居姑娘喜欢琴。”

龙二再次瞪他。这是要提醒他未来娘子准备嫁的人是个琴盲，与她没有共同爱好？

李柯闭嘴了。太难了，他想不出来。

“要你有何用。”龙二嫌弃他，转身去找余嬷嬷拿主意。

可余嬷嬷的主意龙二也不满意，不是胭脂便是首饰，这等俗物，不能说不好，但是没什么意思。

龙二想了一夜，第二日早早起了床，遣人叫来了龙府大厨房的管事，问他：“我记得从前上过一款点心，有蜜，还有枣泥，软软的，那是什么？”

管事想了想：“二爷说的是蜜汁枣泥糕？”当初二爷吃过一回，嫌弃太甜太软，一盘子五小块只吃了一块就送给府里娃娃吃了，后来厨房就再没给二爷做过。

“对，就那个。今天让厨房做两份，用个精致些的食盒装上。”龙二嘱咐着，接着转向一同叫来的李柯，“你趁热给沐儿送去。就说这是我们龙府常用的点心，让她尝尝。”

李柯现在对这样的差事已经很平静了。二爷的意思他也懂，不就是想给居姑娘喂点甜的嘛。再表示一下这是龙府里有的，赶紧嫁进门，想吃多少有多少。

这天李柯又送礼去了。龙二忙碌之余，又一直惦记。这回李柯回来得稍晚，他带回一枝松枝。

龙二见得松枝眉开眼笑："她坐在树下翻书听声，对吧？"

太肉麻了，真的。李柯："二爷英明。"

"怎的去了这般久？她说了什么？"龙二问。

李柯道："居姑娘未说什么，久是因为，居姑娘也得花时间琢磨回二爷什么礼才好。"

"哼，算她有心。"龙二有些得意。

"居姑娘说，二爷的心意她都知晓。二爷有正事要忙，就不要花工夫再送礼了。"李柯一本正经地学着居沐儿的语气。

龙二："后半句呢？"

"她说再来一次她都想不到还能回赠什么好。"

龙二不乐意了，那他偏得送。

"你再帮我想想，明天送什么好？"

李柯憋了半天，什么都没想出来。

"没用的东西。"

龙二又去找余嬷嬷。

余嬷嬷也发愁，二爷你不是很忙吗，大家都很忙啊。而且你送礼的标准不一般，真的太难了。

龙二这天没想出来要送什么，第二天也没想出来。他也确实太忙，连着两日批卷宗审账本熬到半夜才睡。第三日龙二的行程定好了，是去巡铺，中午还得到酒楼应酬。

龙二往侧院走，马车在侧院府门处等他。走到中途看到两个丫头拎着一大筐黄澄澄的柑橘，个大饱满，外相甚佳，似乎是刚收到的货，正往库里送。

龙二心念一动，叫住她们。问她们这果子可是甜的。

丫头们忙站下，说这柑橘很酸，厨房打算用来做蜜渍果子。

很酸？那真是好。龙二剥了一个尝，才咬一口，立马酸得他皱起了脸。丫头们在一旁看得想笑不敢笑。龙二却很满意，伸手拿了一个柑橘走了。

龙二上了马车，与车夫道先去居家酒铺，而后再赶去巡铺。车夫急忙扬鞭快赶，急急将龙二送了过去。

龙二的到来让居安很惊讶。龙二没时间多寒暄，直接去了后院找居沐儿。

居沐儿正坐在院里跟邻里的几位媳妇儿叙话，那几位都是过来帮忙给她绣喜物的。大家见龙二来了，都很惊讶。

龙二不理她们，只把居沐儿拉了过来，亲手剥了片橘子喂她。

居沐儿不明所以，傻傻地张了嘴接着，咬了一口，酸得她眼泪都差点出来了。居沐儿脸皱成包子，龙二哈哈大笑。他拍拍居沐儿的小脸，笑道："这回不用费脑子想回礼了，我已经收到。我去忙了，你好好的。"

居沐儿被橘子噎住了。

龙二转身走了。几个媳妇儿呆呆地看着，居老爹也是一头雾水，二爷这大老远的过来一趟给女儿喂片橘子就跑是什么意思？他问女儿："这是怎么了？"

居沐儿好不容易咽下了那口酸橘子，回道："没事，就是二爷家离咱家太近了。"

太近了，啥意思？居老爹挠头。

龙二喂了片橘子，精神抖擞，连着数日干活都有劲，与那些让他不愉快的人应酬似乎也没那么糟心了。

比如，见丁盛和云青贤。

给丁盛的礼已经备好，尚书府也回了帖子，于是龙二挑了个时候，去尚书府拜访。没想到云青贤刚从外地出完公差回来，也到尚书府见他的老丈人丁尚书，与龙二撞了个照面。

龙二顿时想起居沐儿偎在他怀里让他看伤口，又想到她吃了他喂的酸橘子皱着脸的可爱模样，便对云青贤笑得格外和蔼亲切。

云青贤没什么好脸色，但在丁盛面前也不好给龙二不好看。只微欠身施了个礼，打声招呼，又与丁盛道既是有客来，那他改日再来云云。

丁盛也知这二人不和，抢亲不成闹得满城闲话这个他当然也清楚，于是挥挥手允云青贤走了。

龙二看着云青贤离开的背影，假模假样地道："云大人真是好福气，夫妻情深，翁婿和睦，着实让人羡慕。"

丁盛自然知道他话里有话，便道："让龙公子看笑话了。刑部公务繁忙，上上下下齐心为皇上解忧，为我大萧正律除恶，我整日忧心这些事，对家里过问得少。青贤是个人才，只是我女儿养在深闺，虽已为人妇，但见识少些，有时会做些让我生气的事。我教训是教训了，但终究是自己女儿，也是自小捧在手心里养大的。希望她早日明白事理，莫再给我添乱就好。"

这话说得圆滑，也毫不示弱。一来撇清自己关系，把责任全推到女儿身上。再者又立了立威，说女儿是自己的，要教训也是自己教训，别人别想伸手。

他丝毫没把云青贤放到事情里，倒是拿女儿顶祸。这摆明了龙二若是与一女子计较，有失身份，不成体统。

龙二笑了笑："丁大人是慈父，两位千金有丁大人疼宠教导，真是幸事。我父亲早年征战在外，少有时候在我们身边。后来他走得早，可怜我们三兄弟没怎么享受过慈爱，只得早早便懂得些为人处世的道理。我年少时便撑起了家，忧心的事不少。特别是我三弟顽劣，不服管束，我只得常常告诫他，不把性子改改，迟早得吃苦头。外头的人要教训他，可不比家里这般。可不是人人都会顾念他是什么身份，给几分面子的。”

丁盛听罢，不动声色，只道龙家三兄弟均是人杰，龙老将军在天之灵也定能得以宽慰。

龙家老将军指的是龙二的祖父，却不是龙二的父亲，这也颇有显摆自己身份之嫌，似乎开国大将龙轶才能得他评价，其子龙胜算不得什么。

若是龙胜算不得什么，那龙胜的三个儿子，就更不用说了。

龙二似听不懂丁盛的言外之意，附和道：“可不是，祖父当年就说过，三个孙儿，可得严加管教，若是女娃娃，宠着点倒是无妨。可惜他老人家一直未得孙女，也是遗憾。幸好如今我家三弟媳妇争气，家中有女娃娃撒娇，确是有生气多了。丁大人疼宠女儿，也是人之常情。”

丁盛心中不快。什么人之常情，谁人都知他生平最大的憾事便是没有儿子。折腾了好些年，又与自家夫人闹了些不愉快，纳了两房妾，还是无果。后来干脆装作不在乎，没再多提此事。

“贤侄还真是善解人意。”丁盛压住恼意，道，“听说贤侄的喜事近了，先恭喜了。”

“大人客气。”龙二顺着话题转个弯，“到时定给大人递张喜帖，还望大人赏光。”

丁盛笑道：“一定一定，毕竟龙家的喜事都不容易，是当好好庆贺一番。”

龙家自龙胜去世后，被朝廷宿敌打压，龙大身为朝中将臣，处境颇为艰难，京中各方墙头草随风摆，龙家为官为商，均受了不少波折。龙大与妻子于边境之城相识，两人经历一番生死险境终成眷属。龙三的婚事也是一波三折，险闹笑话。虽最后都夫妻恩爱，传为佳话，但之前的过程确有险阻。

丁盛这般说，也是在讥笑龙二。

龙二微微一笑，谢过丁盛。事实上有关自己的婚事，龙二从前就听过太多暗嘲，他早已不在意。若是说他挣不着钱银，这赔本那败家，买卖眼光不好，他恐怕会更生气些。

两个人你来我往，虚伪客套交锋一番，没说什么正经事，但相互的警告对方都听明白了。龙二当然不指望丁盛对他服软，毕竟是堂堂尚书，若那般态度他反而得小心应对。他要的就是丁盛明白欺负他未来娘子这事，他是会追究的。客气他给了，但该计较的事，他也敢当面计较。

龙二在尚书府坐了许久，茶饮了不少，话也说了许多。以往他过来，丁盛都会叫丁妍珊出来作陪，这回连丁妍珊的影子都未见。龙二很满意。

丁盛话里话外虽强硬，但井水不犯河水的意思也非常清楚了。龙二对此也很满意。

目的达到，龙二微笑着告辞。

此后一段日子，云青贤和丁妍香安安静静，什么动静都没有，没再去扰居沐儿。而龙家，终于等到了下聘的日子。

那日天气晴朗，艳阳高照。余嬷嬷带着媒婆子，领着小厮，抬了八箱好礼去了居家酒铺。邻里乡亲早已经在那儿等候，讨个喜果子，看一看热闹。

余嬷嬷带着人到了居家酒铺，媒婆子们喊开了喜词，小厮们一箱一箱的大红礼往里抬。居老爹点起了准备好的炮仗，动静闹得大，周围看客纷纷鼓掌。

居老爹穿着新衣，满脸笑容，郑重其事地把庚帖和回礼亲手交给了余嬷嬷。余嬷嬷接下了，连声恭喜居老爹。

这亲事，总算是定下了！

后院里，苏晴跑前跑后，把前堂看到的事听到的话都一一说给坐在屋里的居沐儿听。她欢天喜地地道："姐姐，好多东西，包得可漂亮了，堆了有半个屋子。以前我看那龙二爷小气，又凶巴巴的，以为他不好呢，现在看来，他对姐姐倒也不错。"

"二爷确实是很好的。"

"那姐姐你为何不笑，你不欢喜吗？"苏晴问，"你不想嫁给龙二爷？"

居沐儿摇头，笑了笑："我欢喜呢，我想嫁他。我只是，有些紧张。"

苏晴扑哧乐了："还没到嫁的时候，你便紧张了，嫁了可怎么办？"

怎么办？

这问题让居沐儿严肃，这是她考虑过许久的一个问题。她认真地答："嫁了，就好好过日子。"

过去的事，若能放下……居沐儿咬了咬唇。她想跟二爷好好过日子。

可以吗？

龙府里，龙二的心有些躁，先前出的差错让他有些慌，今日阳光甚好，又有余嬷嬷亲自去，总不能再有意外吧。他无心看卷宗，踱着步子等，终于等回了余嬷嬷。

余嬷嬷拿回了庚帖和回礼，红彤彤的颜色映着龙二的心也欢喜起来。他接过庚帖，仔细看了看上面居沐儿的名字，又看了礼书，上面写的礼数物件全不重要，只居沐儿的名字最是悦目称心。

他终于，也要娶妻了。

第二十二章 琴圣的冤屈

龙、居两家定亲的消息很快传遍全城，坊间传言换了新花式。居沐儿攀高枝，但不做妾，要做正房夫人。她成功了一半了，大家就等着瞧，她是否真的能当上龙二夫人。

但无论话怎么传，云青贤和丁妍香都再没动静。龙二、居沐儿也照旧忙碌过着自己的日子，等着过年，等着婚期到。

这日居沐儿让苏晴陪着她去了一趟石花巷。巷子里有一间屋子，是她偷偷教花娘弹琴的地方。

从前除了苏晴，她身边还无人知晓此处。不过现在龙二派了两个护卫在酒铺里随侍，居沐儿出门不好避着他们，不然显得她要做亏心事，报到龙二那儿怕是得招来麻烦。

所以这次定下了教琴的日子，居沐儿便让一名姓陈的护卫跟着去了。不过到了巷口便麻烦他等等，与他说了事由，道明来学琴的姑娘们不方便见外人。

那陈护卫听了，便在巷口的茶水摊那儿歇着等她们。

苏晴领着居沐儿进了屋子。屋子里是两进式的，里外各一间。里屋里摆了几张琴，外间就只有桌椅，陈设相当简单。

这是居沐儿最后一次来此处教琴。毕竟是与花娘打交道，等她嫁入龙府后，这事自然不宜再做。

居沐儿与苏晴等了一会儿，陆陆续续便来了五个花娘，她们脸上都戴了面纱，不露真颜。苏晴知晓这教琴的规矩，也不多看，只守在外间坐着。

花娘们进了里屋，嘻嘻哈哈地开始闹了起来。大家先是调侃了居沐儿的婚事，围着她问龙二爷这样那样的。饶是居沐儿佯装镇定，也禁不得被她们没修饰的话说得满脸通红。

后是居沐儿板脸装了严肃，又道这是她最后一次教她们弹琴了。花娘们这才赶紧收敛，把平素她们抚琴中遇到的一些问题都说了。居沐儿让她们分别弹了一曲，又细细指点，直教了一个时辰，这堂课才算结束。

花娘们一看琴教完，又开始聊了起来。其中一个忽然道："居姑娘，既是最后一次见面了，不如姑娘弹个厉害的曲子，让我们也开开眼。" 此言一出，众花娘纷纷附和。

论琴瑟之艺，居沐儿年幼时便已成名，坊间早传"城南酒铺，有女沐儿，妙手仙琴，天音自来"。

这是在师伯音行刑琴会广邀知名琴师参加时，居沐儿够资格进场观刑的原因。她也是当时能参加行刑会的唯一一位女琴师，同时也是年纪最小的琴师。

只是后来居沐儿闹了盲眼退婚、与有妇之夫纠缠不清等一连串的丑闻，坊间相传她琴技的少了，传她八卦是非的多了，鲜有人再说那什么"妙手仙琴，天音自来"。

其实居沐儿素来低调，她教导众花娘弹琴时从不炫耀琴艺，只是依她们各自的状况从最基本的技艺教起，并不会自顾自地弹琴显摆。这也令得众花娘们心中早有好奇，传言里说得神乎其神，却也不知这居沐儿到底琴技如何，如今有人一提，众花娘便起哄附和让她弹琴。

居沐儿只是笑笑："厉害的曲子是怎样的？"

一花娘神秘兮兮地道："我上次听几位客人谈论，说那琴圣师伯音才是真正的琴界大师。若论琴技，当今世上，怕是无人能出其右。又听说，多少达官贵人一掷千金，只为听他弹奏一曲，偏偏这师伯音是个怪人，他有一规矩，便是只弹给知音人听。"

"知音人？"有人奇道，"那得怎样的，才能算得上他的知音人？"

"该是懂琴知琴的人吧？"另一人道。

那花娘应道："应该就是了。我听客人说，吏部尚书史泽春便是这样的。"

居沐儿心里一动，静静地听着她们聊。

一人嚷道："吏部尚书不就是被师伯音杀害的那个吗？"

那花娘点点头："正是他。听说史尚书是个琴痴，家里摆满了一屋子的琴谱和名琴。但凡听说哪里有新谱妙谱，哪里有名琴好琴，他都要去看上一看。若是碰到中意的，千金散尽亦要买来。他爱琴迷音律，想尽了办法求师伯音一聚。他四处打听，托人游说，在师伯音的住处前亲手秀了几曲琴音。他如此心诚，又是琴中妙手，终是打动了师伯音。据说两人对琴合奏，弹了三天，成为至交好友。”

“啊，至交好友，那怎么师伯音还要杀他？”

“听说是史尚书得了一本绝妙琴谱，他悟不透弹不好，便请了师伯音来府请教。由于这琴谱甚妙，师伯音便起了贪念，想让史尚书割爱，史尚书不愿，两人起了争执，这师伯音怀恨在心，为夺琴谱，便在史家的饮食里下了毒。”

“好生毒辣。”几个花娘惊呼，为那冤死的史尚书抱起不平来。

那花娘又道：“那师伯音在行刑会上，据说弹了一连串的曲子，其中便有那绝妙琴谱的曲子。居姑娘，不如你就弹弹这绝世琴曲，让我们也见识见识。”

此话一出，众花娘大声应和，这闹出惊天大案的琴曲，自然人人都会好奇。

居沐儿淡淡一笑：“我是没有见过什么绝世琴谱，又哪能知晓师先生临刑前弹的是不是那琴谱上的曲子？再者说，师先生琴艺非凡，宛若天人，他在行刑琴会上的那些曲子繁复精妙，我是听得入迷，但过后倒是记不清了，你们提的这要求甚高，我弹不了呢。”

众花娘吁声，大叫遗憾。居沐儿拨拨弦，开始抚出琴音，慢声道：“我还是弹一首你们最熟悉的《春日暖》，你们听听有何变化，若是觉得我弹得好，便想想，如何好？”

她一边说一边弹了起来。这《春日暖》是花楼里爱弹的曲子之一，旋律柔美，曲调简单，一来容易弹，二来意境美，三来不落俗又并非高寡之音，所以很受花娘的喜爱。

这曲子几乎学琴的花娘人人会弹，甚至学会这一曲在花楼里便能勉强算是会琴之人了。所以花娘听到是弹《春日暖》，都提不起劲来。

但居沐儿似听不到她们的抱怨，不急不缓地将这首曲子弹了下去。起初是大家都熟悉的旋律，懒洋洋又有些甜蜜蜜，就是花楼里最爱的调调。可是居沐儿再弹下去，曲子忽然变得轻快起来，像是春日初耕，农家忙碌，让人浑身起劲，精神十足。再弹到第三遍，却变成绵长幽怨，好像是等到了春暖花开，却等不到情郎的身影……

居沐儿一共弹了六遍，每一遍均有些许变化，全都给人截然不同的感受。六遍弹完，她停了下来。

花娘们全都一愣一愣的，就算是琴技一般听不出什么玄妙之音的，也能听明白这简单的曲子被赋予了六种变化。因是她们最常听的，所以反而是绝对想不到能有这般不同。

居沐儿道：“学琴并非一板一眼，欲求精则多练，欲求美则多变，随心所欲，有情有义，自然能有好琴音。我能教你们的，便只有这些了。”

花娘们醒悟过来，赶忙道谢。居沐儿微微一笑，说道："也过了这许久了，大家散了吧。这里我不会再来，在此与姑娘们别过了。"

花娘们纷纷起身道别，戴上了面纱，鱼贯着出去了。

苏晴在外屋等着，见人都走了，可居沐儿却好半天没出来，便跑到里屋门口唤了一声，却见居沐儿在发呆，似在想些什么。

这时一个戴面纱的女子又返了回来。她越过苏晴，走进屋里，唤了一声："沐儿姑娘。"

居沐儿怔了怔，回道："悦瑶姑娘。"

苏晴在门口歪着脑袋看着她们。

林悦瑶走近居沐儿："我有些琴艺问题，想再请教请教姑娘。"

居沐儿便转向门口的方向道："晴儿，你再等我一等。"

苏晴应了，虽然好奇，但还是听话地关了屋门，自己又返回外屋坐着。

林悦瑶见屋里只剩下自己与居沐儿，这才放心地拿了把琴，坐到了居沐儿的面前："姑娘嫁进了龙府，那一白的死，姑娘还会助我查下去吗？"

居沐儿道："确实会有些不便。"

林悦瑶盯着她看。

居沐儿顿了顿："但若有我能帮上忙的地方，我自当尽力。"

林悦瑶长长地吐了一口气，道："姑娘重情重义，我果然没有看错人。"

林悦瑶说的"一白"名叫华一白，是萧国闻名的琴师，亦是年轻一代琴师中最出色的一位。他生性狂放洒脱，张扬不羁，喜饮酒斗琴，是各花楼的常客。

当日师伯音行刑琴会，华一白与众名家琴师均有到场。其中几位听出了师伯音的琴音里含了玄妙之意，于是琴会之后便聚在了一起相议。

师伯音临终之前弹的那曲子曲折绵长，是拼糅了好几首曲子交错而绎，最后的意思，大家猜测是个冤字。而蒙冤之意的后面，紧接着跟着一首大家从未听过的绝妙好曲。大家都觉得，这曲子里定是藏了这桩奇案的真相。

师伯音是琴师界里仙人一般的人物，人人仰慕钦佩，都企盼着能结交相识，若能得他指点一二，便是不憾终生。如此人物，如今竟有可能含冤而死，众琴师不免群情激愤。

但这案子是刑部严查，皇上亲督，无论如何也轮不到他们这些布衣琴师只凭听了曲子做的猜测便来翻案。于是华一白提议，要把师先生在刑场上弹的曲子完整地记录下来，大家反复钻研，也许能找出些线索来。就算与案情无关，这般研习，悟得师先生临终琴音玄妙，也是他们习琴者的幸事。

居沐儿因为是位姑娘，全是男琴师的聚会她从不参加。而且那时候她也在准备与陈良泽的婚事，为了避嫌，鲜少在外露面。

但刑场上的含冤之意，居沐儿也听懂了。她与那些男琴师一般，对师伯音这样的人物含冤而死既遗憾也悲愤。

那可是琴圣啊，她也曾幻想过若有一日能得他亲自点拨一二该有多好。她也曾希望能有机会坐在他的面前，为他认真地弹奏一曲，让他听一听，她虽是女子，但也能弹出张狂飞扬的豪气，也懂风急雨骤与晴日朗朗的侠义。

男琴师能弹的，她也可以。

没想到，她没机会向琴圣证明女子也可以琴艺不凡，却有幸听到琴圣将琴艺之技炫到极致的演奏。但这场琴音里，太有深意了。当日她心里正琢磨此事，华一白悄悄找来了。

琴中诉冤一事非同小可，其中涉及太多利害关系，所以华一白也只限定了跟那几个相交甚深的琴师一起钻研，其他人概不透露。华一白与居沐儿颇有交情，居沐儿因为女子身份被不少男琴师贬低打压，华一白却一直为居沐儿说话，多次当众赞赏她的技艺，公正评价她的琴音。居沐儿心里感激华一白，也欣赏敬佩他的才华。两人惺惺相惜，常相互切磋，讨教琴艺。

因此，华一白对居沐儿的为人和本事相当清楚，他特意过来，希望居沐儿能在此事上助他一臂之力。两人相议之下，发现他们对整首曲子诉冤的看法相当一致。他们对师伯音都极度仰慕，又深深同情师伯音临终借琴诉冤的绝望。习琴之人的热情和单纯让他们决定共同努力，找出真相。

女子议事并不体面，何况还是这等离奇事情。再加上男琴师们一般看女琴师不起，认为女子弹琴不过是卖艺，只有男子研琴才是学问。华一白自己随性，但也清楚某些男琴师的陋病，为了不给居沐儿惹来麻烦，他向居沐儿保证，绝不会对任何人说起她也有参与此事。

那时候的居沐儿满腔热忱，她努力回忆，没日没夜地翻记琴谱，琢磨意思。她把记录下来的琴谱分次悄悄交给了华一白。华一白对照自己与其他人记下的，整理出了琴圣师伯音前半部的琴谱来。

前半部的诉冤虽由多段琴曲拼凑缠接，但毕竟都是大家听过的曲子，所以记忆还是颇深。可后面那首绝世琴曲，因为大家都是第一次听，能记下的并不多。

华一白把希望都押在了居沐儿身上。从前他与居沐儿斗琴时，对她过耳不忘的本事很是羡慕。这一次，他希望居沐儿也能将那曲子记下。但那时候居沐儿没办法再写琴谱了，她生了病，眼睛越来越糟。她答应华一白，待她眼睛好些，再试着把后面的琴谱翻记下来。

可没想到，她的眼睛没好，华一白却因醉酒摔至河中溺亡。华一白一死，居沐儿再听不到其他琴师为师伯音申冤的消息，她不能打听，也没法打听，因为不久之后，她的眼睛瞎了。

为师伯音申冤之事如石沉湖底，再无声息。而居沐儿的生活也陷入黑暗，痛苦几乎将她吞噬。

居沐儿过得茫然昏沉之时，林悦瑶悄悄来找她。

林悦瑶是华一白的红颜知己。华一白一身才华，却最爱在烟花之地流连炫琴买醉，识了林悦瑶后才收敛了许多。他常到惜春堂点林悦瑶相陪，有时一住就是好几日。居沐儿听闻过林悦瑶的名字，却没见过她。

林悦瑶告诉居沐儿一件事："一白是从我这儿离开归家时出事的。他在我这儿，根本未曾饮酒。我相信他是意外亡故。"

居沐儿非常吃惊。

林悦瑶又说，之所以会来找居沐儿，是因为华一白向她透露过，居沐儿在帮他写琴谱。

华一白没能守住秘密，他醉饮之后，向林悦瑶透露压力与痛苦时说漏了嘴。

但林悦瑶向居沐儿保证此事没有第二个人知晓，因为华一白酒醒后很后悔，他几番叮嘱，林悦瑶牢记心中。

华一白意外逝世后，林悦瑶信不过别人，只得来找居沐儿，她想问问居沐儿，华一白究竟在做什么，他们在记什么样的琴谱，可会惹来麻烦？对华一白的死，居沐儿可有什么线索？

林悦瑶觉得这事只能向居沐儿说，只有居沐儿不会看不起她，只有居沐儿会相信她。她请求居沐儿帮助她，她不能接受华一白就这样死去，她想知道真相。

这句话，当初华一白来找居沐儿时，也曾经说过。

"不能让师先生死得不明不白，如果这后头另有玄机，我们应该要让大家知道真相。"

言犹在耳，物是人非。

居沐儿同意帮助林悦瑶。

两个人互相交换了所知。居沐儿告诉林悦瑶华一白这边查探的事和进展；而林悦瑶知道华一白常与哪些琴师相会，知道华一白的琴谱和琴收于何处。林悦瑶去过华一白的住处查看，但没有找到线索。但她觉得奇怪的是，华一白的住处收拾得颇干净，这不是华一白的生活习惯。

居沐儿眼盲，这方面帮不上忙，只得听林悦瑶所述，助她分析。

林悦瑶找到了华一白手上的前半段琴谱，但这琴谱对判定华一白的死亡真相并无用处，没有嫌疑人，没有目击者，没有迹象显示华一白的死与琴谱有关。华一白的尸首被从河中捞起，仵作判定酒后溺亡，没有其他疑点。

居沐儿和林悦瑶也只能继续打探消息，做不了更多的事情。

教花娘弹琴，是居沐儿收集消息的一个方式，也是她与林悦瑶互通消息时的掩饰。只是她们虽然有心，但也无力。这两年她们并没有查到什么确切的线索。时间流逝，居沐儿也会感到茫然。林悦瑶亦然。

林悦瑶曾问过居沐儿：“姑娘觉得，是否我们想错了？是否他离开我那处后，真的去喝了酒？真的只是意外？”

居沐儿没说话。

她有一种感觉，那种感觉是黑暗带给她的。黑暗无时无刻不在提醒着她，刺激着她的疑心。

林悦瑶见她沉默，又道：“姑娘不放弃，我自然也没有放弃的道理。”

居沐儿不知道该说什么。

如今林悦瑶听得居沐儿仍愿帮忙，便道：“方才追问姑娘师先生琴曲的那个，是染翠楼的惜颜，也不知她是不是故意试探姑娘的。这事我会探一探，如果真是别有用心，那姑娘千万小心。”

居沐儿点头谢过。

林悦瑶又道：“我探听到一个消息，说是史尚书让师先生解的那本绝世琴谱，实际上是一本武功秘籍。正因如此，才会发生后面的惨案。”

居沐儿愣了一愣：“可是，师先生并不会武功。”

“这其中曲折并不清楚，但传言凿凿，听说许多人在找这本谱子。若是这般也好，多些人对谱子有兴趣，也许能把师先生和一白的事也挖出些头绪来。”

居沐儿蹙眉不语，林悦瑶又道：“适才那惜颜让姑娘弹此曲，我心里甚是紧张。”

“那倒不必紧张，我并不会那曲子。”

“姑娘用《春日暖》转移了她们的注意，甚妙。此事我会再打探，若有消息便与姑娘说。”

居沐儿点头：“我也会多加留心。”

两个人如此这般地商议了好一会儿，林悦瑶告辞离去。待她走了，苏晴蹦跳着进来，嘟着嘴不高兴地道：“这人怎么这么烦人，要问这般久，这算是额外教了她，多给银子吗？”

居沐儿失笑：“你是掉进钱眼里了吗？”

“又没抢没偷的，该收的就得收。”苏晴振振有词，扶着居沐儿慢慢走了出去。

出了巷子，居沐儿忽然叹了口气：“晴儿，你常在外头跑，可千万小心，凡事多留些心眼。”

苏晴刚要应话，却忽然道：“那是二爷的马车。”正说着，就看到龙二从马车上下来了。

苏晴嘻嘻笑着把居沐儿领到龙二面前。

龙二问道:“不是早散了吗？怎的还在那里头待了这许久,我正准备进去找了。”

居沐儿问：“二爷怎会在此？”

“我路过，看到陈护卫在路旁，便停下问了问，他说你在里面教琴，不过已经散了，你该是快出来了。我还有些时间，便等了等，怎知却是等了这许久。”

哪有许久？居沐儿抿抿唇，想驳却没说话。龙二盯着她看，居沐儿似是感受到了他的目光，脸没来由地热了。

苏晴在一旁看得这二人表情，不禁掩嘴吃吃笑。

龙二拉过居沐儿道：“要回去了吗？我送送你。”

居沐儿还未说话，苏晴便嚷道：“啊，我想起来前些日子送了两篮子花到马府还未收账，我去收账去，不能陪姐姐回去了。”

真是识相的好姑娘。龙二给了苏晴一个夸赞的眼神，对她道：“以后每日送一篮花到龙府来。”

苏晴大喜，忙大声道：“谢二爷，我一定挑最好最美的花送到府上。”她一边说，一边捏捏居沐儿的手，天上掉钱了，当真是极欢喜。

居沐儿被他们闹得一笑。龙二回身交代了陈护卫送苏晴去收账，自己则要领着居沐儿上马车回家去。

两拨人就此在街上分开。居沐儿被扶上了马车，刚坐稳，便听到车门一关，然后是龙二的声音：“许久未见了，让我看看你。”

哪有许久，居沐儿又想反驳了。她抿嘴笑道：“我还长那样。”

她如此答完，脑门就被龙二戳了一下。

是又在怨她不会讨他欢心吗？居沐儿忍不住笑了，摸索着勾到了龙二的袖子，轻轻甩啊甩，用撒娇的声音道：“那我不长那样，长什么样了？”

“莫闹。”龙二反手握住了她的手，居沐儿听到了他声音里的笑意，心生欢喜。

“今日我让小厮送了新收的脆梨过去，你吃了吗？”

“吃了。”居沐儿点头，那脆梨确是又香又甜。

“喜欢吗？若是喜欢，我让他们再送些。”龙二握了她的手，觉得凉凉的，又去抚她的脸，还是凉的。于是干脆两只手掌都捂了上去，包住她的小脸，嘴里还嫌弃道：“冰疙瘩似的。”

居沐儿看不见他，却在脑子里想象了一下他的表情，她抚上他的手背，唤了声：“二爷。”

她想靠他近一点，又觉得该离他远一点。

“嗯？”龙二应了，尾音高高的，有些痞痞懒懒的调子，“你想我了，是不是？”

居沐儿很配合地点点头。

“那是如何想的？说给爷听听。”

“不说。”

“爷问你话，怎能不答？”

“我方才问二爷我长什么样，二爷也还没答呢。”

龙二捏她的脸蛋：“还顶嘴。”

居沐儿偏头就躲：“是二爷不公平。”

“家规第一条，不许跟爷顶嘴。你没记住？”龙二把她抓住，执意要算账。

家规第一条原来是这样的？居沐儿想笑，问：“那第二条是什么？”

“不许讽刺爷。”

“第三条呢？”

“不许让爷闷了。”

居沐儿笑出声来。若是犯了第三条，说不定就得靠犯第一条或者第二条来解围。

龙二看她笑，也弯了嘴角。他又捏捏居沐儿的耳珠子：“爷定的家规让你这般欢喜？”

居沐儿笑得不行，问：“只三条吗？”

“当然不止。”龙二故意装出凶狠声音，“居沐儿，不是让你把家规背下来吗，你连有几条都不知道。”

居沐儿赶紧问：“那家规第四条是什么？”

“爷的话都得听。”

“第五条呢？”

“让爷不高兴的事都不许做。”

居沐儿哈哈大笑，龙二也笑，但嘴里还说：“若是犯了家规，爷可是会家法伺候的。”

“好害怕。”居沐儿捂了半张脸，“我爹都没打过我。”

“你爹就是太惯着你。”龙二拉开了她捂脸的手。

他定不会惯她的，该教训就教训。

龙二这般想，脑子里浮现出他教训居沐儿的画面。居然不小心，念头有点歪。

面前的居沐儿在笑，脑子里的居沐儿正脸红。

龙二忍不住捧起居沐儿的脸，用唇轻碰她的唇瓣。居沐儿笑容一顿，脸顿时热了起来。

她的害羞让他微笑起来，他又用唇轻轻碰她的唇，轻声道：“亲我一下。”

居沐儿脸烫得通红，但还是微抬起头，把她的唇印在他的唇上，但这实在是令她羞得厉害，禁不住又往后退了些许。

龙二心里软乎乎的，抱紧了居沐儿将她深深吻住。

居沐儿听到了自己狂乱的心跳，她伸臂抱住了他的颈脖。两人正尝着了滋味，动情动心，突然听得车夫大声道："二爷，酒铺到了。"

龙二心里一恼，不打算停，可车门处有人大力敲着，居安的声音传来："是二爷来了吗？"

龙二全身一僵，居沐儿轻声道："是我爹。"

"我知道是你爹。"龙二完全没好气，只恨不得现下这日子已经是到了成亲后，那样他就可以把她放在自己屋里，想亲热便亲热，看谁还敢来敲他的门打扰。

居沐儿推推他。龙二叹气。他不情不愿地，探身把车门打开了。

车门外头居安精神抖擞地喊着："二爷，你来了啊。"

没待龙二应话，居老爹一转头，看到居沐儿也在车里："咦，沐儿，你怎的跟二爷一路？"

龙二跳下车，反身把居沐儿从车上抱了下来："我在街上看到她，就顺便把她送回来。"

"那真是太谢谢二爷了。二爷快进来坐会儿。"居安热情地招呼。

龙二正待与居老爹说他没时间，得先回去。可居安又转向居沐儿道："对了，沐儿，你那位姓钱的琴师朋友来找你。我道你不在，他说想借你的琴谱看看，我不让他拿走，不过允了他在你琴室里翻看，这会儿他该是还在那儿。"

"男的？"龙二一挑眉毛，迅速抓住了这话里的重点。

"对。"居老爹点头。

那钱江义从前便与居沐儿相熟，他们几个琴师朋友常来常往的，所以他想看琴谱，居老爹便放他进来了。女儿不在，也没甚男女独处的不合礼仪。居老爹没觉得他这么做有什么不妥。

龙二对上居老爹那坦然的脸，真是一口怨气吐不出来。看来他得找个机会好好跟这位太过"洒脱随性"的岳丈大人聊一聊，告诉他除了他这女婿之外，其他任何男人都不许放进居沐儿的小院。

居沐儿听了老爹的话，道："我去琴室看看。"

"我陪你去吧。"老爹赶紧说，又转向龙二道："二爷你先坐会儿啊，我让伙计拿酒给你喝。"

龙二吐口气，终是按捺住，于心里默念了三遍：他是岳丈，他是岳丈，他是岳丈。而后他微微一笑："我陪沐儿去吧，老爹你忙你的。"他一边说一边扶着居沐儿的手臂，将她往后院带。

居老爹对他公然抢女儿的行径也没觉得有什么不好："那我给你挑酒去，我挑的定是比伙计挑的好。"说完一溜烟跑了。

龙二忍不住咬牙："岳丈大人，还真是讨人喜欢。"

居沐儿笑："我爹若是听到二爷夸他，定是欢喜。"

"你又笑话我呢，是不是？我回去就准备个大家法，等你过了门，怕是得天天用上。"

两个人斗着嘴，很快就到了琴室门口。

琴室里，一个三十多岁的男子正在认真地翻看琴谱，听得动静忙抬头看，见居沐儿与一位男子过来，忙施礼唤道："居姑娘，你回来了。"又转向龙二道，"公子有礼了，在下钱江义。"

龙二点点头算是回了礼。居沐儿在一旁给这两位互相介绍了下。

一说这是龙二爷，钱江义自然是明白了，忙又施礼招呼。而这钱江义，是居沐儿结交的一位琴师，琴艺出众，教了不少学生，自己还创办了一所琴艺馆，在京城小有名气。

龙二不以为意，他不懂音律，不识这些什么琴师、琴艺馆的，对他们也完全没兴趣。他就在乎为何这个男人自己家的琴谱不看，却跑来翻他家沐儿的琴谱？

照着龙二爷对"自己人"的归属看法，居沐儿是他的，那居沐儿的东西也是他的。虽然他家沐儿眼睛看不到了，但琴谱还是她的，是她的就是他的，别人动什么动！

钱江义看龙二的脸色不太好，便觉有些尴尬。但他还是对居沐儿道想借她的琴谱回去看看，有些藏本是他没有的，他想借回去抄了，再把原书还回来。

龙二忍着没说话，居沐儿却大方地应承下来。

钱江义大喜，又挑了几个琴技的话题与居沐儿聊，龙二在一旁完全听不懂，很严肃地盯着钱江义看，看得钱江义不得不长话短说，拣了几本他挑好的琴谱，与居沐儿念了书名便要拿走。

可龙二不答应，他唤来留在居家的护卫，让他拿来笔墨，把钱江义要借的书名都抄上，待还来时都得对上了才行。

"钱公子海涵，这些既是藏本，想必难得。我家沐儿爱琴如痴，如今看不见了，也不知公子拿走的是哪些，我做做坏人，把书都记好了，公子好借好还，大家都不伤和气，你说是吧？"

钱江义讪讪地应了好，待护卫把书名都抄好，他赶紧告辞离去。

居沐儿将他送出门，脸上挂着微笑，心里却是有些计较。

钱江义是当初与华一白一起研究师伯音冤案的琴师之一，积极主动，颇有主张。华一白提起他时，很是欣赏。但华一白去世后，居沐儿未曾听说钱江义有何大举动。今日里花娘借着好奇她的琴技一事打听什么绝世琴谱，偏偏这么巧钱江义就来翻她的琴谱柜子。

居沐儿握紧手中竹杖，自她眼盲后，她的疑心病就越来越重了。

第二十三章 福灵寺遇劫

龙二完全不知道居沐儿居然还有这般的烦恼。他自己一边忙着赚钱一边忙着花钱，但是赚的钱一定要比花的多，花出去的也得赚回来，嗯，总之就是期待着婚期的到来。

什么礼庆绣品，什么花轿喜服，什么喜宴菜式，还有屋堂的装饰、各项采买等，每样都是钱。龙二的要求高，每样皆要最好的，余嬷嬷认真置办，忙得脚不沾地。

龙二打定了主意婚礼要大办，请的宾客越多，收到的贺礼贺金就越多，婚宴规模越大，宾客给的礼数当然就得更体面。这样操办下来，稳赚不赔。

就在龙二忙碌计较着钱银之事的时候，居沐儿也在认真地为婚事做准备，但遇到个小麻烦。

这日她上街采买，因有些姑娘家的私己东西，便让陈护卫在街口等，她自己去了店里。但还没走到地方，途中遇到了丁妍珊。

丁妍珊看到居沐儿就气不打一处来。这瞎眼女人抢了她丁妍珊中意的夫婿人选，更让姐姐在姐夫面前抬不起头，害得姐姐背地里也不知哭了多少回。不但如此，爹爹还为了这事把姐姐狠狠地教训一通。

这些怨，丁妍珊可是都记在了居沐儿的头上。她被家里关了多日，今日方才得了母亲准许出来逛逛，一肚子气正没处撒，见到了居沐儿，顿时对身边丫头一挥手：“去，给我教训教训她。”

丫头吓了一跳，赶紧劝："二小姐，好不容易出门一趟，莫惹祸了。"

"惹什么祸？"丁妍珊瞪着那丫头喝道，"我好端端走在街上，被一个瞎子撞了，是我惹祸吗？"

丫头不敢言声。

丁妍珊再瞪她一眼，大步朝居沐儿的方向迈去。丫头慌忙跟上，走得近了，却猛地被丁妍珊推了一把，丫头无奈，顺势撞了居沐儿一下。

居沐儿完全没防备，这一下撞得重，她被撞倒在地上。

"瞎了眼吗？走路不看路吗？"丁妍珊大声骂。

居沐儿听到她的声音，懂了。

"哦，还真是瞎子。"丁妍珊继续骂，"眼睛瞎了就在家里待着，出来祸害别人做什么？这要是受了伤，赖在我们头上，我们上哪儿说理去。"

"知道自己没理就小点声，丁姑娘堂堂尚书千金，也是有身份的人。"居沐儿心里不悦，她爬了起来，顶了回去。

丁妍珊顿时火冒三丈，这是故意提她的身份，想让她丢人吗？她可不在乎。

丁妍珊一脚踢掉居沐儿手中的竹杖，居沐儿差点再次摔倒。丁妍珊尤不解恨，再推她一把，又一脚将她的竹杖踢出老远，对她喝道："居沐儿，你这不要脸的，勾三搭四，没脸没皮……"

一旁的丫头拉了丁妍珊一把："小姐，快走。"

周遭已经有人对着她们指指点点，刚才居沐儿又点明了她们的身份，恐怕会招来麻烦。街口那处还有一个护卫装扮的年轻男人正飞快地跑来，不是他们尚书府的，有可能是龙家的。

丁妍珊也看出情形不太妙，但她太生气，非要把话骂完："你想嫁进龙家，做梦去吧。你等着瞧！"

那护卫转眼已经奔到眼前，丫头拉着丁妍珊火速离开。

居沐儿再度爬了起来，脸上火辣辣的，非常难堪狼狈。她已经迷了方向，亦找不到自己的竹杖。所幸陈护卫的声音在一旁响起："居姑娘。"

居沐儿的心放了下来。

这件事当天晚上就传到了龙二的耳朵里，直把他气得七窍生烟。

丁妍珊这混账，尚书府真是好教养。

龙二惦记着居沐儿，他已经好几日没见到她了。余嬷嬷说什么婚前最好不要见面，还交代了居老爹，扰得龙二很是不快。他刚尝得亲昵甜头，不见面可难受得慌。如今他忧心居沐儿是否受伤、是否委屈难过，于是顾不得时辰已晚，于礼不合，自己骑了马悄悄到了居家酒铺后面的树林。正欲从后院围墙跳过去，一个声音喝道："什么人？"

龙二吓了一跳，与从暗处出来的陈护卫四目相对。

陈护卫捉到自家主子鬼鬼祟祟，很是尴尬，赶紧当没看到，又退了回去。

龙二没好气，挥着手让陈护卫退得更远一些，直到看不到了，他这才跳进了墙内，直奔居沐儿闺房。

居沐儿睡得并不安稳，正似梦非梦，心慌得厉害，迷迷瞪瞪之间忽然觉得床边有人，吓得她猛地睁开了眼睛。还没来得及叫，一只大掌捂住了她的嘴：“是我。”

居沐儿呆住，龙二又道：“是我，我听说你今日在街上受欺负了，过来瞧瞧你。”

“二爷？”

“对。”

居沐儿有些迟疑，龙二将她抱在怀里。居沐儿忽然真醒了，用力回抱龙二：“二爷。”

龙二简直有些受宠若惊：“是我。”

“二爷。”

“吓到了？”龙二抱紧她，“不怕不怕，我在呢。不会再让人欺负你。”

居沐儿好一会儿没回话，只紧紧抱着他。龙二有些感动，这种被她依靠、好像自己就是她的天地的感觉真的太享受。

“二爷，天亮了？”

龙二疑惑，这是睡傻了？

“天没亮。”

“那二爷为何会在此？”

龙二无话可说，他对她担忧心疼，她若说些什么夜访闺房于礼不合他就得生气给她看了。

但居沐儿没追究这个，她拉着被子往自己身上裹：“好冷。二爷，我能盖着被子与你叙话吗？”

龙二顿时又欢喜了。他的姑娘啊，比他还“于礼不合”，他就是欢喜这般的。

龙二用被子将居沐儿裹好，将她抱着。

“今天被打了吗？”

“撞我了，我摔了。”

“我会为你讨回来的。”

“我有告诉周围人是丁尚书家的千金当众欺负人。”居沐儿在被子里摸索着。

龙二嗤笑：“小孩子伎俩。”他把衣袖塞进了居沐儿的手里。居沐儿抓住了，安心地卧在他怀里。

“没让你撒娇。”龙二斥她。

居沐儿意思性地晃了晃他的衣袖，龙二终是笑了。

“二爷怎么来了？是陈护卫向二爷报信了？”居沐儿打了个哈欠，在龙二怀里找了个舒服姿势，“其实不必担心，青天白日、大庭广众的，她不能把我如何。我也没打算瞒着二爷。这类事，记个小账本本，最后都交给二爷。”

真会哄，但他确是被她安抚了。龙二道：“今天过得颇糟心。”

“怎么了？”

“今日方知，茂平城和策城的生意被别家抢了，难怪那几位老板今年没来。”

居沐儿微笑，二爷在向她撒娇呢。

“那二爷给他们发喜帖吧。他们刚舍了二爷的生意，心里肯定也战战兢兢的。二爷成亲是大事，不送礼来可不行，送礼没送好的也不行。”

龙二笑，捏她的耳珠子。跟他想的一样，他今天已经把帖子准备好了。

“二爷笑了吗？”

“没有。”

“那让我再想个法子哄二爷。”

“行。”

龙二期待着，结果等了好一会儿，却听到居沐儿细微绵长的呼吸声。

就这样睡着了？

用这招哄他？

把她摇醒了要求她重新再想不过分吧？

龙二低头瞪着居沐儿。她睡得香甜，再不似他刚进屋时那不安的模样。她的睫毛纤长，像小扇子，鼻子翘挺，小脸巴掌大，柔弱又可怜。龙二不忍心扰醒她，他还记得她是多贪睡的姑娘。

但他也不想走。

龙二把鞋蹬掉，整个人坐到床上来，靠在她枕边。那他再想想好了，对了，家规里可以加一条：爷没有睡，沐儿也不许睡。

龙二待着待着，终于也累了，他靠在居沐儿身边，睡着了。

居沐儿是被人拍醒的。

“沐儿，起来了。”是龙二的声音。他唤了她四五声，她终于才有了反应。

居沐儿迷迷糊糊地睁开眼，问：“天亮了吗？”

“亮了。”

“真的吗？”

龙二没好气：“真的。”

“那亮多久了？”

“不知道。”

他一睁眼发现睡的不是自家卧房，又发现窗外明亮，竟已是大白日了。他心里一惊，想着今日还有许多事务要办，而现在也不知是什么时辰，府里头又没人知道他去了哪里，会不会乱了套?

思及此，龙二赶紧起身。这一起来，才发现自己昨夜里衣裳也没脱，睡得皱巴巴。一摸头发，睡了一晚自然也不齐整。

他这般出去，众目睽睽地穿过城门，沿着街市回府，那得有多丢人。龙二都不敢想那画面，他赶紧整理仪容，却没找到镜子。一转念，是了，他家盲眼姑娘不需要镜子。

龙二没好气，转头瞪那个姑娘，而居沐儿还抱着被子呼呼大睡。龙二自己不好，自然也见不得她好，于是过去将她拍起来。

居沐儿还没完全清醒,抱着被子表情呆呆的,又问:“二爷怎的这么早又来了？”

“我不是来了，是没走。”

“那二爷为何这么晚还没走？”

龙二捏她的脸：“醒了吗？”

“痛……”居沐儿小脸皱成了包子，醒了。

“你梳子呢？”

居沐儿指指小柜：“在抽屉里。”

龙二走过去开抽屉找梳子自己梳头，一边梳一边回头看。居沐儿用被子把自己裹着，正打哈欠。她散着发半眯着眼，被子的花色土气，她裹得乱七八糟，一副仪容不整的模样，看在他眼里却是觉得颇有风情颇为动人。

龙二对自己摇头叹气，他堂堂龙家二爷，什么时候眼光要求这般低了。

龙二没镜子照，只得凭手感把头发梳齐整，然后过去拉居沐儿的手：“莫打瞌睡，来练习一下伺候爷起身。”

“好呀。”居沐儿坐直了，“要做什么？”

龙二愣了愣，她看不见了，还能伺候什么？梳头不行，更衣不行，难道他一爷们还要靠个盲女端洗脸水吗？但他夜闯闺房，也不能这般走出去自己张罗。

看来他今天真得以一副狼狈的样子回府了。

龙二一咬牙，粗声粗气地道：“算了，爷走了。”赌气一般重重地踏步往屋门走去。

居沐儿忽然大声道：“不行！”

龙二脚步一顿，嘴角弯了起来：“怎么不行，还不让走了？”

“不能走门口，院子白日里人来人往的，二爷被人看到多不好。”居沐儿一指后窗，“二爷从窗户出去吧。”

龙二：“你让爷爬窗？”

这时候门外传来居老爹哼小曲儿的声音，过了一会儿又听得他抬东西的动静。居沐儿有些紧张，龙二也竖起耳朵听。过了一会儿，外头没动静了，龙二这才道："爷是不会跳窗的。"

"那二爷昨晚上是如何进来的？"

她一句话堵死了他。

他还真是跳窗进来的。

可自己跳进来和被人使唤着跳出去是两码事。龙二瞪着居沐儿，居沐儿看不见，表情相当无辜。四目相对，她完全不落下风。龙二越瞪她越觉没意思，多少人在他凌厉的眼神下屈服，可这招对一个瞎子完全不管用。

这瞎子现在居然还问："二爷，你在瞪我吗？"

二爷没回话，悄无声息地跳窗户出去了。

二爷没洗漱没更衣，还被迫在林子里偷偷方便，然后邋邋遢遢地骑马回府去了。

陈护卫远远看到，躲到更远处。他什么都没瞧见，什么都没瞧见。

龙二早忘了还有陈护卫这号人，他憋着一肚子委屈策马狂奔回府，恨不得一眨眼就回到自己屋里，当什么都没发生。啊，他真想快点儿成亲，他想赶紧成为龙居氏的夫君，如此方能在她面前大振夫纲。

居沐儿抱着被子在自己屋里微笑。他跑了吗？这般可爱？

啊，好想嫁给他。

一晃眼又过数日。依萧国礼俗，成亲前男女两家要各自带上双方的生辰八字去跟菩萨请福，保佑婚后生活和和美美，添丁添福，相伴终老。

这日是居沐儿依礼要到福灵寺上香祈福的日子。按礼数，男女双方要分开日子各自前往。所以这日龙二凑不得热闹，只有父亲居安和苏晴陪着她，而龙家的两个护卫则是远远守着。

居沐儿拜完菩萨行完礼，居老爹想着要去给沐儿的娘买些香火，让她在下面也能舒舒服服地过好日子，便让居沐儿先回马车上等。居沐儿应了，苏晴牵着她往停马车的方向去。

福灵寺是京城附近香火最旺的寺院，这会儿又正值年关，许多人家都赶着来上香祈愿。寺里寺外人头攒动，很是热闹。因着人多，所以马车停得远。居沐儿与苏晴两人一路谈笑，走了好一段。苏晴蹦蹦跳跳地跑进路边小林采野果，居沐儿站在路边等。这时突然横冲出四个大汉，一把抓住了居沐儿。

为首的大汉大声道："快看这大姑娘，老子瞧上了。这大过年的，该讨个老婆回家暖床去。"

周围的几个百姓吓得赶紧躲，有姑娘女眷的更是放开腿脚火速跑开。苏晴大叫一声“姐姐”，朝着居沐儿就冲了过去。她一边跑一边大声叫喊：“陈大哥，救命！来人啊，救命！”

这时一辆马车飞驰而来，却是接应那四个大汉的。

大汉们抓着拼命挣扎大声呼救的居沐儿就要拖上车。这时候陈护卫已然赶到，他跃身而起，拔剑便朝那为首的抓着居沐儿的大汉刺去。

四个大汉默契十足，其中两人回身，挥刀便向陈护卫迎了过来。另一位龙家护卫也赶到了，欲砍断马车与马儿之间的缰绳套索，也被两人举刀拦下。

苏晴大声尖叫，脚下不停。居沐儿听得声音，慌得大叫：“晴儿你快跑，别过来，快跑！”

她话没喊完，就被为首的大汉一甩手丢上了马车。居沐儿脑袋磕到车板，下巴被自己的竹杖戳到。她看不到，又听得周围一团混乱，于是不敢乱挣，只紧紧地握住竹杖。她听到外面苏晴大叫“放开”，然后听到苏晴的尖叫声，听到打斗吆喝的声响。

一个大汉叫道：“这小妞看来是欢喜我们呢，干脆也抓走好了，多一个也好。”

居沐儿又惊又疑，生怕是她自己想的那样，结果一个人重重地砸到她的身上，证实了她的猜想。

“晴儿？”

苏晴紧紧抱着她：“姐姐。”

“我让你跑，让你跑，知道吗？”居沐儿又慌又乱又急，她做不了任何事，她的盲眼就是拖累。

身下的马车动了起来，居沐儿听到陈护卫的大喝，然后是几个大汉嚣张的狂笑。苏晴声音发抖：“陈大哥，陈大哥倒下了。”

倒下了？居沐儿全身的血都似冷了下来。

马车越跑越快，为首的大汉跳上车子，关上车门。其他大汉骑上了马，押着马车一起撤了，嘴里大声嚷着：“过年娶媳妇咯。”

众目睽睽之下，匪徒掳了人，扬长而去。

盲女居沐儿又出事了！

龙二爷的未婚娘子在福灵寺外遭劫了！

大过年的，山贼出来抢人了！

一个接着一个的消息火速从城外烧进了城内。

龙二急匆匆赶回龙府。两名派去居家的护卫一身浴血，大夫正在急救。而居安一把鼻涕一把泪，手脚发抖，话都不会说了。

他紧握着龙二的手，抖着唇半天也没挤出一个字来。龙二回程时已听晓了事情的大概，现下也完全没心情没工夫安慰人，他把居老爹按在椅子上，说道：“你坐着，我来处理。”

居老爹泪流满面，不住地点头。

铁总管在两个护卫被送回来时就急急向他们问了话，此刻龙二回来，他忙上前把情况详细说了。龙二一脸寒霜，去看了看两位护卫的伤势，然后转头问李柯：“人叫齐了？”

“都齐了，已经派了人去福灵寺及周边打听情况，后头怎么安排，就等二爷的话。”

“行。”龙二转向铁总管：“你跑一趟府衙，将这事报了，另外打听一下最近有无什么山贼匪类的动静，将他们记录在册的所有消息都报回来。还有，让府衙调人，依以往匪类活动的地域范围搜查。”

铁总管应了。龙二又问：“老三回来了吗？”

“回来了。”答话的是凤舞，“相公听说了这事，出去找朋友探消息了。”

“好，他有消息便来报我。”龙二一边往外走一边嘱咐李柯，“派两组人，一组盯着尚书府，一组盯着云府，有什么异常动静赶紧报来。其余的人先到福灵寺待命。”

李柯应了，一众人赶紧各自行动。龙二上马，朝着福灵寺狂奔。

福灵寺外如今已经一片清冷，大家生怕久留遭劫，都仓皇返家去了。龙二到了那处，看到地上的血迹，心知已到了陈护卫他们与人动手的地方，也就是居沐儿被劫之处。

龙二下了马，在周围走了一圈。两个龙府的探子看到主子爷，赶紧过来招呼。他们是得了消息先过来打探的，于是又把打听到的消息都与龙二说了。

据当时目击的人称，那几个劫匪是从另一边的林子里蹿出来的。他们只说了些过年讨媳妇的浑话，并没有相互叫唤姓名，也没有提到什么地方，听上去不像是有特定目标的样子。劫匪掳了人后，有马车和马接应，很快就跑掉了。

两个探子沿着目击者所说的路线查探了一遍，暂时没有发现什么有用的线索。

龙二听了，沉着脸久久不语。

是什么样的匪类脑袋被驴踢了才会跑到蜂拥蚁聚的寺庙门口劫人，这是怕人不知道？

他家沐儿虽是得他欢喜，但平心而论，她也不过是中等之姿，胜在儒雅之气、聪颖伶俐罢了。来这福灵寺讨喜求福的姑娘媳妇这么多，他就不信那些匪类一眼望过去就只看到他家沐儿。

而且沐儿手上拿着盲人竹杖，甚是醒目。他龙二还真是没听说过匪类抢人会挑个盲的下手的，那得多麻烦。

再者说，他派去的两个护卫虽不似李柯这般武艺超群，但也确实是训练有素、身手不错的。这些匪类能把两名护卫伤成这样，看来也并非泛泛之辈。但有这样的身手不多劫些财多劫些别的姑娘，单劫走他的沐儿是什么意思？

龙二越想脸色越难看，他嘱咐探子们继续查，说其他人手已经拨出来，让他们顺着匪类逃走的方向尽速追下去，若有消息便回府报信。

探子应了。龙二上了马，又朝着刑部尚书丁盛的府宅奔去。

一路上寒风凛凛，这日竟是分外的冷。龙二狠狠地抽着马儿快跑，却觉得像是抽到了自己的心上，直疼得他喘不上气来。

居沐儿对他不满蹙眉抿嘴的样子，她逗弄他得逞后窃笑的表情，还有她明明一身的骄傲却低眉顺眼的小虚伪……一幕幕地在龙二脑子里闪过。

龙二的脸冷得像冰，心里却是有熊熊的怒火，他发誓要把那些掳走她欺负她的人千刀万剐，剁碎了拿去喂狗。

丁盛对龙二的到来很意外，但龙二这次没有心情跟他虚伪客套，直接说："我的未婚妻子今日在福灵寺外被匪贼劫走。我来找丁二姑娘问几句话。"

丁盛很吃惊，遣了人去后院唤丁妍珊出来，然后又备了茶，客客气气地请龙二坐下，细细问了事情经过，承诺他会调集手下帮忙一同寻找。

这时候丁妍珊出来，面对龙二再没了以往的欢喜，反而显得有些局促不安。她看了看丁盛，又看看龙二，问道："二爷来此，所为何事？"

龙二直截了当地问："沐儿被人劫走，是不是你干的？"

丁妍珊愣了一愣，而后反应过来，张大了嘴吃惊地道："怎会是我干的？我压根不知晓有这事。"

丁盛在一旁将事情大致说了，然后道："珊儿既是与此事无关，那说明白了便好。"

丁妍珊大声道："自然是与我无关，我怎会与匪类有接触？更不可能干出这种事来。"

龙二冷笑："丁姑娘太自谦了。当日你找地痞在街上对沐儿动手动脚，又使唤人泼她一身脏水，前几日更是亲自动手，威风八面的。那日可不是你亲口与她说让她等着瞧吗？如今怎的把自己说得这般没本事？"

丁妍珊被他的讽刺重重刺伤，脸涨得通红："什么地痞、泼脏水，我可不知道。前几日那贱人撞了我，是起了一些冲突，我当时说些狠话讨个痛快，可不表示我能干出掳人杀人的事来。我做过的我认，没做过的可不能往我身上栽。我不认得什么山贼匪类，我要是有那狠毒心肠，这么麻烦劫她做什么，还不如直接杀了了事。"

"珊儿！"丁盛一声喝，截住了丁妍珊的口不择言。

丁妍珊猛地闭了嘴，咬紧了唇，最后只梗着脖子道：“总之我敢发誓，发什么毒誓都行，这事不是我干的，我什么都不知道。”

龙二冷冷地盯着她看，盯了半晌，逼近她两步，从牙缝里吐出五个字：“你才是贱人！”

丁妍珊猛地一颤，扭头看向龙二。她的眼眶迅速红了，泪水涌了出来。丁盛听得龙二的话大为不满，正想喝他，龙二却是抢先说了：“别让我查到这事与你们家任何一个人有关。”

他眼里的厌恶神情让丁妍珊再也按捺不住，大叫一声：“你欺人太甚。”边喊边抄起案几上的茶盅便朝龙二泼了过去。

茶水泼上龙二的胸膛。龙二动也不动，只冷冷地瞪着她看，而后他低头，用手拍掉衣裳上的茶叶：“不是每个冲我泼茶的姑娘我都会喜欢。”

第二十四章 出逃的计划

马车飞快地向前奔驰，车子颠簸得厉害。

居沐儿和苏晴紧紧拥抱在一起，缩在车子角落，大气都不敢喘，因为车上还坐着一个男人。

那个劫匪头子就坐在她们对面。他满脸胡子，看不清长相，手里拿着把匕首威胁着两个姑娘不许出声。那透着邪气的眼睛和猥琐的姿态及时不时冒出的恶心言语把两个姑娘吓得打战。

居沐儿努力让自己镇定下来，她在苏晴的手心悄悄写着：记路。

苏晴捏了捏居沐儿的手，表示自己明白。这马车简陋，车板与车板之间有缝隙，苏晴抱着居沐儿，眼睛的方向正好可以看到车外。

苏晴认真地看着，想知道她们被带到了哪里，如果走运，也许能找着逃的机会。

车子行了约莫半个时辰，拐了好几次弯路，然后行上了山。

山径崎岖，马车走到一半便再也没法往前走了。劫匪头子粗鲁地一把推开车门，然后伸手拖着苏晴就要把她拉下车。

苏晴与居沐儿齐声尖叫，互相拉扯着不愿松手，最后两人一起被拖下来甩到了地上。

那些个劫匪大汉纷纷下了马，其中两人拉着所有的马儿往密林中去。苏晴看着，心里估计那林子里头有藏马的地方。

这时马车转了个方向，下山去了。劫匪头子用力把居沐儿拉了起来，苏晴赶紧爬了起来，将居沐儿抱住。

那头子冷冷地瞅了苏晴一眼，邪邪一笑，放开了居沐儿，然后大声吆喝着："兄弟们，走了。"

几个大汉将两个姑娘夹在中间，一同往山上去。

居沐儿眼盲走得慢，脚下常被土路石块绊着，后头的劫匪呼呼喝喝的，时不时推她一下。她咬着唇努力往前走，手里紧紧握着竹杖不敢松开，生怕一个不小心把竹杖弄丢了，那些匪类怕是不会有这个好心肠让她捡回来。

苏晴挽着她，一边走一边小心翼翼地在心里默记着路。

一众人走了好半天，终于走到了密林深处。劫匪们拨开了浓密的矮树丛，几座灰扑扑的木头房子就出现在大家面前。

居沐儿看不到，只认真听着动静努力跟上大家的脚步。而苏晴抬眼盯着那房子，心里几近绝望，这么隐秘的地方，那些想来救她们的人，怎么可能找得到？

龙二走出尚书府，上马时不动声色地冲着街对面的巷子看了一眼，然后在尚书府门房及仆人们的注视下，策马离开。

尚书府里，丁盛正黑着脸大发脾气，丁妍珊捂着脸失声痛哭。

丁盛破口大骂："哭什么哭，都是些没用的东西！"

"他怎么能这般污蔑我，我怎么会做那样的事，他怎么能这般看我？"丁妍珊哭着嚷。

丁盛骂道："你是做不出那事，你没那脑子，蠢货！生你们有什么用？就知道给我惹麻烦。"

丁妍珊被骂，抹着泪抬头看了丁盛一眼。

丁盛指着她："滚回你房里，别在这儿招我烦。"

丁妍珊咬着唇，含泪转身跑了。

这时仆人进来，低声向丁盛报："龙二自己来的，方才也是自己走的。身边没跟别人。"

丁盛来回踱了几步，点点头，挥手让仆人下去了。

龙二离了尚书府，又马不停蹄地去了云府。

离云府不远的街角处，两个小商贩正在吆喝着买卖，龙二路过时他们目光闪了一下，小贩举高了手里的小玩意大声叫卖，龙二没侧头看他们，直直地奔到了云府门口。

云青贤刚刚也得了居沐儿被劫的消息，正与丁妍香说他要出门，带人去找那居沐儿，听得龙二来访，便让下人领了他进来。

龙二进来后，毫不客气地直接问："你可知她的下落？"

这带着指责的语气让云青贤不悦，他冷声道："还未来得及带人搜查，自然不知。"

龙二又问："云大人要带人搜查？云大人凭什么查？这事与刑部有关？谁人向云大人相托搜查？云大人想搜哪里？"

"龙二！"云青贤黑着脸，"难道你怀疑此事是我所为吗？"

"云大人办过不少案子，自然是清楚明白，凡是犯案必有动机，依我看，云大人被沐儿拒婚一事弄得很没面子，恼羞成怒找人劫了沐儿也算是合理推测，云大人说呢？"

"你休要血口喷人。"丁妍香在一旁再也忍不住，怒气冲冲地道，"我家大人不会做这样的事。"

"他不会做，那你呢？"龙二转头，把火往丁妍香身上烧，"你当日逼婚，不就是拿沐儿和她家人的安危来逼迫的吗？如今逼婚不成，就把威胁付诸行动了，是吗？"

丁妍香气得脸色铁青，云青贤再按不下怒意，沉着嗓子冲龙二喝了一声："滚！"

龙二在他们夫妻二人脸上看了又看，冷笑道："这回，轮到我给你们说了，等着瞧！"

龙二出了门，扬长而去。

丁妍香捂脸泣道："大人，都是我不好，是我干了蠢事，若不是我当日迷了心窍去那居家，今日也不会累得你被人上门辱骂。"

云青贤咬牙不语，良久，他叹口气，不耐地挥手道："罢了罢了，如今说这些又有何用？"

丁妍香含泪，却不敢再言语。云青贤看了她几眼，终是不忍心，伸手替她抹了泪，又道："我出门了。"言罢，转身便出去了。

丁妍香看着他的背影，用力擦掉了脸上泪痕。

龙二离了云府，又去了一趟府衙。

铁总管在那处打听好了消息，见龙二来，忙上前报了："二爷，府衙接了报案，今日里除了居姑娘，还有另两位姑娘也在城外遭了劫，但地点不一样，居姑娘在东，那些姑娘在西。报案的村民称那些贼子也是叫嚣着要抓姑娘回去过年暖个床。府尹大人已经下令全力追查，同时在几处加强了戒备。之前涉及山贼的案子及地点也已经拿到了，但大人说那些已经结案，贼巢也被清灭，估计帮助不大。未结案的那些，地点并不明确。"

龙二脸上没有表情，他沉吟片刻，点了点头，然后进了府衙拜见了府尹邱若明。

邱若明也正在与捕头罗扬和主簿宁洲商议着几个姑娘被劫一案，他与龙二简单叙了案情，与铁总管说的一样。龙二关切衙府人手和追查安排，邱若明一一说明，并表示：“龙二爷，居姑娘侠义仁心，当日得她相助方能如此快地顺利擒到真凶，本官感激在心。今日如此，本官必会全力以赴查找她的踪迹将她救回。”

龙二不与邱若明客套，他把居沐儿被劫的疑点说了，又说了云青贤夫妇和丁妍珊与居沐儿之间的过节：“前几日，丁二姑娘可是当众放了狠话，说沐儿想嫁进我龙府是做梦，让她等着瞧。还有云大人，若无他的授意，云夫人也不会去逼婚，逼婚不成，让两个婆子装疯卖傻去抢婚，后来抢婚也不成，如今却出了这事。”

邱若明掩不住吃惊，他还是头回听说这事。

“大人夸沐儿侠义仁心，她当初甘冒生命危险助大人擒凶。如今她遭难，无论结果如何，大人可会为她不惧强权、秉公办案？”

邱若明明白了，这位龙二爷真是心思重，早早把事情挑明了，接着扣下来一顶帽子，这是防事后有人在他这儿做手脚？

邱若明迎着龙二的目光，道：“龙二爷，本官为官多年，断案无数，不敢说百姓人人赞颂，但秉公办案这四个字，本官当得起。本官追究案情，查明真相，无论布衣还是权贵，在事实面前，都是一样的。”

龙二盯着邱若明的表情，施了个礼：“那我替沐儿先多谢大人了。”

龙二辞别邱若明，赶回龙府。

铁总管看他一路面无表情，似魂离窍，心中甚是担忧。他看着龙家兄弟长大，龙二是三人里最有城府的，也是脾性最难捉摸的，他怒时露笑，恼时冷眼，讥讽嘲弄也是常有，但像现在这般，却是极少见到。

铁总管想着，二爷拖到这年纪，好不容易遇着一位心仪姑娘，婚事却是一波三折。此番居姑娘就算有幸活命，但恐怕清白不保。外面的话本就传得难听，如今就算能把居姑娘救回来，也不知她会如何，这婚事可怎么办？

龙二下了马，走进家门。铁总管跟在他后头，苦于不知如何安慰。龙二走着走着却忽然回过头来，说道：“她不会有事的。”

铁总管一愣，张大嘴不知该如何应。

龙二脸似僵木，又说：“她会等到我去救她，她不会有事的。”

铁总管动了动嘴，想说“是”，却觉得此刻不好违心哄他，万一事态背离他的期望，怕是伤害更大。

龙二又道：“她不会有事的，你不知道她有多聪明，她会等到我的。”

铁总管看着他这般模样，眼眶一热，老泪差点落了下来。龙二却是不理他，转身急步往里走去。

李柯迎了上来，道：“已跟着掳人马车的方向追了下去，但沿途岔路颇多，暂时还没有好消息。”

“尚书府和云府的动静呢？”龙二问着，他今日这般杀上门去踹了他们几脚，正常的话，他们该给些反应了。

“云大人出了门，去了刑部召集人手，很快把人撒了出去，似乎也是要寻人。探子分了几路跟了，还有两人盯着云大人。尚书府那边完全没动静。”

龙二不说话，过了半晌道：“找个机会，把丁妍珊掳了，那些匪类既然说要到城里找姑娘，我们就帮着做出点样子来。无论是尚书府还是云府里的人干的这事，丁妍珊失踪，我看他们还怎么装。”

李柯应了，立马出门部署安排。

龙二坐下来，向铁总管一伸手：“案卷呢？”

铁总管赶紧把从衙府借来的卷宗递了过去。龙二一页一页地翻，一边看一边似没有情绪地问：“老三有消息回来了吗？”

一旁的属下赶紧答“没有”。

龙二又问：“花楼那边的探子呢，这事都嘱咐透了吗？这类匪贼爱炫耀夸口，也许楼里的姑娘会有些线索，暗馆里的娼娘也要打听到。”一旁的属下答：“都安排了，但还没有消息。”

龙二听了，发了片刻的呆，然后低头继续看卷宗。铁总管看着他僵硬的动作，心里一叹，忙吩咐小厮给龙二上了壶热茶，他自己急急出去安排调动搜寻之事去了。

龙二看完了卷宗，又拿了京城内外的地图摊开了仔细琢磨。这时一个探子急急跑了回来，大声报：“二爷，丁二姑娘真被劫了。”

龙二凌厉地一抬眼：“谁？”

“两个装扮成运货的布衣汉子。”探子答道，“我们刚部署好，打算等机会潜进尚书府，却见丁姑娘从后门跑了出来。她没带丫头，一直哭着，样子颇狼狈，看她走的方向，像是要去云府。我们正打算动手，却有两个大汉驾着马车经过，他们看到了丁姑娘，就将她打晕，用麻布袋套了放到车上，然后调转车头，出了东城门，奔到城外去了。”

“跟上了吗？”

“跟上了。”探子点头，“二爷放心，兄弟们知道轻重，绝不会弄丢的。他们往东去，李爷亲自领着人跟着，我赶回来报二爷。”

龙二点点头，低头瞪着地图看。

东边！

他的大掌一下拍在地图上的东城外。

劫匪的屋子很大，屋里很冷，还有股霉气。

居沐儿被用力推了进来，她脚下一个踉跄摔在了地上。苏晴赶紧将她扶了起来，搀着她往屋角退。

居沐儿摸摸手指，刚才触碰到地板的潮湿感觉尤在指尖，她想，这里并不是这些匪类平常居住的地方。

果然，一个劫匪大声叫着："真冷，这里有什么烤火用的家伙吗？"

另一人应道："后面有柴房，你自己找找。"

那喊冷的劫匪领着另一人嘀嘀咕咕地一起去了。

而后居沐儿听到纷乱的脚步声，听起来像是劫匪们在各个屋子里乱走，过了一会儿一个劫匪道："都看过了，只两间屋子，咱们人多，怎么够睡？"

一人淫笑道："怎么睡？跟娘们睡呗。"

其他劫匪全都哈哈大笑起来。

居沐儿和苏晴紧紧拉着对方的手，在他们的笑声中禁不住打了个冷战。

另一人又道："娘们也不够分的。"

"急什么！"劫匪头子大声道，"一会儿他们也该回来了，到时就有酒有肉有姑娘，大家伙过个好年。"

众匪听了，大声叫好。

居沐儿闭上眼睛，努力分辨着各种声音。

不一会儿有柴木被丢到地上的声响，去找柴的两个劫匪回来了，说后头柴房有柴、有水、有米，还有些腌肉腌鱼。

"没有酒！"那劫匪抱怨。

劫匪头子没在意这些，他盯着缩在屋角的居沐儿和苏晴，搓了搓下巴道："这俩娘们倒真是乖啊，不哭不叫不跑的，真是省事。"

他一说这话，其他劫匪都转而盯向那两位姑娘。一人笑道："是个瞎子嘛，还能跑到哪里去？就不知瞎眼的女人跟不瞎眼的比起来，滋味怎么样？"

这浑话又惹得众人一阵大笑。

居沐儿吓得身体紧绷。苏晴紧紧抓着她的手臂，也是慌张恐惧。

过了一会儿，外头传来喧闹声。三个大汉押着两个姑娘、背了三个大包袱走了进来。劫匪们见了面，互相骂粗话又笑又闹，大汉把包袱放了下来，说道："东西都准备好了，还弄了好些酒肉吃食回来，今天咱兄弟们好好乐一乐。"

苏晴偷眼悄悄看了一圈，数了数，这屋里一共八个劫匪。她正努力想记清他们的脸，一劫匪转头对上了她的目光，苏晴吓得一缩肩，把头低了下来。

这时候劫匪头子道："先不忙吃喝，等等麻子他俩。我们先议议正事。"他说到这里，眼一扫，一指居沐儿和苏晴，道，"把这两个丢到最里面的那间屋子去。"

居沐儿听得这个，知道她俩暂时没有性命之忧。既然他们不想让她和苏晴听到秘密，就说明他们还不想这么快杀掉她俩。

一个劫匪走过来，拎起她俩往后屋拖去。居沐儿听到劫匪头子吩咐让把另外两个劫来的姑娘囚到另一间屋子去。

后来他们再说了些什么，居沐儿听不到了，她被推进了一间冰冷的屋子里，摔在了地上，然后身后的门嘎吱一声关上了。

“姐姐。”苏晴一看四下没人，赶紧扑向居沐儿。

居沐儿握紧她的手，虽然自己也被吓得半死，但还是安慰她：“别怕。”

苏晴看看屋里，看到靠墙处有一张床，便先把居沐儿扶到床边坐下。

“我们在哪儿？”居沐儿问。

“在一间小屋里。”苏晴描述着屋子里的摆设给居沐儿听，“有扇小窗户，有张床，就是我们坐着的这里，还有一张烂木桌，桌上有蜡烛和火折子，还有一把缺脚的椅子。”

居沐儿让苏晴带着她摸一摸屋里的情况。她摸了桌子椅子，再摸到窗子，窗子有些高，举起手来才能摸到窗户的下沿，她拉了拉，没拉动，最后她们又回到了床边。

这屋子离外间有些远。苏晴跑到门边把耳朵压上去，听了一会儿回来说什么都没听到。

这会儿没恶人盯着，她们也没那么怕了。苏晴跑回居沐儿身边小声道：“也不知道那两个姑娘怎么样了？”

居沐儿低着头，握紧竹杖的手指泛了白：“是我拖累了你，晴儿。”

“姐姐别这么说，那样的情形，我当然不能丢下姐姐不管。要怪就怪外面那些恶人，与姐姐无关。”苏晴咬着牙，“只可恨我没本事，不能救下姐姐，若是这回我们福大命大,待我出去了,定要寻个师父学学武艺,再不受这些恶人的欺负。”

居沐儿没作声，似在默默地想着什么，过了一会儿，她向苏晴伸出手，将她揽到怀里，小声道：“晴儿，你听我说，你一定得逃出去。有件事我得托付给你……”

话没说完，门突然被粗鲁地推开。两个姑娘都吓得猛地直起身来。结果只是一个劫匪开门来看看她们老不老实。

见她们抱成一团，一脸惊恐，那劫匪很是得意，喝道：“老实待着啊，要是不听话就剁了你们的手脚。”

居沐儿和苏晴低着头不敢说话，那劫匪看了非常满意，锁上门走了。

两个姑娘起初都没敢动弹，过了一会儿苏晴跳起来摸到门口听了听动静，然后转回居沐儿身边小声道：“姐姐，没声音了。”

居沐儿点点头，压低声音道：“若我这次逃不过，你见了我爹爹，跟他说，把我的琴和琴谱全卖了。那些东西还能值些钱，我无法尽孝了，让爹爹用那些钱银养老吧。”

苏晴震惊：“姐姐……”那些可是居沐儿的心爱之物，这怎么就想到死了。

“我爹定是不愿，你帮我劝劝他，便说是我的遗愿。”

“你不会有事的。”苏晴急得要哭，“姐姐，你不会有事的。”

“晴儿，我也不愿这样，我最不好的，就是拖累了你。我……”居沐儿哽着喉咙差点说不下去，“我，我对不起爹爹，也对不起二爷。”

“对，对，还有二爷，二爷会来救我们的，姐姐，你别灰心……”

苏晴的话还没说完，门外忽然传来重重的脚步声和女子挣扎的声音，苏晴和居沐儿都赶紧噤了声，伸手把眼泪擦干。

紧接着，她们小屋的门被用力推开，一个衣着华丽的姑娘被丢了进来。

劫匪大声呼喝：“老实点，敢叫就扇烂你的嘴。”

居沐儿不知道发生了什么，她听到劫匪出门的重重脚步声，听到用力关门和上锁的声音，然后她听到苏晴惊讶地喊了声：“丁姑娘？”

“丁姑娘？”居沐儿大吃一惊。

苏晴附在她耳边道：“就是那个尚书府的千金小姐嘛，凶巴巴欺负人的那个。”

丁妍珊从地上爬起来，抬头看到居沐儿两个，顿觉难堪。她逞强张嘴想骂，但一想现在这处境，她又比她们好得了多少？环顾了一下这屋子，她觉得惶恐又凄凉，于是咬着唇不说话，只靠在那烂木桌边上站着。

“她受伤了吗？”居沐儿听不到丁妍珊的动静，便问苏晴。

苏晴撇嘴看了丁妍珊几眼：“看着还挺好的。”她想了想，抬高些声音问，“喂，你受伤了吗？”

“要你管！”丁妍珊横她们一眼。

“谁要管你！”苏晴比她还凶。

居沐儿听得丁妍珊中气十足的回话，想来是没事，于是她也不作声了，只低头思索起来。倒是苏晴与丁妍珊两人精神抖擞地互瞪着，越看对方越不顺眼。

过了好一会儿，居沐儿忽然问：“丁姑娘，你可知掳我们来的是什么人？”

丁妍珊之前被龙二的怀疑刺伤，本就心里不快，现在居沐儿这么一问，她的火气腾一下被点燃了：“我怎么会知道？你们个个都以为是我干的？你道你是谁，不就是要嫁给二爷吗，我才看不上呢。无论如何，我也不会找人掳你来。我没做过的事，不许你们污蔑我。你们看，我现在也被掳来了，我根本不知道他们是谁。”

“问你一句，你答这么多句。”苏晴瞪眼，“你不说我还没想到呢，原来你的嫌疑很大啊。你装模作样地进来，让我们以为你是被掳来的，谁知道到底是不是啊。你就是嫉妒沐儿姐姐要嫁给二爷了，你心肠这么坏，你还打过姐姐，现在干出这种掳人劫物的事来，也不出奇。”

“你敢冤枉我，我撕了你的嘴。”丁妍珊气得暴跳如雷，朝着苏晴就要扑过来。

苏晴完全不惧她：“要打架吗？我可不怕。”她转身去拿居沐儿的竹杖，“姐姐，竹杖借我，我揍她去。”

还敢拿家伙？丁妍珊左右一看，顾不得什么仪表体面，抄起那张椅子，打算教训教训这个臭丫头。

居沐儿还没来得及开口劝架，门外却传来了脚步声，然后门被打开，两个劫匪似是喝了酒，一身酒气地站在门口大骂：“吵什么吵？”

丁妍珊和苏晴吓得同时往居沐儿身边躲去。居沐儿听到外头隐隐传来的猜拳喝酒声。

门口一个劫匪道：“哟，这屋里的姑娘还真是精神啊，看起来比那两个带劲。”

另一个道：“你急什么，大哥说了，要动就先动那两个，这屋里的再等等，慢慢来。”他们说话的这个当口，旁边的屋子里传来女子呼救和尖叫的声音。

那劫匪很不高兴：“你们要不要动静这么大？给老子留一个。”说完，他转身走了。

很快，居沐儿她们听到另一边的屋子里有女子的尖叫。那些声音把她们吓得面容惨白，挤成一团。

留下的那个劫匪盯着居沐儿她们三个冷笑：“你们有力气就留着点，咱兄弟好几个呢，有你们大喊大叫的时候。要不是屋子不够，也不会把你们放一块，别以为是让你们一块聊天打架的。老实点知道吗？不然扰了爷几个的兴致，有你们的好果子吃。”

三个姑娘吓得说不出话来。那劫匪满意了，关上门，走了。

他一走，丁妍珊就哭了出来。隔壁那些姑娘的遭遇让她再也神气不起来，她好怕，她不要像她们那样。

“你们必须逃出去。”居沐儿忽然道。

“逃？”丁妍珊吓了一跳。

“你们是什么意思？”苏晴更是吓一大跳。

居沐儿没答，倒是又问：“丁姑娘，你是怎么被抓来的？”

丁妍珊这会儿也顾不上跟居沐儿的仇怨了，赶紧答：“我偷偷跑了出来，想去云府找姐姐叙话，结果走了一会儿就被人打晕过去。待醒来，发现自己正在马上晃着，还没反应过来，就被拖下了马，押到这里来了。我没骗你们，我不是假装被抓的，这事绝不是我干的。”

“做贼心虚。”一旁的苏晴用鄙视的眼神瞪她。

“你说什么？你还敢污蔑我！”丁妍珊越过居沐儿就要给苏晴一巴掌。苏晴把竹杖一横，一下戳到她的胸上。丁妍珊胸前一痛，更是气，待要发作，却听得居沐儿低声喝道：“你们两个，都闭嘴。”

苏晴用竹杖尖对着丁妍珊，嘴是牢牢闭上了。丁妍珊咬着牙，也没再说话。

居沐儿道：“丁姑娘，你被掳一事有三种可能。一是被劫匪偶然看到，顺手掳了。二是这事与我有关，抓你是掩人耳目。三是你才是真正目标，抓你为人质要挟，抓我是为了让龙府与你家结仇，劫匪想对付的，是你爹。”

丁妍珊心里一沉。第二种和第三种，都表示事情与她家里有牵扯。

若是第二种，也太恶心太丢脸了。丁妍珊立时觉得面上无光。若真是这样，那她今后在龙二面前如何抬得起头？若是第三种，那她，会遭遇什么？丁妍珊觉得又耻辱又愤怒又害怕。

居沐儿又道：“无论如何，总之趁着现在他们疏于防范，你们得赶快想办法离开。再晚些，若是生了什么变故或是他们将我们分开，就没机会了。”

“可是要怎么逃？”丁妍珊想走，可她完全不知道该怎么办。

“为什么说的是你们？”苏晴一直对这句话很介意，“应该是我们。姐姐，我们一起走。”

“我不能跟你们走。我走不快，会是拖累，你们两个逃。出去后再找救兵来救我。”

“不行，没有姐姐我不走。”苏晴撇开竹杖，抱着居沐儿的胳膊。

“你们到底会不会抓重点？现在还没到讨论谁走谁不走的时候吧，怎么走才是关键。”丁妍珊见苏晴磨磨唧唧的就来气，“我们根本没路可走了。莫说我们正被关押着，外头还守着好些个匪类，就算我们能跑出这屋子，到了那深山老林里，要是迷了路，一样会喂狼的。”

苏晴一瞪眼：“那你就等着那些个恶人剁了你的手指砍了你的耳朵给你家里送过去，或者吃饱喝足了过来糟蹋你。”

“你……”丁妍珊气得要骂回去，被居沐儿按住了。

居沐儿问苏晴：“晴儿，路你都记住了吗？”

“记住了。”她平素时常上山采花，又在各条大街上走动，对认路很有一套。

“好，从此刻起，我们必须齐心协力，你二人莫要再吵。”

苏晴与丁妍珊互瞪一眼，但还是一起应了声“好”。

居沐儿满意了，说道：“麻烦丁姑娘去门边听着外头的动静。晴儿，那窗户太高，你把椅子搬过去，我替你扶着，你看看外头是什么情形。”

三个人火速行动起来，丁妍珊把耳朵按在门板上，挥挥手表示没事。苏晴把椅子搬过去，放好了位置，居沐儿扶住了，稳了稳，那断腿椅子得用力才能撑住。然后苏晴站了上去，正好能趴到窗户那儿。

她从窗户缝往外看，看到一片茂密的树林。这间屋子是整个宅子的最后方，离后面的树林子非常近。但从窗缝望出去的视野有限，苏晴看了看没发现外头有人，便想把窗户打开，可一拉，没拉动，仔细一看，发现是窗户下面闩住了。

苏晴把情况说了。居沐儿问："这屋里有没有什么物件能用来撬窗户的？"

苏晴和丁妍珊迅速把屋内扫了一圈，什么都没发现。

居沐儿又道："簪子之类的也行。"

丁妍珊一摸头上："我有，我有。"

她把簪子拔下来，跑过去递给苏晴。苏晴拿上了，用簪子尖的那头一点一点地抠着木闩。丁妍珊在下面看得着急，说道："你行不行？不行我来。"

"少废话，快去听着。"苏晴弄那个木闩本就紧张，被她这么一说很不高兴。

丁妍珊想想，咬咬唇跑回门后去了。

第二十五章 她不会有事

过了一会儿，苏晴终于把那木闩拨开了，正要欢呼，丁妍珊却跑了过来：“有人来了。”

苏晴猛地跳下椅子，与丁妍珊两个一左一右，拖着居沐儿就往床边奔。

可她们都忘了那椅子是断腿的，居沐儿一松开手，那椅子就开始晃，眼看着就要摔倒。但此时门外的脚步声已经很重了，来人明显就站在门外。

三个姑娘再顾不得其他，回到床沿挤抱在一起，低头不敢说话。

门外传来开锁的声音，而那张破椅子就立在窗下，还在晃着。

咔吱一声，门开了。

那晃晃悠悠的破椅子，在那一刻忽然停了下来。

苏晴闭上了眼，觉得紧张得心都不跳了。

打开门的是一个个子矮矮的劫匪，他环视了一下屋子，看到三个姑娘老老实实地待在床上，便又把门关上了，上了锁。

三个姑娘僵了好一会儿，这才敢继续动。苏晴轻悄地跑到门后听了听，然后又跑回来，小声道：“好了，我们继续，先开窗子看一看外头的具体情况。”

丁妍珊点点头，很自觉地跟刚才一样，担负起了监听重任。苏晴把居沐儿带到椅子那儿，让她扶好了椅子，自己又站了上去。她小心翼翼地透过窗缝看了看，确认了外头没人，然后轻轻地推窗户，但是窗户没开。

苏晴一愣，仔细看了看，那木闩确实已经被拨开了，怎么推不开？

苏晴加了点力再推，还是推不开。苏晴急了，用尽全力再推，窗户就是不动。

丁妍珊在门后看得要跳脚，跑过来问："怎么回事？"

"打不开啊，明明都已经拨开闩了。"苏晴慌得汗都下来了。

"是不是还有别的地方扣着呢？"居沐儿赶紧问。

"没有啊。"苏晴一边答一边找，抬头仔细看，又道，"哎呀，好像上面也闩着呢。"

苏晴的个头够不到窗框顶，她踮脚试了试，还是不行。

丁妍珊急道："矮子，你下来，我来弄。"她一边说一边用力把苏晴拉了下来。

苏晴不服气，嘀咕着："我才十四，等我长到你那岁数，我也能长这么高。"

丁妍珊不理她，抢了簪子站到椅子上，去拨弄那个木闩。苏晴见她知道怎么弄，就赶紧跑门后听外头的动静去了。

过了一会儿，丁妍珊的手臂发酸，但终于把那木闩拨开了。她按捺住兴奋大叫的冲动，小声道："我弄好了，弄好了。"

苏晴忙跑过来："别着急开，先看看有没有人在外头？"

丁妍珊透过窗缝看了，摇头道："没有。"

苏晴道："让我来看。"

丁妍珊一想这事确实也挺可怕的，于是跳下来，让苏晴上了。

苏晴悄悄开了窗户，探头出去看了一会儿，然后轻轻关上，跳了下来。

"我觉得可以逃。"苏晴小声又有些兴奋地道，"这窗户虽然高，但是下面是泥地，我们跳下去，只要忍着别喊，动静应该不会太大。出去后，南边林子离得近，我们可以很快跑到里面去，只要进去了，就很容易藏匿行踪。"

"现在是什么天色？"居沐儿问。

"日头快偏西了。"苏晴答道。

"那现在时机正好，你们快走。他们刚来查了一次，还不会这么快再来。此刻酒足饭饱，也正是他们松懈的时候，你们现在走，赶在天黑之前，还有机会走出这山林。"

"姐姐你呢？"苏晴对居沐儿一口一个"你们"相当不满，"姐姐若是不走，我也不走。"

"不行，你必须走。"居沐儿的口气严厉起来，"我跟着你们走，除了拖累你们、拖慢你们的脚程，一点用都没有。是我连累了你，若你出了什么事，我这辈子都不能心安。晴儿，你忘了，我还有事托付给你，你定要平安。"

苏晴心里一震。

居沐儿又道："你出去了，快些找人来救我才是正经。"

苏晴一咬牙："好，我去找人回来救姐姐。"

“姐姐就在这儿等着你。”

苏晴眼眶一热：“姐姐，你一定要等我回来，我一定会尽快的。”

居沐儿心里也是着慌，但自知此刻必须摆出镇定自若的样子来：“事不宜迟，你们快走吧。”

这时丁妍珊问：“怎么走？”

“跟我走！”苏晴一想着要去搬救兵就浑身是劲，“姐姐，我一定会带人回来救你。”

“若是回来没找到我，这些匪类也逃了，那晴儿你记住，还有一个线索，就是劫咱们来这里的马车。我在车里写了我的名字。”她伸出了手，露出受伤的手指尖。那是在马车里她用力抠车板缝擦伤的，她用血在车板角落写了字，是想以后或许能做查找这辆车的印记。

“我明白。”苏晴深吸一口气，忍住眼泪。先不管以后马车不马车的，眼下才是最重要的。

“保重，晴儿。若是……你替我照顾好我爹。”居沐儿用力握了握苏晴的手，又忍不住抱了她一下。也许这是最后的拥抱了吧。居沐儿用力咬了咬自己的舌尖，把眼泪逼了回去。她微笑着，又说了遍：“保重，晴儿。”

苏晴一咬牙：“你等着我，我很快领人来。”她转向丁妍珊道，“我们走。”

丁妍珊虽说对跟着这丫头逃命没把握，但比起在这里等死，她当然更愿意试试逃跑这条路。她转头看看居沐儿，对于把她这样的盲眼人独自丢在这里也感到不忍心，她咬咬唇，最后也不知说什么好，只道了句：“那我们走了。”

“保重，一定要平安到家。”居沐儿一边扶好椅子，一边对丁妍珊道。

苏晴攀上了窗户，转头对丁妍珊交代：“你记住，一会儿跳下去的时候，一定不能叫，就是断了腿也给我忍着。落了地之后，别停留，别说话，跟着我一口气跑到那边树林去，知道了吗？”

丁妍珊点点头。苏晴探出去看好了周围，转头对居沐儿轻声说了句：“姐姐，我走了，你一定要等着我。”

“好。”随着居沐儿这声应，苏晴猛地一个纵身，跳出了窗外。

那砰的一声落地闷响，不轻不重，让丁妍珊和居沐儿都紧张屏息，之后再无声响，应是顺利无碍。于是居沐儿撑着椅子，催着：“丁姑娘，你也快走。”

丁妍珊踏上椅子往窗台上爬，居沐儿忍不住又说了一句：“丁姑娘，你听我一句，装傻可保命。”

丁妍珊一怔，来不及细琢磨，脚下一蹬，也跳了出去。

居沐儿在屋里，听得她落地的声音，听得两个人快速奔跑的动静，她心里紧绷的那根弦终于松开了。

她脚一软，一屁股坐到了地上。

地板很冷，冷得刺骨。那股凉意一丝丝地渗进她的身体里，涌进她的心里。冰冷的感觉越积越重，终于释放了她一直压抑着的恐惧。

她害怕，非常怕。

黑暗、寂静、寒冷，她真的害怕。

居沐儿不知道自己坐了多久。很久之后，她突然回过神来，她不能坐以待毙，还不到最后一刻，她绝不能放弃。

她爬了起来，摸不到她的竹杖，她有些慌，到处摸着，最后想起来当时放在床上了。她摸回床沿，找到了竹杖。

拿到了竹杖，她心里觉得踏实了些。可这没有用，竹杖救不了她。居沐儿在床沿上坐下，不知道该怎么办。她不知道苏晴她们是否能平安回到城里，她也不知道那些劫匪什么时候会过来打开她这屋的门。

居沐儿浑身一颤，她不敢想他们打开这扇门后会发生什么事，她不敢想自己会遭遇什么。但她忽然想起了龙二，她想起了他的嚣张，想起他的爱面子，想起他的小心眼，想起他对自己这般的好。

居沐儿并不知道，龙二此时也在想她，他想着她，但同时也火冒三丈。

李柯他们把人跟丢了！

他火急火燎地赶过来，听到的居然是这样的坏消息。

李柯头也不敢抬，心里充满自责。他们跟着那两个掳了丁妍珊的匪类，看到他们行到这山下，弃了马车，改骑马上山。他们怕跟得太紧暴露行踪，只能远远跟着。但这山里地势复杂，距离稍远，只一转眼便跟丢了。

他们在四周搜了好半天，也没有再找到那两个劫匪的踪迹。

龙二已经气得骂都不想骂了。

福灵寺那边的探子追查的方向，与李柯他们跟踪的方向一致，再加上有探子报，说这附近发现了可疑的马车。龙二判断，这一带就是劫匪的藏身之处。

龙二瞪着面前这座大山，问："派了多少人？"

"分了十组兄弟，每组五人，都上山搜去了。"李柯报着，一直没抬头。搜山的人到现在也没发回消息，想来也没甚发现。眼看着太阳快要落山了，天一黑，这搜寻就更难了。

"马车呢？"龙二又问。

"都在那边停着。"李柯指了方向，"兄弟们在附近几里内搜到三辆可疑马车，与陈护卫他们描述的，还有与掳了丁姑娘的马车都有些像。兄弟们把那些车都扣上了，但车夫都说自己是农家运货用的。兄弟们也没找出什么来。"

龙二硬板板地道："你去吧。"

李柯赶紧奔上山，加入搜寻的队伍当中去。

龙二往前走，看到了那三辆马车和三位车夫。车子都差不多，车夫看上去也都像是农家汉。龙二一辆车一辆车地看过去，车子都很简陋，木板拼装，车里空空的，没装什么东西。

龙二跃上了其中一辆车。

他的沐儿啊，若曾被囚在这车上，定会给他留下些什么线索，她会证明是这辆车囚了她。

龙二在第一辆车里仔细看了半天，什么都没发现。于是他跳上了第二辆车，他把车子里面的布袋杂物都丢了出来仔细找，也没有发现。

龙二跳上了第三辆车。第三辆车里面垫了一些碎布垫子，像是垫货用的，早就被磨得陈旧发暗。龙二耐心地一点点翻找，忽然他全身一僵，看到角落的碎布下面，有着暗红的两个字——沐儿。

龙二盯着那两个字，有些不敢相信。他眨了眨眼，又看了看，确实是那两个字。

沐儿。

他的沐儿。

龙二一刹那差点泪涌。果然是她，就是她了，她不会呆呆地等着，她那么聪明，她一定会给他留下讯息的。

只是那暗红色刺痛了他的眼睛，他看着那木板夹缝之间也有暗红，已然明了，想必是她用那夹缝磨破手指写下了字。

龙二跳下马车，面无表情地问："这车是谁的？"

一个车夫战战兢兢地站了出来："回爷的话，是小人的。"

"今天你这车都做什么了？"

"就给村里运了两趟粮食。"

"都是你亲自运的？"

"是的。"车夫显得很紧张。

龙二点点头，朝那车夫走过去。待走到他身边，龙二猛地伸手掐住了那车夫的脖子，抬臂将他按在了一旁的树干上。

龙二露出微笑，杀气重重："你最好马上告诉我你把盲眼姑娘送去了哪里，不然我现下就把你掐死。"

苏晴带着丁妍珊，一口气奔到了树林里。她俩不敢停，也不敢回头，拼命奔出了老远，直跑得气喘吁吁再跑不动，这才停了下来。

苏晴找了个树丛在下面躲着，拉着丁妍珊蹲了下来，悄声道："先停一停，我与你说说计划。”

丁妍珊喘着气，跟着一块躲了进来。

苏晴问：“你会骑马吗？”

“会。”

“那太好了。”苏晴捡了根树枝在泥地上比画着，“我跟你说，我们现在在这里，这个地方是关押我们的屋子，这里是我跟姐姐被抓来从马车下来的地方，我们离那儿很近了。我看到他们把马都往这个方向牵，那里应该有个地方藏马。”

“然后呢？”丁妍珊问。

“照我们这么走，天黑也跑不出去。”

丁妍珊认同：“对，晚上有了狼，我们就糟了。”

苏晴横她一眼：“耽误了时间，就来不及救姐姐了。”

丁妍珊被她说得没由来地有些羞愧。她清清嗓子，问：“那你打算如何？”

“我们先去偷马。”

“偷马？”

“对，有了马，你带上我，我们下山就快一点。”

“我带着你？”

“对，因为我不会骑马。”苏晴道。

丁妍珊轻抿着嘴，扬了头，心里有些高兴。原来她也不是一无是处，起码她会骑马，这小丫头还得靠她。

苏晴看到她的表情，心里也不服气了，又道：“我会骑小毛驴，你会吗？”

丁妍珊一瞪眼：“谁要骑小毛驴，丢人死了。”

“那你就是不会。”苏晴也抿了嘴，扬扬头。丁妍珊没好气地继续瞪她：“小毛驴有什么好得意的，马才威风。”

苏晴瞪回去：“小毛驴比马可爱多了。反正你听我的，我们先去偷马，到了那儿，你别乱跑，跟在我后头，我们见机行事。”

丁妍珊点头，她又不认得路，才不会乱跑。可她还是认为会骑马比会骑小毛驴神气。

两个姑娘都冒傻气，谁也没去想到底骑马跟骑毛驴有多大区别。苏晴这时已经潜了出去，偷偷摸摸地四下寻找。过了一会儿，丁妍珊看到她面露喜色，从灌木丛里抽出一根大树枝子。

丁妍珊心里咯噔一下，不会是她想的那样吧？

这时苏晴已经用力折断了大树枝子上的小枝子，然后她抱着大树枝猫着腰回来，把地上画的地形图用脚划拉没了，对丁妍珊挥挥手道：“我们走。”

两个人这会儿已经没了一开始奔跑的力气，只是加快了脚步快走。

苏晴走了一会儿，突然对丁妍珊道："要是一会儿偷马被发现了，我拼了命地拦他们，你骑了马先跑。那个地方往山下走能通马车，路应该好认了。你就挑着下山的方向，无论如何一定能下山的。但是你得答应我，下了山，头一桩事就是领人来救我跟姐姐。"

丁妍珊听她这么说，心里慌得很，完全不敢想自己一个人在山林里逃命的情形，现在天色已经慢慢暗下来，谁知道会遇到什么。

"喂。"苏晴看她不答话，以为她不答应，便用棒子指着她道，"你可别打什么歪主意，你这人心肠坏，其实我是信不过你的，但事到如今没办法，我勉强把逃命的机会先让给你，你要是出去了不带人来救，我做鬼都不会放过你的。"

"我才不是那样的人。"丁妍珊听到这话就来气，谁说她心肠坏，她好得很。她每年冬天都给乞丐送衣送粮，还给穷人家的娃娃买糖果，大家都夸她是好姑娘。

"哼。"苏晴脚下不停，却还是腾了工夫给丁妍珊一个白眼看。

丁妍珊气得抢上前几步，走到她前面去了。

两个人一边较着劲一边警觉地向藏马的地方走去。绕过一片密林子，已经可以听到马的动静，苏晴有模有样地一抬手，在一棵大树后头躲了起来。

丁妍珊一惊，赶紧在另一棵树后躲了。然后她偷偷地往前看，看到前面的林子里有一个用树藤围的圈，圈里拴着好几匹马。左右一看，似乎是没人。

丁妍珊的心怦怦直跳，她紧张地咬咬唇，转头看了一眼苏晴。苏晴竖着手指在唇上比了一个噤声的手势，然后猫着腰，抱着她捡的树棒子飞快地躲到另一棵树后面。

丁妍珊紧张地看着。苏晴从一棵树后躲到另一棵树后，渐渐地，从她的眼前消失了。丁妍珊想着苏晴应该是去探情形了，于是耐下心来等着。

可是等了好一会儿没见苏晴回来，也听不到她的动静，丁妍珊越等越慌，那丫头出事了？被劫匪抓了？

丁妍珊想跑，可又不敢。她不认得路，没有抢到马，天很快就要黑了，她自己一人，她不敢。

而且……

丁妍珊握紧了拳头，她不能丢下那个臭丫头不管。先前那丫头说了，要把逃跑的机会让给她，虽然这事没发生，但人家有这个心，就是对她仗义的。如今那丫头兴许出了事，她这么没声没息地跑掉，也太对不住人了。

丁妍珊想了半天，决定先到马圈里看看情况。

她从树后出来，隔着树叶缝隙往马圈里瞧。除了那些马儿之外，她没看到任何人。她想了想，沿着树藤树叶的掩护圈蹲着走，她想找个入口进去，先把马儿偷出来再说。

丁妍珊小心谨慎地挪着步子，紧张得心都快要跳出来。

好不容易终于看到一个小缺口，她欣喜若狂，去扒拉那个树藤缺口想钻进去，不料一伸手却被藤上的刺扎了手。丁妍珊忍不住呼痛，却猛然惊觉自己发出了声音。她急忙蜷身一缩，躲在原处仔细听了听，没有听到动静，心一横正想再试试往里钻。一转头，她却看到一个大汉就站在她侧边不远处。

丁妍珊惊得花容失色。那大汉迈了过来，大喝一声："你怎会在此？"

丁妍珊的第一反应就是跑。可她发现她的腿已经软得动不了，她张大了嘴，想喊救命，却发不出声音。

她眼睁睁地看着那个大汉一脸怒容向她伸出手来。她整个人僵在那里，脑中一片空白。

砰。

一声巨响。

那大汉猛地一顿，面容扭曲，看似相当痛苦。

丁妍珊维持着张大嘴的姿势没有动，她看到苏晴站在大汉的身后，举着那根大棒子。

大汉猛地转过身去，苏晴抡起大棒再次朝他的头打去。

大汉晃了一下，终于栽倒在地。

苏晴尤不放心，用力地又给了他几棒子，看他再不会动了，这才罢手，撑着棒子抹汗喘气。

丁妍珊目瞪口呆。

苏晴看了她一眼，竖了大拇指说："干得好。"

丁妍珊摇头，怎么是她干得好，她什么都没干啊，刚才凶悍揍人的那个可不是她。她傻傻地问："你从哪里冒出来的？"

苏晴一指身后那棵大树，说道："我打算转一圈看看有没有人看着马，躲到这边的时候，就看到他了，可是他就在这前面晃，我不敢动，正着急这圈里的马儿怎么不放个屁引他过去瞧瞧，你就来了。你来得太好了。"

丁妍珊脸上一团黑，怎么把她跟马儿放的屁比？

苏晴却是不管她，一边拉开藤条树枝子，一边说："附近没人了，应该只有他，你快上马。"

丁妍珊赶紧跟她走进马圈，挑了匹看着最有精神的马儿，解开了缰绳，正要上去，却见苏晴正把堆在一旁的马料干草往另一匹马儿背上放。

"你做什么？"

苏晴看她一眼，答道："我改主意了，我不跟你下山了。"她走过来，给丁妍珊指路，"我们刚刚过来的那条道上，有条下山的小泥路，看到了吧？你就顺着那个路口往下走，一直往下就行了。"

丁妍珊点头，心里却很紧张："可是万一走下去有很多岔路，我不认识怎么办？"

苏晴皱着眉头："能走马车的路不多，你不会这样也迷路吧？"

丁妍珊也皱眉头："我被抓上来的时候，不是坐马车，而且我当时昏迷，谁知道他们从哪条路上来。"

"那就要看你的运气了。我看到有干草，我想返回去烧那房子，趁乱把姐姐带出来。只要进了树林，我们就有地方躲了。"苏晴不理丁妍珊张大嘴惊讶的样子，又说，"我带着你下山，再领人回来，再怎么快也得半夜了，那时候姐姐……"

她咬咬唇，又道："总之这样算，肯定来不及。不如我们分头行动，我勉强信了你，把找救兵的事交给你。我去把姐姐带出来，我们躲到林子里去，就在我们刚才画地图的树丛里，等你来救。如果不这样，怕是我们回来的时候，姐姐已经遭毒手了。"

丁妍珊愣在那儿，她知道苏晴说得有道理，可是把这么重要的事交给她，她没把握，而且她害怕，她堂堂尚书千金，半点苦没吃过，从来没干过逃命的事，她真的怕。

这时候苏晴继续把干草往马背上放，打算一会儿用马驮着干草到屋子后头去，找机会下手。

丁妍珊正想再跟她商量商量，这时候却听得一声尖锐的口哨声响。

苏晴一惊，转身抄起她的大木棒，冲着丁妍珊大喊："快跑，就沿着那条路往下，你一定能下山的。我和姐姐等着你！"

她喊这话的当口，一名大汉从树林里蹿了出来，朝着她俩的方向飞奔过来。

丁妍珊全身血液都冷了，她用力一咬唇，一个纵身跳上了马，用力一夹马腹，大声叫道："你等我，我发誓一定带救兵回来，我发誓！"

她的话音未落，马儿已经跃了出去，放开四蹄狂奔。

苏晴此刻吓得头皮发麻，但她仍举着大棒子挡在那汉子的前路。汉子转眼到了她跟前，她拼尽全力挥棒打了过去。汉子会武，轻轻松松地把那棒子握住了。苏晴飞快地放手，改用脚踹攻汉子下盘。

那汉子一愣，显然没想到一个小姑娘竟然会用这么龌龊的招数。

眼看着苏晴就要踹中目标，她身后却是忽然闪来一人，一把抓着她往后拉。那汉子差一点被踹到，后怕地用手捂了捂。

苏晴被拉开，下意识地回身打出一拳，拳头却是被人抓住了。她一急，又出脚踹对方下腹。那人嘿了一声，手掌往下一探，抓住了她那只脚："苏姑娘，是我。"

苏晴正害怕得意识有些乱，她一只手一只脚被对方抓住，于是也不管其他，弯了腰倾向前就咬对方的手掌，听得对方的声音时，已经咬上了。

苏晴嘴里叼着大掌，脑子里终于反应过来对方说了什么。她一抬眼，看到了李柯那张无奈又忍着痛的苦脸，她松了嘴大叫："李大哥，李大哥……"

"是我。"李柯松开苏晴。

苏晴哇的一声哭了出来，一边哭一边扑进了他的怀里。

这时好几个探子听到了那声哨响信号，纷纷跑了过来。李柯站在他们当中，怀里扑进了一个小姑娘，他尴尬得正不知如何是好，苏晴却是站直了，一抹眼泪，环顾了一圈，大声道："走，跟我去救姐姐！"

她回身捡起她那根大木棒子，精神抖擞，气势十足地一马当先领起路来。

探子们面面相觑，李柯挥挥手，打个手势，命大家跟上。

丁妍珊骑着马一路狂奔，她没把握，她很慌张，但是她知道自己必须要做到，她必须要带人回来。

原本她一路顺利，却在一个岔路口上慌了神。两条路都有些宽敞，都是往下走。她一犹豫，左右摇摆不定，那马儿居然将她摔了下来。

丁妍珊惊叫一声，整个人咚的一声摔在了泥地上。马儿理都不理她，撒蹄往下跑了。丁妍珊好半天才回过神来，发现自己左胳膊痛得动不了。她吃力地爬起来，左脚似乎也有些扭了。

她抬眼看，那马儿早已不见了踪影。丁妍珊想哭，但她告诉自己不可以哭，可是眼前已经模糊，她控制不了，眼泪哗哗地落了下来。

丁妍珊抬袖抹眼睛，发现袖子上全是泥，她的胳膊很痛，脚也有些疼。她想到自己孤身一人，在这个有着山贼匪类的大山里，也许还有狼，就更害怕了，她还从没这么可怜这么狼狈过。

丁妍珊放声大哭，天要黑了，她肯定做不到了，她下不了山，她兑现不了她对苏晴的诺言了。她用力哭着，好恨自己这么没用。

风吹过树林，夹着些可怕又诡异的声响。丁妍珊想起居沐儿说她跑不快，她不能拖累她们，她又想到苏晴说她拼命拦下那些匪类，让她骑马快跑。她们这样，没有别的要求，只是希望能有人领着救兵回来救她们。

而她呢，她只是摔了一跤，就绝望了？

丁妍珊吸吸鼻子，看了看面前的两条路，选了方才马儿跑掉的那条路往下走。

她不能放弃，也许这里离山下也不远了，马儿没了，她还有腿呢，她不能放弃。

丁妍珊忍着痛，拼着力气往前走。她对苏晴发过誓的，她应该努力到最后。人家一个盲眼的都不怕，小小年纪的也不怕，她可是刑部尚书的女儿，她怕什么？她也不怕！

丁妍珊一边鼓励着自己一边咬牙往前走，可是胳膊越来越痛，脚也越来越痛，她又想哭了。她想着要是这会儿姐姐在就好了，要是爹爹在就好了，要是姐夫在就好了……她想着想着，竟然觉得自己真的看到爹爹和姐夫了。

她眨眨眼睛，听到了丁盛呼唤她的声音，看到了云青贤的身影。甚至，她还看到了龙二。他们转眼就到了面前，丁妍珊再忍不住，哇的一声哭了出来。

原来龙二在山下审那车夫，车夫怕死，立马把所有事情都招了。他说自己是受雇帮那些劫匪接应，又将他们送到半山腰上，然后回到山下待命。他并不知道劫匪的底细，也不知道他们来自何处，对他们在山上的居所也是不知。

车夫正说着，丁盛和云青贤带着人赶到。他们接了禀报，知晓丁妍珊被掳，全力追查之下，查到了这里。

龙二没工夫与他们废话，只押着车夫让他带路。丁盛和云青贤听说丁妍珊确是在这山上失踪的，赶紧跟了上来。

只是大家都没料到，行到一半便见到了一身狼狈、带着伤裹着泥的丁妍珊。

丁盛和云青贤忙赶上去查看丁妍珊的伤势，龙二不耐烦地正待上前盘问，却见自家探子正往下赶。那探子一见龙二便大声报："二爷，找到地方了。"

龙二欣喜若狂，不理身后所有人，足一点便到了那探子身边。

那探子报："找到了跟在居姑娘身边的那个小姑娘，她知道地方，正领着李爷他们去。李爷让我先过来报信。"

丁妍珊听得苏晴已经获救，整个人顿时松懈下来，这一放松，就再撑不住，喊了一声"爹"便晕了过去。

龙二跟着那探子一路用轻功急奔，只恨不得此刻身上生出双翼，能即刻飞到居沐儿身边。他心急如焚，很快便被领到了劫匪藏身的屋子处。

来的路上，龙二设想了种种可能，想象过待他赶到时见到居沐儿的种种情形，却没有想到过这一种——

她不见了！

一个盲眼女人，居然从一间锁了门的屋子里凭空消失了！

龙二简直不敢相信。

苏晴也不信。

龙二赶到的时候，苏晴正抡着椅子砸那两个被押在地上的匪类，哭着喊着让对方把居沐儿交出来。

那两个劫匪嗷着嗓子说不知道，苏晴猛踹几脚，非要逼着他们说出来。

此时李柯见龙二来了，赶紧上前禀报，说是他们跟着苏晴赶到这里，发现这屋里就只剩下这两个劫匪和两名奄奄一息的村姑，其他人不见踪迹。原本关押居沐儿的屋子里已经没了人。

留守的这两个劫匪也不是什么硬骨头，打了几下就招了，说是那三个姑娘一起跑掉了，其他的劫匪就是为了把她们抓回来，这才撒出去搜寻去了。

苏晴在一旁喊："他撒谎，姐姐看不见，怎么逃？她自己根本就逃不了。她让我们逃了，她说她跑不快，会拖累我们，她让我们先走，她等着我们找人来救她的……"她越说越难过，终于大哭了出来。

救兵来了，居沐儿却不见了。

那两个劫匪看龙二的架势，便知这个是当家做主的，赶紧磕头求饶："大爷饶命，大爷饶命啊。小的们没有说谎，之前便是小的去查看这三个姑娘的动静，结果发现屋里没人，窗户开着，椅子就摆在窗户下面。于是小的就赶紧禀告了老大。老大领了人进屋里察看，发现三个姑娘都跑了。之后又有人在窗外朝东不远的地方，发现了那盲女的竹杖，所以断定她们是往那个方向跑的。于是老大便命我俩在这儿留守，他带着其他兄弟沿着那方向追人去了。"

苏晴一屁股坐到了地上放声大哭："姐姐骗我，她说会等我回来救她，她骗我。原来她是把我们支走了，然后自己引开这些恶人，让他们不会来追我们。我们明明是去了南边的树林，她知道的，她知道的，所以她往东边跑了，可是她看不见，她能跑到哪里去？天都黑了，姐姐不见了。"

龙二脸色黑得难看，李柯赶紧道："已经把兄弟们都撒出去了，让他们把那些匪类抓回来，救回居姑娘。"

龙二点点头，沉着声音问："她被关在哪间房？"

苏晴还在哭，回不得话。李柯赶紧答了："最里面那间，摆设物件我们都没动。"

其实也没什么可动的，那屋子里除了一张床一张桌子一张椅子，什么都没有。

龙二没再说话，独自走进了那间屋子。

屋子与苏晴她们离开时没什么两样。椅子就在窗户下面，只不过这会儿是倒下的。窗户大开着。外面的天气已经暗了下来，山上的气温低，冷气呼呼地往屋里灌。

龙二只一眼便把这屋子看了个清楚。他扫了一圈，目光回到那个窗户上。窗户颇高，要是居沐儿想爬窗，就得踩着椅子上去。

他转头看了看倒在地上的那把残腿椅，心想她看不见，爬这破椅子跳窗户是件多么危险的事。

龙二从窗户往外看，窗户到地面的距离让他很担心居沐儿是不是受了伤。

他闭了闭眼，努力让自己冷静下来。天黑了，树林里很危险，那些劫匪正在追捕她，她一定是有计划的，不然她不会这么乱跑。

是有人闯进来把她带走了？还是她自己想好了出去后该怎么办？

龙二在这屋子里迅速转了一圈，桌上没有留字，地上没有，椅子上没有，床上也没有。这屋子里没有她留下的任何记号或物件。

她不会什么标记都不留下的。就像在那马车里一样，她应该会留下什么来告诉他发生的事。

可是没有。

这表示事情让她措手不及，来不及准备？还是，她其实已经留下了讯息，而他猜不到？

龙二跳出了窗户，在周围转了一圈。居沐儿的竹杖就丢在窗外不远的地方。那些劫匪甚至没有捡起来。

龙二捡了起来，认真地看了看，没什么特别的，没有刻字，没有做标记，什么都没有。但确实是她用的那根竹杖，她从来不离身的竹杖。

龙二忽然狂奔进了树林。

暗夜里的深山老林，便是一个徒手壮汉都无法安稳度过，更何况是她那样眼不能视物的弱女子。龙二一路寻找，跑了好一会儿，听到了前方有打斗的声响。他赶过去，看到自己的属下正与劫匪打成一团。龙二紧张地张望四周，却没看到那个瘦弱的身影。他转了两圈，忽然意识到——他跑得太远了。

第二十六章 才子救佳人

这个距离，是正常人腿脚的行程距离，是劫匪追人的距离，却不是居沐儿的。

她眼睛看不见，跑不了这么远。

他不该用常人的角度去想她，他该用她的角度去想这件事。

龙二原路折返，一路呼喊着居沐儿的名字，在那些容易藏身的地方翻找，依然不见她的踪迹。

龙二又站回了屋子外捡到竹杖的地方，试图更冷静一点地想这件事。她走路必是要有竹杖的，可她为什么把竹杖丢在了这里？是她摔了，竹杖离了手？还是她害怕有人追她，来不及捡回来？

龙二仔细看着地面，这片地的土比较硬，走在上面留不下明显足印，但摔绊的力道却是会留下痕迹的。比如窗下，就能看出曾有人跳下来。而丢竹杖的这个地方，却看不出有人摔过。龙二回想着竹杖在地上的方向，又回身看了看另一片树林，忽然明白了——竹杖将劫匪引向了那个方向，而她没有往那边走，这就是她宁可舍弃竹杖的原因。

龙二回到堂屋。这时已有更多的龙府属下赶到，云青贤也带着刑部的人上来了，府尹邱若明也带着人来了。

云青贤与邱若明正在布置搜寻的范围和方向。衙役们与龙府、刑部的人都一起调度安排，大家迅速分好了搜查区域，准备好了火把、灯笼，出发了。

龙二看着众人散开，看着他们进了树林里一点一点地寻找。他的脑子还在转。

他究竟有没有漏掉什么？她会跑到哪里去呢？

难道她能分辨树林里的气味，知道哪些树丛可以躲？

龙二这么想着，又进了与竹杖方向相反的树林里去找了找。他闭着眼睛，努力想着居沐儿若是跑进了林子里能怎么办。他伸出手去摸了摸树干，试着往前走，但没走几步，便绊到了地上的树枝子。

龙二猛地睁开眼，不对，这些都不对。

她不可能自己跑出来，她不可能有这个本事。

龙二回到那个屋子，这时几个龙府属下押着几名劫匪回来了。龙二问属下可有什么线索，属下摇头，说什么都没有找到。那些劫匪的说辞也一样，他们去追居沐儿，但还没有找到她。

龙二急得要发狂。天已经黑了，这偌大的山林，究竟要如何才能找到她？

龙二踱来踱去，一边在那几间屋子之间转着一边思索。另一间屋子里有血迹，有打斗挣扎的痕迹，墙上还有据说是姑娘撞墙自尽的血迹。但居沐儿所在的那一间什么都没有。龙二站在那屋门口看了半天，转回了堂屋。

云青贤不在，他亲自去搜寻了。而邱若明正在查看堂屋里的各样物件，等着衙役们报搜查山林的消息。看到龙二坐下，他想安慰却也不知说什么好。另外两个被掳来的姑娘已经伤重身亡，可他此刻也不敢告诉龙二。

龙二没有看他，也没有看任何人，他还在努力想。

他转眼看到了桌上的杯子，忽然想起第一次见面时，居沐儿说她有办法让他从应酬里脱身。当时他猜想了很多种可能，没想到最后她却是用了最简单粗暴却最直接有效的法子。

是的，那便是她的小计谋了。她眼不能视物，很多事她做不了，所以她必须用最简单的、她能达成的方法。

她能达成的方法，也只能是最简单的。

龙二站起来，又朝着那间囚困过居沐儿的屋子走去。他进了屋子，站在那儿看着屋子里的摆设，他点着了桌上的蜡烛。然后他走到床边，坐下了。

这是这屋里唯一能坐的地方，所以她一定是坐在这里的。

她坐在这里，对着门口。门锁着，门外是一群凶神恶煞还会武的劫匪。

苏晴和丁妍珊走了，窗户开着，椅子就摆在窗户下。劫匪时不时会来查看，劫匪打开门时自然能看到有人不见了。这里只剩下她了，她能怎么办？

龙二拿着竹杖站了起来，走到窗边，站在椅子旁。

踩着残腿椅子往外爬吗？

他又坐回床边。

他看着门，想象着整个过程。

打开门，屋子是空的，窗户开着，椅子就摆在窗户下面，所以人一定是跑了。竹杖在外面，落在某个方向，所以人是朝着那个方向跑了。

于是，劫匪们朝着那个方向去追了。

龙二又走到了窗户边，闭上眼，蹲低了身子——差不多跟居沐儿同样的身高——用手摸索着窗户框，然后，他斜着把竹杖往窗户外丢了出去。他睁开眼，就着月亮的皎洁光芒，看到竹杖落到了屋外，跟捡到竹杖时是同一个方向。

龙二转过身来，再看了一遍屋子。

龙二思索着，从破木桌上取了蜡烛，然后朝着那张木板床走去。这床是用破木板拼的，床底很低，但是身形瘦小的人要躲进去，应该也不是不可以。

龙二把蜡烛放在了地上，趴了下来，看向床底。

床底非常暗，伸手不见五指。烛光照亮不了多少范围。尽管如此，龙二还是依稀可见床底的最里面蜷缩着一个人。那角落很暗，看不清楚，但可以看出那人身形娇小，是位姑娘。

龙二在这一刹那忽然眼眶发酸。他开口说话，却发现声音是哽着的。

“是我，我来了。”

里面的那个人似乎动了动，又似乎动不了。

龙二又说：“苏晴和丁妍珊都没事，她们都被救下了。”

里面那人又动了动，然后似乎很费劲地想说话，却说不出。

“是我，你别怕。”龙二深吸一口气，觉得嗓子里顺畅多了，“你不用动，别怕，我把床板搬开。”

龙二把那破床的床板掀起，扔到了一边。

这下灯光再没遮挡，他看得清楚些了。她缩在床底最里面的角落，匐在地上缩成一团，抱着头，沾了一身的灰尘。她瑟瑟发抖，要多狼狈就有多狼狈，要多可怜便有多可怜。

“沐儿。”龙二一下便迈到她身边，轻轻握住了她的手。她的手冰冷，刺疼了他的心。

居沐儿想动，身体却是僵的，动不了。

龙二轻轻把她拉起来，抚了抚她的背腰胳膊，帮她舒展缓了一缓。他将她抱在怀里，又唤了一声：“沐儿。”

居沐儿微微打着战，缓了半天，终于能开口。她几不可闻地应了声：“二爷。”

龙二不知道该怎么形容自己听到这声唤的心情。他抱紧了居沐儿，觉得自己的手也有些发抖：“是我。”

居沐儿再出不得声，闭上了眼睛。

龙二再顾不得其他，抱着居沐儿大步往外走。外头的人看着他从本该空空如也的屋子里抱出个大活人来，全都一脸惊讶。

龙二没工夫慢慢交代，他与邱若明道他先带沐儿回府，抓捕劫匪的事就交给他，案子容后商议。

没等邱若明应，龙二就急急抱着居沐儿往外走。苏晴在后头连蹦带叫地追都追不上，最后跺着脚哭着骂：“让我看一眼姐姐嘛，你们这些混蛋，为什么都抢我姐姐？”

李柯在一旁尴尬地看着，这丫头骂自家主子爷“混蛋”呢，作为忠心耿耿又正直的护卫，他总该有些什么表示吧。

李柯走过去，要把苏晴从地上拉起来。结果小丫头凶悍，一把甩开他的手。李柯无奈，又去拉她，这回拉起来了，他说道：“地上凉。”

苏晴正闹脾气，正好有人送上门来，于是一瞪眼：“要你管！”

李柯讪讪地把手收回来，他才不要管她，他又不是她的护卫。可一转眼，苏晴就要往山下跑，李柯赶紧把她拉住：“你到哪儿去？”

“下山找姐姐去，然后回家，我娘一定急死了。”

“天都黑了，你自己下山怎么行？”

“那李大哥送我吧。”苏晴很不客气地提了要求。

李柯一愣，这山上还有一堆事，劫匪还没抓完，大家还在搜捕中，他得在这儿守着。他想了想，道：“我找别的人送你，你别乱跑。”

苏晴点头，站在原地不动了。李柯往屋子里走去，打算找两个龙府的护卫送送她，走到屋前又回头看她一眼。

小姑娘正一脸落寞地往山下看。李柯心里一动，说起来这丫头的胆子还真不是一般的大。碰上了这种事，拼命护着居沐儿不算，还敢带人逃跑，敢偷马打劫匪，而后领着他们上山来。她还能把这屋里的布局，以及劫匪人数都交代了，甚至还想安排他们如何前后夹击，说是防止那些恶人抓了居沐儿做人质。

李柯摇摇头叹口气，要不是他亲自查过，还真不敢想这只是个卖花的丫头。

这年头的丫头片子，都这么厉害了？

李柯进了屋，过了会儿出来，对苏晴道：“走吧。”

苏晴有些惊讶：“你就是‘别的人’？”

“我改主意了。眼下情形都控制住了，这里还有邱大人在，我也交代好了其他兄弟，所以还是我来送你。”

苏晴点点头，觉得这样挺好。毕竟李柯她是认识的，她刚刚死里逃生，换了其他人确实是不如李柯让她放心。

李柯带着她去了圈马的那个地方，拉了一匹马，转头刚想问苏晴会不会骑，苏晴已经一仰头一脸骄傲地大声说：“我会骑小毛驴。”

李柯一愣，而后很想笑，可苏晴的表情让他把笑意吞了回去。他轻轻地咳了咳，招手让苏晴过来，自己翻身上马后，便把她拎了上去。两人一骑，飞速地朝着山下进发。

山下，龙二正在发愁，因为居沐儿的状况越来越糟。

也许是因为从极度惊吓中缓过神放松了下来，也许是因为趴在湿冷冰凉的地上太久，下得山来，居沐儿的脸开始不正常地红了起来。龙二用脸碰了一下她的，觉得烫得吓人。

龙二是骑马来的，居沐儿的状况让他不敢带着她一路骑马吹风回去。他正暗自着急，转头看到府衙的马车停在一旁，那是邱若明来时乘的。

龙二想都不想，直接一挥手，让属下去抢车。府衙那边的小役也不敢言语，眼睁睁地看着自家大人的车子被龙二爷“征用”了。

龙二嘱咐一名属下先快马回府，通知府里找大夫等着。然后他自己抱着居沐儿上了马车，急急地往龙府赶。

一路上，龙二看着居沐儿病得迷迷糊糊的样子，真是心如针刺，不禁责怪自己怎么脑子不会转弯，没有早点想到她会藏在床底。这么明显的事，除了那里，她还能往哪儿躲呢？

他又怪自己在那屋里走来走去，怎的想不到唤她一声？那外头纷乱嘈杂，她这般害怕惶恐，辨不清发生了何事，自然不敢妄动。但若是他唤她，她听到他的声音，必能知道安全了，就会发出声响，引他找到她。

他应该更聪明一点的，是他让她多吃了苦头。

马车飞也似的往龙府驰去，居沐儿窝在龙二的怀里一动不动。她全身还很僵硬，龙二抚着她的背，轻声与她说些安慰话，但说着说着，他就说不下去了。他想象着她独自一人蜷缩在那个黑暗冰冷的角落，听着门被打开的动静，听着众劫匪冲进屋子的声音，听着他们上当之后往外追……

之后呢？她怎么办？

她只能等待。

她这招是险棋，极险。

也许第一眼便会被人识破，也许过不了多久就会被找到，也许过了好几日都没人想到……

若是劫匪早一步发现她，他恐怕就见不到她了。而她蜷得麻了，冻得僵了，既无法大声呼救，又无法自己离开。万一人人都以为她跑了，没往床底想，她岂不是要困死在那儿？

龙二越想越是后怕，这时候他忽觉衣袖一紧，低头一看，却是居沐儿扯住了他的袖口。她的小手冻僵了，软弱无力，眼睛闭着，说不得话，可她却还是紧紧地抓住了他的衣袖。

龙二心里一动，伸手覆在了她的手背上，将她紧紧地抱在怀里。就差一点，只差一点，他们就不知何时才能相聚了。

两个人一路再无言语，他只是抱着她，而她紧紧依附着他。

此后的事便是一通忙乱。

回到龙府，大夫把脉诊病，居老爹哭哭啼啼，而居沐儿紧闭双眼不言不语，只紧紧拉着龙二的衣袖不放。

深夜里，居沐儿的病重了起来，把喝的药全吐了。龙二脸似寒霜，吓得喂药的丫头手抖。大夫诊了脉，很是忧心，道若这药吃不下去，怕是难好了。

居老爹自告奋勇，说自家女儿，他最清楚了，他来喂。可这居沐儿也不知怎的，牙关紧咬嘴紧闭，脸色发青，一头的汗，药根本喝不下去，那痛苦的样子让居老爹心疼得哭了起来。

龙二实在看不下去，一把抢了碗，用勺子挖开她的嘴，慢慢地一点点地灌。

居沐儿难受地去挠他的手，龙二却不放过她，把一碗药全灌进去了。他说："我知道你难受，可是你得喝药，喝下去了，病才能好。你乖，听话，我保证，你今日受的苦，日后我定要让那些恶人加倍偿还。"

居沐儿迷迷糊糊神志不清，却似听懂了。

她落了泪。

熬了一晚上，居沐儿的烧退了。

当然，这个退烧的过程便是龙二与她缠斗的过程。别人不敢上手，龙二便亲自来。他硬给她灌药，压着厚被子给她捂汗，任她挣扎哭喊，他却视而不见。

居老爹一边抹泪一边庆幸，幸好二爷比他心肠硬。

折腾了一晚，大夫终于宣布居沐儿缓了过来，说之后只要按时吃药慢慢调养便无大碍，所有人这才松了口气。

居沐儿醒过来的时候，天已经亮了。她有那么一刹那不知道自己身在何处，但很快她发现她的手被一只大掌握着。

很温暖，是熟悉的感觉。这是龙二的手。

他一动不动，应该是睡着了。

于是，居沐儿也不动，甚至把眼睛又闭了起来。

她慢慢回想起发生过的事情。

她记得自己爬进床底时心里的恐惧，空空的屋子里寂静得让人发疯，她一心要把自己折得小小的，她努力蜷缩，喘不上气来，她甚至能清楚地感觉到地板上的凉气一点一点渗进她的骨子里。

她觉得她听到了开门声，但实际上没有，她意识到是她太过害怕，所以才产生这样的幻觉。当真正的开门声音响起时，她差点大叫。

她忍住了。然后她听到劫匪大声喊着人逃了，紧接着好几个人冲了进来。她知道她那时候在发抖，她很怕这样会弄出声响来，但她控制不了。

所幸那几个劫匪中了计，朝着她扔竹杖的方向追出去了。

然后又是死一般的寂静。

她觉得那个时候的时间无休无止，永远没有尽头。她觉得她会死在那个床底角落，不是被冻死，就是被吓死，又或者最后没人能找到她，她被困死在那里。

过了很久很久，久到她的身体已经僵硬，外面忽然很吵，她不知道发生了什么事。她动不了，也说不得话，她觉得她真的会死在那里。可她突然听到了那个熟悉的声音，是龙二的声音，他说："是我，我来了。"

宛如天籁。

居沐儿忽然觉得为了他这一句话，她就不该连累他。她当初是怎么想的呢？她怎么能这般自私，怎么能向他求亲？

他小气、记仇，凡事计较，手段幼稚，可他对她这般好。

好得让她害怕。

那种害怕，就如同她此刻握着他的手感受到的安心一般强烈。

她疯魔了吧。

她死过一回了，所以她疯魔了。

"你怎么了，不舒服吗？"

居沐儿一怔，感觉自己被拥进了一个怀抱。龙二的声音在她耳旁响起，他的手抚着她的脸，为她抹去泪。

原来她哭了啊。

这个发现让居沐儿突然崩溃，她再无法控制自己，索性抱着龙二大哭了起来。

"不哭，别怕。他们都被拘捕了，没人能再伤害你。"

居沐儿哭得打战，停不下来："二爷，我一点都不好。"

龙二皱起眉头，他们两人又在各说各话了吗？

"他们是因为你不够好才劫持你的？为民除害？"龙二逗她，他不喜欢她的眼泪。

可惜这次居沐儿没有心情哄他开心了，她听了他的话，哭得更加伤心。

龙二又皱起眉头，只好正经起来："好吧，你先哭一哭，哭好了就该吃药了。"

居沐儿的哭声立时弱了。

龙二笑了："药一定得喝。"

居沐儿抽着鼻子不哭了，迅速倒进被窝里："我困呢，再睡一会儿。"

刚才那些什么忧伤、后悔、痛苦等乱七八糟的情绪瞬间全都没有了。

喝药啊，太可怕了。

偏偏这时一个丫头进来报："二爷，居姑娘的药煎好了。"

"拿进来。"龙二好笑地看了看床上那个恨不得用被子把自己裹起来的姑娘，他动手挖她出来，"喝药！你昨晚迷迷糊糊的，让我用灌的，现在清醒了，还要用灌的？"

居沐儿一听，不敢言声。

龙二端了药坐下，盛了一勺，吹了吹，抿了一口试试热度，那药的恶心味道让他也忍不住屏了屏息。

居沐儿的脸皱成包子，想了好一会儿，提条件："二爷，我喝了药便回去了，好吗？"

"回哪儿去？"

"回家呀。"

"为何？"

"这里我住不惯，我眼睛不好，不方便。"

"在你把大夫方子上开的药全喝完之前，不许回家。别以为我不知道，回去了你爹被你一哄便不会逼着你喝药了。"

居沐儿的脸一下子垮了下来。

"还有。"龙二又道，"反正你过不久也得住进来了，趁着这会儿早点适应。或者我该把你搬到我屋里，让你提早习惯习惯？"

一旁的丫头听了这番调戏话脸微红，抿嘴偷笑。居沐儿却是呆了呆，龙二看在眼里，心里一动。

"喝药。"

这次居沐儿没再推拒，只皱紧了眉头，视死如归地把药咽了。

喝了大半碗，后头实在是吞不下去了，龙二这才罢手。他让丫头上了糖梅子，给居沐儿去了嘴里的苦味，后又盯着她喝了半碗粥，这才放她躺下睡觉。

居沐儿没多话，闭眼就要睡。龙二俯头低声说他要去府衙一趟，看看那些劫匪审得如何。居沐儿眉梢一紧，眼皮动了动。

龙二叹气，抚抚她的脸，哄道："别怕。"

居沐儿点头，伸手握住龙二的手。龙二看看她的手，想起救她回来时她紧紧抓住他衣袖的模样，不禁低头亲了亲她的眉心，正待往下移吻到她的唇，她却迅速翻身，背朝着龙二，道："我睡了。"

龙二看了她一会儿，转头嘱咐一旁的丫头好生照顾，这才出去了。

龙二出了屋，转头就去找了余嬷嬷。他告诉余嬷嬷，要将婚期提前。

余嬷嬷很吃惊："要提前到什么时候？"

"就在正月里把喜事办了吧。借着年节的热闹，更喜庆些。"

余嬷嬷更惊了："之前都是按三月的日子准备的，提前这许多，怕是来不及。马上就过年了，卡着年关，有些事也不好办。"

"嬷嬷，总会有办法的。"龙二语气坚定，表明他的决定不容反驳，"就正月吧，辛苦嬷嬷了。"

居沐儿的犹豫，他能感觉到，或许这就是劫匪劫持她的目的——坏了她的清白，毁了她的名声，让她不能再嫁给他。

所以那两个村姑死了，而她没有。

劫匪的幕后一定有指使者，他怀疑是云青贤，他需要证实这一点。但在这之前，他不会允许她退缩。是她向他求亲的，他同意了，就不会允许她将他推开。

龙二嘱咐余嬷嬷："婚期提前的事，先不要告诉老爹和沐儿。"

余嬷嬷又傻眼了，不告诉？那许多需要他们一起安排的事如何办？

"待我准备好了，会与他们说的。"龙二明白余嬷嬷的顾虑。余嬷嬷见他如此说，只得点头应承下来。

龙二交代妥当，这才出了府，往府衙而去。

邱若明那头，当晚带回了八个劫匪——五个受伤的，还有三具尸体。邱若明将他们押回府衙，受伤的让大夫简单看过伤后，马上审讯。

那些匪类供称他们共有十人，未被缉捕归案的两个，一个叫麻子，算是他们中的二把手，还有一个叫马六，是他们的老大。

他们都不是京城人士，前一段在邻县的一个山头讨生活，再往前他们还在其他地方犯过案。其中三人入伙不足半年，其他的有一年多的，也有两年多的。在邱若明看来，时间都算不得太长。

这次来京城犯案是老大马六说过年了，京城里油水多，要带他们到京城来干票大的，顺便抓几个姑娘耍耍。至于干票大的具体是什么他们不知道，一切都听马六和麻子的吩咐。他们只晓得，按计划他们会在山上待一晚，第二天夜里离开京城。马六说退路都安排好了，一切都是妥当的，但并未与他们说详情。

几个人招供，他们跟着马六到福灵寺，因为马六说这种时候姑娘们都爱拜佛，去了随便挑，结果到了那儿正好看到居沐儿落单，于是马六带着他们劫了她。

而抓村姑的那三人道，他们的任务是到村里采卖路上的吃穿用品，因为上路他们需要分批走，伪装成庄稼汉等等。那两个村姑独自在家，他们便顺手掳了来。

至于为什么会抓丁妍姗，那是麻子和另一个劫匪办的事。不巧的是，因为麻子跑了，而另一个劫匪在山上打斗中丧命，所以劫匪具体行动时是什么情况，剩下的这五人并不知道。但他们觉得应该也与他们一样，都是路上看到就劫了。

邱若明思虑着他们口供中的真伪，对他们的供述并不完全相信。但凡劫案，要么偶起歹念，随意下手；要么深思熟虑，定好目标。那两个村姑是他们采买物品时偶见所劫，居沐儿和丁妍珊却肯定不是。

福灵寺这样的地方，人员流动很大，众目睽睽之下，劫人的风险极大。何况一个盲女，无论押运逃跑都很麻烦。更何况居沐儿带着护卫，劫匪宁可与护卫拼杀也要劫她，哪里是寻常山匪抢姑娘的路数。

丁妍珊这个目标就更不必说了，尚书府外，这地方是山匪敢去的吗？丁妍珊衣着华贵，刚从府中出来，劫匪就算不知道她是谁，也该晓得这姑娘不是寻常人家的女眷，不是他们惹得起的，但他们毫不犹豫地对她下手了。

邱若明再问劫来的姑娘如何处置。

劫匪招供，从前他们劫的人是不留活口的，因为看到了他们的模样，留活口就是留麻烦。但这回他们喝酒时提到夜里分姑娘的事，马六便似玩笑般说了一句，一切照旧，但瞎子看不见，活着也无妨。

这让邱若明心里一沉。

那两个村姑的惨状浮现在眼前，一个撞墙自尽，一个被掐脖致死。许是当时这些匪类发现居沐儿那屋没了人，这才丢下那两个村姑，但她们也没撑过多久，终是毙命。

那劫匪说去居沐儿那屋查看，发现她们跑了。只是查看？还是准备下毒手了？

如果那屋的三个姑娘没有及时脱身，现在又是何光景？

只剩下居沐儿活着吗？

眼不能视物，听到周围的惨叫，自己也被凌辱折磨，然后独自活着面对痛楚与黑暗？

饶是邱若明见过各类惨案，也不忍想这结果。

但他们连丁妍珊也敢杀？她并不是掩人耳目的棋子？还是说，这些被捕的劫匪并不知情，或者没说实话？

邱若明看了看主簿宁洲列好的山上屋宅里的物件清单，又听了捕头罗扬带人在山上山下寻访村民人证探来的消息，陷入沉思。

那山上的屋子是早前猎户居用，但那山里曾发生过猎户被野狼咬死的惨事。村民曾组队上山灭狼，遍寻不见，后来不了了之。那屋子也就废弃了。大家怕再遇到狼，鲜有人上山。

一个废弃的屋子，竟然有新柴、有水、有粮食，甚至还有新的蜡烛。这是提前有人安排好的。而劫匪道他们两日前入城，分散在三个客栈住，按老大的嘱咐，各自玩了两日，观察好城门岗哨和各区捕快巡街安排，然后今日便掳人上山耍耍。

所以，必是有人指使。马六与麻子才是知情人。

龙二怀疑云青贤，说这是因抢亲而起的争端怨仇，但如今牵扯上了丁妍珊，这事便扑朔迷离起来。

邱若明不觉得是云青贤所为。他仕途光明，手握权势，若为报复，有的是别的手段。勾结匪类太过张扬冒险，若是一个不慎暴露，那可是一切都完了，不只他自己，还会连累尚书府。

更何况还把小姨子丁妍珊也绑了进去，这太不合情理。

无论劫匪供述是真是假，就算他们不会伤害丁妍珊，只是绑来做做样子，丁妍珊也已经被毁了。但凡女子，遭此一劫，名声清白皆受损，何况丁妍珊这样的身份，就算平安归来，日后也会成为权贵之流的笑柄、坊间热议的污点。

私怨而已，云青贤做什么要把岳丈家牵连进去？何况这个岳丈，他根本得罪不起。

丁盛和丁妍香就更不必说了，自然没有为了一个居沐儿而加害至亲的理由。

邱若明没打算偏听龙二的一面之词，是非曲直、事实真相，自然需多查多访。

邱若明叫来了画师，让其按几个劫匪的供述，给马六和麻子画了画像。然后命人贴到城中各处，通缉追捕这二人，尤其交代城门官兵，要严查出城之人。

这一夜的审讯，丁盛派了刑部的人过来同审，后半夜时，丁盛与云青贤又一同过来了。事关尚书府千金，这两位如此关切，合情合理，在官职上邱若明也断没有阻止他们共同审讯的理由。

邱若明未向其他人透露龙二的猜疑，但也观察了丁盛和云青贤的反应表现，没看出有何异样。

一众人等熬了个通宵，天将明时，丁盛和云青贤得准备上朝，先行告辞。双方约好，今日稍晚时候，云青贤再来跟进审案进展。

而邱若明表示希望能到尚书府与丁妍姗问话。丁盛未有推辞，只是女儿受了伤，又遭受惊吓，他道需要家中夫人确认丁妍珊身体状况可以问话，方才可行，届时会让云青贤代为安排。

丁盛等人走后，邱若明嘱咐捕头罗扬安排人手去各家客栈和店铺查证劫匪们的供词，他自己小歇了一会儿，打算醒来后先去龙府找龙二再仔细问话，若是可以，他想见见居沐儿。居沐儿是当事人，也许她与当初在福运来客栈里一般，记下了一般人没留意的线索。

邱若明睡得正沉时，衙役来报，说龙二在府衙外求见。

邱若明有些困倦，但也起了身，身上衣物还没穿戴齐整，又有衙役来报，这次却是个惊天消息——关在牢里的那五个劫匪，突然暴毙。

邱若明大吃一惊，这事非同小可。他再顾不上搭理龙二，即刻赶往牢狱。

狱中，那五个劫匪的尸首留在各自牢房中，未曾搬动。仵作已经赶到，正在一旁相候。主簿宁洲在查看尸首，其他衙差将牢门内外守了个严实，之前当更的那组狱卒此刻列队站在墙边，不敢妄动。

邱若明赶到后，只扫了一眼便明白宁洲已将现场控制住了，稍稍放了心。

宁洲见得邱若明赶到，忙过来将情况低声报了。那五人皆已断气，均是脸色发青，眼眶泛乌，手指指甲也是淡淡青色。

“恐怕是中毒。”

邱若明听罢，进牢房里查看了一番，出来后对仵作挥手：“验尸。”

趁着仵作验尸的工夫，邱若明将相关人等召来，细细问话。

原来那五人从山上被抓回后，便马上被押进了牢狱待审。按邱若明的嘱咐，为免他们串供，分别将他们锁在了不同牢房，中间都有间隔，且有狱卒看守。邱若明进来查看过他们的状况，刑部的人也进来过。这五人一个接一个地被带出去提审问话，余下人等都在狱中等候，并没有什么特别的事发生。中途只有衙门的薛大夫来为他们疗伤，此外并无外人与他们接触。

审讯到后半夜时，丁盛、云青贤他们来了，邱若明又带着他们与刑部的人一起进来过。大家走了之后，狱里再没别人进来。

狱卒没给这五人吃食，只在薛大夫给他们治伤时，给过他们一碗水服药。

宁洲在一旁一边记录，一边列出了所有有机会接触这五名劫匪的名单。

这时候仵作已经验完了尸，确认这五人均为同一个死因：中毒。而中的是何种毒，仵作并不清楚，他从前从未见过这般症状。

此时薛大夫也被唤了来，听到这消息吓得跪下：“大人，我完全不知此事。我就是给他们包扎了伤口，开了些止血去痛的寻常药，保他们一条命，让他们能好好受审。我不认识他们，也不知道他们犯了什么事，我不可能毒杀他们啊。”

薛大夫言罢，主动交了药箱：“大人请看，我用的就是这箱子里的药，往常给犯人治伤，都是用的这些药。昨日有人在狱中打架致伤，我也用的是一样的药。”他把数样在劫匪身上用的药都摆了出来，自己还验了一遍，确认没有问题。

宁洲让衙差把那些药拿了过来，也认真地看了一遍。

邱若明皱眉沉思，与宁洲道：“他们喝的水，验一验。”

宁洲领命去了，过了一会儿回来道：“碗里的水全喝干净了。”已经没东西可验。

邱若明看了一眼牢头，牢头忙道：“他们服完药后，中途喊过口渴，我让人给他们碗里加过一次水。后来他们还喊着要喝水，我们没理。”他让狱卒把水壶拿了过来，宁洲把水壶里的水验了，并没有毒。

牢狱里静寂无声，所有人都紧张得冒冷汗。

邱若明向宁洲伸出了手，宁洲会意，将先前记下的来过牢狱、接触过这些劫匪的名单交到邱若明手里。

邱若明其实已经心里有数，但还是认真地看了一遍。他把名单上府衙里的人都点了一遍，让宁洲把他们都押下去，分开关押分开审。他又交代其他人把尸首保管好，即刻去请城中识毒辨毒的大夫过来也验一验。接着他再令人将牢中所有物件都清查一翻，找出下毒的方式。

宁洲领命，让众衙差速速遵令办事。

邱若明沉着脸走回厢房，那名单中丁盛与云青贤及他们那几个属下的名字一直在他脑子里晃。他之前才在心中否认了他们的嫌疑，如今竟闹出这事，他不得不重新思虑。

邱若明呆呆地坐了一会儿，没琢磨出什么新想法来，倒是有衙役再次来报，说龙二在外头已然等了许久："大人见还是不见？"

邱若明这才想起龙二来。

他整了整衣冠，去了会客堂厅，让衙役将龙二领了进来。

龙二果然是来问那些劫匪审得如何，是否问出了幕后主使。

邱若明将审出的消息都说了，并将自己的疑惑悉数告之。

龙二听得邱若明觉得不太可能是云青贤所为，皱起了眉头，但他还未来得及反驳，邱若明继续道："我原是打算今日与居姑娘问问话，稍晚再继续审那几个匪类的，但是刚才，他们在狱中中毒身亡，我暂时还没查到投毒的手段和人。"

龙二一愣，跳了起来，瞪着邱若明。

邱若明脸色凝重，回视着龙二的目光，把那些劫匪暴毙的细节和他查探的进展告诉了龙二，然后道："正如二爷所说，这案子不是这么简单。但二爷对幕后主使人的推测与我得到的劫匪供述并不对应。"

龙二咬着牙，一时间说不出话来。他先前不知劫匪情况，自然头一个想到云青贤，但邱若明说得也对，云青贤若是想报复，有的是不这么张扬、不这么冒险的手段。何况这种手段还要置丁妍珊于死地。这确实说不通。

"这些匪类在撒谎。既是收人钱财办事，自然是安排好了后路，如何应话、该怎么做，都是提前商量好的。"龙二道。

"他们已被灭口，是真是假本官暂时无法判定。但二爷或是居姑娘若有任何线索，还请告之本官。"邱若明严肃地道，"本官先前向二爷承诺过的话，定会做到。"

承诺过什么？一定秉公办案？

龙二冷笑。

邱若明也知眼下的情况自己身上担了很大责任。他得向受害者交代，得向家属交代。那两个被害的村姑，身份地位比不得龙府和尚书府，但也是活生生的人命。同样是人生父母养的，同样是无辜可怜的人。他得找出真相，为她们伸张正义。如今什么都没查清，人犯就没了，邱若明惭愧痛心，但责任得担，案子还得继续查。

“龙二爷，本官需要向居姑娘再问些话。”

龙二盯着邱若明看了半晌，压下心中的激怒，冷静思考。

“沐儿病了，又受了惊吓，待她身体好些，才好与大人应话。”龙二道，“舍弟常跑江湖，见过不少奇毒，不知大人可否让舍弟瞧一瞧尸首，也许能看出什么也不一定。”

邱若明一听，爽快地答应：“那就有劳龙三爷。”

龙二当即派了人回府叫龙三过来。邱若明这头让人请的识毒辨毒的大夫也很快到了。几个人一起再去看了尸体验了毒，但没人知道这是什么毒。

只是龙三与那大夫听了狱卒所述几个劫匪毒发前的表现，都觉得这该是慢性毒药，有可能是被下在了药里、水里，也有可能是他们在更早之前就中了毒，经历了数个时辰后才慢慢发作。但这些仅是推测，毕竟在不确定是何种毒的情况下，他们也只能猜测。

但若是这些劫匪在更早之前就中毒，这事就更扑朔迷离了。更早之前那是在山上。在山上他们正伤害劫来的姑娘，在吃吃喝喝，谁会给他们下毒？为什么？

这一日邱若明焦头烂额。他盯紧每一个人，但查不出任何问题。云青贤下朝后再来府衙问案，听闻劫匪在狱中死亡，反应也是恼怒。他细细询问，速报了丁盛。丁盛勃然大怒，痛斥邱若明无能。

邱若明坚持要唤刑部的那些人过来问话，丁盛拍了桌子。

云青贤从中调解，终是让邱若明把所有人等都问了话，但也没查出问题来。

丁盛拂袖而去。

那两个村姑的家人来衙府询问情况，没得到什么好消息，倒在衙前大门前哭喊不休。

龙二再度来访，与云青贤面对面起了争执。邱若明把龙二请走，云青贤趁机暗斥邱若明为官查案办事的规矩。

待邱若明把云青贤也请走，各项杂事都暂时处置，已经是筋疲力尽。

这日通缉那两个逃匪的告示已经贴了出去，但无人有消息报来，各城门也未发现有可疑人士。邱若明累得头疼，一夜未眠。

云青贤离开府衙便去了尚书府，去接妻子回府。

丁妍香正在尚书府陪伴妹妹。

前一晚听说丁妍珊被救回，丁妍香便连夜去了。

丁家又是请大夫又是各种安顿，一阵忙乱。丁妍珊外伤不重，但受惊过度，得静养一阵。

丁盛与云青贤忙于商议查案，丁妍香便留下陪妹妹。丁妍珊苏醒后想起了一切，抱着姐姐号啕大哭。丁妍香软声安慰，丁妍珊心思百转千回，终是未将居沐儿提醒她的那些话说出来。

云青贤到了尚书府，丁盛还在发脾气。云青贤将后头处置的事情都报了，丁盛尤在骂那邱若明，把云青贤也迁怒进来，指着云青贤喝："一群废物。"

云青贤习惯了他的脾气，默不作气，只是听着。

丁妍香在书房外等自家相公，听到父亲的连番骂语，垂头默立。

过了好半晌，书房里终于没了声音，门开了，云青贤走了出来。

丁妍香忙迎上去，云青贤见得她在，知她听到了，便对她安抚地微微笑了笑："回家吧。"

丁妍香点点头，紧紧握住了夫君的手。

夫妻俩一路无话，待回到府里进了屋，丁妍香为云青贤更衣时，云青贤才开口道："你莫要多想，这事过去了，便过去了。"

丁妍香的手停了停，抬眼看了看云青贤。

云青贤也在看着她，两人四目相对。最后是云青贤抬手摸了摸丁妍香的发："我把对居沐儿的心都放下了，你也莫再惦记。"

丁妍香点点头。

云青贤道："你有空便多陪陪你妹妹，她遭此横祸，也是可怜。"

丁妍香再点点头。

居沐儿再次醒来时，龙二并不在。丫头们张罗了药与吃食，居沐儿闻到药味便苦了脸，丫头便道："二爷回来要问的。"

居沐儿一听，还是咬牙把药全喝了。

这回她的精神好了许多，躺着开始胡思乱想。丫头帮她问了李柯，说是苏晴没受伤，一切都好。只是回家后苏晴的母亲后怕，生怕她再出什么事，看着她不让她出门。苏晴与李柯说了，待她家里安宁些，就来看居沐儿。

居沐儿点点头，陷入沉思。她也后怕，她不应该把苏晴牵扯进来的，不应该告诉她。她当时太紧张了，做了错误的决定。

居沐儿躺在床上睡不着，心里堵得慌。黑暗让她觉得恐惧，她不敢闭眼。那些劫匪的笑闹呵斥还有姑娘的尖叫嘶喊声不时在她脑子里响起。但她就是睁着眼，眼前仍是黑暗。

过了一会儿，居沐儿隐隐听到窗外沙沙的声响。

“下雨了吗？”居沐儿问丫头。

“是有些小雨。”丫头应她。

“把窗户开开，我想听听声音。”居沐儿道。

丫头有些犹豫，居沐儿的病未好，大夫交代要好好给她保暖。屋角都点了炭炉子，好不容易屋里烘暖了，这一开窗，暖意就得散了。

“不可以吗？”居沐儿问。

“不可以。”龙二走进屋来，正听到居沐儿的要求，“外头冷，开了窗，仔细冻着。”

“二爷。”居沐儿听得龙二回来，忙想坐起。

龙二过去按住了她：“病还未好又不安分了。”

“我只是……”居沐儿小声道，“觉得太安静了。”

龙二看着她憔悴的病容，有些心疼，他听出了她声音里的脆弱。

太安静了，她害怕吗？

龙二出去，过了一会儿又回来。很快，屋子里响起了沙沙的声音。

居沐儿倾听片刻，忍不住笑了：“这才不是雨声。”

龙二见得她笑，便欢喜了：“怎的不是，明明就是。”

“这是簸箕摇豆子呢。”居沐儿揭穿他。

龙二也笑起来，握着她的手：“明明就是雨声。”

居沐儿笑着摇头：“快别让人弄了，怪累的。”

龙二给了一旁摇豆子的丫头一个眼神，那丫头停下了。龙二问居沐儿：“不喜欢这个声音吗？那我拨算盘给你听。”

居沐儿笑得不行。龙二的手很温暖，她眼前的黑暗没有那么冷了。

“算盘声也不想听吗？那翻书好不好？”

居沐儿眨眨眼睛，很是感动。他在哄她呢。他真的好，真的非常非常好。

“二爷，府尹大人那头案子审得如何了？那些匪类是如何说的？”

龙二沉默片刻，想想这事瞒不住，还是说了：“抓到的那几个，在狱中中毒身亡了。”

居沐儿的表情僵住了。

龙二握紧了她的手，把邱若明审案的过程和获得的消息都与她说了，最后道：“府尹大人会来与你问话，我告诉他待你精神好些了才可以。”

居沐儿说不出话来。

龙二又道：“你莫怕，若是你不想想起那些事，我便不让他问了。”

居沐儿摇摇头。

龙二会意，答道：“剩下的那两人已经张榜通缉，你放心，没人再能伤害你。”

是吗？居沐儿不能肯定。

一艘停在湖边树影下的画舫里，两个男人正在换装。

一人脸上有不少麻子，他抹上易容膏，将肤色抹得黑了些，掩住了麻子印记。粗布衣换成了华丽的绸裳，再把头发梳齐整，抹上发油。他一边梳整一边骂脏话。

另一人一脸的大胡子，正对着镜子剃胡子。胡子一点点被刮掉，露出一张看上去还算端正的脸。他听得一旁的人在骂，便道：“麻子，且忍一忍。等拿了钱，安全出了城，回头再来慢慢算账。”

“大哥……”麻子正要说话，忽听到船外有铃铛响。这是暗号，接头人来了。

麻子便闭了嘴。马六也停下了手上剃须的动作。

一个身着青衣的蒙面男人走了进来，看体形姿态，应该是个年轻人。

麻子警惕地看着他。马六问道：“虹姐呢？”

“虹姐不方便露面，她让我来给你们钱银，带你们出城。”

“多少钱银？”马六问。

“五两银子，一千两银票。”那青衣蒙面人道。

马六放下心来，这数既是尾款，也是暗号。没问题。

那青衣蒙面人拿出银子和银票，朝马六和麻子走了过来。

麻子伸手接过那青衣蒙面人递来的银子和银票，道：“其他人呢？不是说好了用妓馆画舫游湖做掩饰……”

他的声音忽然卡住了，腰弯了下来。

马六一看，大惊失色，那青衣蒙面人竟然突然出手，捅了麻子一刀。马六舞着匕首便朝那男人攻去。这时马六身后突然冒出两个黑衣蒙面人，持刀朝马六后背刺来。

马六顿时明白，中埋伏了。

这时麻子忍痛拼着力朝那青衣蒙面人击出一拳，而后朝马六身后的黑衣蒙面人扑去，大叫一声：“大哥，快走！”

但那青衣蒙面人已经追砍过来。马六将匕首一横，架住了这青衣蒙面人的一刀。身后麻子已经撞开一个黑衣蒙面人，但又被另一人砍了一刀。麻子拼死与他们缠斗起来。

马六唰唰两刀朝青衣蒙面人攻去，想闯出一道生路来。青衣蒙面人退了两步，转身又攻了过来。马六佯装退后，在青衣蒙面人逼近时他猛地冲上前，当胸一刺。青衣蒙面人转腕一挡，马六扬手扯下了那人的蒙面巾子。

那张脸，他似乎见过。

但马六没能多想，那青衣蒙面人已经一脚将他踢翻。马六借着这势滚到了舫边，耳边听到了麻子中刀的惨叫声。马六心中既痛又怒，转身跳进了湖里。

暗夜里，湖面一片漆黑，只隐隐可见马六落入水中的涟漪。青衣蒙面人追到船边，喝了一句："追。"

那两个黑衣蒙面人跳进湖中。

青衣蒙面人转头看了看麻子的尸体，皱了皱眉。

隔日，府尹邱若明到了龙府，居沐儿整理好仪容，在龙二的相陪下见了邱若明。

居沐儿回忆了当日的经过，把记得的都说了。但与上回客栈命案不同，居沐儿并没能提供什么有用的线索。

邱若明马不停蹄，又去城外见了苏晴。苏晴说的就比居沐儿多了许多。她记得那个劫匪头子的大胡子，记得几个匪类的样貌特征，她记得马车的样子，还记得劫匪劫持她们上山的路。

苏晴仔细说了她看到的各种情况，包括被劫持的其他姑娘如何、丁妍珊如何等等。但劫匪并未当着她们的面商议什么计划，她并不知道那些人的来历和打算。

邱若明又去了尚书府，丁盛不在，丁家人不允许邱若明向丁妍珊问话，邱若明只得讪讪地离去。

这日，居沐儿用药进食都非常乖，不用人劝，痛快地咬牙一口气把药全干了。龙二很是满意。但居沐儿精神不济，时常发呆，让龙二有些担心。他故意在她面前拨算盘，终是把她逗笑了一会儿。后来，龙二又搬了她送的那把孩童的琴逗她，让她弹琴消遣。她摸着琴，却忽然落泪。

龙二觉得居沐儿被劫持一事吓坏了，他推掉了所有事，就陪在她身边。

又过两日，捕头罗扬终于把那五个劫匪供述中的细节全都核实完毕。他们说的邻县山头确实有，也确实在那处犯过案子，而邻县县衙至今未能破案，与罗扬这头的线索串起来这才把先前的案子结了，确实是这几个劫匪所为。

劫匪们所说入了京城后住的地方、玩乐的场所、采买过的东西，经过查探，也全部属实。

罗扬风尘仆仆地赶回来，集结了属下的查报，一起向邱若明禀明。

这时又有捕快来报，说他们巡城时发现了重要线索。

原来花楼惜春堂报称前两日有银票和一艘画舫被盗，因着过年忙碌，又出了些客人大打出手的纠纷琐事，楼里掌事未及时发现被窃，昨日方才报了案。捕快们今日在湖边暗处找到了画舫，发现上面有两具尸体，其形貌特征与告示上通缉的人犯极其相似。

邱若明闻讯心里一动。惜春堂，正是劫匪中有人供称曾去耍乐的花楼。

邱若明即刻带人赶往画舫。那两具尸体一个满脸胡子，一个脸上抹黑，但擦净了可看出生了许多麻子。看上去正是马六和麻子。他们换了好衣裳，头发也梳得齐整，看得出来是特意打扮过，似准备改装潜逃。

尸体旁散了不少银票，旁边还有一个被摔裂的小瓶，里面是空的。两人手上都握着刀。马六脸色发青，眼眶乌色，指甲也有青色，看起来与狱中那几个劫匪中了一样的毒。虽然中了毒，但这马六还是与麻子拼杀了一番，最后两败俱伤，同归于尽。

主簿宁洲细细记下了现场状况。邱若明让仵作验尸，又找来了验毒的大夫一起查看尸首。最后仵作判定，这两人身上正是被对方手上利刃所伤，麻子死于刀伤，而马六身上的伤不致命，应该是死于毒发。

验毒的大夫说的是："这毒与狱中那五人所中之毒，该是同一种。"

邱若明听罢未说其他，只仔仔细细地查看了舫内情况，让宁洲和各衙差做好处置，把尸首抬回去。

消息很快传到了刑部，刑部来了人，之后丁盛、云青贤也来了。大家把所有细节相议了一番，有了一个推断：马六带着这些兄弟来京城干一票，目标是惜春堂。具体的计划应该是马六和麻子商议的，而后麻子暗自起了歹念，想独吞这笔钱银，于是在山上便悄悄下毒。马六与麻子一起逃了出来，按计划逃到了他们偷窃的惜春堂许久不用的废弃画舫上。马六毒发前察觉麻子干的好事，又或者是他在山上未中毒而麻子再次下毒，总之马六察觉了，于是两人兵刃相向，最终双双毙命。

邱若明在大家推论时一直没怎么说话。丁盛盯着他看，问他："邱大人如何看？"

邱若明静默好半天，说道："这大概是现在能想到的最合理的解释吧。"

丁盛屏退了众人，问邱若明："邱大人对此案可还有什么疑虑？"

邱若明看着丁盛："丁大人觉得呢？"

丁盛逼近邱若明，压低了声音，极严肃地道："值此年节时候，邱大人管辖之下，盗贼猖獗，京城之中，失财失物，民女被劫，且你们抓来的劫犯竟然于狱中暴毙。邱大人无能失职，这些事随便拿出一条来就该削职流放。但是邱大人好运气，这群盗匪内斗，让邱大人在这么短的日子里便破了奇案。大人可速速将结果报给百姓，让百姓安心，让流言终灭。大家都能过个好年。"

邱若明皱了皱眉。

丁盛又道："邱大人，我女儿夜夜惊醒，又被流言所扰，我至今不敢与她说明真相。大人若觉得此案还有疑虑请直言。倘若大人不能断案，我刑部自会接手处置。"

丁盛的言下之意邱若明能理解，这几日坊间确实传得难听。案子越快侦破，被劫的姑娘就能越快从流言中脱身。即便不能挽回名声，但官府有结案公示，此事了结，怎么都是好的。

邱若明道："无甚疑虑，人证物证确凿，事实清楚。下官会尽快文书上禀，了结此案。"

丁盛看着邱若明的表情，终于点点头。

稍晚时候，刑部人马散去，邱若明与宁洲再次细商，琢磨结案文书。

宁洲见邱若明并无舒心模样，对着案子卷宗发呆，便唤了一声："大人？"

邱若明抬眸，再低头看看卷宗，道："宁主簿，那马六既是要乔装，为何不剃掉胡子？"

宁洲一愣，初初答不上来，而后猜疑道："也许，他还未来得及剃胡子便发现麻子下毒的事了？"

这也不能说完全不可能。

邱若明叹了一口气。

第二日，府衙结案上禀，得到批示后速速出了告示。这消息赶在了年节之前，令全城百姓欢呼相庆，家中有姑娘的人家全都松了口气。

居沐儿与居安也松了一口气，搬回了居家酒铺。

依礼，未婚男女婚前不该住在一块，何况又碰上年节。居安再没主意也知道这时候居于龙府不合适，加上匪类全灭，安全无忧，于是居沐儿一提，他就赶紧带着女儿回家去了。

刚回家没多久，邱若明便微服到访。这位官老爷说是来亲自跟居沐儿说一声案情，好让居沐儿安心。居安受宠若惊，赶紧将女儿唤了出来。

居沐儿找了个做饭的理由将居安支开，独自与邱若明相叙。居安为留府尹大人在铺子里喝酒吃菜，赶紧乐颠颠地去了。

邱若明将案子仔仔细细地与居沐儿说了一遍。

居沐儿认真地听着，一言不发。

邱若明见她若有所思，以为她有话要说，便等了等。但半晌居沐儿什么都没说。邱若明便道："这便是全部了，姑娘若还能想起什么，可随时来府衙告之本官。"

居沐儿默了默，问道："大人结案了，却还觉得有疏漏？"

邱若明道："只是些客套话，姑娘明白便好。"

居沐儿微愣，然后点了点头。

邱若明又等了等，居沐儿还是没说什么。邱若明便起身告辞。

居沐儿也站起，犹豫片刻，终是道："大人，民女有一事没弄明白。"

“何事？”

“那些匪类，既是外乡人，又是如何选中惜春堂的？”

邱若明怔了怔，点头道：“姑娘问得好。若有一日我知道缘由，定来相告姑娘。”

居沐儿舒了一口气，向邱若明的方向施了个礼：“有劳大人了，民女谢过。”

这一日居安没能把府尹大人留下吃饭，但是苏晴母女二人来了。居安做的好菜好饭有人夸赞，颇为欢喜。饭后苏晴与居沐儿躲进屋里说体己话去了，而苏母向居老爹说了这数日坊间对居沐儿和苏晴的那些浑话，居安听了大怒。他一直酒铺、龙府两头跑，倒是没怎么听说市坊流言，虽知发生这样的事，姑娘家名誉定是受损，但没料到这般难听。

苏母自己便是妇道人家，独自拉扯女儿长大，受过的非议和辛苦比居老爹要多得多。女儿被劫，她可是哭了好几日。她是恐居老爹不晓得这事情的利害关系，没照顾好居沐儿，特意来提醒一番。

居安原先确实没有太过忧心，听了苏母的话后，开始担心起居沐儿的婚事来。

这个年节居家过得并不好。虽然这一年因为龙府送礼的关系，居家各样年货、吃食极为丰盛，但流言猛于虎，外头风言风语传得厉害，都说苏晴和那个尚书千金早早逃出来了，躲过一劫；而那两个一起被劫的村姑被发现时衣裳半掩，状况凄惨。居沐儿与她们一起，定是也有同样遭遇，所以回家时才会是那般病容，需得卧床数日静养。而竟有好事者将那些话传到居家酒铺，想看看居家的笑话，被居安执棒打了出去。

居沐儿躲在房里连弹了几天琴，弹得居安心惊胆战的。

女儿的清白还在，但名声被毁了。

好在龙二爷没在意，还送来了不少滋补好药，日日差人探望。但居安能从女儿的琴声里听出来，女儿定是心结难解。

大年初五那天，居老爹终于忍不住，来找女儿聊聊。

可他还没说到正题上，居沐儿忽然道：“爹，我不想嫁了。”

居安惊住了。

不嫁了？

又不嫁了？

就算已经有了些心理准备，居安也没坐住，他跳了起来：“女儿，可莫听外头的胡说八道，这事你可半点错没有。那些贼人做了恶事，你受了委屈。但他们该死是他们的，我们该怎么过还得过啊。”

居沐儿不说话。

“女儿……”居安试图劝说，“你都二十了。”

居沐儿道：“从前爹爹答应过我，容我陪爹爹一直到老。爹爹现在不愿意了吗？”

“不是，不是。”居安有些语塞。按以往的经验，他是说不过女儿的。

居安想了半天，挤出一句：“我今天有点喝多了，这会儿晕晕乎乎的。等我休息好了，再来与你说。”

“爹……”

“嗯，真是太晕了，我得睡会儿去。女儿，你继续弹吧，好好弹，弹得真好听。”居老爹没再给居沐儿说话的机会，一溜烟地跑了。

居老爹躲回自己院里，左思右想，越想越慌。退婚这种事，女儿是不会拿来随口说说的。两年前陈家那亲事也是板上钉钉了，结果她一开口要退，就真给退了。如今她又开了口，定是琢磨了许久的念头。

不行不行，这事一定得跟二爷商量。于是居老爹抱上了两坛酒，跑了一趟龙府。

见着了龙二，居老爹没敢直说居沐儿有退婚的念头，只说觉得女儿身体已经恢复了，但这两日似乎心情不太好，他怕是经了劫匪那事后，她有些胡思乱想。

“胡思乱想？”龙二挑了眉，重复了一下这词。

居老爹猛点头：“她还一直在弹琴。”

“一直弹琴？”

“对的，她每次有什么想法，就会弹琴。”

龙二笑笑：“老爹请放心，我可不是那陈良泽。”

居老爹一愣。这关良泽什么事？他刚才提到良泽了吗？

“沐儿定是养病养闲了，待我收拾收拾她，她就乖了，定不会再胡思乱想。”

居老爹不是太懂，他想说他女儿硬气得很，别看长得文静乖巧，其实挺有脾气，跟她硬碰硬怕是不好。但居安再一想，当初喂药的时候，只龙二能把药喂下去。再有，女儿都打算孤独终老，但龙二让她改了主意。

说不定龙二爷真能说服她。

这一天，居老爹龙府之行，带回一筐鲜果和年货，还带回一个秘密。

秘密就是婚期改成正月十八了。虽然是急了一点，不，是急了许多，但是正月里只有这天最合适。其实婚期是哪天居老爹都没意见，只要女儿嫁了好人家就行。居老爹回去后念叨了一路“这婚期是秘密，不能跟女儿说”。

第二十七章 元宵节大婚

正月十五，元宵节。

一年一度的灯会在东大街上举办，各式花灯灯笼挂满了长长一条街。

龙二早早接了居沐儿去仙味楼吃饭。

居沐儿心事重重，她想找个机会跟龙二解除婚约，可这事实在难以启齿。她等着合适的机会，害怕面对，又怕自己反悔。嫁与不嫁都对不起他，但嫁给他似乎更糟糕些。

她心里一直在摇摆，就算是当年与陈良泽毁婚，她也没有如今这般犹豫。是因为当年她初遇此类事件，太过无惧，还是现在没了韧性，自私又软弱?

居沐儿咬着唇，她厌恶自己，非常厌恶。

龙二一直看着她。比起第一次相遇那会儿，他现在更能读懂她的表情了。他知道她想什么，只不过正赶上过年，他着实太忙，再加上调查劫匪的事没有头绪甚是恼人，所以他放了她半月清闲。

但他龙二可不是什么陈良泽，更不是云青贤。他与她之间，并不是她说不，就可以了断的。

龙二特意要了二楼临街的雅间，拉着居沐儿坐在楼上靠着围栏的位置。这雅间与外堂有段距离，又隔着层珠帘，他们说话外头听不到，却能看到他俩的举动。

于是街上的人一抬头就能看到他们，二楼用餐的人也能看到他们。这些人的眼光，他龙二不在乎，她看不见，他想她更用不着在意。

龙二点的菜都很好下口，没有骨头，没有刺。龙二帮她布好菜，告诉她都是些什么，居沐儿一边默默吃着，一边想着该如何相议。

待吃得差不多，龙二问："合胃口吗？"

居沐儿点点头，脑子里还有些乱。

"婚宴会请这楼里的几位大师傅到府里帮忙，汤厨他们忙不过来。"这般巧，刚好龙二把话题引了过去。

居沐儿怔了怔，下意识地又点点头，然后咬咬牙，终于说了出来："二爷，我们的婚事……"

"怎么？"龙二截了她的话。

"我是想……"

"想什么？"

"可不可以……"

"嗯？"

居沐儿闭嘴了，她听出来了，很明显龙二知道她想说什么，而他不乐意听。

居沐儿深吸口气，重新积攒了勇气，刚要开口，却听得龙二轻呼一声："哎呀，你的竹杖掉下去了。"

居沐儿一愣，瞪大眼，她确实听到了窗外楼下咚的一声。她伸手摸向桌边，她的竹杖没有了。可放得好好的，怎么会掉？

"幸好没戳到人。"龙二的声音听上去无比轻快，"都怪我，不小心踢到了。"

"二爷。"居沐儿叹气，他的孩子气又犯了。

"多吃点。"龙二给她夹菜，"原先就瘦巴巴的，这病了一场，更是剩下把骨头了，快些长些肉出来，不然我抱着硌骨头。"

"二爷。"居沐儿故意问，"你对我可欢喜？"

"这要看跟谁比。"龙二慢条斯理地说，"若是跟老三对凤凤、大哥对嫂子比，怕是我的欢喜比不上，可若是与那些什么丁小姐、陈姑娘、刘千金比，那我对你是再欢喜不过了。"

居沐儿闭了嘴，一时也不知该怎么回他好。她原想着他会说不怎么欢喜，那她就能顺着这话往下说。可他的话回得这般圆滑，既不哄着与她说甜言蜜语，又没让她有话头可抓。

"你呢？"换龙二问她了，"沐儿，你对我可欢喜？"

居沐儿正要开口，龙二却接着道："其实不用问，我知道你是欢喜我的。"

居沐儿闭了嘴，这话题挺难的，再绕下去，就没法聊了。

“二爷。”居沐儿终于道，“我们的婚事，就此作罢，可以吗？”

“不可以。”龙二答得很干脆。

“全京城都知道我龙二要娶妻，为了娶这个名声不好的妻，我还与那云青贤争抢了一番，有失身份地与几个婆子争执。她被匪类劫了，我满城找人，这般辛苦，最后落一个被踢开的下场，我龙二的面子往哪儿搁？”

居沐儿张了张嘴，又闭上。龙二这般说，把她后头什么为了龙家名声的劝说之辞全给堵了。

“你居沐儿抛弃了青梅竹马，勾搭了刑部侍郎，高兴起来转头便跟我求亲。你冷漠自私、忘恩负义，我若不将你娶回家好好管教，留你在外头再继续祸害别人，如何对得起全城百姓？”

这就是在胡说八道了，居沐儿咬了咬唇。

“你知错了吗？”龙二凶巴巴地问她。

居沐儿摇头。

真是倔。

龙二抿嘴。他看看楼下熙熙攘攘的人群，忽地起身道：“走了，去看灯会。”

居沐儿伸手去摸她的竹杖，一摸没摸上，想起竹杖被龙二弄没了：“二爷，我的竹杖……”

“哦，掉楼下了。”龙二一脸不在意。

居沐儿立在那里，所以他的意思是不打算找人捡回来了是吗？

龙二似乎知道她在想什么，拉过她的手，牵着她往外走：“那破竹杖早不知被谁捡去了，没有了。”

居沐儿：“二爷……”

龙二不理她声音里的小委屈，也不理会周遭人的目光。他很嚣张地拉着她的手，众目睽睽之下，领着她下了楼，穿过前堂，走出了仙味楼大门。

时值天色稍暗，各家各户已经吃完了晚饭，纷纷走上街头闲逛，买些小玩意，等着看花灯。

这种人挤人的活动，居沐儿向来不爱，盲了眼之后更是从不凑热闹。偏偏龙二就把她往人多的地方带。居沐儿被踩了好几脚，又被撞了好几下，真是有苦说不得。

她知道她把龙二惹生气了，她竟然有些高兴她还能惹他生气。想一想从此是陌路人的结局，她真的难过。龙二爷可不是陈良泽，毁了婚，他是不可能再与她好言相向了。他不可能牵着她到处逛，也不会再花心思与她斗气闹些小小的恶作剧。

居沐儿越想越伤心，有些想哭。

她额上突然一痛，被龙二弹了一记："走路都能发呆？"

"我没发呆。"

"那你知道现在到哪儿了？"

居沐儿一愣，她居然完全没记路。

"你不是最爱数步子记路的吗？你不是走到哪儿都知道的吗？"

她从前的确是这样，她怕迷路，怕危险，所以她总是很用心地记下。走过的路、听到的声音、鼻尖的味道、掌上的触觉，每一样她都不敢疏漏。可是现在他牵着她的手，她忘了，忘了小心翼翼，忘了步步为营。

龙二把她带到街边，拉着她的手摸了摸挂在杆上的彩灯笼。居沐儿闻到了旁边香粉店的气味——这里是东大街。

东大街街口的香粉店，东大街的花灯会。

"是东大街。"龙二笑笑，带着她去摸下一盏灯，告诉她，"待过完正月，这条街就要开始修筑遮檐了，日后你脚下站的这地方，顶上便是檐瓦。"

居沐儿愣了愣，而后眼眶有些热。

龙二又道："你心疼的晴儿，在这里卖花，不必再日晒雨淋了，你高不高兴？"

居沐儿一时说不出话来，好半天才应出声："高兴。"

"你当时来找我提要求，有没有想过我会拒绝？"

"有。只是没想到二爷连话都不让我说完。"

"哼，你也是个坏脾气的，我不答应，你就找借口泼我一身茶。"

"这事二爷不是已经报复回来了吗？"

"我是这么小心眼的人吗？"

居沐儿在心里偷偷答"是"。她被龙二牵着又继续往前走。

龙二走着走着，道："沐儿，等你过了门，你的亲人便是我的亲人，我会好好照顾他们。这街上筑了遮檐，晴儿的小买卖就能好过些，或者她不乐意卖花了，我也能给她安排别的。"

居沐儿摇摇头："她很倔的，偏帮得太明显她会不高兴。"

龙二也不在意，反正他的重点不是苏晴。他拉着居沐儿站定，又道："可若是你没过门，不嫁我了，我便会让她在这城里什么买卖也做不成。"

居沐儿一呆，被这话惊到了。

龙二抚了抚她的脸，道："是你向我求亲的，我答应了，所以如若你想打退堂鼓，就定要考虑好后果。会逼婚的，不只是丁妍香而已。"

居沐儿眨眨眼，脸皱巴起来。

龙二吓唬她："你怕不怕？"

"怕的。"她的声音里尽是委屈。

龙二把她搂进怀里，亲亲她的耳朵："你到底在犹豫什么？"

居沐儿摇头，说不出话来。

"是坊间那些嚼舌头的胡说八道让你不开心了？"

居沐儿又摇头。

"你怕什么？丁妍珊未出阁还没人要的也被传得难听，你已经要婚嫁了，你未来相公都不在意，你管旁的人说什么呢？"

居沐儿嘟囔道："莫要这般说丁姑娘。"

"她又不是我什么人，我才不管她。"龙二拍拍居沐儿的脑袋，"我只管我自家人。"

是啊，龙二爷小气又护短，众所周知。

居沐儿又觉得难过了，她抓着他的衣襟，努力想怎么理顺这件事。这时却听得龙二道："沐儿，我有个主意，能帮你打消顾虑。"

居沐儿抬头："什么？"

"你知道这是哪里？"

"东大街。"

"今天什么日子？"

"正月十五。"

"所以这街上人很多。"

居沐儿点点头，人多怎么了？他是想说如果她不听话，就把她丢在人群里，让她被人挤死吗？

居沐儿正胡思乱想着，忽然唇上一紧，被吻住了。

这不是浅尝辄止的吻。

一如龙二的霸道作风，这个吻强悍又深入。

居沐儿一愣之下，已被龙二扣着后脑，深深地吻住。居沐儿听得四周有人吃惊似的抽气声，还有人哎呀哎呀地轻叫。

居沐儿顿时了悟发生了何事，脸腾地一下涨得通红。她感觉到自己被龙二紧紧抱在怀里，感觉到他唇瓣的柔软和舌头的力度。

这个吻让她浑身发热。

周遭的声音嘈杂，就算居沐儿看不见，也能想象四周投射过来的眼光。她觉得耳边嗡嗡作响，脸上烫得快要滴出血。可龙二将她抱得这般紧，她不能也不敢将他推开。

这么多人在看着，她明白他的意思。

此时她若挣扎，便如同当众扇他一记耳光，她不可能这么做。

他是如此笃定才会这般动作。

居沐儿紧紧抓住了他的衣襟，若要毁了这婚事，此时便是最好的机会。可是若要以他的颜面作为代价，她做不到。

原来她这般在乎他？居沐儿眼眶发热，若她爱上他的时间再早一些，大概就不会这般陷入两难境地了。

这时龙二放开了她。他低头，看着她被吻得水润粉嫩的唇瓣，忍不住用指尖点了一点。

居沐儿仍紧紧抓着他的衣襟，也紧紧抓住了他的心。

龙二将手盖在她的手背上，说道：“正月十八，我用八抬大轿，娶你进门。”

居沐儿再忍不住，伏在他的怀里，闭上了眼睛。泪水夺眶而出，浸在他的胸膛上。

龙二笑笑，在她耳边轻道：“莫再胡思乱想了，安心做我龙家妇，如何？”

居沐儿点头，用力地点头。

是的，就这样吧。过去的就过去了。劫匪已经死了，案子有府尹大人。她莫要再胡思乱想，莫要再胡思乱想。

这一晚，居沐儿过得晕晕乎乎。她不知道后来他们在街上逛了多久，她只记得她没有了竹杖，是龙二一直牵着她的手。人潮汹涌，她紧紧偎着龙二，只觉这街市之上，似乎只剩下他们二人。

她没有亲眼看到街上挂着的花灯长什么样，但龙二碰上有趣的便会与她讲，还会让她摸上一摸。他甚至带她一起去猜灯谜，她听到周围热闹的声响，大家七嘴八舌地猜着谜底，有些有趣得让她一直笑。她向来不喜欢凑热闹，可是今天站在这群人当中，站在龙二的身边，她却是觉得再开心不过。

真是奇怪，前几日满心郁愁的那个人，是她吗？

吃饭的时候还一直在想该怎么拒婚的那个人，是她吗？

居沐儿并不知道，猜灯谜的那处，陈良泽远远看到了她。她也并不知道，人群之中，她曾与云青贤擦肩而过。她只知道，无论身边的人群有多拥挤，龙二一直牵着她的手，紧紧握着，没有放开。

路上甚至还有人给他们送花灯，说是祝愿她与龙二爷白头到老。龙二收下了，交给她拎着。居沐儿脸红了，却也忍不住一直笑。

就嫁给他吧。

也许情况并不那么糟。就像爹爹说的，恶人做了恶事，是他们的错。而他们这些好人家，该过的日子还得过。

正月十八，宜嫁娶、冠笄、进人口。

龙府上下装扮一新，喜气洋洋，大红绸布从大门一直铺到了街口。

离时辰还差得老远，就有宾客上门送着成箱的礼。龙府上下忙得不亦乐乎。管事们的手上收了长长一摞礼单，还有不少宾客跟他们打听别家都怎么送的，生怕自己一个没送好惹了龙二爷的话柄。

还有些是一来便寻了龙二道歉，说是日子提前了，原先要备的礼还没准备妥当，先送上一份薄礼，过些日子再将其他礼数补上。

龙二笑着照单全收，半点没推拒。

事实上，龙二爷非但不推拒，他甚至在心里算好了一笔账，为了居沐儿将婚期提前，他损失了多少，这都是清楚明白的。

收了礼，敛了财，龙二心情大好。吉时将至，他骑着红绸大马，领着花轿去接新娘。一路上他算着小账，琢磨盘算，他吃的亏，一定要在他家娘子身上补回来。

待她进了门，他可以天天看到她，天天让她哄他开心，若是她办不好，他便可以理直气壮地收拾她。

嗯，好好收拾她这件事，他今晚就可以开始了。

龙二越想越是开怀，笑得嘴角快咧到了耳根后。

此时居沐儿穿着嫁衣，盖着红盖头，紧张地坐在床沿，等着那位有着温暖手掌的夫君来接她进门。

她想她要努力做他的好娘子，她会什么都依他，她想让他开心。她还想，她会找个机会把她的秘密告诉他。不过，今晚应该不是个好时机。

想到新婚之夜，想起那些邻家婆婆和媳妇与她说的夫妻之事，居沐儿紧张地绞着手指。

门外突然传来嘈杂的笑闹声、喜乐声，还有一片恭贺的话语声响。身边的媳妇婆子们一个劲儿地问："是来了吗？来了吗？"

苏晴从外头跑进来，大声叫着："姐姐，姐姐，二爷来了，新郎官来了，该上花轿了。"

居沐儿的心怦怦乱跳。苏晴过来扶了她，几个邻家媳妇也赶紧上前帮忙。众人簇拥着居沐儿走出居家酒铺的大门。门外正是一片欢腾景象，喜乐声声震耳，道贺声络绎不绝。

居沐儿正有些晕，居老爹一把拉过女儿的手，一把鼻涕一把眼泪地欢喜道："女儿，女儿……"

居沐儿想微笑，想安慰父亲，却发现自己紧张得连话也说不出来。这时一个宽厚的手掌握住了她的，那温暖的感觉让居沐儿的心一下安稳了下来。老爹拉着女儿，又是哭又是高兴。

最后是媒婆子在一旁催着说时辰差不多了，老爹这才放了手。

龙二牵着居沐儿，送她上了花轿，他大半的身子也挤进花轿里，趁着轿子挡着众人的目光，他揭开了居沐儿的盖头瞧，轻笑道："让我看看你，会不会临到头又动什么歪脑筋换个人捉弄我。"

"我才不会这般不知轻重。"他还防盗呢？居沐儿既好气又好笑，"便是我了，如假包换。"

龙二笑了，心情很好。他探身亲她唇瓣一记，悄声道："很好，你终于落在我手里了。"

花轿摇啊摇，载着新娘子往龙府去。轿里的居沐儿红着脸，想着龙二最后那句话，又是害羞又是不服气，她才不怕他呢。

花轿一路摇到了龙府大门，轿子停下，居沐儿又紧张起来。她听到轿帘被拨开，然后是龙二的声音，很有力，他说："来！"

居沐儿伸出手，她看不见，但她的手却准确无误地伸到了他的掌心里。他的手掌宽厚又温暖。

他牵着她，把她带出了花轿。

周围全是人声，闹哄哄的，喜乐吹得那叫一个震耳欲聋。

居沐儿的心怦怦乱跳，她紧张地握紧龙二的手，跟着他迈进了龙府的大门。她跟着他的指示做，他说"往前走"她就一直往前，他说"右拐"她就跟着往右，后来他说："红布槛到了，抬腿。"

这个礼俗居沐儿之前被教导过，但她太紧张了，她想端庄文雅，又恐一下没迈过去丢了人，这腿举得稍稍僵硬了些，还在空中犹豫了一下。她听到龙二爽朗的大笑声，还听到周围人善意的起哄和笑闹，她的脸很红，但也很高兴。

"像个木头。"龙二在她耳边说。

居沐儿不服气，但又忍不住笑。

"我也没走好。"龙二又说，"他们在笑我。"

她相公这般会安慰人呢，居沐儿笑出声。

下一刻，龙二忽道："准备啊，快到火盆跟前了。"

居沐儿收了笑，认真应对。这又是个需要迈腿的环节，居沐儿一紧张，竟然站住了。

她听到龙二的叹气："娶个娘子真的麻烦啊。"

然后她腰间一紧，他竟然将她抱了过去。

周围是大家的哄笑叫好声，居沐儿也笑起来，她觉得她的脸烫得要把红盖头烧穿了。

两个人终于到了喜堂，踩着吉时拜完天地行完礼。居沐儿被媒婆子推着转来转去，行完礼便分不清东南西北了。

这时听到有人喊"礼成"，接着是"送入洞房"。居沐儿被人推着走，她握不到龙二的手，心里有些慌。

一群婆子丫头簇拥着居沐儿进了新房，将她扶到了喜床上坐着。一通礼数之后，大家伙总算是退了出去。没一会儿余嬷嬷回了来，道她还得到外头张罗事务，就不过来了。又说让居沐儿安心歇着，有两位丫头小苹与小竹在此，她有什么需要便与她们说。

居沐儿连连点头。余嬷嬷又嘱咐了丫头几句，而后向居沐儿施了礼，这才出去。

居沐儿有些拘谨，呆呆地坐了半天不敢动。忽听得丫头在门口唤："三夫人，宝儿小姐。"原来是凤舞带着宝儿过来了。

凤舞一来便道："我是奉了二伯之令，来照看新娘子的。"

宝儿在一旁学舌："我是奉了二伯父之令，来照看二伯娘的。"

她们的语气甚是欢快，将居沐儿逗笑了。凤舞也笑，她学着龙二的语气说话："反正你在这儿待着也是无事，去陪陪你二嫂，看她累不累、饿不饿、渴不渴、闷不闷。"

这下不只居沐儿笑，两个丫头也笑了。凤舞素来没架子，跟丫头们玩成一片，这时小竹便调侃道："二爷定是防着三夫人在婚宴上闹他，便把三夫人支来这儿。"

小苹也道："就是就是，要不怎的不叫大夫人来？"

"哼。"凤舞与她们拌嘴，"二伯贼精贼精的，可会算计了。他是想多收些礼钱，什么人都敢请。宾客里有与大伯不对付的，要是大嫂不在那儿压着场子，大伯的牛脾气起来了，谁镇得住？"凤舞说着，便去拉居沐儿的手，"如今二嫂进了门，可得好好整治整治二伯那狐狸。"

居沐儿听了只是笑。宝儿对喜床上的瓜子花生很有兴趣，她爬上了床挨着居沐儿坐，自己动手剥花生吃。居沐儿被她们这般一闹，倒是觉得轻松起来。这时有两个小厮送来了酒菜，说是二爷吩咐的。

于是，凤舞便招呼居沐儿揭了盖头吃菜，说喜宴时间还长，不能干等着。

妯娌二人便坐着吃喝，聊了起来。凤舞说起自己的往事，大大咧咧地道："我与龙三都没正经拜过堂。当初龙三骗了我，我以为已经嫁过他，便没办过这些事，等后来我知道了，却又觉得麻烦不想办什么礼了。哎呀，我看你们今天真是热闹，真后悔，我也要闹一闹才好。"

居沐儿有些惊讶，没太听懂。这时候凤舞却问她为什么要迈红布门槛跨火盆。居沐儿把婆子教她的答了："这表示红红火火。"

"原来是这样。我还奇怪呢，心想二伯怎么这么有自知之明了，知道姑娘嫁给他是需要赴汤蹈火的勇气。"

赴汤蹈火？居沐儿呆了一呆，忍不住哈哈大笑起来。在她看来，她家二爷敢娶她的勇气更多些。

凤舞活泼开朗，居沐儿很喜欢她，两人聊了许久，甚是投缘。宝儿不知何时又爬到床上去剥花生，剥着剥着，还埋在被子堆里睡着了。凤舞已喝得薄醉，正眉飞色舞地说着龙二的各种糗事，这时候外头响起了嘈杂的脚步声和说话声。

守在门口的小苹、小竹急匆匆跑进来把居沐儿扶回床上，盖上盖头。刚弄好，门开了，一身酒气的龙二站在门口。

龙二其实已是喝得差不多，他脚下打飘，慢腾腾地挪了进来。一群公子哥跟在他身后，叫嚷着要看新娘子，要闹洞房。龙二醉了没说话，只管进屋来。苦得龙三一人试图阻止大伙儿添乱，可惜以他一己之力，怕是也拦不住。

这时喝得脸红扑扑的凤舞跳了起来，她越过龙二奔向屋外，大声应和着：“好啊，好啊，我们一起闹新房。”

她一掺和，屋外的闹腾声顿时停了。大家面面相觑，然后纷纷道贺后离开。

开玩笑，大家闹洞房只是小打小闹，没人敢玩真的，可是如果龙三夫人加进来，怕是局面会不好收拾，于是还是散了吧，可别闯出祸来大伙儿还得背黑锅。

龙三松了口气，那一群人他拦不住，可是他家娘子他却是可以处置妥当。凤舞看大家都走了，甚是失望，只好扑向龙三道委屈。

婆子们这时赶紧涌进屋里，递了秤杆给龙二揭新娘子的红盖头，又张罗了交杯酒、生饺子等物，礼数都办完了，大家伙赶紧撤了。

龙二爷的洞房花烛夜，谁捣乱谁找死。

龙三也带着凤舞回房去了。凤舞有些醉意，抱着他不愿放，他便半抱半拖着哄她回去，一边走一边问：“俏儿呢？”

凤舞晃了晃晕乎乎的脑袋答：“给奶妈带着呢，早睡了吧。”

龙三看她醉猫的模样便想笑，亲亲她脸蛋，又问：“宝儿呢，也睡了吗？”

凤舞先是点点头，而后又摇摇头，再然后，她定住了，四下里看了看，反问：“宝儿呢？”

龙三一愣：“你问我？”

凤舞呆立半晌，忽然跳了起来：“哎呀，糟了，我把宝儿落在二伯的床上了。”

喜床上，龙二正抱着自家娘子想亲热，却被喜冠上的珠钗刺了一下。他嘟囔着不高兴，伸手给居沐儿卸喜冠。可是喜冠不好卸，左一支小夹子，右一支小钗子。龙二皱着眉头一点点拆，问道：“这玩意重不重？”

“重的。”居沐儿答。龙二觉得自己的袖子被她拽了一下。

“戴着累吗？”他又问。

“还好。”

龙二皱着眉头道："我尽快。"

"好。"居沐儿的头皮被他扯得生疼，但一点没埋怨。可龙二却又嘟囔："我说我会尽快，你别催我。"

"我没催。"

"那你扯我袖子做什么？"

"我没扯。"

龙二顿时停了下来，没等他说话，居沐儿身后传来个脆生生迷迷糊糊的童音："二伯父，我娘呢？"

龙二与居沐儿全都惊讶得张大了嘴。龙二吓得酒醒了一半。幸好这喜冠难拆，幸好他还没猴急着马上洞房。这凤舞把孩子丢在这儿，是成心给他捣乱吗？

龙二还没反应过来要怎么办，外头传来了慌张的敲门声。龙三夫妇俩在外头要领回孩子。

居沐儿抿紧嘴憋住笑声，忍到颤抖。

龙二黑着一张脸把宝儿抱起来，打开门，把宝儿塞进龙三怀里，二话不说就把门关上了。

他那凶狠的眼神让凤舞打定主意，未来三天一定安安分分，绝不出现在他面前。

龙二恶狠狠地关了门。居沐儿再忍不住哈哈大笑起来。

"笑，笑，笑……"龙二想训她，开了口却禁不住自己也笑了。他笑着躺在居沐儿身边，与她肩并肩。

两个人笑够了，慢慢安静下来。

"娘子。"龙二唤。

他的声音在安静的屋里分外撩人，居沐儿的心怦怦跳。

"哎。"居沐儿努力镇定。

"家规都背下了吗？"

居沐儿想了想，没说话。

龙二用带着醉意和笑意的声音道："你是龙家人了，我可以用家规罚你。"

居沐儿眨眨眼，有泪意涌了上来。

她是龙家人了，是他龙跃的夫人。

"二爷是要让我现在背家规吗？"

龙二瞪她，捣乱是不是？哪有洞房花烛夜浪费在背家规上的？

"真要背吗？"居沐儿歪着头问，完全无视了龙二的"凶狠"。

龙二咬牙，想起瞪眼这种事在居沐儿面前那是浪费表情，他恶声恶气地通知她："爷瞪你呢。"

居沐儿笑了。龙二翻了个身，压在她身上，吻住了她。

居沐儿笑不出来了。龙二的吻很火热。

他勾着她的舌，轻咬她的唇瓣。

居沐儿全身都在发烫，觉得自己快要融化。龙二一身的酒气，连带着吻里都似掺了酒。他带着醉意，动作有些粗鲁，他捏疼了她的肩，又扯到了她的发。喜冠硌着居沐儿的头，头发一拽，疼得她嘶的一声倒吸一口凉气。

龙二意乱情迷，听得她呼痛才反应过来喜冠还没拆，他拆了喜冠，又去扒她的衣裳。衣裳一层又一层，他解得烦躁，抓住了衣襟就要撕。居沐儿被他摆弄得有些慌，待觉胸前一紧，忙覆着他的手道："二爷，这衣裳很贵的。"

龙二呆住了，好一会儿没反应。居沐儿伸手摸到了他的脸，他的脸火热烫手，她轻轻抚着。

"很贵的？"龙二重复了一遍这话。那就不撕衣裳了，但还是抱着她不愿放。

两个人搂在一起没说话。过了好半天，居沐儿以为龙二睡着了，龙二却忽地坐了起来："啊，我们还未喝交杯酒。"

居沐儿听着他的声音觉得好笑："二爷，你醉了。"

龙二转头眯着眼睛看了她好一会儿，然后摇摇晃晃地起来，大声道："爷没醉，爷是千杯不倒。"

居沐儿忍不住又笑。

龙二嘀嘀咕咕，不满意，竟说家规里要加一条——不许看不起爷。

居沐儿只是笑，她很怀疑她的夫君还记不记得住家规里都写了什么。

"我错了。爷千杯不倒，我不该扫兴的。"

龙二把她拉起来，带到桌边，倒了两杯酒，她一杯，自己一杯。

然后他与她交错了胳膊，把她握着的杯抵在她唇前："干了这杯，我们就是夫妻了。"

居沐儿眨眨眼。干了这杯？行吧。

她一仰脖，将这杯酒干了。

龙二愣了一愣，然后觉得自己不能示弱，他也把自己这杯干了。

"喝完了。"他道。

居沐儿笑了笑："嗯。"

现在她是他娘子了。龙二很高兴，他抱着居沐儿："娘子。"

"哎。"

"娘子。"龙二又唤。

"哎。"居沐儿又答应一声。

过了好一会儿没声音，居沐儿又以为龙二睡着了，正待叫他，龙二忽又坐直了，他看了看自己手上的酒杯："我们做什么了？"

居沐儿脸一红，没好意思说拥抱，便跳到上一个环节："喝交杯酒。"

"哦，对。"龙二拿了酒瓶给居沐儿和自己又倒上了酒。

居沐儿好笑又无语。

她家二爷喝醉了闹酒疯是这般的？

居沐儿忍着笑，配合着龙二又喝了一杯酒。结果龙二这次喝得没停，接连又拉着她喝了两杯。居沐儿陪他喝了，怕他刹不住，劝了一句："你醉了，二爷。"

"我没醉。"龙二很不服气，开始长篇大论吹嘘自己酒量是如何好，讨伐方才还在酒桌上放倒了几个试图把他灌醉毁他洞房夜的人，"竟然打这坏主意，爷能饶了他们？！爷千杯不倒，爷不可能醉。"

真的吗？居沐儿微笑："二爷，我们喝交杯酒吧。"

"对，该喝交杯酒了。"龙二把居沐儿的手抓过来，给她手中的酒杯满上。

居沐儿笑得不行，这真是醉了，醉傻了。

龙二还瞪她："认真点，喝了酒我们就是夫妻了。"

居沐儿又被抓着喝了一杯。

龙二真的醉了，喝了这杯，他呆了一会儿才动，脑子似乎不会动了，他在想他要做什么。然后他抱着居沐儿，一直喊她龙居氏。

丫头们被居沐儿喊进屋里时，看到的就是这番情形——居沐儿抱着龙二，温柔微笑着抚他的发。而龙二一直在说话，她们走近了，这才听清他在说什么。

"我的夫人，龙居氏。"

第二十八章 龙居氏习武

龙二醒过来的时候，天已经大亮。

居沐儿蜷在他的身边，睡得正香。

门外有些许动静，想来该是起床洗漱的时候了，丫头们不敢打扰，便在门外候着。

龙二睁了眼反应了一会儿，头疼欲裂，想起来了！

他喝醉了！他居然喝醉了！

啊，他的洞房花烛夜！

龙二气得不行，都怪昨日宴上灌他酒的那些人……

等等，好像哪里不对。

龙二摇醒居沐儿。

居沐儿迷迷瞪瞪地道：“爹，我还要睡。”

“龙居氏。”

居沐儿顿时醒了一大半：“相公。”

龙二看她迷迷糊糊的样子就来气，都怪她，喝个交杯酒而已，为什么用灌的？如果不是多喝了后面那几杯，他也不至于错过了洞房。

龙二认真思虑着训人的话。想了好一会儿都没想出合适的，怎么说都觉得丢人。

“相公。”居沐儿听不到他的声音，向他的方向伸出手。

龙二握住了她的手，放在手掌里捏了捏。

“相公，你头疼吗？”居沐儿一脸关切。

“不疼。”龙二咬着后槽牙，他心痛。

外头传来了敲门声，是余嬷嬷来催起床，差不多到时辰要给龙家祖宗行礼了。

龙二再不好说什么，便让丫头们进来了。

丫头们动作麻利，很快端了洗漱用品进屋，还有一碗醒酒汤。

龙二虽然头疼，但还是注意到了，只有一碗，醒酒汤。

他看了看居沐儿，她在丫头的协助下更衣洗漱，看上去挺精神，一点不像醉酒的，再看看镜子里的自己那狼狈憔悴的样子，龙二心里更不舒坦了。

拜过了龙家列祖列宗，又由龙二亲手将居沐儿写进了龙家族谱里，再给龙大夫妇敬茶，给龙三夫妇新嫂子见面礼，居沐儿入龙家的全部礼数总算是完成了。

一家人一起吃了顿早饭，然后龙二领着居沐儿回去了。

龙二一走，龙大便问龙三：“老二怎么回事？”

“不知道。”

龙大又问：“心神不宁的样子，一直在走神，那脸色摆给谁看？”

“不知道。”龙三再应，他捏了捏凤舞的手，阻止自己娘子八卦。

龙大作为龙家长子，很有长辈的自觉，为弟弟操心：“不会第一天就吵架了吧？”

“不知道。”龙三再应。

龙大皱着眉头，不满意地瞪着三弟。

龙三的语气弱了几分：“真的不知道。”

也别让他打听，他现在不敢惹二哥。

龙二领着居沐儿回房，越想越是委屈。他已经把昨夜里发生的事认真回忆了一遍，然后他终于想出来哪里不对了。

昨夜，他好像是挺期待娘子微醺薄醉的风情，向他撒娇说喝不了。当然，那时候的他，脑子不太清楚。

“沐儿，你的酒量如何？”

居沐儿十分紧张。

难道他想起来了？可是不怪她吧，明明是他自己闹酒疯一直要喝。

“还行。”居沐儿小心翼翼地道。

“还行是多行？”龙二再问。

居沐儿的心怦怦跳，虽然知道应该低调些，但就是控制不住想调皮一下。

“就是，比千杯不倒多一杯的量。”

龙二气笑了。

很好，皮痒痒了。果然，不收拾一下不行。

龙二一本正经地对正在收拾屋子的丫头道："你们先出去吧。我跟夫人要休息一会儿。没唤人别进来。"

丫头们互相对视了一眼，赶紧应了是，轻悄地退出去了。

居沐儿更紧张了。

发生什么事了？

她听到了屋门被关上的声音，接着是龙二的脚步声，他走到了她身边，把她拉了起来。

"相公。"居沐儿这声唤刚出口，就感觉自己腾空而起，被龙二打横抱在了怀里。

居沐儿脸一红，又唤了一声："相公。"

"龙居氏。"龙二把居沐儿放在了床上，伏在她身上，佯装凶狠，偏偏话说出来低沉撩人，"我的洞房花烛夜，你赔我。"

居沐儿心跳得快，她的脸热得发烫，心里又是慌又是羞，却也欢喜。

"天还没黑。"明明可以有一肚子驳嘴之言能说，但居沐儿的脑子空空然，最后只挤出这句。

"你看到什么？"

居沐儿无语。

"是不是黑乎乎一片？天已经黑了。"他吻着她，"是不是？"

居沐儿的心软软的，轻轻回应他的吻，却又听见他继续说："我说天黑了，就是天黑了。"

那语气像耍赖的孩子，有点心虚，却又得意。居沐儿忍不住笑了。

龙二停了下来，瞪她："笑什么？"他吻得不好，做得不对？

居沐儿捧着他的脸："就是突然想起，相公与我的年岁，很是相配。"

龙二琢磨了一会儿她的话，就是，嫌弃他老呗。太记仇了，这小心眼，真是欠收拾。龙二俯身，重重地咬她一口，听到她喘息呼痛，心满意足。她的脸蛋红艳艳的，无神没焦距的双眼都似蒙上一层水波。他看着心里又怜惜，便放轻了力道，认真地吻她的眼睛。

他好不容易娶回来的娘子，他一定要好好待她。

居沐儿抱着龙二，听到他的心跳用力且急促，咚咚咚，似敲在她的心上。掌下的肌肤发烫，似她的温度。

这是她相公啊，对她这般好，她一定要好好待他。

龙二爷与居沐儿新婚，三日未出房门。

第一日晚膳，龙大、龙三带着自家娘子在大餐桌上等着龙二一同用餐，左等右等不见人来。让丫头去催，丫头回来报，二爷说二夫人还在休息，他们不过来了，让大爷三爷自己吃。

两兄弟互视一眼，不说话了。好吧，龙二这么大年岁了，头回娶媳妇，作为爷们，他们能理解。

第二日中饭，龙二和居沐儿还是没出现。丫头来报，说二爷让把酒菜送到他屋里去，不来堂厅用膳。龙大、龙三同时挑了挑眉，然后当作府里没龙二这人，径自招呼自家媳妇孩子开吃。

第二日晚膳，丫头提前报了厨房，说二爷和二夫人不上桌，让厨房单做酒菜给送到二爷屋里。这次龙大、龙三压根不提了，倒是龙大的夫人安若晨有些关切，待听得丫头答了，她脸微红，遂不再问。倒是凤舞吃得开心，她才惹过龙二，生怕他找自己麻烦，如今不用对着他吃饭，还可以多吃点，她觉得挺好。

可到了第三日，龙二还是不出现。凤舞终是禁不住也生了疑，她问龙三："二伯是想借此来打消坊间对他是否有隐疾的疑虑吗？"

龙三一口菜差点没喷出来，哽在嗓子眼好半天才咽下去。他对凤舞的问题装没听见，自己动手，起身盛了碗汤。

宝儿却问："娘，隐疾是什么？"

龙三身子一僵，继续装没听见，端了碗坐下。凤舞正苦思女儿这问题要怎么答，宝儿接着又问了："你说二伯父有这个，爹爹有吗？"

龙三终于被一口热汤呛着了，狂咳不止。凤舞帮他拍拍背，对宝儿答道："你爹没有，娘作证。"

龙三刚缓口气，听了这答话只好继续咳。

宝儿歪歪头，将无辜的小脸转向了龙大。龙大的儿子龙庆生比宝儿大三岁，此刻也跟着宝儿把目光转向了自己爹爹。

龙大一愣，而后挑了挑眉，一脸严肃认真地道："宝儿乖娃，大伯父也没隐疾，你大伯娘作证。"

安若晨脸一红，在桌下悄悄用力掐了龙大一把。龙大面不改色，哼也不哼，倒是把碗放下了，拿布巾子擦了嘴拭了手，对随侍一旁的丫头道："我和夫人也回房用饭。"

安若晨惊讶得张大嘴，而后满脸通红。龙大把她拉了起来，要带她回房，临走前还对着餐桌留下了一句话："又不是只有老二有媳妇儿，哼。"

一桌人傻傻地看着龙家老大示威似的带着自家媳妇走了。凤舞两眼闪光，一把抱着龙三的胳膊叫道："相公，相公，我们也不能输了，我们也回房。"

龙三气都没来得及叹一声，就被凤舞拐回房去了。

餐桌上只剩下宝儿和庆生两个娃娃。宝儿一脸疑惑地蹙起小眉头，看了一圈空荡荡的大餐桌，又低头看看自己只吃了小半碗的饭，完全不明白发生了什么事。

龙庆生也不是太明白大人们是怎么了，不过眼下的情况很明显需要他来撑场面。于是他小脸端正，语气老成地道："宝儿乖娃，你把这碗饭都吃净了，哥哥便带你去看小花猫。"

宝儿一听，喜上眉梢，却不忘用一根小小的手指比画着提要求："要看一天哦。"

"好。"龙庆生爽快地答应，"要把哥哥给你夹的菜都吃光。"

两个娃娃谈好条件，吃好饭，去看花猫，玩累了，丫头们再把他们各自送回屋休息去。

余嬷嬷和铁总管听了这事，一个叹道："咱府里的小主子真是懂事。"

另一个也叹："自二爷娶了妻，府里的主子们都变得活泼了些。"

第四日，龙二与居沐儿的日夜时辰终于是能分清楚了，于是一个神清气爽，一个羞羞答答地一起出了屋子正常活动。可是到了餐桌上，发现龙大龙三两家都不上桌吃饭，一问丫头，听得说两位主子爷要在屋里吃饭。龙二嗤之以鼻，与居沐儿道："那两个都是老夫老妻了，孩子都已经满地跑，偏要学我们新婚的做什么？德行。"

居沐儿无语，羞得只想把脸埋起来。

饭毕，龙二无心于公事，倒是很有闲情地牵着居沐儿，陪她把宅子逛了一遍。

龙府颇大，院落不少，曲廊弯径一落接着一落。居沐儿盲眼识路的本事再强，也不能一次就把龙府路径记得明白清楚。但这让她找到了事情做，她很有兴致地一遍一遍走着。

龙二看她来了劲头，便开始捣乱。

明明往左是花园，他偏说直走。居沐儿走了半天，差点一头磕到院墙上去。又明明往前走便是他的书楼，他偏要说该往左走。居沐儿站在分岔路口犹豫半天，终是断定二爷又拿自己寻开心了。

她叹气："二爷家里真是大，记路太难了些。"

龙二戳她脑袋："什么二爷，叫相公。"

"相公家里真是大，记路太难了些。"

龙二又戳她脑袋："什么相公家，从今往后也是你的家。"

"我家真是大，记路太难了些。"

龙二双臂抱胸："你又要戏弄爷了，是不是？"

"不敢，不敢，家规我记着呢。"

龙二刮刮她的脸："记得还犯，你定是想用家法了。"他压低了声音，说得暧昧至极。

居沐儿闻言涨红了脸。龙二哈哈大笑，掩不住的得意，果然把她娶了回来，他便能占上风了。

龙二这边新婚愉悦，却没想他的护卫李柯开始有了苦恼，他被个姑娘缠上了。那姑娘不是别人，正是苏晴。

苏晴自从被李柯救下后，就开始琢磨一件事。她下定了决心，便拎了些吃食去龙府找李柯。

李柯很意外，这么客气是要做甚？

苏晴说："我来给李大哥拜个晚年。当日李大哥救了我，我还未曾认真地向李大哥道谢，备了些小小心意，还望李大哥莫要嫌弃。"

这晚年拜得，确实是够晚的。

"姑娘太客气了。"李柯不好推拒，这些吃食一看就是自家做的，也不是什么贵重东西，就收下了。

苏晴笑了笑，似乎没打算走。

李柯与她不熟，也不知道还能说什么，干脆问她："姑娘还有何事？"

"我还想与李大哥叙叙话。"

叙话？李柯挠挠头。他在龙府当差这么多年，也曾有丫头姑娘羞答答地找他叙话。这叙话里的门道多，李柯也是知道的，除却他自己的经验，光是看姑娘家找二爷叙话，李柯也能知道这里头的意思。可是也不知为何，找他叙话的姑娘是有，可总是没几回便不叙了，他最后也没能叙出个媳妇来。

可苏晴这会儿坦荡荡地跟他说"叙话"，李柯觉得不是那么个意思。一来是因为苏晴年纪小，二来李柯总觉得她与他家二夫人一样，心眼多，对他定不是那个意思，也许是想向他打听二爷对二夫人如何之类的。于是李柯便答应与她"叙叙话"。

李柯住的是护卫的院子，领个小姑娘回去不方便，便带着苏晴逛了逛龙府。苏晴这里看看那里看看，显示出好奇却不羡慕，只随口问了问这是哪儿那是哪儿，便好像没什么好叙的了。

李柯等着她说正事，他已经准备好了一肚子夸赞二爷的话了。可等了半天，苏晴却是说："李大哥，你收我做徒弟吧。"

李柯怀疑自己听错了。

"就是教我武艺，我拜你为师。"

李柯没言语，作为一个忠心耿耿又正直的护卫，他不认为自己与主子夫人的义妹建立师徒关系是件适合的事。

苏晴看出他不乐意，又道：“我会给银子的。”

李柯狐疑，这丫头不是穷得要死吗，哪儿来的银子？

苏晴又看懂了他的眼神，她道：“我这会儿是没银子，可以后我会有的，我可以给师父养老。”

李柯有些无语。他李柯虽是不才，可每月的月钱也是不少的。他四肢健全，身体康健，绝不会沦落到要一个卖花小姑娘养老的悲惨境地去吧。

苏晴又强调了一遍：“真的，我可以给师父养老。”

李柯对着她那张貌似诚恳的脸，最后挤出一句：“姑娘啊，你养好你娘就行。”

“那就是师父不用我养老也可以教我武艺，是吧？”

李柯：“不是……”这般赖皮是跟二夫人学的？

“那是如何？”

“我……我不能乱收徒弟。”

“没让你乱收，是要认真收。”

李柯深吸气，终于想出一句：“这个，苏姑娘，你知道，我是龙府的护卫，不是街上开武馆收徒的武师。”

“我知道啊，我觉得你比开武馆的武师更信得过，而且武馆要先收银子的。”

李柯在心里叹气，所以不是信得过的问题，是不能用养老这招赊账的问题。她这算盘怎么打得这么精呢。

李柯想了想，又想出一句：“我的意思是，我是龙府的护卫，是归二爷管的，所以我能不能收徒弟，不是我说了算，得让二爷点头才行。”

这理由很充分，苏晴接受了：“那行，我找姐姐与二爷说去。师父，你等着我的好消息。”

谁是你师父？这哪里会是好消息？

不待李柯给反应，苏晴已经很潇洒地挥手道别，回家去了。

待到居沐儿过门后的第六日，龙二依礼陪着她归宁，回了一趟居家酒铺。苏晴便悄悄地把想学武的事与居沐儿说了，求她给二爷吹吹枕边风，让他答应。

居沐儿心里一动，想到当日苏晴遭劫时说过日后定要练武的话，这小姑娘说到做到，确实很有决心。

居沐儿一口应承下来。

这日夜里，龙二与居沐儿玩“尝尝看”的游戏。他剥了三个橘子，喂居沐儿一片让她判断这是哪个橘子。奖惩的条件是居沐儿答对了可以亲他一下，答错了他亲居沐儿一下。

居沐儿哈哈笑着不答应，她说若她答错了，罚她弹琴一曲给相公听。

龙二不乐意："这是罚你还是罚我？"

两边讨价还价，最后定了居沐儿答对了可弹琴，答错了亲龙二两下。

丫头们都站到屋外，只听得屋里一会儿哈哈大笑，一会儿琴声潺潺。丫头们交换了一个眼神，都流露出羡慕。没想到严厉又吝啬、一直不愿娶妻的二爷，成了亲之后会是如此模样。这位二夫人当真是有福气的。

屋子里，三个橘子最后没能吃完，进行到第五回时，居沐儿与龙二就究竟是谁在耍赖进行了辩论。龙二死活不承认自己动了手脚，声称那两瓣橘子就是同一个。两人嬉闹着，龙二最后决定既是居沐儿不服气，那他威整夫纲的时候又到了。

他把娘子带上了床。

一番云雨，居沐儿疲累得昏昏欲睡，被龙二嫌弃她体力不好，想来运动太少。居沐儿猛然想起苏晴所托，忙向龙二提起苏晴想拜师一事。

龙二应道："这有何难，就让李柯抽空教教她好了。小姑娘好个新鲜，这练武哪里是随便能练的，得吃许多苦头，料她坚持不了太久。"

"那二爷答应了？"

"我明日就与李柯说。"

居沐儿放下心来，闭眼要睡了。

可没过一会儿，龙二摇摇她："沐儿，你看人家小小年纪就如此上进，你也该学着点。"

居沐儿睁开了眼睛，心里打鼓。她要学什么？

"要不，明日起，我来教你武艺？"

居沐儿很是疑惑，刚才是谁说练武哪里是随便能练的。

"相公，我不是小姑娘了。我不好新鲜。"

龙二笑出声，凑过来亲亲她的唇："就这么定了。"

居沐儿心里叹气，她家二爷，还是个活泼的小伙子，好个新鲜。

第二日，龙二忙于开年后的买卖各项事务，把要教居沐儿武艺的事忘了。居沐儿松了一口气。

过了数日，苏晴来找居沐儿，兴高采烈地报喜："姐姐，李大哥答应收我为徒了。"

居沐儿听得她声音中的喜悦，也很高兴："那你可要好好学。"

"那是肯定的。待我学有所成，就能保护姐姐了，在外头卖花也不怕被人欺负了。日后本事大了，我也能教人武艺，开个武馆，让我娘过上好日子。我虽是女子，但也不比男子差的，就跟姐姐这般。"

居沐儿听了，颇受鼓舞。苏晴这般有干劲，她也不该懒惰。她不求武艺高强，但练练体力，养好身体也是好的。

这天龙二在书楼听了李柯相报，说他已经照龙二的嘱咐，把苏晴收为弟子了。龙二想起来，他说好了也要教娘子习武的。他赶紧了结了公事，差人找来了居沐儿。

照龙二的算盘，他家龙居氏娇滴滴的，又文弱，贪睡懒惰，定是不乐意的。他说要练武，她定得撒撒娇扯他的衣袖说不要。结果居沐儿豪迈地把竹杖递给他："行，来吧。"

是谁说自己不贪新鲜的，新鲜得很啊。

龙二不甘示弱，当真开始教她了。

第一式：站马步。

龙二亲自动手，为居沐儿调整姿势。可居沐儿站得没一会儿，姿势就不知不觉地从半蹲变成了翘屁股。龙二再过去给她按下去了，再过一会儿，她的屁股是翘不起来了，但开始喊救命。

"快，快，扶我一把。相公，我要摔了。"

话音未落，也没等龙二冲过去，居沐儿咚一下坐在了地上。

龙二："你傻啊，蹲不住就起来。"

居沐儿欲哭无泪："起不来了。"

这第一天的练习，以龙二把他的龙居氏抱回屋结束。

这夜的夫妻生活，龙二也欲哭无泪。要练武是谁的主意？把他家娘子练坏了。腿一掰就嗷嗷喊疼，碰也碰不得，他不忍硬来，只得憋着一肚子怨气帮他的龙居氏泡脚揉腿。揉着揉着，龙居氏嗷嗷喊痛，龙二爷火热难耐。两口子都难过得撑到半夜才睡着了。

第二天，龙二在书楼里对账，丫头来了："二爷，夫人问，今日何时练武，她好提前做准备。"

要准备什么？准备气死他吗？

龙二去找居沐儿。

这日居沐儿竟然真的有所准备。她换了一套短裳，绑好了手腕和小腿，这是寻常练武者的劲装打扮，龙府的护卫每日操练时，便是这般衣着。

只是别人穿起来干练有劲，居沐儿穿上只会让人觉得怪异好笑。

龙二看了一眼一旁伺候的小苹、小竹。小苹、小竹忙道："夫人想让我们找一身适合练武的衣裳。"

龙二压低声音训话："让你们找你们就随便找吗？不能找身漂亮的？"

小苹、小竹低头，不敢称委屈。这么短的时间，她们真的尽力了，都给夫人换了四套衣裳了，这套还算顺眼些，其他的更糟。

“相公。”居沐儿听到龙二的声音嘀嘀咕咕，虽听不清话，但知道他来了，忙向龙二的方向伸出手，“我准备好了。穿这样行吗？”

“行，可以的。”龙二夸赞着，走过去了。

“我想继续练马步的，但蹲不下去。”

龙二一边保持微笑一边心道：可别蹲了，他今晚不想帮她按腿了。

龙二这日很谨慎，只让居沐儿练练出拳。特别简单，出右拳、收回来，再出左拳，收回来，如此反复而已。他主动帮居沐儿偷懒，但居沐儿居然还问得仔细，打两拳便问问龙二自己做得对不对。

龙二后悔莫及，当初自己为何会觉得这个主意特别有情趣呢？呸，半点趣味没有。

这日夜里，龙二爷不但得给他的龙居氏按腿，还得按胳膊。娇弱的龙居氏因为练拳，胳膊抬不起来了。

龙二也痛，心和某处，都痛。

这一夜，夫妻俩又是撑到半夜才睡着。

第三天，龙二爷的心情很不好。一早起床他就严厉告诫夫人，他这段日子非常忙，不能再盯着她练拳了，让她没事就到院子里坐坐，闻闻花香，或者弹弹琴也可以。

看，他是多么的大度，牺牲大了，连弹琴都摆出来了。他家夫人定不会无聊。

“相公没空啊。”居沐儿虽然全身疼，但决心还在，“那我找凤儿教我吧。”

凤舞可是身手了得的女侠，据说武艺比龙二好。只是居沐儿没敢问龙二这是不是真的。

“凤儿得带孩子呢，你打扰她可不好。”

“我自然是等她有空了再说的。”

龙二一时找不到什么推拒的理由，一脸不高兴地走了。

这日，龙府里来了访客，说是要见二夫人居沐儿。

龙二在书楼接到仆人来报，皱了眉头。他放下手里的事务，亲自去见了一见。

来者是钱江义。他来找居沐儿，居然是为了一件国事。

“前几日礼部乐司府遣人来我的琴馆，说是西闵国琴师礼团将来访我国，明着是说相拜琴艺，但挑衅比拼之意明显。我萧国琴瑟之艺闻名天下，所以皇上对此事甚是重视，特下旨意，除了乐司府的琴师，还要再挑选一些民间琴师一起迎战，以显国技。”

龙二有些不耐，意思性地客气道：“钱公子技艺出众，被乐司府选中，当真可喜可贺。”

钱江义低头施礼谦虚了几句，又道：“乐司府让我再推举几位，我想起居姑娘……”说到这儿，见得龙二眼一横，他醒悟过来，赶紧改口，“啊，是龙二夫人。我想起龙二夫人在琴瑟之艺上也颇有名望，所以特来相邀，共赴盛会，也算为国之荣辱出一份力。”

龙二皱起眉头，很不喜欢钱江义最后拿那顶大帽子压下来。

他龙家三代将军征战沙场，爷爷是开国将军，父亲为国捐躯，现在他家老大还顶着大将军的名头保家卫国。这小小的琴师拿什么为国出力这种事到他龙府来说教，当真是荒谬。

钱江义看到龙二的脸色，心下惶惶。也不知为何，他两次见着这龙二爷都觉得他气势压人，自己便没由来地会感到紧张，但他还惦记着此行目的，于是道：“不知龙二夫人是否方便见我一面？”

龙二盯着他看，原想着堵他几句，打发他走，但一想沐儿嫁进他家这小半个月了，虽没甚抱怨，但每天接触的事务都与原先在家里不一样，他一直没见过她弹琴，她会不会不习惯，会不会觉得闷？

这么一想，龙二便遣了丫头去把居沐儿叫来。如果她对跟什么别国琴使比拼琴技有兴趣，他便让她去。

居沐儿来了，听得钱江义所说，她静默了一会儿，然后笑道：“我疏于练琴已不是一时半会儿了，怕是难担重任。况且如今我已为人妇，还是不要抛头露面的好。”

居沐儿的拒绝让钱江义非常诧异，急忙劝：“龙夫人，那西闵国的首席琴师便是女子，乐司府那边和我们推荐的人选里，除你之外，全是男琴师。我左思右想，再想不到比你琴技更出色的女子来，还请龙夫人三思。”

这话说得，是怕男斗女，就算赢了琴也不够威风吗？

居沐儿摇摇头：“琴瑟之艺，不限男女，不限年岁，钱公子莫多虑。”

她说到这里，向龙二的方向伸出手，唤了声：“相公。”

龙二瞬间便明白了她的意思，她想借他之力把事情推拒干净。

龙二为她对自己的依靠感到开心，他弯起嘴角，对钱江义道：“钱公子，我夫人说得很明白了，再者，我也不太喜欢她抛头露脸。我与礼部田尚书颇相熟，若是钱公子觉得此事不好交差，我可以亲自去与乐司府推拒此事，不让钱公子为难，这般可好？”

钱江义听了急忙摆手。这里面的意思他明白，人家把礼部田尚书都搬出来了，他这布衣琴师还能说什么？他连忙施礼，讪讪地告辞离去。

龙二把居沐儿送回寝院，路上问她：“真的不想弹琴吗？”

居沐儿晃了晃脑袋：“我只欢喜弹给相公听。”

龙二捏她的耳珠子："又惹爷罚你呢？"

居沐儿捂上耳朵快走两步往前躲，她在龙府与龙二一起走路，已经习惯不拿着竹杖了。

龙二迈一大步便将她捉住，见得她又惊又笑禁不住也笑了。他将她拥在怀里，问："那你平日里做些什么好？"

居沐儿正色道："我还要练武呢。"

练武？龙二的脸绿了。

"相公不是也希望我能好好练吗？"

不必提醒他他做过这样的蠢事。

"相公，我要好好练。"

龙二咬牙，说得跟真的似的。

居沐儿还真继续练下去了，她把师父换成了凤舞。这事让龙二灌了一肚子醋，相当不满。这事于他是夫妻亲密之事、调情言爱之举，怎的最后变了味？

不过居沐儿练了一阵子，招式是没个好招式，但终于腿不疼手不酸了，体力好了许多。龙二缠她，她也经得住了。夫妻间热情甜蜜，龙二尝着甜头，很是欢喜。

而钱江义那边，自那次之后再没来游说，也没人再来寻居沐儿说那西闵国前来斗琴一事，龙二以为此事就此罢了，完全没放在心上。

第二十九章 西閔下战帖

这日，龙大答应要带儿子龙庆生去买刀，龙庆生又想带上宝儿，让她能第一个看到自己佩上刀的威风样子，于是龙大把宝儿也带上了。

凤舞陪着居沐儿练功。她嗑着瓜子，品着香茶，很诚恳地道：“沐儿啊，你的马步真是我见过的最丑的，别练了，你在白费力气。”

居沐儿抖着腿，喘着粗气，努力地想多站一会儿，闻得凤舞这般说，她摇摇头，继续坚持。

凤舞又道：“练武是要挨打的。站不好便往腿上抽两鞭子，招式不对便揍上几拳，你记得痛，下回姿势就对了。”

居沐儿咬牙抖腿继续坚持：“我不必挨打就已经很疼了。”

“可是你的姿势好难看。我不敢抽你的腿，二伯应该也舍不得揍你，你说，这样子，你怎么可能练得好？”

居沐儿再也坚持不住，一屁股坐到了地上。

凤舞赶紧过去扶她：“来来，这边坐着歇会儿，喝杯茶，别太拼命了。二伯虽然小气又吝啬，但也不至于让你到街头卖艺，你练这个真没用。”

居沐儿接过她递来的茶咕噜噜两口喝了下去，然后坐着使劲喘气。

凤舞正待再说几句，忽见宝儿跑了回来。她跑得小脸红扑扑，一脸兴奋地道：“娘，娘，我今天办了件大事。”

凤舞和居沐儿猛地都坐直了。凤舞稳了稳心神，拉过宝贝女儿问：“慢点说，你办了什么大事？”

宝儿道：“大伯父带我们去酒楼吃点心，旁边坐了一伙人很是讨厌。他们摆了几架琴，让几个孩童在弹，大伯父在跟庆生哥哥说话，嫌他们吵，便让护卫叔叔去说了说，可是那边就有人说，我们龙府的人都不会弹琴，笑话我们。”

凤舞点点头，觉得明白了：“然后你大伯父就生气了，是不是？”他们龙家三兄弟都有一个共同的毛病，容不得旁人说龙家任何的不好。

宝儿点点头。

凤舞又问：“你大伯父要过去把人家的桌子劈了，你给拦下了是不是？”

这龙大爷的暴脾气发作起来，寻常人是拦不住的，她家宝儿果然是办了大事。

可是宝儿却摇头：“大伯父没过去，是我过去了。”

凤舞和居沐儿相顾无言。

宝儿继续说：“我过去跟他们说，谁说我们龙家人不会弹琴。”

小娃娃说到这儿停了下来。

凤舞急问：“然后呢？”

“然后我就弹给他们听了。”

凤舞讶然：“宝儿乖娃，你会弹吗？”

宝儿用力点头：“娘，很容易的。手一拨，那琴便响了。”

凤舞转头看看居沐儿，这个正经会弹琴的，正一脸吃惊。

这边宝儿还在说：“我拨啊拨啊，那琴就一直在响。”

这叫弹琴？

凤舞闭上了嘴，觉得自己无论如何不能打击女儿的自信心。于是她想夸一夸宝儿，想半天，才挤出了一句：“宝儿乖娃，你当真是有大将之风啊。”

这无所畏惧的劲头，连她这当娘的都自叹不如。

宝儿嘻嘻笑，一脸害羞地投进凤舞的怀里。

这时龙大和龙庆生走了进来，宝儿又跑向龙庆生：“庆生哥哥，娘夸我有大将之风。”

龙大用力咳了咳，对凤舞道：“不要误导孩子。”

“我没有。”凤舞理直气壮。

龙大让龙庆生带宝儿到外面玩。看两个孩子出了院子，龙大这才对凤舞道：“宝儿的大将之风惹了麻烦。那几个琴师是西闵国的，他们先行来京打探安排，还带了孩童弟子在酒楼显摆。宝儿过去乱弹一气，对方视为羞辱，说要让宝儿进宫斗琴。”

“不是吧？”凤舞傻眼了。

琴盲孩子代表琴盲家族进宫斗琴？

六岁小童接下战书，这事听起来挺威风，但龙府三兄弟都知道这里头的凶险。

两国斗琴，虽是文斗，但也涉及君主颜面、国之尊严。所以宝儿牵涉其中，弄得好大家当玩笑一笑置之，弄得不好被有心人借题发挥，那可就麻烦了。

于是龙大派手下去乐司府打听西闵国琴师来访的细节，又去了西闵国琴师下榻的客栈探一探他们是否另有图谋。龙二去拜访礼部尚书田仲，他要确保六岁娃娃接到的所谓战帖不过是酒楼里的戏言而已，要让这件事淡化消失。而龙三则从江湖那头查一查，看看此事是否有别的蹊跷。

可大家都没想到，没等他们行动，龙府宝儿小姐胆识过人，镇定自若力压外族琴师的“事迹”居然已经在市井传开了。如此一闹，龙二与田尚书田仲就没法谈了。

田仲皱紧眉头，一脸为难：“二爷，此事在坊间讨论热烈。你看，还没过半日就已经闹到我这里来了。人人皆道六岁稚儿压灭西闵琴师气焰，可喜可贺。可西闵使者却到我这里来诉怨，说他们诚心来访，却遭羞辱。这事若不能好好处置，怕是会惹出战事祸端来。”

龙二沉吟，无言以驳，最后也只能相托田仲，在这事上尽力压制和平息。

田仲一口应承了下来。龙二心知此事托付田仲无用，他还得找真正能管事的那个人。

龙二去求见了皇上。

皇上与龙二的交情颇深。这交情不只来自二人利益间的各取所需，也有着彼此对对方性情上的欣赏。

皇上见惯了诚惶诚恐的臣子，见了太多溜须拍马的嘴脸态度，对龙二那种摆在明面上的“没好处我不干”的小气德行还颇为中意。再加上他这皇位的得来有龙家重重一笔功劳，当初也全靠龙二从中斡旋，所以他与龙二的君民之情一直都还不错。

皇上见得他来，甚是高兴，摆了棋盘要与他博弈几把。

龙二生平第一讨厌琴。因为举国皆喜唯他不懂，实在爱不起来。第二讨厌的便是棋。其实他的棋艺不错，但他每次陪皇上下棋，下到最后总要被皇上请求“为国破财”。虽然龙二靠着皇恩狠赚了不少，但让他赚进口袋后再往外掏，这会跟割了他一刀似的让他难受。

久而久之，龙二见着棋盘便头疼，每每想起他的银子，更是肝疼。

不过这次皇上没打龙二钱银的主意，他对龙二婚事的八卦更感兴趣，一连问了好几个问题：怎么相识的？如何定亲的？怎么就瞧上个盲女了？

龙二与皇上私下里说话倒是无甚禁忌，便道：“我相貌堂堂，一表人才，有女子倾心相许，当是常事。”

龙二这自吹自擂让皇上喷笑：“这确是常事，但能让你点头娶她，却不平常。你是不知，你迟迟不婚，已让好几个大臣惦记着，他们私下里都来与朕唠叨，想让朕帮着探探意思，或者立媒指婚。”

龙二头顶冒烟：“多谢大人们抬爱了。”

“你也怪不得他们。揽了你做女婿，便是家里多了个金库。加上你手上的商脉人脉，那些为官的，可不把你当块肥肉嘛。”

“皇上，那些为官的和那块肥肉，都是你的臣民，你这么说可不妥当。”

“朕也觉得那块肥肉不好晾得太久，不然争斗起来，乱了臣子之心便不好了。”

“皇上谬赞了。”

“朕是正经想着你若再不娶妻，今年就该给你指婚了。那些虎视眈眈的大臣总来念叨，朕也烦心。”

“皇上不是被念叨得烦心，是看我不用娶妻逍遥自在才烦心的吧？”

“哼，你倒是明白。你会劝着朕娶这个娶那个，揽势建威，自己却打死不愿为官，赚些破银子便在外头自由自在的，让朕怎么看怎么不顺眼。”

“皇上这话说得。皇上立妃纳人哪是我等布衣草民能劝的？明明是皇上自己娶得甚是欢喜，我赚的那些破银子皇上也用得相当顺手，这会儿倒是说不顺眼了。”

皇上斜眼瞪他：“朕那是身不由己，你道妃子多了朕便能开怀？一个个都不是舒心人，无趣得很。若朕也能如你这般，想不娶便不娶，想娶便娶，那有多好。”

“草民哪有这想不娶便不娶、想娶便娶的福分？适才刚有人说草民要是再不娶妻，便会被指婚了。”

皇上哈哈大笑：“这倒是的，你要再晚个数月，朕一定给你指位大官千金做夫人。”

龙二面上带笑，心里却是明白皇上这话里虽有玩笑之意，但若真遇着了利害关系，为了笼络臣心，稳固大局，这逼婚的事他是真能干得出来的。只是若真有那种时候，那拼的就不只是哪方的关系更为皇上看重，还得拼解局布局的本事，就如同面前这棋盘。

龙二笑笑，落下一子，道：“我回去定要与沐儿说，恭喜她抢得先机，拔得头筹。”

“看来这夫人你甚是满意？”

“乖顺得趣，甚得我心。”说到这个，龙二很得意。

沐儿嫁他后确是千依百顺，这让他心里满满的全是大丈夫的成就感。当然，他自动忽略掉偶尔发生的被噎得说不出话的状况。

皇上盯着棋盘看，想了半天下了一子，哼道：“哼，可别是来朕这处显摆的。朕的胸襟与你差不了多少，朕要是不高兴了，就弄个名目让你掏银子。”

“我胸襟最是宽广。”

皇上抬头，哈哈大笑：“你还真是敢说。”

龙二也笑，然后道："我家宝儿闯祸了。"

皇上一怔："宝儿乖娃？"

龙二点点头。

皇上有些惊讶："能闯下让你来找朕的祸，这娃娃倒是长进了。"

皇上见过宝儿两次，知道那是个害羞又乖巧的孩子。那时龙二事先说好得唤她宝儿乖娃，皇上便这般唤了。那孩子害羞可爱的笑容让皇上印象深刻。

"她做什么了？"

龙二将宝儿在酒楼里乱弹琴惹恼了西闵国琴使，并被人下战帖一事说了。

皇上听得一愣一愣的。该夸这娃胆大吗？

"这事原本不难处置，只是坊间传得快，如今倒是弄得骑虎难下了。礼部田尚书那边道不好与西闵国琴使推拒此事，怕会惹上争端。"

皇上点头："他这层顾虑倒是没错。那西闵国平白无故地跑来斗什么琴，这里面有什么门道朕也没想明白。几位大臣也无甚好建议，于是只得接了。如今出了宝儿这事，礼部那边自然不敢自己做主，但若为了娃娃再报上来，也是颜面难看。"

"他是没想明白，我却不能不来找皇上。推拒西闵国的战帖也许会惹麻烦，但接了也不是什么好事。宝儿可不知道什么叫弹琴，若真是在宫里头乱弹一气，那西闵国既是别有用心，自然不会放过这嘲讽的机会，到时有辱国威，也不知算谁的责任？"

这倒是说到点子上了。到时治个娃娃的罪不好看，治礼部的罪也不在理。

皇上一挑眉，直接问："你有何主意？"

"既是要斗琴，没理由让我家宝儿单枪匹马地上阵。京城里学琴的孩童随手一抓便是一把，皇上给礼部发个话，我国娃娃琴师断不能在人数上气势上输那西闵国，大人斗大人的，娃娃斗娃娃的。他们远道而来，还带了那许多学琴的孩童，想来便是早有预谋了。"

皇上顿悟："你这般一说倒真是提醒了朕。听说那西闵国的首席琴师琴技非凡，鲜有对手。我们这先是没了一个师伯音，又失了一个华一白，其他琴师虽也是大名鼎鼎，但朕听来，倒是不如那两位的才华。如今宝儿挑了头，倒真是能在娃娃琴师这一块寻个由头，灭一灭那西闵国的威风。"

龙二点头应好，他对灭西闵国威风什么的不感兴趣，弹琴这事太无聊，他也不关心。只要拉了别的孩童下水，他家宝儿不是出头鸟便成。到时人多事杂，说不定宝儿连琴都不必摸，让他们那些真正学琴的孩子自己比拼去。

如此这般，君民二人细细商定，待又扯了些闲话，聊了聊是非，下了两盘棋。龙二终于满意归去。

龙二回了龙府，打算找沐儿商量，让她教教宝儿弹琴。他也不指望宝儿在这么短的时日里能成琴中高手，但音律的基础还是要懂，别到时真去斗琴，当着众臣和皇上的面还以为拨弦便是弹琴了。

龙二这般想着，却在路过龙庆生的书院时，看到宝儿抱着她心爱的小花猫安静地坐在院里。见着门口的龙二，她高兴地挥着小手，唤着："二伯父。"

"你怎么自己在这儿？"龙二过去，摸了摸宝儿的头。

宝儿甜甜地笑着："夫子在教庆生哥哥念书，我不可以进去打扰。"

这么乖的小娃娃，真是让人心疼。

龙二道："二伯父带你别处玩去。"

"我不要。"宝儿摇头，"庆生哥哥让我等着他，说他念完书带我和小花猫去玩的。我不能走开。"

龙二挑挑眉："庆生念书还得好一会儿呢，你不去看看俏儿吗？"

"庆生哥哥说，我已经陪过妹妹午睡了，所以下午要陪哥哥。"

龙二又挑挑眉，这小娃，究竟是好拐还是不好拐呢？罢了罢了，他还是回去拐媳妇儿吧。正想着先回去逗逗媳妇儿散散心，一转头，就看到媳妇儿来了。

居沐儿拿着竹杖，由丫头领着路，正慢慢悠悠地朝这边走过来。

龙二正要唤，宝儿却是抱了小花猫跑了过去："二伯娘，给你摸摸小花猫。"

"好呀。"居沐儿笑嘻嘻地伸出手。

丫头忙把小猫接过了，递到居沐儿掌下。

居沐儿认真地摸了摸，还赞道："宝儿乖娃的小花猫摸着真舒服。"

宝儿嘻嘻笑，得意地仰了小脸。

居沐儿蹲下来，对宝儿道："宝儿乖娃，二伯娘教你弹琴好不好？"

龙二一听，不禁笑了。该说他们夫妻同心，还是心有灵犀？

宝儿却是答："弹琴不好玩。"

"那宝儿喜欢什么？"

"从前喜欢画画。"

"为什么？"

"因为要给娘写信，宝儿不会写字，就给娘画画。"宝儿的回答让龙二想起当年的惨状，不禁揉揉额角。那惨不忍睹看不出是什么玩意的画，还累得他得在旁边写批注才能让人明白，偏偏宝儿自我感觉非常良好。

居沐儿是不知道宝儿画画水平如何，所以她笑笑，又问："以前喜欢画画，现在呢？"

"现在喜欢小花猫。"

"小花猫是庆生哥哥送的吗？"

"嗯。"宝儿用力点头。

“庆生哥哥送了宝儿这么可爱的小花猫，宝儿也要回赠庆生哥哥东西才好，对不对？”居沐儿哄着。

“对。”宝儿又用力点头。

“宝儿弹琴最厉害了，在酒楼弹了，是不是很威风？”

宝儿歪头想想当时在场众人的表情，好像是被镇住了一般，于是又答了是，点了点头。

居沐儿笑笑，又道：“二伯娘能让宝儿弹得更厉害，让庆生哥哥这样。”居沐儿做了一个夸张的张嘴“哇”的表情，宝儿看了咯咯咯直笑。

“我们来让庆生哥哥觉得宝儿真了不起、宝儿弹琴真好听，如何？”

宝儿还在笑，用脆生生的声音答道：“宝儿好想让庆生哥哥‘哇’。”

“那我们就这般说定了。”居沐儿伸手想摸摸宝儿的脑袋，但她看不见，方向有些偏。宝儿主动把脑袋蹭到居沐儿的掌下，居沐儿忍不住又笑：“宝儿乖娃，你二伯父那儿有琴，可以给宝儿用哦。”

宝儿眼睛一亮，正要问龙二，龙二却已经叫道：“我何时有那玩意？”

居沐儿没料到龙二就在一旁，吓得哇的一声，坐在了地上。

宝儿见状，咯咯笑着，也学着她的样子，往地上一坐。

龙二叹气，过去将这一大一小拉了起来。

“二爷怎么能偷听？”居沐儿撇嘴。

“爷光明正大地听的。”

“那二爷怎么不说话？”

“看你哄孩子挺得趣，爷瞧得高兴。”

“那之前我送给二爷的琴和琴谱，二爷拿来让宝儿用吧。”

龙二挑眉，转向宝儿道：“宝儿乖娃，快去找你庆生哥哥玩，他该是快念完书了。”

宝儿一听，欢快地蹦着跑了。

龙二没好气地遣了丫头，拉着居沐儿往里屋去。

四下无人，他开始训妻子：“那琴和琴谱，是我的。”

居沐儿没转过弯来：“那是孩童用的小琴，二爷用不上。”

“是我的。”龙二加重了语气。

“二爷要来何用？”

“摆着高兴。”龙二神气活现，“这是我家娘子当日为了吸引我注意，特意送我的。我留着，日后得跟子孙说说，我娘子当初是如何中意了我，绞尽脑汁使了手段让我一步步留心到她，最后我耐不住她的情意，答应了她的求亲。”

居沐儿服了，这般厚脸皮，不愧是她夫君。

她正要反驳，龙二却又说了："还有，宝儿买琴要花的钱银，自然该是她爹娘出。"

居沐儿："二爷说得是……"

龙二忽道："沐儿，你在心里编排我不好的时候，便会唤我二爷吧？"

"相公多虑了。当日我千方百计换得二爷留心时，不就是唤的二爷吗？只是相公跟子孙们聊往事时，莫忘了与他们说说，当日我头回见相公时，相公正在与一位千金小姐亲热叙话，第二回见相公时，相公是与一群千金小姐欢聚一堂。之后相公头回送我回家，更是流连完烟花之地后带着一身香腻脂粉臭顺带手地送送我。"

龙二的脸僵住了，这是在翻旧账吗？

居沐儿继续道："相公一定要与子孙们好好说说，我是如何胸襟宽阔，勇敢无畏，两眼一抹黑地便跟相公求了亲。"

龙二也服了，斤斤计较又小气的女人当真是不讨喜啊。

虽然龙二不愿赠琴，但宝儿学琴的事已经定了，于是居沐儿决定再去买一把新的。而趁这机会，她也要见一见林悦瑶。

当初那些劫匪的目标定的是惜春堂，让居沐儿觉得太巧了些。她暗示了府尹邱若明，他虽表达了不会放弃调查的意思，但除了送她新婚贺礼之外，再没来过龙府，也未提过这事。居沐儿知道府尹大人公务繁忙，可她不能确定邱若明是没查出什么，还是当初只是套她的话。

而居沐儿眼下更介意钱江义。这人先是借她琴谱，后又邀她斗琴。他们这些男琴师，当初可没少看低她，如今将她捧出来，也许他所说的理由是真的，又也许别有居心。

居沐儿原也打算放掉过去，但如今她不得不做些防范。

依龙二的规矩，居沐儿眼睛不便，出门必须带着家仆。于是居沐儿带上了丫头小竹，又碰巧苏晴过来，便一起去了。

琴很快挑好，但要稍等。居沐儿却说有些饿了，要到旁边的酒楼歇歇脚吃点心。苏晴便陪着她过去，让小竹在琴坊等着拿琴。居沐儿在雅间坐下了，又支开了苏晴去买些香。苏晴前脚离开，林悦瑶后脚就进来了。

林悦瑶带来了一个消息。原来西闵国的琴使去了惜春堂寻芳，几杯黄汤下肚便滔滔不绝地胡侃吹牛。他们道那琴圣师伯音原来曾在他们西闵国习琴，所以论琴艺，他们西闵国是最强的。他们的首席琴师雅黎丽当年还教过师伯音弹琴，算是他的师父。两人之间，更是情根深种，只是没料到最后师伯音却是死在了萧国。

居沐儿皱起眉头，居然与师伯音有关？她问："他们可曾说，来咱们萧国斗琴，意欲何为？”

“那倒是没提。”林悦瑶问，“夫人有何良策？是否该趁斗琴机会向皇上诉冤？”

居沐儿摇头：“若是未明形势便大张旗鼓地诉冤，只怕申冤不成、自绝后路。悦瑶姑娘，我们手上没有任何实证，切莫鲁莽。”

“怎么没有实证？一白的死就是实证。若不是他查出了线索，怎会遭了毒手？”

“可他查到了什么？”

林悦瑶一噎，语气软了下来：“夫人说得有理。是我唐突了，我原以为此次斗琴大会是个好机会。”

居沐儿抿紧嘴，沉默片刻，低声道：“悦瑶姑娘，去年末，我曾被山匪劫走，险丢性命。”

林悦瑶忙道：“我听说了。但我不便去探望夫人，夫人没事，真是太好了。”

“那些劫匪，窃了你们惜春堂的钱银，还有一艘画舫，意欲潜逃。姑娘对此可有什么消息？”

“确有此事。但掌事的没多说，我也没问出什么来。”林悦瑶顿了顿，“怎么，这案子府衙已经侦破结案，难道夫人有什么别的消息……这事与一白的死有关系？”

居沐儿摇头：“并无关系。只是我经历过那回的死劫，有些害怕，便多问一问。”

林悦瑶安慰道：“夫人如今在龙家享荣华富贵，过去那些死劫凶险，都过去了。夫人莫要多虑，过好日子便好。听说龙二爷对你甚是宠爱，实在叫人羡慕。”

居沐儿笑了笑，不太好意思与人聊自己的夫妻之事，她转了话题，拿出两本琴谱：“我这次约姑娘，还有一事相托。这两本琴谱是我珍藏的，我想暂时放在姑娘这处保管。”

林悦瑶惊讶，接过后问道：“可是当初一白让姑娘帮忙记的琴谱？”

居沐儿摇头：“只是珍藏的手抄孤本。如今西闵国来找麻烦，钱江义又曾来我这儿借琴谱，我担心遗失，故想托姑娘保管一阵子。待事情过去，姑娘再还我。”

林悦瑶那头静默无声，居沐儿看不到她的表情，便静静地等着。

“行。”林悦瑶终是应声，“姑娘可还有别的事？”

“并无别的。”

“那就告辞了。”林悦瑶急着离开。居沐儿便点点头，与林悦瑶就此别过。

龙府里，龙三在与龙二报事。

“江湖上的朋友帮忙打听了。这般毒发之症的，有些像一种叫青果子的毒，来自西域。我那友人说他未打听到谁人亲眼见过，都只是听说。确是慢性毒发，初初服下时无事，一两个时辰，或是更久之后突然丧命。用来暗杀很是方便，待对方察觉时，凶手已经跑远了。但是不是能拖过一日这般久，却也未曾听说。”

龙二沉默。

这个毒发时间是个关键——在山上下毒是内讧，在狱中下毒就是灭口。这可是两回事。

龙二脑子转了一圈，起身唤护卫。李柯进来后，龙二道：“沐儿今日出门买琴只带了丫头，你遣两个护卫去找找。莫扰她兴致，跟着便好。”

李柯领命去了。

龙三又道：“听说，还有另一拨人也在查这毒。”

“刑部？”

“像是邱大人的手下。”

龙二想起邱若明说过的话。这位大人既是觉得这案子还需再查，为何又要结案？

林悦瑶走后不久，苏晴和小竹各自拿着东西说说笑笑地来了，居沐儿恢复了笑颜，与她们一起吃了些点心，然后准备离开。

刚出雅间门，碰巧遇到丁妍珊和另两位大户小姐从另一头的雅间出来。那两位小姐看到居沐儿，不约而同地转向了丁妍珊，眉眼一挑，含着笑走了。

丁妍珊气得脸发绿。劫案之后，坊间风言风语，虽然她被劫之后并没有发生什么，但丁妍珊的名声已经毁了。丁夫人原说年后要为她相议婚事，现在也议不成了。

丁妍珊的日子不好过，时常梦见被劫当日的情形，害怕惶恐。这状况她休养了好些日子才缓过来。

她也会想起居沐儿与她说的那些猜疑，但她被救回后，家人对她极好。姐姐日日回来探望，嘘寒问暖。母亲也对她柔声细气，关怀备至，就连爹爹也不再对她摆脸色。而案子已经了结，劫匪全都死了。这让丁妍珊又怨起居沐儿来，觉得居沐儿果然狡猾有心机，那种时候还能挑唆。

事情过不久居沐儿就顺利嫁入了龙府。大家都说龙二爷极宠这位夫人。丁妍珊更是嫉妒恼恨。她的婚事议不成了，居沐儿却风风光光。大家都遭了一样的事，居沐儿却比她幸运。

丁妍珊心里的这些郁结无处可诉。家里人她是不敢说的，省得坏了这段日子大家对她的呵护。但原本与她交好、走得较近的那些个大户人家千金闺秀，都已经与她疏远。丁妍珊孤独难过。

这日好不容易约上两位好友见面，岂料那两人对她不咸不淡的，话里话外藏着暗嘲。临走遇到这居沐儿，她们还用眼神再讽她一下。丁妍珊怒上加怒，禁不得狠狠地瞪了居沐儿一眼。

她瞪居沐儿没关系，居沐儿瞧不见。可苏晴在一旁却是不乐意了，她帮着居沐儿瞪了回去。丁妍珊的丫头不干了，对着苏晴骂道："瞪什么瞪？敢对我家小姐不敬。"

苏晴是市井小贩，什么人都见过，完全不怕骂街的，当下回道："我哪有不敬，我是瞧着丁姑娘生得美，眼睛跟牛似的，禁不住学了学。"

"你……"那丫头气得一巴掌挥了过来，岂料苏晴早有防备，一抬手将她的腕擒住了。"想打人？我可不怕你！姑娘我如今也是练过的。"

"小芽。"

"晴儿。"

丁妍珊和居沐儿同时喝住了这两人。

居沐儿却是听了这声喝才悟了苏晴怎么跟个炮仗似的。她还来不及说什么，丁妍珊却是转头对丫头斥了句："走了！"完全不搭理居沐儿。

苏晴冲着主仆二人的背影扮鬼脸，蹦蹦跳跳地也跟着下楼。居沐儿当着小竹的面又不好说她什么，只得叹气跟在后头慢慢走。

出了酒楼，正遇上丁妍珊上马车。她的车夫将车门关上，刚转身却被两个追逐的孩子撞了。车夫的帽子掉了，他捡起戴上，对着孩子恶狠狠地骂了几句，然后坐上了车子前座。

苏晴嘀咕了一句："恶主养恶仆。"

居沐儿却是站住了，一把拉住苏晴的手，问："那车夫长什么样？"

"很普通的长相，高高大大的，普通眼睛，普通鼻子，没什么太特别的。"

居沐儿的眉头皱了起来："你以前见过他吗？"

"没有，那尚书府的家仆，我怎么会见过？"

"可我听过他的声音。"居沐儿转过脸，她听到马车哒哒哒离开，没来由地心里一紧。

"在哪里听过？"苏晴回身盯着已驶远的马车看。

"他长胡子了吗？"

"没有。他脸上很干净，刚才他的帽子掉下来我看清楚了他的脸。"苏晴答完，猛地一怔。

"他的眼睛呢，你看到他的眼睛了吗？是不是那劫匪头子？"

苏晴有些慌了："不可能啊。他们不是都死了吗？可你这么一说，我也觉得很像了。”

居沐儿握紧竹杖：“小竹，你快去唤人。”

小竹听得她们说劫匪头子心里已是着慌：“唤……唤什么人？”

“唤府里护卫，报官，先遇上谁便唤谁，让他们速来！”

“对，对，快找人来。”苏晴在一旁附和，愤愤不平，“别管是不是，先抓着了人验一验。哪有这般像的。声音真的太熟了。没想到那土匪跟刁蛮小姐是一伙的，我那时真是白帮着她了。”

“他们不是一伙的。”居沐儿有些着急，“若是同谋，依尚书府的势力能耐，断不会安置不了一个汉子，又怎会让他在街上招摇，还给丁姑娘把车？那曾是通缉要犯，贴过榜的，若是被人认了出来，不是给自己脸上抹黑吗？”

“那……”

“靠我们自己不行，他们坐马车，我们追不上，还是得快找帮手。丁姑娘危险了。”

“我……我……我这就去。”小竹急忙道，“夫人等着我，我速去速回。”

小竹撒腿跑掉了。居沐儿抱着竹杖立在原地不语。苏晴左右张望，街上行人不少，众目睽睽，那劫匪头子还真是胆大，这是仗着人人都以为他死了吗？居然敢当街劫人。她想起当初被劫时那些匪类的恶行恶状，想起那两个村姑的丧命，顿时又惊又恶心，直起了一身鸡皮疙瘩。

“那刁蛮小姐也太笨了，自己的车夫不认得吗？她要是认出来，大叫几声，这街上这么多人，还能让那匪类这么顺当地把她劫了去？”苏晴跺跺脚，替丁妍珊着急。

“这世上哪有死而复生这种事，她哪里想得到。况且她当初被劫上山就与我们关在屋子里，没什么机会见那匪人。适才她又在生气，定是没甚留心。尚书府仆役众多，找个由头编个借口，很容易混过去。加上人容易被外表迷惑，你我是被那劫匪头子同坐一车押上山的，该是最容易认出他来，可他刮了胡子换了容貌，你乍一看不也没认出来吗？怪只怪我们发现得晚了。”

“不晚，不晚，一会儿官差来了，马上追查，究竟怎么回事，一定能查清楚的。”

居沐儿想了想，道：“晴儿，那匪人定是趁丁姑娘在酒楼时换下了车夫，你在附近看看有没有什么可以藏人的地方……”

她话还没说完，就听得酒楼后巷那头有人尖叫，然后是纷杂的吵嚷声：“死人了，有人死了，快报官。”

居沐儿的脸色一下白了。苏晴拔腿就往那头跑，没一会儿又冲回来：“姐姐，死的是个年轻男子，看那打扮，确是大户人家的仆从。”

居沐儿急急问："晴儿，从这处往尚书府去，路程并不远，是不是？"

"对。"苏晴在脑子里迅速过了一遍这城里的路，"不到五条街，便是尚书府了。"

"青天白日的，又正是街上热闹的时候，那匪人没敢明目张胆动武劫人便是怕惹人注目。他如今是丧家犬，只能躲躲藏藏。丁姑娘以为他是家中仆役，未有防心，自然不会有异样。可如若他将车子驶离了归家之路，丁姑娘察觉了不对劲，定会大声呼救。"

"所以那匪人会在丁姑娘察觉他的身份之前，将丁姑娘制住？"

居沐儿点点头，又问："从这里到尚书府，途中有哪些僻静不招眼的地方吗？"

"都是大街……啊，定安路那里连着条胡同，叫水子巷，不知什么时候被堵死了，成了死胡同。里面的宅子破旧没人，听说闹过鬼，大道上的人一般都不往那儿拐。"

"晴儿，你去酒楼那儿嚷一声，说是看到有可疑的人往定安路上去了。"

苏晴应了，快脚奔去传话，一会儿回了来道："那些人光会嚷嚷，都等着官差，也不知有人去报了没有，似是没人打算去定安路探探。"

"不用理会他们，把话传到就好。我们先去。"

"好。"苏晴完全没想要劝阻，牵着居沐儿的手就给她带路。

居沐儿一路走一路道："我猜得未必准，还是先去看看。"

"姐姐放心，这路我最熟了，要是他跟姐姐猜的一般，最容易下手的地方便是那水子巷。"

两人急急奔走，不多时便到了地方。定安路比不得繁华大街，但街上也有行人。零星铺子和摆摊的，使得这街并不清冷。

苏晴机警地四下张望，没发现什么异常。她把居沐儿安置在一家茶水摊那儿，让那摆摊大娘帮忙照看，自己先去那巷子里探一探。

苏晴去了，很快又跑回来，道："姐姐，巷子里头确实停了辆马车，看样子便是带走丁小姐的那辆。我再去探探，一会儿回来。"

苏晴不待居沐儿应，已然奔向了水子巷。巷子挺深，虽然紧挨着大街，但里头静悄悄阴森森，透着股说不出的诡异感觉。苏晴搓搓手臂，心里嘀咕着"难怪大家都不来这儿"。

马车停在巷子中间，四下没人，苏晴仔细观察后，便偷偷靠了过去。车里很安静，苏晴转了一圈，正想着要不要靠近些往里瞧，这时候似听得有滴水的动静。她心里发毛，低头一看。鲜红的血正从马车里往下滴。

苏晴猛地捂了嘴，把尖叫声咽了回去。她猛吸几口气，想了想还是决定看清楚车里的状况。

她小心地靠过去，趴在车门那儿从门缝处往里瞧。虽是有了心理准备，但她还是被里头的景象吓了一跳。那里面赫然躺着丁妍珊的丫头小芽，身上满是血迹。

苏晴两腿发软，用手紧紧捂着嘴靠在了墙上。她定了定神，刚想跑出去告诉居沐儿，却听得巷子里隐隐有一声似被捂着嘴的惊恐叫声。苏晴心头一颤，下意识地潜了过去。

那是巷子后半段的一间小破院子。院门搭扣没闩紧，门破破烂烂的，一眼便能看到里头。苏晴走近了，里头的动静听得清楚。那劫匪头子正压着声音骂，什么“当初你便该是这下场，如今不过是迟了些……杀我兄弟，还想杀我……必须血债血偿”云云，紧接着是撕破衣裳的声音，还有丁妍珊呜呜哭嚷的挣扎动静。苏晴往里一看，顿时热血冲头，怒火中烧。

这王八蛋，竟然又欺负姑娘!

苏晴猛地从腰间掏出防身用的匕首，那是她学武后缠着李柯给她买的。当然，也是她用“帮师父养老”给换来的。

苏晴有了匕首，用力一脚踹开了院子的破门，大吼了一声便朝那匪人刺了过去。

劫匪吃了一惊，猛地转身躲开。苏晴一把将丁妍珊拉了起来就要往外跑。那劫匪回过神来，一探掌便向苏晴抓了过去。

苏晴摆开架势，唰唰两下舞了两招。丁妍珊趁着这会儿已经放开了嗓子大声叫着救命。

那劫匪原是对苏晴的会武吃了一惊，但很快发现她也不过是个花架子而已。他一掌将苏晴打翻在地，看她倒地不起，拔出靴子里的匕首正要上去补一刀，丁妍珊却已跑出了门外大声叫。

但劫匪是习武之人，速度比丁妍珊快。丁妍珊还没跑出两步，就被他一把抓住按到了墙上。劫匪用沾血的匕首指着她的咽喉：“再敢作声，老子捅死你。我可不会在乎你是生是死，拿着尸体，我一样可以跟你们丁家算账。”

丁妍珊既惊又怕，眼睛盯着匕首上的血迹。那是她的丫头小芽的血，她亲眼看着这匪贼刺死了小芽。

丁妍珊颤着声音哀求：“你弄错了。不是我爹，真的不是……”

“怎的不是？我亲眼所见！那个叫曾辉的，就是刑部的人。不是刑部，又怎会有本事下毒杀光我兄弟，还栽到我兄弟头上？”

曾辉？丁妍珊吃惊得瞪大眼睛。

那劫匪头子继续恶狠狠地道：“我要杀了你，再一根一根剁了你的手指，给你家里送过去，再把你……”

突然，咚一声巨响响起。

劫匪猛地眼睛圆睁，僵住不动。丁妍珊又惊又疑，却见一根竹杖嗖嗖嗖一连串地抽打在劫匪脑袋上。那劫匪僵了片刻，终是倒在了地上。

劫匪一倒地，丁妍珊便看见了居沐儿。

她铁青着脸，紧咬牙关，正拼尽全力地挥舞着竹杖。之前是那劫匪说话，她依着声音照着劫匪的脑袋抽，这会儿劫匪倒下去了，她看不见，依旧照着倒下的声音继续抽。

这时候苏晴冲了出来，见此情景，忙大喊一声："姐姐，让我来！"

居沐儿听到她的声音，停了下来。苏晴冲过来就给了那劫匪脑袋两脚，那人倒地原要挣扎着爬起，被苏晴踢这几脚终又倒地，这回动也不动。苏晴仔细一看，这人满头是血，已然晕了过去。

居沐儿惊魂未定，她是等了许久不见苏晴出来，怕她出什么意外，又没等到援手，实在忍不住自己到了巷口听动静，不料却听到那匪人威胁着要杀丁妍珊。她一时情急，不管不顾地就动了手。

三个姑娘在巷子里面面相觑，正想着要怎么办。这时突然听到马蹄声响，李柯与另两名护卫赶到。

苏晴一见李柯便大叫："师父，师父，恶人在这里。我们将他擒住了。"

李柯看到眼前情景吓一大跳，跃下马飞奔过来问："可还有其他人？"

苏晴和丁妍珊都道没见别人。

两名护卫过去将那劫匪绑个结实，苏晴趁这工夫绘声绘色地把事情经过说了一遍。丁妍珊听着，看了居沐儿一眼。

居沐儿咬着唇，抱着那根被抽烂了的竹杖发愣，丁妍珊不确定她是害怕还是在思虑什么。

这时两匹快马赶到，马上坐着的，是两名捕快打扮的汉子。

李柯见了，忙上前去招呼。两个捕快都很客气，说是接了报案即刻赶了过来。李柯将事情经过大致说了。捕快们看了看丁妍珊、居沐儿她们，点了点头，道人犯他们先押走，等这几位姑娘休息平复好了，再到府衙去与府尹大人说说案情。

李柯领着护卫应了，帮着他们把那劫匪绑在了马背上，然后那两名捕快一人押着劫匪，一人驾上了证物马车，带着小芽的尸体，朝着府衙的方向去了 。

这事情处置好，李柯这边也算松了口气。他让一名护卫送丁妍珊回府，自己送居沐儿和苏晴。剩下的一名护卫则是去酒楼那边再仔细打探，寻一寻这劫匪的藏身处，看看他是否还有别的同伙。

大家各司其事，很快散了。

丁妍珊临走前看了一眼居沐儿，欲言又止。而居沐儿心里暗自烦恼，她觉得，回到家里，她就该挨骂了。

事情果然如同居沐儿预料的那般。

居沐儿回到府里时，龙二正火烧眉毛地要往外赶，听得居沐儿进了家门，他赶紧把手上的缰绳一扔，赶到大门那处。

众人见得他来，忙行礼招呼。龙二也不应声，只盯着居沐儿那开裂稀烂的竹杖看。李柯赶紧上前小声将事情经过报了，龙二越听脸色越难看，居沐儿则是头越低越矮，一副小媳妇模样。

待李柯报完话，龙二冲着居沐儿冷声道："你随我来。"

龙二牵着居沐儿进了屋子。还没等居沐儿摸着椅子坐下，龙二就开骂了："你现在厉害了，站过几天马步就当女侠了？会跟踪了，会打架了？下一步是要怎的，给你收拾个包袱，你去行侠仗义走天下去？"

居沐儿咬咬唇，小心翼翼地问："那，相公你也去吗？"

龙二气得头顶冒烟，大喝一声："居沐儿！"

"我在呢，相公。"

"我正在训话！"

"我是认真听训呢，只是相公若是不去，我也不去的。相公在哪儿我就在哪儿。"居沐儿面色端正，貌似认真。

"居沐儿！"龙二又喝一声。这女人，故意逗他呢，嫌他气得不够是不是？

"相公，请唤我龙居氏。"居沐儿的态度真的很谦卑。

啪的一下，龙二脑子里那根紧绷着的怒火之弦断了。他一屁股坐在椅子上，什么骂人的话都说不出来了。他指着居沐儿，张了张嘴，又闭上。

她这个……这个……这个让人着恼的龙居氏！

他再气急败坏，她都理由正当绝无敷衍地"视若无睹"，亏他还在皇上面前夸她"乖顺得趣"，她应该是"伶俐气人"吧。

什么跟踪，什么打架，都不是她最强的本事，她最厉害的，是气死他！

龙二半天不说话。居沐儿慢慢摸过去，软声唤着："相公。"

龙二不应。

居沐儿又唤："相公。"

龙二没好气地看着她，她就站在他近旁，皱着小脸，两只手在空中胡乱摸索，可摸半天愣是摸不到他。

龙二心里来气，她是故意还是怎的，他没跑没走，就坐在这儿，她还能不知道他在哪儿？

"相公。"居沐儿唤了第三声，手还在摸。

龙二不耐烦地用手指敲了敲椅子扶手，说道："你不是最聪慧伶俐的，眼睛看不见都能打人了，怎的我就坐着你还找不到？再装傻，爷可要生气了。"

居沐儿听了他的声音，脸上显出"原来爷在这里"的夸张表情，然后双手准确地搭上了龙二的肩，讨好地给龙二捏了起来。

"相公这是说的哪儿的话？我惹了相公不高兴，相公若是不允，我自是不敢擅自亲近。"

"你也知道惹了我不高兴，那还不安分些？"

居沐儿不说话，只讨好地认真给他捏肩。

龙二又道："惹了我不高兴，还不亲近，故意气我呢？"

"我哪敢气相公，相公喜欢我亲近，那我壮了胆也得擅自一下。"说完这个，不待龙二回话，她又道，"相公，这个力道好不好？这边酸不酸？"

龙二被她闹得想笑，还"擅自一下"，什么乱七八糟的说辞。他咳了咳，故意板了声音道："爷渴了。"

居沐儿赶紧接下话头："我给相公倒茶去。"

她飞快地倒了茶回来，捧着递了过来："相公请用。"

居沐儿的巴结讨好终于让龙二面色稍霁。他接过茶，喝了，然后道："你自己说，你错哪儿了？"

居沐儿眨眨眼，怎的还在折腾这些，她家相公大人还是没有放过她啊！可是，她有说她错了吗？

居沐儿摸到龙二身后，继续认真地捏肩："相公教训得是。"

龙二皱眉头，看穿了她四两拨千斤的把戏："我是教训得没错，但我还没有开始。我现在是问你错哪儿了，你说说看，错哪儿了？"

错哪儿了？她没觉得她做错了啊，也许她是冲动冒险了，但是她救下了一个清清白白的姑娘，她觉得她的冲动冒险相当正确。

可是龙二爷很不好对付。

于是龙二夫人决定暂时认㞞。

"相公，我错了。我买了东西就该乖乖回来，不该再去吃点心；吃完点心就该乖乖回来，不该听到那匪人的声音；听到了声音就该乖乖回来，不该担心别的姑娘的安危；担心别人的安危也该乖乖回来，不该擅自决定去查探……"

"停，停。你又故意跟爷逗乐子呢？"

"那相公乐了吗？"

"没有。"

"这便证明我没有逗乐子，相公别打岔。"

龙二被她噎住了。

居沐儿接着说："相公，我是诚心认错的。你大人有大量，便原谅我这一回吧。我认罚，罚我禁足，从后天开始，罚我不能再出府门一步，直到相公你让我出门。你看如何？"她一边说一边扯着龙二的衣袖晃，那表情分明在说：相公快看，我在撒娇了。

可是这认罚的话里到底是哪儿不对？

龙二微眯眼想了想，伸手去弹她的额头："你原本就说买了新琴便好好教宝儿弹的，那便是有不出门的打算，这如何能算罚？"

"虽然罚得不重，但也该算的。"

她还好意思说罚得不重。龙二又挑出她的错处："那从后天开始是什么意思？明日里还准备翻天了不成？"

"既是发生了这事，总该去府衙给府尹大人禀报一下事由和经过，助大人破案。明日我还想去瞧瞧丁姑娘。自然，我是不能擅自行动的，相公百忙中抽个空，领着我去吧。"

"哼，追打匪类这种事都不必我领了，去府衙和尚书府如此简单，哪里还用得着我？"

"相公，我都认错了。"他到底有完没完？

"真心认错吗？那怎么认罚认得这般没诚心？"

"那……"居沐儿一咬牙，红着脸小声道，"那罚我用家法？"

"用家法原本就是爷的权利，如何算罚？"

居沐儿涨红脸，这样都不行？她咬着唇不说话了，她也是有脾气的。

她那又羞又恼的表情取悦了龙二，让他的心情好了起来。他忍着笑，把她拉到怀里，让她坐在他膝上，然后往她耳朵里吹气："想爷用家法了？这青天白日的……"

"相公！"他羞不羞？

"这才成亲多久，娘子便惦记上用家法了，这真是为夫的功劳。娘子欢喜这个，想来为夫也没有白操劳，甚好甚好。"

"二爷！"越说越不像话了，真后悔，她就不该提这个。

龙二含着她的耳垂，抚着她脸上的热烫，心情相当愉悦："龙居氏，念你此次乃是初犯，爷心怀宽广，便不与你计较，若你真心悔过，诚心相求，这动家法一事，爷会考虑依你。"

居沐儿满脸通红，她家二爷真的小气。

"不过确实该去府衙问一问案情如何。这般好了，你留着晚上求我。我倒不是计较青天白日，但太纵着你，确实不妥。"

"相公！"居沐儿的衣袖扯不下去了，这把她说成什么样了？她正要开口，却被龙二堵了嘴。

龙二吻住她，直吻得她气喘吁吁，而他却抵着她的唇恶狠狠地道：“我警告你，龙居氏，你若再似从前那般任性妄为，将自己置于险地，磕了碰了受了伤，我定不饶你。”

居沐儿想点头，后脑却被龙二按着，他再次吻住她，她从他的吻里能感觉到他的怒气，以及珍惜。

龙二吻得火热，正待将吻往下移，忽然听到了敲门声，李柯的声音响起：“二爷，属下有事报。”

龙二一愣，心里明白若不是紧要之事李柯不会如此。他为居沐儿整了整衣裳，严肃地交代：“不许笑。”

居沐儿也被这敲门声响吓了一跳，她又羞又慌，被龙二一警告，反而想笑了。原来二爷也害羞。

龙二整了整衣裳，出去开门。李柯一脸凝重，一点也没顾上龙二那跟被劫了财似的黑脸，直接报了：“二爷，罗护卫回来报，府衙那边称没有收到人犯。”

居沐儿在屋里听到这话，顿时一愣。

龙二也皱了眉头：“半路被劫了吗？”

李柯急忙摇头：“罗护卫说我们走后，他正探消息，却见几名官差赶了过去，他便与官差报人犯和尸首都已交由其他官差押走了。不料那几名官差却说他们应该是最早赶到的才对。罗护卫觉得不对劲，便与官差大人们赶回了府衙。这么一问，却是无人知道人犯押送的事。按说算算时候，怎么也该到了，可当值的捕快都报了去处，并无人去过定安路水子巷。”

龙二的脸沉下来。居沐儿倒吸一口凉气。

“是属下失职，属下大意了，未曾发现那两名捕快是假冒的。”

居然会发生这样的事？

龙二皱紧了眉头。他嘱咐李柯去府衙跑一趟，先把状况打探清楚，他随后到。

图书在版编目（CIP）数据

三惹君心：全 2 册 / 明月听风著 . — 南京：江苏凤凰文艺出版社，2020.10
ISBN 978-7-5594-5155-2

Ⅰ . ①三… Ⅱ . ①明… Ⅲ . ①长篇小说 – 中国 – 当代
Ⅳ . ① I247.5

中国版本图书馆 CIP 数据核字 (2020) 第 167033 号

三惹君心：全2册

明月听风 著

策　　划	北京记忆坊文化
特约策划	才　曰
特约编辑	才　曰 赵　钥
责任编辑	白　涵
封面设计	80 零 · 小贾
封面绘图	容　境
版式设计	天　缈
发行平台	有容书邦
出版发行	江苏凤凰文艺出版社 南京市中央路 165 号，邮编：210009
网　　址	http://www.jswenyi.com
印　　刷	三河市国新印装有限公司
开　　本	670 毫米 ×970 毫米 1/16
印　　张	34
字　　数	671 千字
版　　次	2020 年 10 月第 1 版
印　　次	2020 年 10 月第 1 次印刷
书　　号	ISBN 978-7-5594-5155-2
定　　价	78.00 元（全二册）